RHENA WEISS

Das Böse in euch

GOLDMANN
Lesen erleben

Buch

Als die Leiche eines vermissten jungen Mädchens gefunden wird, ahnt die Wiener LKA-Ermittlerin Michaela Baltzer, dass ihr dieser Fall noch tief unter die Haut gehen wird. Denn gerade erst ist ihre Nichte für ein Jahr bei ihr eingezogen, und das wirbelt nicht nur Michaelas Privatleben durcheinander, sondern rückt auch ihren aktuellen Fall in ein völlig anderes Licht: Tanja, das getötete Mädchen, war in Valeries Alter. Nachdem auf Tanjas Körper die DNA-Spuren zweier weiterer vermisster Mädchen sichergestellt werden, stehen Michaela und ihr Team vor einem Rätsel. Wenig später findet man eine der beiden Vermissten tot auf. Kriminalpsychologe Kilian Weilmann ist sich sicher, dass die Morde auf das Konto eines Sexualstraftäters gehen. Aber Michaela ist von Weilmanns Theorie nicht überzeugt. Dann verschwindet plötzlich Michaelas Nichte Valerie. Und ein Wettlauf gegen die Zeit beginnt.

Informationen zu Rhena Weiss finden Sie am Ende des Buches.

Rhena Weiss

Das Böse in euch

Psychothriller

GOLDMANN

Der Verlag weist ausdrücklich darauf hin, dass im Text enthaltene externe Links vom Verlag nur bis zum Zeitpunkt der Buchveröffentlichung eingesehen werden konnten. Auf spätere Veränderungen hat der Verlag keinerlei Einfluss. Eine Haftung des Verlags ist daher ausgeschlossen.

Dieses Buch ist auch als E-Book erhältlich.

MIX
Papier aus verantwortungsvollen Quellen
FSC® C014496

Verlagsgruppe Random House FSC® N001967

1. Auflage
Originalausgabe Juni 2016

Dieses Werk wurde vermittelt durch die Literarische Agentur Thomas Schlück GmbH, 30827 Garbsen.
Gestaltung des Umschlags: UNO Werbeagentur München
Umschlagfoto: plainpicture/ganguin
Redaktion: Christina Riemann
BH · Herstellung: Str.
Satz: DTP Service Apel, Hannover
Druck und Bindung: GGP Media GmbH, Pößneck
Printed in Germany
ISBN: 978-3-442-48321-1
www.goldmann-verlag.de

Für Katalin

PROLOG

Nr. 2 hatte sich in eine Ecke des Kerkers zurückgezogen. Ihr Rücken tat weh, und sie tastete mit den Fingern nach den schmerzenden Stellen, fuhr die Wirbelsäule entlang, die sich spitz abzeichnete und gar nicht zu ihr zu gehören schien. Sie betrachtete ihre Arme und Beine. Sie waren mittlerweile so dünn geworden, dass sie eher zu einem achtjährigen Kind gepasst hätten, nicht zu einer doppelt so alten Jugendlichen. Oft bestrafte der Mann sie, indem er sie hungern ließ. Allerdings tat er es manchmal ohne besonderen Grund. Man wusste nie, woran man bei ihm war, was ihn bewegte. Sie hatte ihn beobachtet und gehofft, sie würde herausfinden, wie er tickte. Sie dachte, sie könnte ihm alles recht machen, wenn sie bloß wüsste, wie – und dass er sie dann freiließ. Doch bald wurde ihre Hoffnung zunichtegemacht, denn das einzig Sichere bei ihm war, dass man sich in nichts sicher sein konnte.

Nr. 3, eine ihrer Mitgefangenen, lehnte mit angezogenen Beinen an der Wand und umfasste die Knie mit beiden Armen. Leise summend wippte sie vor und zurück, einem stummen Rhythmus folgend.

Die braunen langen Haare waren Nr. 2 als Erstes an ihr aufgefallen, und sie hatte brennenden Neid bei dem Anblick empfunden. Doch jetzt hingen sie Nr. 3 in verfilzten Strähnen ins Gesicht.

Nr. 1 saß gegenüber der Tür. Sie war die Stärkste von ihnen, nahm keine Rücksicht auf die anderen. Wahrscheinlich musste es so sein, wenn man hier überleben wollte.

Nr. 1 nahm sich die einzige Decke, die ihnen zur Verfügung stand. Sie war immer die Erste, die sich wusch. Einmal, ganz zu Beginn ihrer Gefangenschaft, hatte Nr. 2 sich vorgedrängt. Das hieß, sie hatte es versucht. Nr. 1 prügelte mit bloßen Fäusten dermaßen heftig auf sie ein, dass sie sich zwei Tage lang kaum rühren konnte, und als der Mann ihnen Trinkwasser brachte, schüttete es Nr. 1 aus. Erst am nächsten Tag bekam sie neues. In ihrem ganzen Leben war sie noch nie so durstig gewesen. Sie hatte geweint, gebettelt, hatte Nr. 3 um einen einzigen Schluck angefleht. Die hätte ihr beinahe tatsächlich etwas von ihrem Wasser abgegeben, doch Nr. 1 hatte sie mit einem einzigen Blick und einem einfachen, kaum merklichen Kopfschütteln davon abgehalten.

Die Klappe an der Tür ging auf. Alle drei sprangen hoch, doch Nr. 1 war die Schnellste. Sie nahm eine Schüssel entgegen, roch daran und fing an zu essen. Nr. 2 und Nr. 3 bekamen ebenfalls eine Metallschüssel. Noch ehe sie sich auf ihre Plätze begeben konnten, streckte Nr. 1 ihnen ihre Schale entgegen. Nr. 1 verlangte stets die Hälfte der Essensrationen von Nr. 3 und ihr. Aus Angst hatte sie ihren Anteil lange Zeit hergegeben, ohne aufzubegehren. Aber der Hunger war diesmal schlimmer als sonst. »Nein, heute nicht«, schrie es in ihr. Ohne über die Folgen nachzudenken, sprang sie auf und schlug Nr. 1 den Napf aus der Hand.

Die braune Pampe – Linsensuppe sagte der Mann

dazu – ergoss sich über den Betonboden. Sie ging in die Knie und schaufelte mit bloßen Händen Möhren und winzige Speckstückchen und irgendetwas Undefinierbares, von dem sie gar nicht wissen wollte, was es war, hastig zusammen, und stopfte alles in den Mund. Da wurde sie jäh nach vorne geworfen. Nr. 1 lag keuchend auf ihr und drückte ihr Gesicht zu Boden. Sie bekam kaum noch Luft. Sie spürte es warm aus ihrer Nase laufen. Blut.

Hände krallten sich in ihr Haar, hoben ihren Kopf und schleuderten ihn zu Boden. Einmal, zweimal. Das dritte Mal bekam sie es kaum mehr mit. Ihre Sinne drohten zu schwinden. Ich bin Tanja ... Tanja ... ihr Mantra, das ihr bisher geholfen hatte, nicht den Verstand zu verlieren.

Hier gab es keine Namen, sie waren nur Nummern, Testpersonen, Objekte. Es gab Gewalt, Hunger, Angst. Jeden Tag, jede Stunde, jede verdammte Minute. Nur ganz tief in ihrer Seele hatte sie ihren Namen bewahrt. Tanja. An den Rest konnte sie sich nicht mehr erinnern.

In einem anderen Raum starrte der Mann gebannt auf den Monitor. Das Geräusch erinnerte ihn an den Aufprall eines Basketballs. Testperson 2 stöhnte, doch Nr. 1 ließ nicht von ihr ab, sondern schleuderte den Kopf von Nr. 2 erneut zu Boden, und wieder und wieder. Auf dem hellen Beton waren dunkle Schlieren zu erkennen.

Endlich ließ Nr. 1 los und stand auf. Sie blickte auf den leblosen Körper vor ihr und wischte sich die Hände an ihren Oberschenkeln ab.

Ihm kam es vor, als atme sie ein wenig schneller als normalerweise, doch ansonsten konnte er ihr keine Regung anmerken. Sie war in der Tat eine sehr bemerkenswerte Testperson.

Als ob nichts passiert wäre, ging sie zu Nr. 3 hinüber und streckte die Hand nach deren Suppenschüssel aus. Wortlos reichte diese ihr den restlichen Eintopf und senkte demütig den Kopf.

Nr. 1 setzte sich auf die Decke und begann zu essen. Als sie fertig war, warf sie die Metallschüssel beiseite. Das Scheppern riss Nr. 3 aus ihrer Apathie. Sie blickte zuerst ängstlich zu Nr. 1 und dann auf den regungslosen Körper. »Ist sie tot?«, fragte sie so leise, dass er ihre Worte kaum verstand.

Nr. 1 zuckte mit den Achseln.

»Sie atmet nicht.« Nr. 3 legte ihren Kopf auf die Knie und bedeckte ihn mit den Armen, als wolle sie sich verstecken.

Wahrhaftig! Er zoomte den Körper von Nr. 2 so nahe wie möglich heran und achtete minutenlang auf irgendein Lebenszeichen.

»Du hast sie umgebracht«, sagte Nr. 3 in diesem Moment, ohne ihren Kopf zu heben. Diese Worte kamen gänzlich ohne Emotionen, registrierte der Mann fasziniert. Dann lächelte er und schrieb aufgeregt seine Beobachtungen in sein Buch. Tatsächlich, Nr. 1 hatte es getan. Sie hatte einen Menschen getötet. Die problematische Frage, was er nun mit der Leiche von Nr. 2 tun sollte, nahm er angesichts der neuen Entwicklung gerne in Kauf.

KAPITEL 1

Die Narbe unter Michaela Baltzers linker Braue pulsierte, und über ihre Arme kroch Gänsehaut, was aber nicht an der aufgeschnittenen Leiche vor ihr lag, sondern an der Temperatur im Seziersaal.

»Dr. Ferreira, brauchen Sie noch lange? Ich bekomme bald Erfrierungen«, sagte sie und ärgerte sich, dass sie nicht daran gedacht hatte, ihre Weste aus dem Auto mitzubringen. Obwohl sie einen Kittel trug, der im Autopsiesaal obligatorisch war, reichte der nicht aus, um sie zu wärmen. Sie hatte gedacht, er wäre mit der Obduktion bereits fertig, würde ihr die relevanten Fakten erklären, und sie könnte danach heimfahren. Doch als sie im gerichtsmedizinischen Institut ankam, war Ferreira noch beim Sezieren. Michaela gehörte nicht zum Typ »Ich setz mich mal ins Wartezimmer und blättere in einer Illustrierten«. Deshalb stand sie nun da, fror erbärmlich, und wie es aussah, musste sie eine ganze Weile ausharren.

Ferreira blickte kurz zu ihr und widmete sich wieder der Leiche vor ihm. »Etwa eine halbe Stunde. Das ist äußerst faszinierend, sehen Sie?«

Ferreira fand alles am Tod faszinierend. Michaela trat einen Schritt vor, um bessere Sicht zu haben. Gleich darauf wurde ihr Name gerufen. Sie drehte sich zur Tür, von der die Stimme gekommen war.

»Frau Baltzer, da ist jemand, der Sie sprechen möchte. Sie sagt, es sei dringend.«

Wer zum Teufel ...? Eine schmale Gestalt drängte sich in die Tür, an der Sekretärin vorbei.

»Igitt! Tante Mika, du hast ja echt einen krassen Job.« Valerie!

Mit wenigen Schritten war Michaela bei ihrer Nichte und stellte sich vor sie. Das Mädchen hatte bereits genug gesehen. »Valerie, raus mit dir! Was tust du überhaupt hier?«

Der Anblick der Leiche hatte ihre Nichte nicht im Mindesten erschüttert, wie es schien. Valerie stellte sich auf die Zehenspitzen und linste neugierig über Michaelas Schulter. »Na, ich war bei dir zu Hause, aber ich konnte nicht rein. Dann hab ich dich angerufen, doch dein Handy ist abgeschaltet. Krass, ist das der Magen?«

Dieses Mädchen! Michaela nahm ihre Nichte am Arm und versuchte, sie weg vom Raum in Richtung Tür zu drehen. Ein Sektionssaal war nun wirklich nicht der geeignete Ort für eine Sechzehnjährige.

Michaela verfluchte innerlich ihr Handy. Sie hatte es zwar nicht ausgeschaltet, es aber in ihrer Handtasche vergessen – und die lag im Auto in der Tiefgarage, wo es keinen Empfang gab.

Valerie schien mehr fasziniert als angeekelt und drängte sich an Michaela vorbei, um besser sehen zu können, ehe sie weitersprach: »Auf jeden Fall bin ich auf die Idee gekommen, einfach im Kriminalamt nachzufragen, und die sagten, dass du in der Gerichtsmedizin bist – und weil ich nicht wusste, was ich tun sollte, habe ich ein Taxi genommen, und hier bin ich. Der Fahrer wartet übrigens auf sein Geld. 35 Euro.«

Michaela schlug sich mit der flachen Hand auf die Stirn. »O Gott, ist heute ...?«

Valerie nickte.

»Tut mir leid, tut mir echt leid. Ich habe ... es ist etwas dazwischengekommen. Was Dringendes.«

Heute war der Tag, an dem ihre Nichte für das nächste Jahr bei ihr einzog. Thomas und Angelika, Valeries Eltern, hatten beschlossen, für Ärzte ohne Grenzen zu arbeiten. Valerie sollte eigentlich mit, doch sie hatte sich geweigert. Michaela fand Lesotho ebenfalls nicht sicher genug. Es hatte Diskussionen mit Thomas und ihrer Schwägerin gegeben. »Wer achtet in der Zeit auf sie?«, hatte Angelika, Michaelas Schwägerin, gefragt. »Etwa du?«

Valerie hatte sie so flehend angesehen, dass Michaela, ohne lange darüber nachzudenken, gesagt hatte: »Ja, warum nicht?« Damit war es abgemacht gewesen.

Und nun hatte sie es vergessen! Sie wollte um fünf zu Hause sein, aber dann überschlugen sich die Ereignisse, ein Leichenfund in der Währingerstraße, wahrscheinlich ein Drogentoter. Selbstmord durch Überdosis – oder Mord, wer konnte das schon vor der Obduktion genau sagen? Tja, und über all der Arbeit hatte sie nicht mehr auf die Zeit geachtet.

Valerie zuckte mit den Achseln. »Ja, ich sehe, dass du beschäftigt bist.«

Michaela blickte hilfesuchend zu Ferreira, der sich wieder dem Leichnam zugewandt hatte und tatsächlich gerade den Magen des Toten aus dessen Brusthöhle hob.

»Gehen Sie nur, ich maile Ihnen den Bericht, sobald ich ihn fertig habe«, murmelte er, ganz in seine Arbeit versunken.

»Danke«, rief ihm Michaela erleichtert zu und drängte Valerie aus dem Seziersaal.

»War das nun vorhin der Magen?«, blieb Valerie hartnäckig.

»Vergiss, was du gesehen hast. Das ist nichts für dich!« Michaela legte den Kittel, den Mundschutz, Überschuhe und die Schutzhaube ab. Mit gespreizten Fingern fuhr sie sich durchs Haar. Wie gut, dass sie sich schon vor Jahren für eine praktische Kurzhaarfrisur entschieden hatte.

»Ja, nicht wahr? Stimmt doch, oder?«, ließ Valerie nicht locker. »Ich habe eine Eins in Bio. Außerdem hat Papa ein Plastikmodell in der Praxis stehen. So eine Puppe, der man die Organe rausnehmen und wieder reinsetzen kann. Wie ein dreidimensionales Puzzlespiel. Das konnte ich schon mit fünf.«

Michaela presste die Lippen zusammen. Das alles fing ja gut an!

»Mit dem Mundschutz hast du wie ein Alien ausgesehen. Total cool. Müssen das alle tragen?«

Michaela seufzte. »Ja, das ist Pflicht.«

Valerie würde das nächste Jahr bei ihr leben und zwangsläufig einiges von ihrer Arbeit mitbekommen. Eine Sechzehnjährige war kein Kleinkind mehr – und ihre Eltern waren beide Ärzte. Sie unterschied sich sicherlich von anderen Jugendlichen ihres Alters. Deshalb stieß Michaela die Luft aus, gab sich einen Ruck und sagte: »Ja, du hast recht. Es war der Magen.«

»Woran ist der Typ gestorben?«

»Wahrscheinlich eine Überdosis Heroin. Dr. Ferreira wird das genau herausfinden.«

»Cool. Ich meine, was man alles herausfinden kann,

nicht, dass der Mann tot ist. Er hat nicht alt ausgesehen.«

Michaela fragte sich, was Valerie in dem kurzen Augenblick noch alles registriert hatte. »Das stimmt. Er war neunzehn. Aber jetzt komm. Meine Handtasche ist im Auto.«

Sie gingen den Flur entlang, der durch Neonleuchten erhellt wurde. Bei jedem Schritt quietschten die Sneakers auf dem gefliesten Boden. Michaela stemmte sich gegen die Stahltür und ließ Valerie vorausgehen.

Mit einem satten Rums schloss sich die Tür, und für einen kurzen Moment verschlug der Gestank nach Abgasen Michaela den Atem.

Sie dirigierte Valerie zu ihrem Fahrzeug, nahm die Tasche aus dem Kofferraum und drückte ihrer Nichte einen Fünfzigeuroschein in die Hand. »Hier, bezahl damit das Taxi und warte auf mich vor dem Eingang.«

Valerie nahm das Geld und ging den schmalen Gehsteig entlang. Michaela setzte sich in ihren VW und verharrte ein paar Sekunden, bevor sie den Motor startete und ausparkte.

»Schon gut, du wirst das schaffen«, sagte sie sich. Valerie war kein Baby, das rund um die Uhr Betreuung brauchte. Mit kleinen Kindern hatte Michaela nie was anfangen können. Über die Entscheidung, Valerie bei sich aufzunehmen, hatte sie häufig nachgedacht und befunden, es könne nicht allzu schwer sein, sich um ihre Nichte zu kümmern, die immerhin schon fast erwachsen war. Doch plötzlich schien die Verantwortung, die sie übernommen hatte, sich wie ein riesiger Berg vor ihr aufzutürmen, und sie ahnte, dass vieles anders werden würde, als sie sich das vorgestellt hatte.

Valerie stand vor dem Eingang und blickte erwartungsvoll in Michaelas Richtung. Der Wind zerzauste ihre schwarzen Locken, die dünnen, langen Beine steckten in roten Jeans, und trotz der wattierten Jacke schien ihr kalt zu sein, denn sie hatte die Schultern hochgezogen und beide Hände eingesteckt.

Valerie hatte zwei Reisetaschen bei sich, weitere zwei Koffer befanden sich bereits in Michaelas Gästezimmer – und sie hatte natürlich einen Schlüssel zur Wohnung ihrer Eltern behalten, falls sie etwas von zu Hause benötigen würde.

Michaela hielt vor ihrer Nichte, die ihre beiden Taschen auf die Rückbank wuchtete und sich dann auf den Beifahrersitz plumpsen ließ. »Hast aber lange gebraucht, Tanke Mika.«

»Tut mir leid, ist dir kalt geworden?«

Ungeduldig strich sich Valerie eine lange Haarsträhne aus dem Gesicht und erinnerte Michaela dabei an ihre Schwägerin. Valerie war ein Abbild ihrer Mutter, von der Haarfarbe bis hin zu den kleinen Gesten.

»Nein, nur an den Händen. Okay, hast du jetzt Feierabend oder musst du zu einer anderen Leiche?«

»Eindeutig Feierabend. Keine Leichen mehr heute – nicht für mich und schon gar nicht für dich. Das wird keine Gewohnheit.«

Michaela bedachte ihre Nichte mit einem kurzen Seitenblick. Die musterte sie und sagte schließlich: »Schon klar. Schade eigentlich.«

Eine Weile saßen sie schweigend nebeneinander, während Michaela ihren Gedanken nachhing und ihr Auto stadtauswärts lenkte. Valerie holte aus ihrer Jackentasche eine Packung Kaugummi, wickelte einen Streifen aus und schob ihn sich in den Mund.

»Kann ich das Radio aufdrehen?«, fragte sie und ließ eine Kaugummiblase platzen.

Michaela nickte und bereute es augenblicklich. Normalerweise hörte sie immer nur Nachrichten. Nun dröhnte irgendein Popsong durch die Lautsprecher. Valerie sang den Refrain des Liedes laut mit.

»Muss ich das eigentlich kennen?« Bisher hatte Michaela immer das Gefühl gehabt, sich für ihre achtunddreißig Jahre ganz gut gehalten zu haben, doch im Moment kam sie sich uralt vor.

»Klar muss man das kennen, das ist gerade top.«

Michaela seufzte. »Na schön. Solange ich nicht mitsingen muss. Im Singen bin ich nämlich eine Niete.«

Und im Kochen sah es nicht besser aus. Für heute Abend würde es Pizza tun – und was der morgige Tag brachte, würde sich weisen.

Schon von Weitem sah sie den Möbelwagen auf der Straße vor ihrer Doppelhaushälfte. Vor zehn Jahren hatte Michaela in einem Anfall von Altersvorsorgepanik ihr Erspartes genommen und sich das Haus gekauft. Sie hatte überlegt, dass solch ein Wohnobjekt eine sichere Investition sei, auf jeden Fall besser, als Miete zu zahlen. Die ruhige Sackgasse, in der das Doppelhaus stand, kam dem Bedürfnis, in ihrer ohnehin spärlichen Freizeit möglichst wenig von ihrer Umwelt und den Nachbarn zu sehen oder zu hören, entgegen. Der angrenzende Garten war winzig. Sogar sie, die keinerlei Talent zum Gärtnern besaß, hatte sich zugetraut, ihn zu pflegen. Überraschenderweise machte ihr die Gartenarbeit

Spaß, auch wenn die Versuche, Gemüse zu ziehen, nur von wenig Erfolg gekrönt waren. Trotzdem bot das uneinsehbare Fleckchen Grün ihr die Möglichkeit zur Entspannung. Im Sommer lag sie dort unter einem Sonnenschirm auf einer Liege, trank Piña Colada und las – allerdings meist Ermittlungsakten.

Nach dem Tod ihrer Nachbarin, Frau Kernbaum, hatte Michaela gehofft, es würde länger dauern, bis Frau Kernbaums Neffe einen Käufer fand. Es war angenehm, auf niemanden Rücksicht nehmen zu müssen und sich keine Gedanken darüber zu machen, ob jemand ihr Kommen und Gehen beobachtete, so wie das Frau Kernbaums Hobby gewesen war.

»Stören wir?«, fragte einer der Möbelpacker.

»Nein, schon gut. Ich stell mich einfach in die Einfahrt.«

Doch, ja. Natürlich störte der Möbelwagen. Aber sie wollte nicht kleinkariert wirken. Der Lastwagen würde ja wohl nicht ewig vor ihrem Haus stehen bleiben.

»Wer zieht denn ein?« Valerie beobachtete die Möbelpacker für Michaelas Geschmack ein wenig zu neugierig.

»Keine Ahnung. Ich hoffe, eine nette Familie.« Oder noch lieber ein kinderloses Paar, die beide arbeiteten und nur selten zu Hause waren, setzte sie in Gedanken hinzu.

»Hoffentlich keine ›schrecklich nette Familie‹«, gab Valerie zurück und riss sich von dem Anblick der zwei Männer los. Sie öffnete die hintere Autotür, um ihre Taschen zu holen. Michaela nahm ihr eine ab.

»Uff, was schleppst du da mit dir rum? Steine?«

Valerie grinste. »Nur ein paar Leichenteile«, und setzte gleich darauf hinzu, »okay, das war blöd. Ich habe nur das Notwendigste drin. Schulhefte, Playstation, ein paar Bücher, meine Schminksachen ...«

Michaela schloss die Haustür auf, stellte ächzend die Reisetasche in den Flur und streckte sich durch. Nur das Notwendigste, hatte Valerie gesagt. Playstation und Schminksachen ordnete Michaela nun nicht gerade in die Kategorie »überlebenswichtig« ein.

KAPITEL 2

Verfluchte Dunkelheit! Trotz der Schweinwerfer hatte Dagmar das Gefühl, viel zu wenig zu sehen. Die Abendschicht im Braunen Bären brachte zwar einiges an Trinkgeld, aber der nächtliche Heimweg über die Felder war ihr jedes Mal unheimlich. Entlang des Schotterweges huschten die Sträucher wie lebendige Schatten vorüber. Ein Tier, wahrscheinlich ein Vogel oder vielleicht sogar eine Fledermaus, flog knapp an der Windschutzscheibe vorbei. Dagmar zuckte zusammen. Um sich abzulenken, drehte sie das Radio an, doch selbst Bon Jovi mit *It's My Life* vertrieb das mulmige Gefühl nicht ganz. Dagmar sang laut mit, obwohl sie den Text nur bruchstückhaft kannte. Wenn sie nur schon zu Hause wäre! Der Wagen schleuderte leicht, als sie etwas zu schnell in die nächste Kurve fuhr. Der Lichtkegel erfasste etwas Helles, Großes mitten auf dem Weg. Ihr Fuß reagierte schneller als ihr Verstand und drückte das Bremspedal ganz hinunter. Der Wagen schlingerte, das Licht der Scheinwerfer erfasste kurz den Straßenrand, bevor es wieder zu dem Objekt zurückkehrte. Dagmar umklammerte das Steuer, die Reifen rutschten über den Kies, dann stand das Auto endlich. Sie holte tief Luft und blickte auf das, was nur wenige Meter entfernt vor ihrer Windschutzscheibe lag, reglos und bis in jede Einzelheit ausgeleuchtet. Es war kein Tier.

Ihre Beine fühlten sich wie Gelee an, als sie aus dem Auto stieg. Sobald ihr klar wurde, dass hier jede Hilfe zu spät kam, rebellierte ihr Magen. Ihr ganzer Körper bebte. Dagmar unterdrückte den Brechreiz und tastete in ihrer Jackentasche nach dem Handy. Erst beim dritten Anlauf gelang es ihren zitternden Fingern, den Notruf zu wählen. Danach stolperte sie die wenigen Schritte zu ihrem Wagen. Noch immer plärrte das Radio. Wie in Trance drehte Dagmar den Zündschlüssel, und das Radio verstummte. Gleichzeitig erloschen die Scheinwerfer und gaben das tote Mädchen der Dunkelheit zurück.

Dagmar stand neben ihrem Auto und beantwortete die Fragen, die einer der Polizeibeamten ihr stellte, während der andere in sein Funkgerät sprach. »Was passiert mit ihr?«, fragte Dagmar und zog die Jacke enger um ihre Brust.

»Wir warten auf die Spurensicherung. Haben Sie etwas angefasst?«

»Hm?« Dagmars Blick wanderte immer wieder zu dem Mädchen hinüber, obwohl sie am liebsten gar nicht hingesehen hätte. Sie wünschte, die Polizisten hätten das Blaulicht ausgeschaltet.

»Ob Sie etwas angefasst haben?«, wiederholte der junge Beamte noch einmal, diesmal mit etwas mehr Nachdruck, aber durchaus geduldig.

Dagmar schüttelte den Kopf. »Ich ... ich konnte nicht. Verstehen Sie?«

Der Polizist legte seine Hand auf Dagmars Arm. »Machen Sie sich bitte keine Gedanken darüber, Sie hätten ihr ohnehin nicht mehr helfen können. Sie war bereits tot, als sie hergebracht wurde. Es ist sogar gut, dass Sie nichts angerührt haben. Das macht es den Kollegen von der Spurensicherung leichter.«

Seine Worte sickerten nur langsam in Dagmars Bewusstsein. »Ist Ihnen etwas oder jemand aufgefallen?«, wollte der Polizist nun wissen. Dagmar riss sich mühsam vom Anblick der Toten los. »Nein, nichts. Es war alles wie immer – bis ich sie da liegen sah.« Sie wusste, dass es in Zukunft niemals mehr sein würde wie immer. Sie würde nie mehr diesen Feldweg nehmen, auch wenn er der kürzeste Weg nach Hause war.

Weitere Einsatzfahrzeuge kamen an, Leute stiegen aus. Sie hatten Koffer und Taschen bei sich, und die Geschäftigkeit, die sie verbreiteten, erinnerte Dagmar an einen Ameisenhaufen. Sie wandte sich ab, wollte nicht mit ansehen, was sie mit dem Mädchen anstellten. »Kann ich jetzt nach Hause?« Ihre Stimme klang kläglich dünn dabei.

Der Polizist nickte. »Wir melden uns bei Ihnen. Im Moment haben wir alles, was wir brauchen.«

Als Dagmar ihr Auto wendete und sich vom Feldweg entfernte, wünschte sie, sie könnte die Bilder in ihrem Kopf ebenso einfach hinter sich lassen.

KAPITEL 3

Der Wecker klingelte um halb sieben. Schlaftrunken tastete Michaela nach ihm, registrierte mit halb geöffneten Lidern die Uhrzeit und lehnte sich ächzend zurück in ihr Kissen. Nein, was sollte das denn? Fast im gleichen Moment fiel ihr ein, dass mit der Uhr alles in Ordnung war. Sie hatte den Wecker auf halb sieben gestellt, weil Valerie in die Schule musste.

In dem überweiten T-Shirt, das Michaela als Nachthemd diente, tapste sie barfüßig aus dem Schlafzimmer, klopfte an die Tür des Gästezimmers, öffnete sie und rief munterer, als ihr zumute war: »Guten Morgen!«

Valerie gab keinen Mucks von sich. Was sollte Michaela tun? Wachrütteln oder einen nassen Waschlappen holen?

Sie trat an Valeries Bett und räusperte sich. »Valerie, aufstehen!«

Endlich reagierte das Mädchen mit einem Grummeln.

»Ich bleib so lange neben dem Bett stehen, bis ich das Gefühl habe, dass du wach bist.«

Valerie setzte sich mit geschlossenen Augen auf. Ihre schwarzen Locken standen nach allen Richtungen ab, und ihre Wangen waren vom Schlaf gerötet.

»O Gott! Wie spät ist es?«

»Halb sieben. In einer Dreiviertelstunde musst du los, sonst kommst du zu spät.«

Valerie verdrehte die Augen und ließ sich zurückplumpsen. »Mensch, dann reicht es, wenn du mich um sieben aufweckst.«

Michaela verschränkte die Arme vor der Brust. »Du kannst mir nicht allen Ernstes erzählen, du brauchst bloß eine Viertelstunde zum Anziehen, Duschen, Frühstücken, Jausenbrot herrichten ...«

Valerie seufzte und schlug die Decke zurück. »Super! Geduscht hab ich gestern Abend, und frühstücken tu ich nie. Aber jetzt kann ich eh nicht mehr weiterschlafen.«

Michaela schüttelte den Kopf. Sie hatte das starke Gefühl, gerade etwas falsch gemacht zu haben, doch sie wusste beim besten Willen nicht, was. Vielleicht fand sie unter der Dusche eine Antwort.

Sie hatte sich eben die Haare eingeschäumt, als der Wasserstrahl zu einem Rinnsal wurde und schließlich ganz versiegte. Verdammt, was sollte das? Ein paar Mal betätigte Michaela den Mischhebel. Vergebens.

»Herrgott noch mal, was ...?«, fluchte sie vor sich hin, als sie nach einem Handtuch tastete.

Endlich hatte sie etwas zum Abtrocknen gefunden, das sich allerdings nicht nach einem Handtuch, sondern vielmehr nach ihrem Schlafshirt anfühlte, aber sei's drum. Besser als nichts. Zuerst rieb sie damit die Augen ab, dann zog sie es über und kam sich vor wie ein triefender Wischmopp. Was hatte Valerie angestellt? Noch keine vierundzwanzig Stunden wohnte ihre Nichte im Haus, und schon sorgte sie für einen Wasserrohrbruch oder Schlimmeres. »Valerie!«

»Bin in der Küche ... Tante Mika, was ist mit dem Wasser los?«

Das Rätsel löste sich, nachdem Michaela sich ihr Haar mit zwei Flaschen Mineralwasser ausgespült hatte und durch das Küchenfenster sah. Vor dem Nachbarhaus stand das Auto der Wasserwerke. Michaela stürmte hinaus.

»Hören Sie, Sie können doch nicht einfach ohne Vorwarnung das Wasser bei mir abdrehen«, rief sie dem Arbeiter zu, der vor der Tür ihres neuen Nachbarn stand und darauf wartete, dass ihm jemand öffnete.

Der Mann grinste sie an. »Gute Frau, Sie werden sich mit den nassen Haaren den Tod holen. Und vielleicht sollten Sie sich auch was Wärmeres anziehen.«

So eine Frechheit, was ging den Kerl an, wie sie herumlief! Auch wenn er recht hatte. Das T-Shirt war wirklich etwas dürftig für Mitte November und gerade mal fünf Grad, wie sie mit einem kurzen Blick auf das Außenthermometer feststellte.

»Übrigens haben wir Bescheid gegeben. Liegt in Ihrem Briefkasten. Herr Dalisch bekommt einen neuen Wasserzähler. Dauert höchstens eine halbe Stunde.«

Wortlos drehte sich Michaela um und schlug die Eingangstür zu. Eine halbe Stunde! Da konnte sie sich nicht mal mehr einen Kaffee machen. Was für ein miserabler Tagesanfang. Dalisch hieß also ihr neuer Nachbar. Michaela wusste jetzt schon, dass sie ihn nicht leiden konnte.

Als sie wieder in die Küche kam, gab die Kaffeemaschine gurgelnde Geräusche von sich, und Kaffeeduft erfüllte den Raum.

»Wie hast du das ohne Wasser hingekriegt?« Michaelas Laune hob sich um einen Zehntelmillimeter.

Valerie hob die Schultern. »Na, auf die gleiche Art, wie du dein Haar ausgespült hast. Mit Mineralwasser. Ich hoffe, der Kaffee schmeckt trotzdem.«

»Also schlimmer als im LKA kann er auch nicht sein. Riechen tut er jedenfalls gut.«

Michaela verschwand erst mal im Bad, um sich zu föhnen und endlich etwas anzuziehen. Die heiße Luft prickelte angenehm auf ihrer Kopfhaut, und einmal mehr war sie froh über den pflegeleichten Haarschnitt, der zusammen mit der weißblonden Farbe an die Frisur von Pink erinnerte – nur dass es sich bei Michaela um ihre Naturhaarfarbe handelte. Heute war sie für die außergewöhnliche Farbe dankbar, doch als Kind hatte sie sie gehasst, weil sie von allen »Engel« genannt wurde.

Länger als drei Minuten brauchte sie nicht, um ihr Haar zu trocken, was ungemein praktisch war, wenn man an chronischem Zeitmangel litt. Um etwas Pep in ihre Frisur zu bringen, knetete sie Gel hinein und zupfte ein paar Strähnen ins Gesicht.

Als sie schließlich mit einem leichten Make-up, das sie bloß auftrug, um ihre Narbe zu verdecken, in Jeans und Rollkragenpulli wieder in die Küche kam, war Valerie nicht mehr da. Sie hatte einen Zettel auf den Küchentisch gelegt.

Bin schon weg. Kaffee ist eine Katastrophe. Wenn er in deiner Arbeit noch schlimmer ist, na dann Prost und herzliches Beileid.
V

Michaela musste lächeln, als sie die Notiz las. Dann nahm sie einen sauberen Becher aus dem Schrank, füllte ihn mit Kaffee, tat zwei Löffel Zucker und etwas Milch dazu und kostete. Na bitte, so schlecht schmeckte er gar nicht.

Michaelas Büro lag im dritten Stock. Sie teilte das geräumige Zimmer mit zwei anderen Kollegen. Vincent saß bereits an seinem Schreibtisch. Er war immer der Erste im Büro, und er und Michaela gingen meist auch als Letzte. Vincent nickte ihr zu, als sie eintrat, und widmete sich gleich wieder dem Computer. Schon längst hatte sich Michaela an seine Wortkargheit gewöhnt.

Zu Beginn ihrer Zusammenarbeit war sie irritiert gewesen, dass er auf Fragen nur einsilbig antwortete. Sie hatte gedacht, es läge an ihr. Darauf angesprochen, hatte er überrascht den Kopf geschüttelt und die längste zusammenhängende Rede gehalten, die sie je von ihm gehört hatte. Nein, er habe kein Problem mit ihr, er schätzte und mochte sie. Er war nur halt eben kein Typ, der gern schwafelte, frei nach dem Motto, Schweigen ist Gold.

»Guten Morgen, gibt's schon Kaffee?«, fragte Michaela und hängte ihre Jacke auf den Garderobenständer, der neben der Tür stand.

Er deutete mit dem Kopf zum Aktenschrank, auf dem eine Thermoskanne stand.

»Danke, den kann ich heute echt brauchen. Ich hatte …«

Bevor sie weiterreden konnte, öffnete sich die Tür, und Doris schwebte herein. Doris war die Dienstjüngste von ihnen, eifrig und idealistisch. Michaela fragte sich häufig, wie ihre junge Kollegin es schaffte, den anspruchsvollen und zeitintensiven Job mit ihrer Familie zu vereinbaren. Leicht war es bestimmt nicht, sie hatte einen kleinen Sohn. Trotzdem hatte sie sich noch nie beklagt, wenn sie länger bleiben sollte.

Doris sah überhaupt nicht aus wie eine Polizistin. Von ihrem hüftlangen blonden Haar, das sie meist zu einem französischen Zopf geflochten trug, und ihrer elfengleichen Figur hatten sich schon manche täuschen lassen. Doris zeichnete sich durch blitzschnelle Reaktionen aus, und im Nahkampftraining legte sie Kerle, die annähernd doppelt so schwer waren wie sie, auf die Matte, weil sie grundsätzlich unterschätzt wurde.

»Guten Morgen, willst du auch einen Kaffee?«

»Ja, bitte. Ich habe kaum geschlafen. Jonas kommt neuerdings fast jede Nacht in unser Bett, und das will ich ihm nicht durchgehen lassen, also muss ich jedes Mal aufstehen, ihn ins Zimmer zurückbringen ...«

Den mangelnden Schlaf merkte man Doris allerdings nicht an. Jedes Haar saß perfekt, und die Augenringe musste sie überschminkt haben.

Michaela reichte ihr einen Becher, trank selbst einen großen Schluck aus ihrem, verzog dabei das Gesicht und musste sich eingestehen, dass Valeries Gebräu um Längen besser geschmeckt hatte.

»Vincent, kannst du dich losreißen? Einsatzbesprechung«, sagte sie. Vincent nickte. Sie wartete mit Doris an der Tür, bis auch Vincent von seinem Stuhl aufstand. Dann gingen sie zu dritt hinunter in die zweite Etage, wo der Konferenzraum lag.

Die morgendlichen Einsatzbesprechungen gehörten mit zu den wichtigsten Terminen der Beamten des Landeskriminalamtes. Hier wurden die aktuellen Fälle besprochen, die Aufgaben verteilt, und oft genug hatte ein Kollege außerhalb der eigenen Gruppe eine zündende Idee, die helfen konnte, wenn man selbst nicht mehr weiterkam.

Werner Steurer, Direktor des Kriminalamtes und Michaelas Chef, stand neben dem Schreibtisch, der an ein Lehrerpult erinnerte. Als er Michaela, Vincent und Doris hereinkommen sah, nickte er ihnen zu.

Steurer war ganz in Ordnung, wenn man von den karierten Hemden, die er in allen möglichen – und unmöglichen Farbkombinationen trug, absah. Heute war es gelb-grün. Er hatte die Ärmel aufgerollt, und sein braunes Sakko hing an der Stuhllehne hinter ihm.

Demonstrativ sah er auf seine Armbanduhr, ging dann zur offenen Tür, schloss sie, setzte sich auf seinen Platz und fuhr mit gespreizten Fingern durch sein schütteres Haar.

»In der Nacht gab es einen Leichenfund«, begann er die Morgensitzung. »Ein junges Mädchen, Name unbekannt. Michaela, ich möchte, dass du das übernimmst.«

Michaela nickte und schrieb alle wesentlichen Fakten auf. Während sie in Gedanken bereits die nächsten Schritte überlegte, ging Steurer weiter zu den aktuellen Fällen und ließ sich von den jeweiligen Gruppenleitern auf den neuesten Stand der Ermittlungen bringen.

»Was macht der Drogentote?«, fragte er. Es dauerte einen Augenblick, bis Michaela registrierte, dass die Frage an sie gerichtet war.

»Ach so. Da bleiben die Proben abzuwarten, die Ferreira ins Labor geschickt hat. Aber wie es aussieht, war's tatsächlich eine Überdosis. Ich habe mich mit der Toxikologie in Verbindung gesetzt, wir arbeiten da gemeinsam dran.«

Steurer nickte wohlwollend und klopfte mit beiden Händen auf den Tisch. »Na dann. An die Arbeit.« Mit diesen Worten beendete er für gewöhnlich die Morgensitzungen. Langsam leerte sich der Konferenzsaal, auch Michaela stand auf. Gemeinsam mit ihren beiden Kollegen ging sie in ihr Büro zurück und forderte alle Unterlagen über den Leichenfund an. Als sie den dürftigen Bericht las, stellten sich die Härchen auf ihren Armen auf. Die Fotos taten ihr Übriges dazu. Das Mädchen war noch ein Kind, etwa so alt wie Valerie. Entschlossen griff sie zum Telefon, rief in der Gerichtsmedizin an und ließ sich zu Ferreira durchstellen.

»Nein, ich habe keine Neuigkeiten, was den Drogentoten ...«

»Deshalb rufe ich nicht an. Heute Nacht ist ein junges Mädchen gefunden worden. Können Sie das übernehmen?«

Michaela hörte den Gerichtsmediziner etwas in den Computer tippen und sandte stumm ein »Bitte, bitte!« hinterher. Es gab keinen besseren als ihn.

Er seufzte. »Hören Sie, ich habe wirklich ...«

Michaela ließ ihn nicht ausreden. »Bitte, Dr. Ferreira. Ich habe eine Nichte im gleichen Alter. Und Sie haben doch auch Kinder.«

Ferreira blies die Luft aus. »Nun gut. Aber dafür sind Sie mir einen Gefallen schuldig. Und seien Sie in einer Stunde hier. Ich muss die Kleine zwischen zwei anderen Obduktionen reinschieben.«

Michaela bedankte sich überschwänglich und legte auf.

»Doris, wir fahren in die Gerichtsmedizin. Ferreira macht die Obduktion – und zwar«, sie blickte auf die Uhr, »schon in einer Stunde.«

Doris hob eine ihrer perfekt gezupften Augenbrauen. »Wie hast du das wieder hingekriegt?«

»Ich habe an seine väterlichen Gefühle appelliert«, meinte Michaela lächelnd. »Vincent, kannst du einstweilen mit Dagmar Stelzmann reden? Ihre Adresse steht in den Akten.«

»Die Zeugin, die die Leiche gefunden hat?«

»Genau!« Noch während sie sprach, griff sie nach ihrer Jacke.

Vincent nickte, während er von seinem Croissant abbiss, und streckte den Daumen hoch.

Doris schlüpfte ebenfalls in ihren langen Mantel. Sie sah darin vornehm und noch weniger nach Polizistin aus. Michaela stellte es sich schwierig vor, in solch einem Teil Verbrechern nachzuhetzen, auch wenn Verfolgungsjagden mehr im Fernsehen als in der Realität vorkamen. In der Regel übernahm eines der Sondereinsatzkommandos wie Cobra oder Wega, wenn es richtig brenzlig wurde.

Doris zog sich den Mantel aus und legte ihn auf den Rücksitz des Wagens. Dann setzte sie sich hinter das Steuer. So ein Mantel war also offenbar doch unpraktisch, stellte Michaela fest.

Ihre Gedanken waren bei der unbekannten Toten – und das wiederum führte dazu, dass sie an Valerie denken musste. Ihre Nichte würde gegen fünf nach Hause kommen. Sie durfte ihren Fehler von gestern nicht wiederholen und die Zeit vergessen. Auch wenn das hieß, dass sie heute um vier Schluss machen und ausgerechnet zur Stoßzeit heimfahren musste. Wahrscheinlich war Valerie es gewohnt, dass das Essen auf dem Tisch stand, wenn sie von der Schule kam. Vielleicht fand Michaela ja ein halb fertiges Tiefkühlgericht, grübelte sie weiter, da konnte nichts schiefgehen. Genau, sie würde sich mit Fertigmenüs eindecken, dann brauchte sie nicht jedes Mal auf die Uhr schauen, um rechtzeitig daheim zu sein. Gerade jetzt, wo sie einen neuen Mordfall bearbeiten musste und sich die Überstunden häufen würden, wie jedes Mal. Die Mikrowelle bedienen konnte schließlich jedes Kind. Valerie würde sich eben an Michaelas Leben gewöhnen müssen.

»Sag, Doris, was isst dein Sohn am liebsten? Meine Nichte wohnt für eine Weile bei mir, und ich weiß nicht, was ich ihr vorsetzen soll. Aber es darf nichts Kompliziertes sein, mit dem Kochen ist es bei mir nicht weit her.«

Doris hielt eben vor einer roten Ampel und bedachte sie mit einem Schmunzeln. »Jonas isst gerne Grießbrei. Spaghetti gehen auch immer. Pizza, Toast, Würstchen mit Kartoffelbrei.«

»Pizza hatten wir gestern. Griesbrei klingt nicht sehr berauschend, aber Spaghetti, Würstchen und Toast merk ich mir.«

»Obst isst er auch gern, mit Gemüse gibt es meistens Kampf. Wie alt ist denn deine Nichte?«

»Sechzehn.«

»Oh, Jonas ist erst vier. Ich glaube nicht, dass man seinen Geschmack mit dem eines Teenagers vergleichen kann.«

Die Ampel schaltete auf Grün, und Doris fuhr los.

»Mensch, sieh dir diese Schnecke an«, schimpfte sie vor sich hin. »Man könnte meinen, da versucht einer, den Rekord im Langsamfahren zu brechen.«

Sie schwenkte auf die zweite Spur, sah in den Rückspiegel und drängte sich zwischen zwei Autos wieder auf den rechten Fahrbahnstreifen. Hinter ihnen hupte es. Doris hob entschuldigend die Hand. »Nur gut, dass die Leiche in der Kühlkammer ist, bei dem lahmen Tempo hier würde sie zu verwesen beginnen, bis wir angekommen sind.«

Doris war eine ungeduldige Autofahrerin. Auch sonst kam es Michaela vor, als würde ihre Kollegin auf der Überholspur leben – und wieder fragte sie sich, wie Doris das alles schaffte und dazu den Anschein erweckte, Kind, Job, Mann und Haushalt mühelos zu stemmen, während Michaela schon mit der Essensfrage überfordert war.

»Und wie lebt es sich mit einem Teenager unter einem Dach?«, nahm Doris den Faden auf, nachdem sie ziemlich waghalsig zwei weitere Autos überholt hatte.

»Tja, das wird sich weisen. Sie wohnt erst seit gestern bei mir. Ich habe ihr das Gästezimmer überlassen, damit ist zumindest gesichert, dass jeder seinen Rückzugsbereich hat, falls wir uns streiten. Und ich fürchte, das wird nicht ausbleiben. Mein Problem ist nämlich, dass ich keine Ahnung von Kindern habe.«

Doris lachte. »Ich gebe dir einen guten Tipp: Sag bloß nie, niemals Kind zu ihr. Das nimmt sie dir bestimmt krumm. Wolltest du nie eigene Kinder haben? Natürlich ändert sich das ganze Leben, aber es ist unvergleichlich schön. Und man hat Zeit, sich langsam an die Pubertät zu gewöhnen.«

Michaela schüttelte den Kopf. »Nein, ich hatte nie das Bedürfnis. Ich glaube, ich wäre eine schreckliche Mutter. Jedes Mal, wenn ich auf Valerie aufpassen musste, war ich froh, sie wieder abgeben zu können.«

Doris bedachte sie mit einem kurzen Seitenblick. »War sie denn so anstrengend?«

»Oh, nein, sie war total brav. Du darfst nicht denken, ich hätte ihre Besuche bei mir nicht genossen, aber ... ich war danach immer total ausgelaugt. Wahrscheinlich, weil ich irgendwie die Supertante geben wollte.«

Doris lachte. »Oje, das ist das Tanten- beziehungsweise Onkel-Syndrom. Bei uns hat es mein jüngerer Bruder.«

Michaela lächelte. Tanten-Syndrom traf es ganz gut. Und sie war zu Doris nicht ganz ehrlich gewesen. Mit knapp über zwanzig hätte sie gern ein Kind gehabt. Sie war davon überzeugt gewesen, in Sascha ihre große Liebe getroffen zu haben, für immer mit ihm zusammenzubleiben, eine Familie zu gründen – das ganze Programm halt. Nach drei Jahren Beziehung hatte sie statt eines Verlobungsringes den Laufpass bekommen. Noch heute fragte sie sich, wie sie so blind hatte sein können, um nicht zu erkennen, was sich hinter ihrem Rücken abgespielt hatte. Seither war sie sehr froh, keine eigenen Kinder zu haben. Sie hatte sich mit aller Kraft auf ihren Job konzentriert und hatte jeden Gedanken an eine feste Beziehung und eigene Familie verdrängt. Heute fand sie ihr Leben gut, wie es war. Sie brauchte niemand Rechenschaft geben, konnte kommen und gehen, wie es ihr passte ... das hieß, bis gestern war das noch so gewesen. Nun hatte sie Valerie, auf die sie Rücksicht nehmen musste.

Michaela blinzelte und holte sich aus ihrer Gedankenwelt in die Gegenwart zurück. »Wahrscheinlich liegt es an diesem Tante-Syndrom, dass ich eingewilligt habe, Valerie bei mir wohnen zu lassen, während ihre Eltern in Lesotho sind.«

»Meine Güte, was verschlägt sie denn ausgerechnet nach Lesotho? Und wie lange bleiben sie?«

»Ärzte ohne Grenzen, und sie bleiben ein ganzes Jahr. Sie hätten Valerie mitgenommen, aber sie wollte nicht. Ihre Freunde, die Schule ... na ja, wie das halt in dem Alter ist.«

»Dann wünsche ich dir viel Glück, ein Jahr kann verdammt lang werden. Aber du machst das schon, da bin ich sicher. Wenn es schwierig wird, denkst du einfach dran, wie es für dich in ihrem Alter war.« Doris grinste.

Einen Teenager niemals als Kind bezeichnen und daran denken, wie ich in dem Alter war, wiederholte Michaela stumm für sich Doris' Ratschläge. Gut, das konnte sie umsetzen. Wie viele Tipps würde sie brauchen, um sich der Aufgabe, eine Jugendliche zu erziehen, gewachsen zu fühlen? Vielleicht sollte sie ein paar dieser Ratgeber lesen. Sie würde sich gleich heute Abend im Internet schlaumachen, welche es auf dem Markt gab.

Mittlerweile hatten sie das gerichtsmedizinische Institut erreicht, und Doris suchte gerade nach einer geeigneten Parklücke.

»Ich stand gestern in der Tiefgarage«, sagte Michaela.

»Nicht nötig«, entgegnete Doris, »Platz genug.« Dann zwängte sie sich in die enge Lücke, die sie ausfindig gemacht hatte. Der Wagen stand nahezu Stoßstange an Stoßstange mit den anderen. Michaela konnte nicht umhin, ihre junge Kollegin zu bewundern. Sie hätte nicht mal versucht, mit dem Auto da hineinzukommen.

KAPITEL 4

Das Problem, die Leiche zu entsorgen, hatte er gelöst. Obwohl er sich natürlich auf solch einen Fall vorbereitet hatte, war zwischen der theoretischen Planung und der praktischen Umsetzung ein großer Unterschied. Jetzt, Stunden später, wünschte er, er hätte eine elegantere Lösung gefunden. Nr. 2 einfach abzulegen, war so ... plump. Von ihm selbst hätte er sich mehr Fantasie erwartet. Er verdrängte das Gefühl der Unzufriedenheit. Das Wichtigste war, dass er keine Spuren hinterlassen hatte. Er tröstete sich mit dem Gedanken, dass er es beim nächsten Mal besser machen würde. Und es stand für ihn außer Zweifel, dass es ein nächstes Mal geben würde. Eigentlich hatte er sein Ziel erreicht, eines der Mädchen hatte ein anderes getötet. Experiment gelungen. Aber der Gedanke, jetzt aufzuhören, erfüllte ihn mit Entsetzen. Immerhin war Nr. 1 bereits gewaltbereit gewesen, als sie in seine Obhut kam. Außerdem hatte sie im Affekt gehandelt, was einen großen Unterschied zu einer bewussten Tat darstellte. Viel interessanter wäre es herauszufinden, ob er eine der anderen Testpersonen so weit bringen konnte zu morden. Eine, die vorher nicht durch Aggressivität aufgefallen war, die unbescholten und sozial veranlagt war. Ja, er würde das Experiment weiterführen.

Vorfreude erfüllte ihn, und er musste sich eingestehen, dass sie nicht allein in seiner Entscheidung weiterzumachen begründet war. Ihm gefiel die Macht, die er über seine Testpersonen hatte, er liebte ihren Geruch nach Angst. Es bereitete ihm Spaß, sich neue, schwierigere, grausame Aufgaben auszudenken. Seine Mutter hatte ihm mit ihren Forschungen den rechten Weg gewiesen, doch seine würden ihre übertreffen, denn er war bereit, den Einsatz zu erhöhen. Er musste seine Testpersonen stärker unter Druck setzen, sie brechen, sie manipulieren. Dass er dabei Vergnügen empfand, war ein zusätzlicher Bonus. Warum auch nicht? Arbeit hieß nicht, dass sie keinen Spaß machen durfte. Als Nächstes musste er also Ersatz für Nr. 2 besorgen.

Er hatte Nr. 1 von Nr. 3 getrennt, nur zur Sicherheit. Da sie die Grenze endlich überschritten hatte, wollte er nicht riskieren, etwas Wichtiges zu versäumen.

Er sah auf die Uhr, vervollständigte seine Aufzeichnungen und machte sich auf den Weg. Bis heute Abend war viel zu tun.

Nr. 3 atmete auf. Er war weg. Die Mörderin ebenso. Sie wusste, dass die Verschnaufpause im besten Falle nur ein paar Stunden betrug. Aber diese kurze Zeit war kostbar. Sie konnte sich erlauben, ihre Anspannung loszulassen, wenigstens, bis er sie wieder zusammen mit Nr. 1 in einen Raum sperrte. Sie durfte ihre Vorsicht fallen lassen, ihren Gedanken nachhängen, davon träumen, dass jemand kommen und sie finden würde. Diese dumme Hoffnung, die sie nicht abschütteln konnte. Noch nicht.

Sie rollte sich zu einem Kokon zusammen und spürte den harten Boden unter ihrem nackten Körper. Was hätte sie nur für eine Decke gegeben, aber die gehörte Nr. 1. Sie wusste gar nicht mehr, wie es sich anfühlte, nicht zu frieren. Oder nicht mehr hungrig zu sein – Dinge, die sie früher für selbstverständlich gehalten hatte.

Dinge, die ihr genommen wurden, so wie auch ihr Name. Ab dem Zeitpunkt, an dem er sie in diesen Keller gesperrt hatte, war sie Nr. 3 gewesen. Sie wünschte sich, sie hätte die Zeit zurückdrehen können. Nur ihre Gedanken konnte er nicht kontrollieren. Sie schloss die Augen und sah ihre Familie, ihren Bruder, mit dem sie oft gestritten hatte. Wie sehr hatte sie sich darüber geärgert, dass sie als Ältere jedes Mal nachgeben sollte? »Sei doch nicht so« oder »Die Klügere gibt nach«, gehörten zu den Lieblingssprüchen ihrer Mutter. Und Grissy, ihr Hund. Sie wusste nicht mal, ob er noch lebte. Sie dachte an den verhängnisvollen Nachmittag, und Tränen rollten still ihre Backen hinunter, während zum hundertsten oder tausendsten Mal der Film ihrer Entführung vor ihrem inneren Auge ablief.

Eigentlich war es gar nicht ihre Aufgabe gewesen, mit Grissy spazieren zu gehen, sondern Lukas'. Nach zähen, langen Verhandlungen hatten die Eltern zugestimmt, einen Hund aus dem Tierheim zu holen, unter der Voraussetzung, dass Maja und Lukas sich am Nachmittag beim Gassigehen abwechseln würden. Doch ihrem Bruder war bereits zum dritten Mal hintereinander eine Ausrede eingefallen, warum er mit dem Hund nicht rauskonnte. Einmal war es ein wichtiges Fußballspiel, mal eine Verabredung zum Schwimmen. An dem Tag hatte er furchtbare Halsschmerzen.

Sie schlug den Weg ein, den sie mit Grissy immer nahm. Auf den anderen Routen gab es ein paar Hunde, vor denen sie Angst hatte. Die liefen ohne Leine, ihre Besitzer meilenweit weg oder überhaupt nicht da.

Auf diesem Pfad war ihr noch nie jemand begegnet.

Wahrscheinlich wurde er ohnehin nur von ihr und ihren engsten Freundinnen benutzt, um zum Bach zu gelangen. Dort saßen sie oft stundenlang, sahen dem Wasser zu, quatschten über Jungs oder lästerten über ihre Eltern.

Dann, aus dem Nichts heraus, blieb Grissy stehen und begann, wie wild zu kläffen.

Ihr entschiedenes »Aus!« nützte gar nichts. Der Hund sträubte sein Fell und bellte lauter. Vielleicht ein Kaninchen, dachte sie.

»Komm her!«, befahl sie und legte alle Strenge in ihre Stimme. Grissy folgte endlich, blickte sich aber immer wieder um und knurrte. So hatte Maja den Hund noch nie erlebt. Ihr wurde mulmig zumute. Sie hätte auf ihr Gefühl hören sollen. Stattdessen lobte sie Grissy und nahm ihn auf den Arm. Ein Geräusch hinter ihr ließ sie zusammenfahren. Angsthase!, schalt sie sich. Dennoch verlangsamte sie automatisch ihre Schritte, um besser hören zu können.

Da spürte sie einen Ruck an ihrer Jacke. Ehe sie protestieren konnte, legten sich zwei Hände um ihren Hals und drückten zu. Unbarmherzig. Sie ließ Grissy los, wand sich, trat nach hinten und fühlte, dass sie getroffen hatte, denn für einen winzigen Moment lockerte sich der Griff des Fremden.

Der Funken Hoffnung, der in ihr aufglomm, als Grissy knurrte und ihr Angreifer einen Schmerzensschrei ausstieß, erlosch, als sie ihren Hund jaulen hörte. Sie drehte sich um, sah aus dem Augenwinkel Grissys Körper am Boden liegen. Die Wut, die sie beim Anblick ihres leblosen Hundes überkam, verlieh ihr neue Kraft. Sie drehte sich um, fest entschlossen, ihrem Angreifer das Gesicht zu zerkratzen. Doch der Mann hatte kein Gesicht. Im Bruchteil einer Sekunde bemerkte sie die Sturmhaube, die seine Züge verdeckte. Sie wirbelte herum. Lauf!, befahl sie sich, und ihre Beine gehorchten widerwillig.

Sie stolperte, strauchelte, fiel. Tränen rollten ihr über die Wangen, sie schluchzte, während sie sich aufrappelte, um ihren Fluchtversuch fortzusetzen.

Sie kam nicht weit. Erneut wurde sie gepackt. Hände drückten ihre Kehle zu, fester als vorher. Maja fand bald nicht mehr die Kraft, sich zu wehren. Ihr Körper erschlaffte, die Schmerzen in ihren Augen, an ihrem Hals und in ihrer Lunge verebbten, dann wurde es dunkel um sie. Ihre letzten Gedanken galten Grissy, dem tapferen kleinen Hund, der sie beschützen wollte, und Lukas, ihrem Bruder. Nun wäre er der Große.

Sie hatte gedacht, sie würde sterben – und nun wünschte sie manchmal, er hätte sie damals tatsächlich umgebracht. Der Tod wäre gnädiger gewesen als das, was sie seither erleben musste. Und doch – solange die winzige Chance bestand, sie könnte wieder nach Hause kommen, würde sie das Frieren, den Hunger, die Demütigungen irgendwie überstehen. Dumme Hoffnung, dumme, dumme Hoffnung. Aber sie war das Einzige, das ihr geblieben war.

KAPITEL 5

»Na, dann wollen wir mal«, meinte Ferreira, als Michaela und Doris sich in seinem Büro meldeten. »Saal 2«, wies er ihnen den Weg. »Ich habe sie schon reinbringen lassen.«

Michaela war nicht zimperlich. In den letzten fünf Jahren, seit ihrer Zeit in der Mordkommission, war sie bestimmt bei zwei Dutzend Obduktionen dabei gewesen. Und auch davor, ganz am Anfang bei der Streife, hatte sie Tote gesehen. Doch beim Anblick des Mädchens auf dem Stahltisch, klein und unterernährt, übersät mit blauen Flecken, musste sie schlucken. Himmel, sie war wirklich nicht älter als Valerie.

Sie betrachtete den nackten Körper, der kindlich und unschuldig wirkte. Im Haar hatten sich Blätter, Schmutz und Grashalme verfangen. »Sie wurde nackt aufgefunden?«, fragte sie und erkannte ihre eigene Stimme kaum wieder.

Ferreira nickte. »Nichts. Keine Kleidung, nicht einmal eine Decke oder ein Laken.«

»Ist sie ... wurde sie ...?«, begann Doris. Der Anblick schien ihr ebenfalls ziemlich nahezugehen.

»Das weiß ich nicht. Wir stehen ja ganz am Anfang.«

Ferreira gab dem Obduktionsassistenten ein Zeichen, und zusammen drehten sie den Leichnam auf den Bauch. »Hier, das finde ich faszinierend. Sehen Sie?« Er deutete auf die Fersen des Mädchens.

Michaela und Doris beugten sich gleichzeitig hinunter. »Da ist ja gar nichts«, rief Doris enttäuscht und richtete sich wieder auf.

»Eben«, gab Ferreira zurück und sparte sich jede weitere Erklärung. Hilfesuchend blickte Doris zu Michaela.

»Man kann auch Schlüsse aus fehlenden Dingen ziehen«, erläuterte Michaela. »Keine Schleifspuren bedeuten, dass der Täter oder die Täterin sie möglicherweise getragen hat.«

Michaela konnte förmlich Doris' Gehirnzellen arbeiten sehen. »Sie könnte auf einer Decke oder Ähnlichem gelegen haben.« Michaela lächelte Doris zu. »Du lernst schnell. Das ist eine Möglichkeit. Dann müssten allerdings Fasern zu finden sein.«

Michaela sah zu, wie Ferreira und sein Assistent mit Klebebandstreifen den Rücken des Mädchens abklebten, diese wieder abzogen und beschrifteten. Danach kämmten die beiden das Haar durch und packten alle Spuren in kleine Tüten.

Anschließend wurde die Tote abgebraust, ehe Dr. Ferreira das äußere Erscheinungsbild beschrieb, während er den Körper untersuchte und so vorsichtig abtastete, als würde das Mädchen leben. Auch deshalb war Michaela dankbar, dass er sich bereit erklärt hatte, die Obduktion vorzunehmen.

Gute drei Stunden später fühlte Michaela sich wie erschlagen. Das rührte wahrscheinlich von ihrer Anspannung. Immerhin schloss Ferreira eine Vergewaltigung aus. Michaela spürte, wie Doris angesichts dieser Nachricht erleichtert aufatmete. Der Pathologe konnte auch die Todesursache bestimmen: Massive Gehirneinblutungen infolge eines Schädel-Hirn-Traumas. Längst hatte Michaela beschlossen, sie weiterhin »die Kleine« zu nennen, nicht »Jane Doe«, wie das sonst bei namenlosen weiblichen Toten üblich war.

Doris runzelte nachdenklich die Stirn und fragte: »Könnte sie gestürzt sein?«

»Nein. Sie hätte von großer Höhe fallen müssen, und dann hätte sie wiederum weitere, dafür charakteristische Verletzungen. Hat sie aber nicht.«

»Sie sieht furchtbar dünn aus«, stellte Doris fest.

»Ja, aber nicht freiwillig«, gab Ferreira zurück, zog sich die Handschuhe aus und warf sie in den Mülleimer. »Würden Sie mir bitte in mein Büro folgen, dort können wir weiterreden.«

So geordnet Ferreira bei den Obduktionen vorging, so chaotisch sah sein Arbeitszimmer aus. Überall lagen Fachbücher und Zeitschriften verstreut – alle hatten irgendetwas mit Medizin zu tun.

Michaela sah sich um und legte den Stapel Magazine schließlich auf den Boden neben dem Stuhl. Doris folgte ihrem Beispiel. Ferreira setzte sich hinter seinen Schreibtisch, schob seine Brille zurecht und faltete die Hände über den Bauch.

»Wie meinten Sie das vorhin, als Sie sagten, sie wäre nicht freiwillig so dünn gewesen?«, hakte Michaela nach.

Ferreira rollte mit seinem Stuhl zu ihnen herüber und streckte die Beine aus. Bequem sah seine Sitzhaltung nicht aus, schoss es Michaela durch den Kopf.

»Nun, ich muss natürlich die Blutproben abwarten, aber ihr ganzer gesundheitlicher Zustand, die Unterernährung, die Mangelerscheinungen ... vor allem die Mangelerscheinungen.«

Doris blickte skeptisch. »Viele junge Mädchen leiden

unter Magersucht. Die Medien suggerieren, je dünner, desto schöner – und diese Modelshows tun ihr Übriges. Vielleicht hat sie einfach eine Radikaldiät gemacht.«

Ferreira schüttelte langsam den Kopf. »Ihre Nägel, ihr Teint. Sie hat sich lange nicht gewaschen, ihr Haar war derart verfilzt, dass wir mit dem Kamm kaum durchgekommen sind ... würde ein Mädchen mit Modelambitionen sich so vernachlässigen? Und würden ihre Eltern tatenlos zusehen?«

»Sie könnte weggelaufen sein«, gab Doris zu bedenken, »das würde erklären, dass sie zu wenig zu essen hatte. Und ihren restlichen Zustand ebenso. Vielleicht hat sie auf der Straße oder in einem Abbruchhaus gelebt. Oder liege ich da falsch?«

Michaela nickte zu Doris' Worten, doch ihr selbst war eben ein anderer Gedanke gekommen. »Und wenn sie irgendwo gefangen gehalten wurde? Würde das nicht ebenfalls zu Ihren Untersuchungsergebnissen passen?« Sie sah erwartungsvoll zu Dr. Ferreira.

»Sicher, beides wäre möglich«, räumte er ein.

Nachdem Michaela und Doris aus der Gerichtsmedizin zurückgekehrt waren, berichtete Vincent ihnen von seinem Besuch bei Dagmar Stelzmann. »Sie hat sich krankgemeldet, steht unter Schock. Mehr als sie den Beamten vor Ort gesagt hat, konnte sie mir auch nicht erzählen. Sie fuhr von der Arbeit nach Hause, nahm den Feldweg, weil der kürzer ist, und da lag die Tote. Im ersten Moment hat sie gedacht, es wäre ein Tier.«

»Gibt es schon was von der Spurensicherung?«, fragte Michaela.

»Bisher nicht. Aber die sind gerade überlastet.«

Michaela lachte auf. »Das ist nichts Neues. Ich ruf da an und mache den Kollegen etwas Feuer unterm Hintern.«

Während sie telefonierte, begann Doris, auf dem Flipchart die dürftigen Fakten aufzuschreiben.

Nachdem Harald Kammerer, der Leiter der Spurensicherung, Michaela versichert hatte, dass sie heute noch mit den ersten Ergebnissen rechnen konnten, legte sie auf und ging zu der Tafel hinüber. Sie nahm Doris den Stift aus der Hand, strich Jane Doe durch und schrieb stattdessen »Die Kleine« hin. Auf Doris' fragenden Blick antwortete sie: »Nur bis wir einen Namen haben.«

Vincent sah sie an, schließlich nickte er. »Dann sorgen wir dafür.«

Sie hatten sich die Vermisstenakten, die Vincent in der Zwischenzeit geholt hatte, untereinander aufgeteilt. Michaela betrachtete ihren Stapel. Sie hatte nicht damit gerechnet, dass es so viele sein würden. Schlechtes Gewissen durchflutete sie, als sie an Valerie dachte. Dabei wollte sie heute unbedingt rechtzeitig daheim sein. Sie seufzte tief und griff zur nächsten Akte. Wenn sie eine Stunde blieb und anstatt einzukaufen vom Chinesen ums Eck etwas besorgte, wäre das immerhin ein Kompromiss. Sie hoffte, Valerie mochte chinesisches Essen.

KAPITEL 6

Nr. 1 tigerte in der schmalen Zelle umher und überlegte, an den Gitterstäben zu rütteln oder laut zu schreien, einfach so. Sie wusste ja, dass sie keiner hören konnte, es wäre nur zum Zeitvertreib gewesen. Oder um Nr. 3 einzuschüchtern.

Sie lächelte still in sich hinein. Noch vor ein paar Wochen hätte sie sich nicht vorstellen können, auch nur daran zu denken, jemanden umzubringen. Okay, vielleicht hatte sie doch daran gedacht, aber eben nur, wie man halt darüber nachdenkt, wenn man auf jemanden richtig wütend ist. Die Zeit hier hatte sie verändert. Nicht, dass sie jemals ein sanftes, liebes, angepasstes Mädchen gewesen wäre. In der Schule hatten sich die Lehrer ständig über sie beschwert, ihre Eltern wussten irgendwann nicht mehr, was sie mit ihr anstellen sollten, und es gab immer wieder Zoff. Schließlich hatte sie es nicht mehr ausgehalten und war einfach abgehauen. Die ersten Tage hatte sie die totale Freiheit genossen, dann wurde ihr klar, dass alles einen Preis hatte. Kein Geld, kein Essen, kein Zimmer, kein Bett, keine Kleidung. So hatte sie sich das Leben nicht vorgestellt, und sie stand kurz davor, zu ihren Eltern zurückzukehren.

Und dann landete sie hier, und alles wurde ohnehin anders, als sie es jemals erwartet oder für sich gewünscht hatte. Die Sache mit Nr. 2 war ein Unfall gewesen – oder im Affekt, wie das so schön hieß. Hätte die blöde Kuh ihr gleich die Essensration überlassen, wäre es gar nicht erst so weit gekommen. Immerhin würde sie mit Nr. 3 nun keine Schwierigkeiten mehr kriegen.

Es war wie auf der Straße – man durfte keine Schwäche zeigen. Hier hatte sie wenigstens ein Dach über dem Kopf und bekam zu essen.

Sie überlegte, ob die Einzelzelle eine Art Bestrafung war, kam aber zu dem Schluss, dass es wohl lediglich zur Vorsicht diente. Sie lebte lange genug hier, um zu wissen, wie er tickte. Anfangs hatte sie sich alle möglichen schrecklichen Dinge ausgemalt, die er mit ihr anstellen würde. Wozu sonst hätte er sie entführen sollen? Schließlich hörte und las man genug. Doch die Zeit verging, ohne dass er den Versuch unternahm, sich ihr in eindeutiger Weise zu nähern. Im Gegenteil, er schien an ihr als Frau überhaupt nicht interessiert zu sein – auch wenn sie alle nackt sein mussten. Nach ein paar Wochen ihres Aufenthaltes, als sie noch gedacht hatte, sie könne etwas ändern, hatte sie versucht, sich anzubiedern, aber er hatte bloß gelacht und gemeint, das sei ein jämmerlicher Versuch, ihn zu manipulieren.

Mittlerweile glaubte sie, dass er ihnen die Kleidung wegnahm, weil sie nichts besitzen sollten: keine persönlichen Dinge, keine materiellen Werte, ja, nicht einmal ihre Namen. Das gehörte zu seinem Psychospiel. Je eher man die Regeln akzeptierte, desto eher bekam man Belohnungen in Form von Extrarationen oder Vergünstigungen. Sie hatte schnell kapiert, dass sie ihn nicht provozieren konnte. Egal, was sie zu ihm sagte, er blieb immer kühl, beinahe freundlich. Wichtig dagegen war ihm anscheinend, wie die Testpersonen miteinander klarkamen.

Er glaubte, sie wüsste nicht, dass er sie heimlich beobachtete – und zwar nicht nur über die Kameras, die überall in den Zellen installiert waren. Manchmal hörte sie ihn atmen, irgendwo in einer dunklen Ecke verborgen, unsichtbar für die anderen. Aber nicht für sie.

KAPITEL 7

Michaela sah auf die Uhr. Fünf nach vier, und die Spurensicherung hatte sich bisher nicht gemeldet. Mist!

»Ich schaue mir den Rest morgen durch. Ihr wisst ja, meine Nichte ...« Sie wünschte, sie hätte ihre Kollegen mit der Arbeit nicht alleinlassen müssen. Sie hätte die Akten mit nach Hause nehmen können. Obwohl es offiziell nicht gestattet war, taten das alle ständig. Auch sie. Doch diesmal würde sie darauf verzichten müssen. Allzu gut hatte sie Valeries neugierigen Blick im Obduktionssaal im Gedächtnis.

Doris blickte kurz auf und sagte: »Geh nur.«

Vincent hob zum Gruß die Hand, ohne von seinem Stapel aufzusehen.

»Und falls es von der Spurensicherung was Neues gibt ...«, begann sie, doch Doris schnitt ihr das Wort ab.

»Rufen wir dich an, versprochen. Und jetzt ab mit dir. Schau, dass du heimkommst. Schließlich führst du kein Singleleben mehr.«

Michaela beschloss, auf dem Heimweg schnell beim nächsten Supermarkt einzukaufen. Da sie am Stadtrand wohnte, wo die Infrastruktur eher dürftig war, konnte sie nicht mal eben ums Eck Lebensmittel besorgen, so wie früher, als sie im 6. Bezirk gelebt hatte. Auch wenn sie sich in ihrem Haus wohlfühlte, trauerte sie hin und wieder der Wohnung nach, wo sie bloß die drei Stockwerke hinuntergehen und die Straße überqueren musste, um am Naschmarkt zu sein. Auch der Supermarkt war nur zwei Häuser weiter gewesen. Diese Möglichkeiten gab es nun nicht mehr, und wenn sie einkaufte, dann gleich, um eine ganze Woche lang auszukommen. Aber auch das würde sich wohl mit Valeries Aufenthalt ändern.

Ehe Michaela sichs versah, hatte sie den Einkaufswagen mit lauter Dingen gefüllt, die sie sonst nie hineingelegt hätte. Joghurt, Cornflakes, Schokolade. Kinder mochten Süßes. Nein, Jugendliche, korrigierte sie sich in Gedanken.

Vollbepackt mit zwei Einkaufstüten schloss sie die Haustür auf. »Ich bin da!«, rief sie und erwartete, dass Valerie sich gleich auf sie stürzen würde. Doch alles blieb still, nur das Ticken der Küchenuhr begrüßte sie. Michaela stellte ihren Einkauf ab und ging, um nach Valerie zu sehen. Das Gästezimmer war leer.

Hatte Michaela etwas falsch verstanden, und ihre Nichte hatte erst später Schule aus? Vielleicht wollte sie sich mit einer Freundin treffen. Mädchen hingen doch ständig mit ihren Freundinnen rum. Oder mit einem Freund. Gott bewahre! Michaela musste sich eingestehen, dass sie nicht mal wusste, ob Valerie überhaupt einen Freund hatte. Nicht in Panik geraten, sprach sie sich gut zu. Ruhe bewahren. Doris' Rat, daran zu denken, wie sie sich selbst in Valeries Alter verhalten hatte, fiel ihr ein. Ihre Nichte war bald siebzehn und sehr selbstständig. Es war gerade mal sechs vorbei. Mit Valeries Eltern war abgemacht, dass Valerie abends spätestens um neun daheim sein musste. Teenager brauchen Freiräume, sagte Michaela sich.

Sie würde erst einmal die Lebensmittel verstauen. Danach konnte sie überlegen, ob sie Valerie anrief. Freiräume hin oder her. Wenigstens Bescheid hätte die junge Dame geben können, dass sie später kam.

Michaela wollte gerade die Milch in den Kühlschrank stellen, als die Türglocke summte. Valerie, war ihr erster Gedanke. Vielleicht hatte sie den Schlüssel vergessen.

Mit der Milchpackung in der Hand ging sie öffnen. »Hast du deinen Schlüssel ver...« Die letzten Silben verschluckte sie. Nicht Valerie stand vor der Tür, sondern ein Mann. Er lächelte sie an und streckte ihr die Hand entgegen. »Bernd Dalisch, Ihr neuer Nachbar. Sagen Sie bloß, Sie können Gedanken lesen?«

Irritiert blickte sie ihn an und übersah mit Absicht seine Hand. Er deutete mit dem Kopf auf die Milchtüte, die sie wie einen Schutzschild vor ihrer Brust hielt.

»Ich wollte fragen, ob Sie mir etwas Milch leihen können. Gleich morgen bring ich sie zurück, aber heute war ich mit Kistenauspacken so beschäftigt, dass ich nicht zum Einkaufen kam.« Die Hand hatte er mittlerweile sinken lassen.

Michaela blinzelte und wusste nicht, was sie von ihrem Gegenüber halten sollte. Natürlich war sie nicht knauserig, und sie kam mit allen Nachbarn gut aus. Hauptsächlich aber deshalb, weil sie sich gegenseitig in Ruhe ließen. Eine kleine Begrüßung, das Wechseln von ein paar belanglosen Worten, wenn man sich zufällig auf der Straße traf – das reichte.

Außerdem hatte sie gestern nicht vor dem Haus parken können, weil sein Umzugswagen davorstand. Nicht zu vergessen heute früh, als das Wasser plötzlich weg war. Alles in allem kein angenehmer Start für eine gute Nachbarschaft. Sie gab sich einen Ruck und drückte ihm die Milchpackung in die Hand. »Bitte schön, ich habe eine zweite. Sie können die Milch behalten.«

Er schüttelte den Kopf. »Wo kämen wir da hin? Natürlich begleiche ich meine Schulden. Gleich morgen. Ach, und wenn wir schon dabei sind – haben Sie vielleicht eine Bohrmaschine?«

Fein! Da reichte man diesem Dalisch den kleinen Finger, und er riss gleich den ganzen Arm an sich. Genauso hatte sie ihn eingeschätzt. Daran konnte auch sein Grinsen, das er wohl selbst für ein gewinnendes Lächeln hielt, nichts ändern.

Michaela seufzte tief und zog ihren Schlüsselbund vom Schloss ab. »In der Garage«, sagte sie und drängte sich an ihm vorbei. Sie zog die Tür hinter sich zu. Die Bohrmaschine hatte sie seit Ewigkeiten nicht gebraucht, hoffentlich fand sie sie gleich und wäre dann endlich ihren neuen Nachbarn wieder los.

Bernd Dalisch hatte sich mehrmals bei ihr bedankt, bevor er endlich in seiner Haushälfte verschwunden war. Michaela beglückwünschte sich selbst. Na bitte, sie hatte die erste Begegnung mit ihrem Nachbarn überstanden und sich dabei nicht mal unfreundlich verhalten. Vielleicht ein bisschen, aber nur, weil er sie die ganze Zeit über angestarrt hatte. Wenigstens hatte sie ihm gleich klargemacht, dass sie nicht zu diesen Frauen wie in *Desperate Housewives* gehörte, die sich ständig gegenseitig besuchten und so taten, als wären sie die besten Freundinnen.

Die Lebensmittel waren alle verstaut, Valerie immer

noch nicht da. Anrufen oder nicht?, fragte sich Michaela. Sie sah auf die Uhr. Kurz nach sieben. Bis acht würde sie Valerie Zeit geben, sich zu melden, beschloss sie. Und bis dahin würde sie im Internet nach vermissten Mädchen suchen, um über der Warterei nicht wahnsinnig zu werden. Es konnte schließlich nicht sein, dass man in den unendlichen Weiten des Netzes nichts fand.

Tatsächlich gab es sogar mehrere Foren, in denen sich Eltern von vermissten Kindern austauschen konnten. Michaela war so ins Lesen der Beiträge vertieft, dass sie das Öffnen der Haustür gar nicht wahrnahm. Gleich darauf stand Valerie neben ihr. »Hallo, Tante Mika.«

Sie zuckte zusammen und sah mit pochendem Herzen auf. Gleich darauf wanderte ihr Blick zu der Zeitanzeige ihres Laptops. 20.45 Uhr. Das hieß, im Grunde war Valerie pünktlich. Überpünktlich sogar. Diese Art von Recherche über verschwundene Kinder war vielleicht nicht die beste Methode, um sich die Zeit zu vertreiben, während sie auf ihre minderjährige Nichte wartete.

»Hallo Valerie, ich habe mir Sorgen gemacht«, sagte Michaela so unverfänglich wie möglich.

»Wieso? Ich bin rechtzeitig da.« Hatte sich etwa ein schnippischer Ton in Valeries Stimme gemischt? Michaela fühlte, wie Groll in ihr aufstieg. Wenn es etwas gab, das sie hasste, dann diesen Tonfall.

Sie verschränkte die Arme vor der Brust. »Jetzt hör mir mal zu, wenn es mit uns beiden klappen soll, musst du dich an ein paar Regeln halten: Die erste lautet, ich möchte wissen, wo du dich nach der Schule herumtreibst.«

Valerie sah sie vernichtend an, und ihr wurde klar, dass sie gerade einen Fehler gemacht hatte. Verdammt, sie führte ja kein Verhör. Michaela atmete durch und sagte: »Tut mir leid, ich hatte einen anstrengenden Tag, hatte mich extra losgerissen, und als ich heimkam, warst du nicht hier. Ich will dich nicht kontrollieren, ich habe mir wirklich bloß Sorgen gemacht.«

Für einen kurzen Moment dachte sie, ihre Nichte würde ohne ein weiteres Wort aus dem Zimmer gehen. Das hatte sie ja super hinbekommen. Noch nicht mal zwei Tage, und schon gab es Zoff. Doch dann antwortete Valerie: »Ich war bei Anna.«

»Deine Freundin?« Michaela wurde wieder einmal klar, wie wenig sie ihre Nichte kannte. Wie kam das? Es war schließlich nicht so, dass sie jahrelang keinen Kontakt gehalten hätte. Gewöhnlich traf sich die ganze Familie etwa alle zwei Monate zum Essen. Valerie hatte sie ab und zu an den Wochenenden besucht, auch wenn sie da jünger gewesen war. Wieso kam es Michaela dann vor, als wüsste sie gar nichts über Valerie? Weil sie jetzt nicht mehr mit Puppen spielt und sich nicht aus lauter Angst vor einem Gewitter in deinem Bett verkriecht, gab sie sich selbst die Antwort.

»Anna ist meine Klavierlehrerin«, sagte Valerie prompt, und Michaela kam sich noch unwissender vor.

»Ja, natürlich. Ich hatte nicht daran gedacht«, murmelte sie.

»Und davor war ich zu Hause und habe geübt. Du hast ja kein Klavier.« Es war bestimmt nicht als Vorwurf gedacht, aber Michaela hätte sich trotzdem beinahe entschuldigt. Sie trug sich mit dem Gedanken, gleich morgen in die nächste Musikhandlung zu gehen und so ein blödes Klavier zu kaufen. Dann würde sie ihre verrosteten, lang verschütteten Kenntnisse vielleicht ebenfalls aus sich herauskitzeln können. Warum, verdammt, hatte sie sich nie ein Klavier gekauft?

Weil du nie Zeit zum Spielen hast. Und weil du die Klavierstunden und die Übungen gehasst hast, antwortete die Vernunftstimme in ihrem Kopf.

»Ich habe eingekauft«, wechselte Michaela das Thema.

»Das war auch dringend nötig«, sagte Valerie grinsend, und Michaelas Anspannung fiel von ihr ab. Gut, sie hatte die Kurve gerade noch gekriegt.

Michaela lachte. »Stimmt, es war wirklich höchste Zeit. Ich muss dir was gestehen.« Valerie sah sie neugierig an.

»Mein Kühlschrank ist normalerweise immer leer. Und ich bin eine lausige Köchin. Tatsächlich kann ich so gut wie gar nicht kochen. Aber ich bin bereit dazuzulernen.«

»Was isst du dann den ganzen Tag?«

»Meist außerhalb oder in der Kantine.«

»Und ich in der Schule. Oder manchmal bei Saskia – sie ist meine Freundin. Du brauchst also nicht zu kochen. Ich komme zurecht. Wirklich.«

Anstatt darüber erleichtert zu sein, fühlte Michaela einen kleinen Funken Bedauern in sich aufsteigen. Schade irgendwie. Kochen lernen hätte ihr vielleicht Spaß gemacht.

Valerie musste an ihrem Gesicht die Enttäuschung bemerkt haben, denn sie setzte hinzu: »Aber an den Wochenenden können wir gemeinsam kochen. Da kann ich dir noch was beibringen.«

»Abgemacht«, sagte Michaela. Das war ein guter Anfang, fand sie. Kochen war etwas, was sie und ihre Nichte zusammen tun konnten.

Valerie ging in die Küche, holte sich einen Joghurt und setzte sich neben Michaela auf das Sofa. »Was tust du da?«, fragte sie.

»Arbeiten«, antwortete Michaela.

»Hast du nie Feierabend?«

Michaela ließ sich Zeit mit der Antwort. Die Wahrheit lautete, nein, fast nie. Sie ging selten aus, verbrachte tatsächlich den größten Teil ihrer Freizeit mit ihren Fällen, aber das klang so erbärmlich, also schwindelte sie:

»Meistens schon. Aber wenn ich gerade einen sehr brisanten Fall habe, dann muss ich auch zu Hause arbeiten.«

Valerie beugte sich vor und versuchte, auf den Bildschirm zu linsen. Michaela klappte schnell den Laptop zu. Womöglich würde Valerie die Internetseite auf sich beziehen und Michaela für komplett durchgeknallt halten.

»So, genug für heute«, sagte sie betont fröhlich. Doch Valerie hatte sie durchschaut. »Du willst nicht, dass ich davon was mitbekomme, nicht wahr?«

»Ehrlich gesagt ...«

»Tante Mika, ich bin kein KIND!«

Michaela nickte bedächtig. Valerie hatte sich ein bisschen Entgegenkommen von ihr verdient. »Das weiß ich. Darum geht es auch gar nicht. Aber ich darf niemandem etwas über laufende Ermittlungen erzählen.«

Valerie riss die Augen auf. »Ehrlich? Nicht mal deiner Familie? Das ist ja voll blöd.«

»Nicht mal Ehepartnern, Eltern oder Geschwistern –

und leider auch keinen neugierigen Nichten. Niemandem.« Das war nicht einmal gelogen. Theoretisch galt die Verschwiegenheitspflicht, aber praktisch hielten sich die wenigsten Beamten daran. Wenigstens ihren Partnern erzählten die meisten, woran sie gerade arbeiteten, sonst war der Job auf Dauer nicht auszuhalten. Es gab auch so schon genug Polizeibeamte, die sich über kurz oder lang versetzen ließen oder ganz den Job wechselten, weil sie dem Druck nicht standhielten.

»Zum Reden gibt es bei uns den Polizeipsychologen. Der darf ebenfalls nichts weitersagen«, erklärte Michaela. Sie wollte Valerie nicht das Gefühl geben, sie würde ihr nicht vertrauen, nur konnte und wollte sie mit einer Sechzehnjährigen nicht über ihre Ermittlungsarbeiten sprechen.

»Ach, ist das ein Profiler? Das find ich total spannend.«

»Bei uns heißt das Kriminalpsychologe – und ja, er erstellt Täterprofile. Aber das ist nicht seine ausschließliche Aufgabe.«

»Nicht? Was sonst?«

Michaela verbrachte den Rest des Abends damit, nun doch von ihrer Arbeit zu reden, natürlich ohne ins Detail zu gehen. Valerie konnte nicht genug hören. Sie hatte unzählige Fragen an Michaela. Über die Struktur und den Aufbau des Polizeiapparates, über die Spurensicherung, über gerichtsmedizinische Untersuchungen.

Erst um halb zwölf sah Michaela auf die Uhr. »Du meine Güte, es ist spät! Du musst ins Bett. Und ich auch.«

Valerie stand ohne Protest auf. »Danke, Tante Mika. Das war total interessant. Glaubst du, ich kann einmal mit zu dir ins Büro?«

»Ich weiß nicht, mal sehen.«

Damit gab sich Valerie zufrieden. »Gute Nacht!«, sagte sie und schickte sich an, in ihr Zimmer zu gehen. Dann drehte sie sich zu ihr um. »Tante Mika, darf ich dich noch etwas fragen?«

Hatte das denn nicht Zeit bis morgen? Wahrscheinlich schon, aber sie wollte das eben erst aufgebaute Verhältnis zu ihrer Nichte nicht unnötig strapazieren, deshalb seufzte sie und sagte: »Sicher.«

»Woher hast du eigentlich die Narbe?«

»Ein kleiner Unfall, nichts Dramatisches«, versuchte Michaela abzuwiegeln.

»Du willst nicht darüber sprechen.« Valerie versuchte die Enttäuschung in ihrer Stimme zu verbergen, aber es gelang ihr nicht. Michaela hatte plötzlich ein schlechtes Gewissen. Wenn sie nicht einmal ihrer Nichte gegenüber ehrlich sein konnte, war sie wahrscheinlich nicht über diese Sache hinweg, auch wenn sie sich das bislang eingeredet hatte.

»Hör zu, ich erzähl es dir, aber nicht heute. Wir müssen beide früh raus.«

Valerie bedachte sie mit einem langen, prüfenden Blick. Schließlich nickte sie und sagte: »Okay. Dann gute Nacht!« Gleich darauf war sie in ihrem Zimmer verschwunden.

KAPITEL 8

Er war erst spät heimgekommen, hatte sich die täglichen Videoaufzeichnungen angeschaut und seine Notizen vervollständigt, obwohl es keine nennenswerten Vorkommnisse gegeben hatte. Am nächsten Morgen würde er nach den beiden Mädchen sehen, jetzt schliefen sie. Vielleicht würde er ihnen eine kleine Überraschung gönnen, einfach, um die Wogen wieder zu glätten und um sie bei Laune zu halten. Ein Stückchen Schokolade, zum Beispiel. Oder für jede einen eigenen Eimer Wasser zum Waschen. Er war schließlich kein Unmensch. Zuckerbrot und Peitsche, seine Mutter hatte diese Taktik bei ihren Experimenten angewandt, und er hatte von ihr gelernt. Die Testpersonen waren leichter zu beeinflussen, wenn sie ihn nicht einschätzen konnten. Ihre Verunsicherung stieg, wenn er sich ihnen gegenüber nett zeigte, denn damit rechneten sie nicht. Je irritierter sie waren, desto eher taten sie, was er von ihnen erwartete. Vor allem, wenn es darum ging, gegen ihren Willen einem der anderen Objekte wehzutun.

Außerdem würde er Nr. 1 und Nr. 3 in getrennten Zellen lassen, bis er eine weitere Testperson aufgetrieben hatte, beschloss er. Die Gruppendynamik war mit zweien ein wenig ... dürftig. Mit diesen Gedanken ging er zu Bett, doch sein Schlaf war alles andere als erholsam.

»Mama?« Der Junge rieb sich die Augen und setzte sich auf. Auf dem Kissen mit dem blau-weißen Überzug war der Abdruck des kleinen Kopfes zu sehen.

Er stellte die Beine auf den Boden, schlüpfte in seine Hausschuhe, die im rechten Winkel zur Bettkante standen, ging zur Tür und drückte die Klinke hinunter. Es war abgesperrt. »Mama! Ich muss aufs Klo. Dringend.«

Er hielt den Atem an und lauschte. Kein Laut drang an seine Ohren, dabei war er sicher, dass seine Mama draußen vor der Tür stand. Das war ein Spiel. Ein blödes, blödes Spiel.

Sie spielten es oft. Die Regeln waren jedes Mal anders. Manchmal musste er still sein und einfach warten, bevor der Schlüssel von außen im Schloss umgedreht wurde, Mama ihn in die Arme nahm und ihn für seine Geduld lobte.

Oft half das Ausharren nichts, und die Tür blieb für den Rest des Tages zu. Einmal war er bis zum nächsten Morgen in seinem Zimmer gefangen gewesen.

Hin und wieder nutzte es, wenn er schrie und an der Türklinke rüttelte. Dafür bekam er aber nie Umarmungen, sondern Kopfnüsse oder Schlimmeres.

Er drückte sein Ohr an die Tür und meinte fast, seine Mutter auf der anderen Seite atmen zu hören. Natürlich wusste er, dass das Blödsinn war, niemand konnte so gut hören.

»Mama, wirklich, ich muss gaaaanz dringend aufs Klo. Ehrenwort und nicht geschwindelt.« Er hielt die Luft an, halb hoffend, halb bangend, und als keine Reaktion kam, wandte er sich von der Tür ab und ging zu seinem Schreibtisch. Aus der Lade holte er Papier und seine Buntstifte. Zeichnen war gut, um sich abzulenken. Er hatte schon viele Zeichnungen gemacht. Seine Mama sagte, er sei ein kleiner Künstler.

Er war beim dritten Bild angelangt – eine Riesin, die ihr Kind verspeiste –, als Mama plötzlich neben ihm stand.

»Hier, schau mal, es ist noch nicht fertig, aber …«

Eine Hand traf ihn klatschend auf die linke Wange. Sie brannte furchtbar, aber er durfte nicht weinen. Das machte alles schlimmer. Mama mochte keine Heulsusen.

Er senkte den Kopf und presste die Lippen zusammen. Er war doch brav gewesen, hatte ruhig gewartet, nicht an der Tür gerüttelt oder geschrien. »Jetzt sieh dir diese Sauerei an!« Ihre Stimme klang schrill und tat ihm in den Ohren weh. Mehr als die Ohrfeige eben.

Er blickte an sich hinunter und bemerkte die Pfütze zu seinen Füßen. Erst jetzt spürte er die unangenehme Nässe, dort wo die Hose nass geworden war. »Es tut mir leid, Mama. Ich musste dringend aufs Klo«, murmelte er.

Sie hob sein Kinn und blickte ihm in die Augen. Der Duft nach Zimt und Vanille kitzelte seine Nase. Sie roch gut. Nach Grießbrei, den er so liebte.

»Mein Junge, Selbstbeherrschung ist alles im Leben. Zieh die nassen Sachen aus.«

Er nickte und kam eilig ihrem Befehl nach. Jetzt nur nichts falsch machen. Sie nahm ihm seine Hose ab und hielt sie mit zwei Fingern weit von sich, während er mit nacktem Hintern auf weitere Anordnungen von ihr wartete.

»Wisch das auf«, forderte sie und warf ihm das Kleidungsstück zu, das vor seinen Füßen zu Boden fiel, weil er nicht schnell genug war, um es zu fangen.

Wortlos bückte er sich, legte den braunen Cordstoff auf die Urinpfütze und sah fasziniert zu, wie der Stoff an den Stellen, an denen er sich vollsog, dunkel wurde. Sie trat einen Schritt auf ihn zu, er bemerkte den Schatten, der auf ihn fiel. Eilig machte er sich daran, den Parkettboden zu putzen, ehe sie noch ungehaltener wurde.

Als er damit fertig war, wollte er aufstehen und die Hose ins Badezimmer tragen, doch sie hielt ihn zurück.

Mit festem Griff hielt ihre Hand ihn im Nacken und drückte seinen Kopf immer weiter hinunter, bis sein Gesicht sich in der nassen Hose vergrub.

»Und, kleiner Hosenpisser? Stinkt, nicht wahr?«

Aus seinem Mund kam ein undefinierbarer Laut. Mehr brachte er nicht über die Lippen. Scham brannte auf seinen Wangen. Seine Augen füllten sich mit Tränen, die Nase, der Mund waren von dem stechenden Geruch nach seinem Urin gefüllt. So abrupt wie sie ihn gepackt hatte, ließ sie ihn wieder los. »Nur Babys machen sich in die Hose. Keine Fünfjährigen. Merk dir das.«

Dann verließ sie sein Zimmer. Er hörte, wie sich der Schlüssel drehte. Da erst traute er sich, den Kopf zu heben. Gierig sog er die Luft ein.

Feuchte Haarsträhnen klebten auf seiner Stirn. Der Geruch nach Grießbrei wurde von dem nach Urin überlagert, doch waschen würde er sich erst morgen früh dürfen, das wusste er.

Er breitete die nasse Hose über die Stuhllehne und nahm sich ein leeres Blatt Papier. Diesmal zeichnete er einen Hai, der einen kleinen Fisch fraß. Der Hai hatte viele, spitze Zähne und sah gefährlich aus. Der Hai war er.

Keuchend setzte er sich mit einem Ruck auf und meinte den Urin, vermischt mit Vanille- und Zimtaroma, im Raum zu riechen. Nur ein Traum, versuchte er sich zu beruhigen. Alles nicht real. Trotzdem raste sein Puls, und das Haar klebte schweißnass am Kopf. Da an ein Weiterschlafen ohnehin nicht zu denken war, stand er auf und ging unter die Dusche.

In den heißen Wasserstrahl murmelte er unablässig:

»Alles falsch, alles falsch. Nichts davon ist je geschehen.«

KAPITEL 9

Michaela hatte den Morgen ohne größere Katastrophen hinter sich gebracht, wenn man davon absah, dass Valerie nicht dazu zu bewegen war, irgendetwas Vernünftiges zu frühstücken. Nicht einmal Cornflakes wollte sie. Immerhin hatte sie einen Apfel und eine Banane mit in die Schule genommen, was Michaela als kleinen Triumph empfand.

Auf ihrem Handy waren keine Nachrichten eingegangen, was hieß, dass Harald Kammerer sich gestern nicht gemeldet hatte. Sehr ärgerlich. Deshalb beschloss sie, vor ihrem Dienstbeginn persönlich in seiner Abteilung vorbeizuschauen.

Fünf Minuten nach halb acht betrat Michaela das Kriminalamt. Sie hatte bereits einen Fuß auf der Treppe, als ihr einfiel, dass sie vorher in die Spurensicherung wollte. Also schwenkte sie nach links und ging den langen Korridor hinunter. Sie betrat das Labor und sah sich suchend um, bis sie Harald entdeckte. Bei ihrem Anblick lächelte er breit und hielt sich spaßeshalber die Zeitung vors Gesicht, als wolle er sich vor ihr verstecken. Sie lachte, trat auf ihn zu und schob die Zeitung beiseite. »Keine Chance, Harald. Ihr wolltet mir gestern was liefern, habt ihr aber nicht, also führt mich mein erster Weg heute zu dir.«

»Ehrlich, ich hätte dich angerufen, aber wir waren

nicht fertig. Aber leid tut es mir nicht. Sonst bekomme ich dich gar nicht mehr zu Gesicht.«

Harald war ein netter Kerl, der keinen Hehl daraus machte, dass Michaela ihm gefiel, ohne dabei aufdringlich zu sein. Vor einigen Monaten hatte sie ernsthaft in Erwägung gezogen, mit ihm auszugehen, doch dann war sie in Arbeit nahezu erstickt, und ihr Vorhaben zerschlug sich. Bis heute hatte sich keine Gelegenheit mehr zu einem Date ergeben. Harald drängte sie nicht, und dafür war sie ihm dankbar. Seine Strategie war Hartnäckigkeit und Präsenz, in der Hoffnung, der stete Tropfen seiner Bemühungen würde dafür sorgen, dass sie nachgab. Ganz erfolglos war diese Methode nicht, musste sie zugeben. Sie fühlte sich von Haralds Aufmerksamkeit geschmeichelt. In der Hinsicht war sie hoffnungslos altmodisch, vielleicht romantisch, aber sie genoss es, nicht bloß als Kollegin oder Polizistin, sondern auch als Frau wahrgenommen zu werden. »Also, was habt ihr gefunden?«, fragte sie, um ihre Gedanken wieder auf den eigentlichen Grund ihres Besuches zu lenken.

Er blätterte durch den Stapel Papiere, bis er ein paar Seiten hervorzog und ihr mit den Worten reichte: »Hier, aber ich sage dir gleich, es wird dir nicht gefallen.«

Michaela nahm zwei Stufen auf einmal. Auf diese Weise brauchte sie in den dritten Stock nur unwesentlich länger als mit dem Fahrstuhl. Aufzüge verursachten bei ihr immer ein Flattern in der Magengegend, seit sie einmal in einem stecken geblieben war. Sie hatte nur zehn Minuten warten müssen, bis der Techniker kam und sie rausholte. Damals war es nicht mehr als eine Unannehmlichkeit gewesen, keinen Augenblick war sie in

Panik geraten oder hatte Angst verspürt. Trotzdem stieg sie seither nicht mehr so arglos in Aufzüge wie vor diesem Erlebnis. Wenn es irgendwie möglich war, ging sie zu Fuß. Außerdem sorgte das Treppensteigen dafür, dass sie fit blieb, redete sie sich zumindest ein.

Sobald sie auf ihrer Etage angekommen war, schlug sie die Akte auf, verlangsamte ihre Schritte und begann die Ergebnisse der Spurensicherung zu lesen.

In ihrem Büro knallte sie die Papiere auf den Tisch und erschreckte damit Vincent. Er hatte dasselbe Hemd und dieselbe Jeans an wie gestern, und Michaela fragte sich, ob er überhaupt heimgefahren war. »Ich glaube, ich habe einen Treffer«, sagte er anstatt einer Begrüßung.

»Das sind bessere Nachrichten als aus der Spurensicherung«, grummelte Michaela. »Sie haben DNA gefunden, allerdings braucht die Auswertung zwei Tage – ich frage mich wirklich, was die da unten treiben. Jeder Vaterschaftstest ist schneller fertig.« Ungehalten warf sie ihre Jacke auf den Stuhl und ging zu Vincent hinüber.

Obwohl das Mädchen auf dem Foto erst zwölf oder dreizehn Jahre alt war, erkannte Michaela es sofort. Es war zweifelsfrei die tote Kleine, dafür brauchte sie weder einen DNA-Abgleich noch einen zahnärztlichen Befund. Natürlich würde sie die Identität dennoch überprüfen lassen, um ganz sicherzugehen.

Als sie zu dem Flipchart hinüberging, fühlten sich ihre Beine an, als würden Bleigewichte an ihnen hängen. Mit zusammengepressten Lippen strich sie »Die Kleine« durch und schrieb stattdessen Tanja Luksch auf die Tafel. Vermisst seit 16. Oktober. Drei Wochen, in denen ihr Schreckliches widerfahren sein musste.

»Guten Morgen!« Doris' fröhlicher Gruß passte überhaupt nicht zu Michaelas Stimmung. »Du kannst deinen Mantel gleich anbehalten«, rief sie und deutete auf ihren Eintrag an der Wand. Doris hob ihre Brauen. »Warten wir die Morgenbesprechung nicht ab?«

»Doch, natürlich«, antwortete Michaela. »Aber gleich anschließend fahren wir zu Tanjas Eltern. Vincent hat angerufen und unseren Besuch angekündigt.«

KAPITEL 10

Die Entscheidung, das gewohnte Umfeld, Freunde und Bekannte zu verlassen und nach Wien zu gehen, war Bernd Dalisch nicht leichtgefallen. Das Haus, in dem sich problemlos die Praxis unterbringen ließ, und die Tatsache, dass ein befreundeter Kollege in Rente ging und Bernd dessen Klienten übernehmen konnte, hatten dazu beigetragen, diesen Schritt zu wagen. Was hätte er in Graz auch länger anfangen sollen? Die Frau, mit der er sein Leben verbringen wollte, hatte sich vor einem halben Jahr von ihm scheiden lassen. Paare, mit denen sie befreundet waren, wussten nicht so recht, was sie mit einem Single anfangen sollten, und die Einladungen zu gemeinsamen Abendessen oder Aktivitäten wurden seltener und erfolgten schließlich gar nicht mehr. Hin und wieder gab es Telefonate, bei denen man sich gegenseitig versicherte, man müsse sich bald wieder treffen. Doch dazu kam es nie.

Wäre sein Posten als forensischer Psychologe nicht gestrichen worden, hätte er vielleicht versucht, seine Exfrau zurückzugewinnen, ungeachtet dessen, dass sie bereits drei Monate nach der Scheidung zu ihrem neuen Freund gezogen war, einem Schickimickitypen, der ihr all das bieten konnte, was Bernd in acht Jahren Ehe nicht geschafft hatte: eine Traumvilla, einen schicken Sportwagen, Designerkleidung und Reiseziele von Reich und Schön.

Zuerst überlegte er, sich in Graz eine Wohnung zu mieten und eine Praxis zu eröffnen, aber schließlich war er von dem Gedanken wieder abgekommen. Es war besser, einen radikalen Schnitt zu setzen, der zwar schmerzhaft war, dafür aber nachhaltig die bessere Lösung bot, weil er nicht ständig an Carmen erinnert wurde.

Wie es aussah, zeigte seine selbstverordnete Therapie die ersten Erfolge. Innerhalb der letzten vierundzwanzig Stunden hatte er nur zweimal an sie gedacht, einmal vor dem Schlafengehen und jetzt, als er die Kisten mit den Küchenutensilien auspackte und sich dabei ertappte, alles möglichst so in die Schränke einzuräumen, wie er es von der gemeinsamen Wohnung kannte. Verärgert über sich, nahm er das Besteck aus der Lade und legte es wieder auf die Arbeitsplatte. Schließlich gab es kein ungeschriebenes Gesetz, laut dem es immer rechts neben dem Herd verwahrt werden musste. Er hatte die Freiheit, selbst zu entscheiden, wo er die verdammten Messer einschlichtete.

Entschlossen nahm er die Teepackungen und legte sie in die Lade. Die Dose mit dem Kaffee stellte er dazu. Zucker und Mehl, eine Packung Kekse und zwei Plastiktüten mit Teigwaren fanden ihren Platz in der Glasvitrine, die bestimmt nicht deshalb so hieß, weil man darin Gläser aufbewahren musste, sondern wegen des Glaseinsatzes in der Tür.

Nachdem fast alles aus den Umzugskisten verstaut war, blickte sich Bernd in seiner Küche um. Na also. Etwas unkonventionell vielleicht, aber er würde sich daran gewöhnen – wie an alles andere auch.

Er gönnte sich ein schnelles Mittagessen – natürlich hatte er das Besteck zuerst in der falschen Lade gesucht –, und danach schickte er sich an, den Arbeitsräumen den letzten Schliff zu geben. Frisch ausgemalt hatte er bereits, nun fehlten nur noch ein paar Bilder, um die kahlen Wände freundlicher zu gestalten. Seine Klienten sollten sich schließlich wohl bei ihm fühlen. Eine Arbeit von weniger als einer Stunde, selbst wenn man, wie er, zwei linke Hände hatte. Das liegt am Psychologiestudium, hörte er die Stimme seines Vaters, der sich einen Sohn gewünscht hätte, der die Autowerkstatt übernahm.

Bernd verdrängte sein schlechtes Gewissen, das ihn jedes Mal überkam, wenn er an die Tränen in den Augen seines Vaters dachte, der die Werkstatt verkaufen musste, als er in Rente ging. Niemals zuvor hatte er seinen Vater weinen gesehen. Aber er und die Autowerkstatt hätten niemals zusammengepasst. Es wäre ein einziges Desaster geworden.

Kritisch musterte er die zwei Bilderrahmen mit den Schwarz-Weiß-Fotografien an der Wand. Einer hing eine Spur schief, aber vielleicht lag das bloß am Betrachtungswinkel – oder an der fehlenden Wasserwaage, gestand er sich ein. Nun musste er noch das neue Namensschild montieren. Bernd Dalisch, klinischer Psychologe und Psychotherapeut, die Adresse und Telefonnummer, mit Schnörkelschrift in eine Messingtafel eingeritzt. Das

Schild hatte an jeder Ecke ein vorgebohrtes Loch. Selbst für ihn würde die Montage keine Hexerei werden.

Wie man sich irren konnte, dachte er, nachdem er den dritten Bohrer abgebrochen hatte. Woraus war die Hausaußenwand gemacht? Aus Stahl?

Trotz der kühlen Temperatur bildeten sich Schweißperlen auf seiner Stirn. Aber aufgeben kam nicht infrage, jetzt ging es um seinen Stolz. Der Ehrgeiz hatte ihn gepackt.

Er holte ein Taschentuch aus seiner Hosentasche und wischte sich die Stirn ab. Mit zusammengepressten Lippen machte er sich daran, einen neuen Bohreinsatz einzuspannen. Darin war er mittlerweile gut. Endlich hatte er den korrekten Winkel erwischt, oder vielleicht den richtigen Bohrer, denn diesmal schaffte er es mühelos.

Er steckte eine Schraube in die linke Ecke des Namensschildes, drückte es mit dem Ellbogen an die Wand an und versuchte, sie festzudrehen. Die Bohrmaschine gab ein sirrendes Geräusch von sich, er rutschte ab, und die Tafel fiel zu Boden.

»Hier«, sagte eine Stimme, und das dazugehörige Mädchen reichte ihm das Schild.

»Danke. Kannst du es mal kurz festhalten, während ich den hundertneunundneunzigsten Versuch starte, es an der Mauer festzuschrauben?«

Das Mädchen lachte. »Klar. Kein Problem. Sie sind wohl Tante Mikas neuer Nachbar.«

Er reichte ihr die Hand. »Ja, Bernd Dalisch. Und du?«

»Valerie. Valerie Baltzer«, stellte sie sich vor. Sie betrachtete das Türschild. »So, so. Sie sind Psychologe? Sie sehen gar nicht aus wie einer.«

Valerie hatte ein umwerfend offenes Lächeln. Täuschte er sich, oder hatte er einen Anflug von Koketterie in ihrer Haltung bemerkt? Ein typisches Verhalten für Mädchen ihres Alters, die ihre Wirkung auf das männliche Geschlecht austesten wollten.

»Ach, und wie sollte ich deiner Meinung nach aussehen?«, fragte er.

»Na, ich weiß nicht. Älter. Großvatertyp, Cordhose, Pullunder.«

»Jetzt bin ich sozusagen in Zivil. Die Cordhose, den Pullunder und den falschen Bart zieh ich natürlich für meine Klienten an«, konterte er mit einem Augenzwinkern.

Valerie deutete auf die abgebrochenen Bohrer am Boden und schüttelte den Kopf. »Na, ich hoffe, Sie sind ein besserer Psychologe als Handwerker. Ich mache Ihnen einen Vorschlag: Sie halten, ich schraube. Mit meinem Vater habe ich so etwas oft gemacht.«

Bernd hob überrascht die Brauen, dann brach er in schallendes Gelächter aus. »Du bist ein Original, Mädchen.« Er überreichte Valerie die Bohrmaschine und nahm ihr dafür das Türschild ab.

Valerie legte die Bohrmaschine weg. »Die brauche ich nicht. Haben Sie Dübel da?«

Er kramte in der Werkzeugkiste und fand tatsächlich eine Schachtel voll verschiedener Dübel. Valerie suchte sich vier passende heraus und steckte in jedes der gebohrten Löcher einen. Dann nahm sie einen Schraubenzieher und wies ihn an, das Türschild gegen die Mauer zu drücken. Ohne viel Mühe drehte sie die Schrauben hinein. »Voilà!«, sagte sie triumphierend, als sie einen Schritt zurücktrat, um ihr Werk zu betrachten.

»Danke schön, das hast du gut hinbekommen. Wenn ich das nächste Mal nicht weiterweiß, kann ich dich dann um Hilfe bitten?«

»Klar. Und wenn ich mal einen Psychologen brauche, komme ich zu Ihnen.«

Bernd hielt ihr die Hand hin, sie schlug ein und sagte: »Auf gute Nachbarschaft.«

KAPITEL 11

Die Eltern von Tanja Luksch lebten im 21. Bezirk, in einer riesigen Wohnsiedlung, die Ende der 60er-, Anfang der 70er-Jahre von der Gemeinde Wien erbaut worden war. Eine Wohnstadt innerhalb der Stadt. Es gab Kindergärten, Schulen, ein Altersheim, Einkaufsmöglichkeiten, sogar ein Schwimmbad, Wohnraum für etwa 20 000 Menschen – und jede Menge Kriminalität, so wie überall, wo Leute auf beengtem Platz zusammenleben mussten. Eigenartigerweise beschränkten sich die Verbrechen in der Regel auf geringfügige Straftaten: Schlägereien, Randale, Eigentumsdelikte. Seltener kam es zu ernsthaften Körperverletzungen. Dafür lag die Selbstmordrate etwas höher als in anderen Teilen des Bezirkes. Überraschenderweise gab es hingegen statistisch betrachtet nicht mehr Mordfälle als im restlichen Wien.

Doris hielt so knapp neben der Gehsteigkante, dass nicht mal Michaelas Fuß in den Spalt hineingepasst hätte. Auf dem Weg in das Wohnhaus hatte sie das Gefühl, beobachtet zu werden. Bestimmt saßen etliche Bewohner vor dem Fenster und stierten auf die Straße, um ja nichts zu versäumen. Michaela musste den kindischen Impuls zu winken unterdrücken, und sie war froh, als sie endlich das Wohnhaus erreichten.

Doris und sie warteten auf den Aufzug. Als die Tür aufglitt, atmete Michaela tief durch und versuchte, das mulmige Gefühl im Magen zu ignorieren. Ihre Kollegin schien Michaelas Unbehagen nicht zu bemerken und betrat als Erste die Kabine. Michaela folgte ihr und drückte die Taste mit der 5.

»Na, dann gehen wir's an!«, sagte Doris, als eine penetrante Tonbandstimme die fünfte Etage ankündigte.

Michaela antwortete nicht. Sie hatte Magenflattern, das kaum von der kurzen Liftfahrt herrühren konnte. Hinter der schlichten Wohnungstür mit der Nummer 52 hatte Tanja gelebt. Michaela vertrat die Meinung, dass die Wohnsituation eines Menschen viel über dessen Charakter verriet. Was würden sie über Tanja erfahren?

Doris hatte bereits den Klingelknopf gedrückt, und Michaela hörte durch die Tür Schritte. Gleich darauf wurde geöffnet, und eine zierliche Frau in Jeans und eng anliegendem weißen Rollkragenpullover stand vor ihnen.

»Frau Luksch? Wir sind von der Kripo Wien«, sagte Doris.

»Ja, Ihr Kollege hat angerufen. Kommen Sie bitte weiter.« Ihre Stimme vibrierte vor Aufregung, und Michaela hatte den Eindruck, dass Frau Luksch sie nur aus Höflichkeit nicht gleich mit Fragen zu ihrer Tochter überfiel. Stattdessen hielt sie einladend die Tür auf und ließ beide eintreten.

Michaela blickte sich um. Der Boden im Flur war mit dunkelblauen Fliesen versehen, an einer Wand hingen ordentlich Jacken und Mäntel auf Haken, alle Schuhe standen auf einem Holzregal, links neben der Tür befand sich ein Beistelltisch, darauf eine große Schüssel, gefüllt mit Dekosand. Darin brannte eine Kerze, die einen angenehmen Duft nach Sandelholz verströmte.

Frau Luksch führte sie weiter ins Wohnzimmer und bedeutete ihnen, Platz zu nehmen. »Kann ich Ihnen etwas anbieten?«, fragte sie. Michaela schüttelte den Kopf, und Doris tat es ihr gleich. »Vielen Dank, aber wie Sie sich denken können, ist das kein Höflichkeitsbesuch.« Frau Luksch biss sich auf die Lippen und ließ sich neben ihrem Mann auf dem Sofa nieder, der sogleich seine Hand auf ihre legte. Eine tröstliche Geste, die Michaela gefiel. Herr Luksch schien der stillere Partner von beiden zu sein. Bisher hatte er außer einem leise gemurmelten »Guten Morgen« noch kein Wort zu ihnen gesagt. Doch die hochgezogenen Schultern und die zusammengepressten Knie zeigten Michaela, wie nervös er war.

Doris sah sie fragend an, und Michaela seufzte. Die entscheidende Aufgabe, den Lukschs innerhalb von Minuten jede Hoffnung zu zerstören, fiel wohl ihr zu. »Nun, in der Nacht von vorgestern auf gestern wurde eine Leiche gefunden.« Bei ihren Worten schlug Frau Luksch die Hand vor den Mund, während Herrn Lukschs Gesicht blass wurde und er die Zähne zusammenbiss, als würde er mühsam einen Klagelaut unterdrücken.

»Wir müssen leider davon ausgehen, dass es sich bei der Toten um Ihre Tochter Tanja handelt. Für eine endgültige Identifizierung bräuchten wir eine DNA-Probe. Sie haben bestimmt eine alte Haar- oder Zahnbürste von Tanja.«

Michaela hatte das Gefühl, dass ihre Worte nur langsam ins Bewusstsein der beiden Leute drangen. Manchmal wünschte sie sich, sie würde als Verkäuferin arbeiten. Da wäre die schlechteste Nachricht, die sie ihrer Kundschaft überbringen musste, dass ein bestimmter Artikel ausverkauft sei.

Frau Luksch wischte sich mit der Hand über die Augen.

»Es ... wir haben gehofft, dass sie wieder zurückkommt. Aber wir lebten jeden Tag mit der Angst, dass genau diese Situation eintritt. Dass die Polizei kommt und ...« Ihre Stimme brach, und sie blickte zu ihrem Mann, der wie erstarrt dasaß.

»Wir würden uns gerne Tanjas Zimmer ansehen«, fügte Doris hinzu.

Nun hob Herr Luksch den Kopf. An seinen Wangen rannen Tränen hinab, aber er machte keine Anstalten, sie abzutrocknen. »Wozu denn? Das bringt sie uns auch nicht wieder.« Seine Stimme hätte von einem Roboter stammen können. Der Mann stand unter Schock.

»Brauchen Sie einen Arzt? Oder können Sie jemand anrufen, der Ihnen beisteht?«, fragte Michaela.

Er schüttelte den Kopf. »Nein, lassen Sie mich einfach in Ruhe.«

Michaela wünschte, sie hätte ihm diesen Wunsch erfüllen können. Aber das war nicht möglich, also setzte sie hinzu: »Es tut mir leid, ich muss Sie beide fragen, ob es für Sie denkbar ist, dass Tanja entführt wurde. Gab es eine Lösegeldforderung?«

Herr Luksch schüttelte stumm den Kopf, während seine Frau eine umfassende Armbewegung machte. »Sehen Sie sich um. Sieht es bei uns aus, als könnte man was holen?«

Michaela gab darauf keine Antwort und sah Frau Luksch abwartend an, die schließlich sagte: »Nein, es gab keine Forderung.«

»Ich hätte Verständnis dafür, wenn Sie damit nicht zu uns gekommen wären. Häufig drohen die Erpresser, dem Opfer etwas anzutun, wenn man sich an die Polizei wendet«, ließ Michaela nicht locker.

»Wissen Sie, Sie sind die Einzige, die überhaupt eine Entführung in Erwägung zieht. Ihre Kollegen haben uns nie ernst genommen, als wir sagten, unsere Tochter wäre nicht einfach von zu Hause fortgelaufen. Kommen Sie, ich zeige Ihnen Tanjas Zimmer.« Schwerfällig stand sie auf. Hatte sie vorhin an der Tür noch sehr jugendlich gewirkt, so erinnerte sie Michaela jetzt eher an eine Sechzigjährige. »Wir haben in ihrem Zimmer nichts angerührt.«

Tanjas Zimmer war winzig, aber erfüllt von etwas, das Michaela nicht in Worte fassen konnte. Der leichte Duft von einem billigen, aber nicht unangenehmen Parfum hing in der Luft. Die Familie hatte sich Mühe gegeben, einem Teenagermädchen ein eigenes Reich zu schaffen, in dem es sich wohlfühlen konnte. Es lagen weder Kleidungsstücke noch sonstiger Krempel herum, was Michaela nicht nur aufgrund der Beengtheit des Zimmers, sondern auch angesichts Tanjas Alter ungewöhnlich fand. Womöglich hatte Tanjas Mutter nicht ganz die Wahrheit gesagt, als sie erwähnte, sie hätte in dem Raum nichts verändert. Michaela konnte es ihr nicht verübeln. Vielleicht war Tanja aber auch ein besonders ordentlicher Teenager. Sie dachte an Valerie, die das Gästezimmer innerhalb von Minuten in ein chaotisches Durcheinander verwandelt hatte, als sie anfing, die Taschen und Koffer auszupacken, und musste das Lächeln, das sich auf ihre Lippen stehlen wollte, unterdrücken.

»Hier«, holte Frau Luksch sie aus ihren Gedanken zurück, »das ist Tanjas Zahnbürste. Können Sie damit etwas anfangen?«

Doris nickte und packte sie in eine Asservatentüte, die sie in ihrer Handtasche dabeihatte. »Danke, das ist perfekt.«

Michaela und Doris machten sich daran, das Zimmer genauer zu untersuchen. Sie schauten in Laden, Schränke und unter das Bett. Doris durchforstete die Schultasche des Mädchens und zeigte Michaela einen Notizblock, auf dessen Deckblatt Herzchen und der Name Chris mehrmals aufgemalt waren. »Dieser Chris, war das Tanjas Freund?«, fragte Michaela.

Frau Luksch schüttelte den Kopf. »Tanja hatte keinen Freund, und ich kenne keinen Chris. Vielleicht bloß ein Schwarm?«

»Hatte Tanja Freundinnen, mit denen sie sich getroffen oder öfter etwas unternommen hat?«, fragte Michaela weiter.

Wieder schüttelte Frau Luksch den Kopf, diesmal allerdings weniger bestimmt. »Tanja war eher eine Einzelgängerin. Hin und wieder ging sie zu Lena, um zu lernen.«

»Finden Sie es nicht eigenartig, dass ein Mädchen in Tanjas Alter nicht fortgeht? Hatte sie keine Hobbys?« Doris konnte es wohl nicht fassen, dass es Fünfzehnjährige gab, die kein Interesse an Party, Alkohol und dem anderen Geschlecht hatten. »Tanja ist ...« Frau Luksch räusperte sich und korrigierte sich dann: »... war nicht sehr unternehmungslustig. Am liebsten saß sie in ihrem Zimmer. Ich musste sie manchmal regelrecht hinausschicken, damit sie überhaupt an die frische Luft kam. Ihre Hobbys ... nun ja, Musik hören, DVDs schauen. Alles Dinge, für die sie nicht außer Haus gehen braucht ... brauchte.«

Doris machte sich eifrig Notizen und sah nun auf. »Aber in die Schule ist sie doch gegangen, oder?«

Frau Luksch warf Doris einen empörten Blick zu und sagte mit so viel Nachdruck: »Ja, selbstverständlich«, dass Michaelas innerer Sensor anschlug.

»Sie lügt«, sagte Doris, sobald sie die Wohnung verlassen hatten. Michaela war bereits auf dem Weg zur Treppe, noch ehe Doris auf den Rufknopf des Aufzuges drücken konnte. »Ob sie uns wirklich irgendwelche Märchen aufgetischt hat, weiß ich nicht, aber die Trauer ist echt – oder die beiden sind burgtheaterreife Schauspieler. Trotzdem glaube ich, dass alles ein wenig zu perfekt ist.«

»Und jetzt?« Doris versuchte, mit Michaela Schritt zu halten, und wäre fast über den Saum ihres Mantels gestolpert. Im letzten Moment konnte sie sich am Treppenhandlauf festhalten. Michaela wurde etwas langsamer. »Ich habe mir gleich gedacht, dass dieses Teil unpraktisch ist«, deutete sie auf Doris' Mantel. »Wir statten der Schule, in die Tanja gegangen ist, einen Besuch ab. Es würde mich nicht wundern, wenn sie überdurchschnittlich viel gefehlt hätte.«

KAPITEL 12

Valerie sperrte die Eingangstür auf und ließ den Rucksack auf den Boden fallen. Zwei Unterrichtsstunden waren entfallen. Was für ein Glück, sonst hätte sie den neuen Nachbarn nicht getroffen. Psychologe war er, aber er wirkte nett und sah gut aus – für sein Alter zumindest.

Ihr Magen knurrte. Wie gut, dass Tante Mika eingekauft hatte.

Zwei Scheiben Brot, belegt mit Schinken, Gurken und reichlich Majo, würden fürs Erste reichen. Dazu nahm sie sich ein Glas Milch, trug alles ins Wohnzimmer und machte es sich auf der weißen Ledercouch gemütlich. Was um Himmels willen hatte Tante Mika zu diesem protzigen Möbelstück bewogen? Aber immerhin, sie war wirklich bequem, musste Valerie eingestehen.

Während des Essens zappte sie durch die Fernsehprogramme, blieb bei einer Sendung über wahre Polizeieinsätze hängen und sah fasziniert zu, wie die Kripobeamten einen alten Mordfall lösten, weil neun Jahre nach der Tat die Mordwaffe zufällig gefunden worden war. Das ist es, dachte sie. Sie wollte ebenfalls Polizistin werden, das stand für sie lange fest. Sie würde spannende Fälle untersuchen, Täter hinter Gitter bringen, etwas Sinnvolles tun, genauso wie Tante Mika. Gestern Abend hätte Valerie ihr stundenlang zuhören, ihr tausend weitere Fragen stellen wollen. Die Zeit bis zum Schlafengehen war viel zu schnell vergangen, aber bestimmt ergab sich bald die Gelegenheit, ausführlicher mit ihrer Tante zu reden. Vielleicht würde sie heute erzählen, was es mit der Narbe auf sich hatte. Vor vier, fünf Jahren, als Tante Mika wegen ihrer Verletzung im Krankenhaus gelegen hatte, wollte niemand sagen, was wirklich passiert war. Immer wenn Valerie die Sprache darauf brachte, wechselten die Erwachsenen das Thema. So hatte sie sich das meiste zusammenreimen müssen, nun wollte sie endlich die Wahrheit erfahren. Sie fand, sie sollte die negativen Seiten ihres Traumjobs ebenfalls kennen. Wenn sie ihren Eltern ihren Berufswunsch präsentierte, wollte sie vorbereitet sein. Es würde ohnehin nicht einfach werden, sie zu überzeugen, zumal ihr Vater sie als zukünftige Medizinnobelpreisträgerin und ihre Mutter sie als angehende berühmte Konzertpianistin betrachteten.

Um diesmal mehr Zeit als gestern Abend für ihre Fragen zu haben, war sie nach der Schule gleich hergeeilt, anstatt Saskia zu besuchen. Valerie sah auf die Zeitanzeige ihres Handys. 14.15 Uhr. Das hieß, sie hatte jede Menge Zeit, um die Hausaufgaben fertig zu machen, bevor Tante Mika kam.

Michaela fühlte sich sofort in ihre eigene Schulzeit zurückversetzt, als sie das Schulgebäude betrat – der Lärm, den nur Dutzende schwatzende Schüler machen konnten, laufende Kinder, Lachen, Kreischen, Raufen –, all das hatte sich in den letzten fünfundzwanzig Jahren nicht geändert, nur die Lehrer schienen jünger als damals zu sein, denn sie konnte die Lehrkraft, die Pausenaufsicht hatte, kaum von den jugendlichen Mädchen unterscheiden. Schließlich war es die resolute Stimme, die einen der Schüler zur Ordnung rief, an der Michaela merkte, dass sie eine Lehrerin vor sich hatte.

»Wo finde ich die Direktion?«, fragte sie laut über die Köpfe mehrerer Schüler hinweg. Die Frau lächelte und wies den Flur entlang. »Ist angeschrieben«, rief sie und wandte ihre Aufmerksamkeit gleich wieder ein paar Jungs zu, die mit einem Rucksack Fußball spielten.

»Leicht hat die es nicht«, sagte Doris. »Selbst für viel Geld würde ich nicht mit ihr tauschen wollen.«

»Wahrscheinlich sie mit dir auch nicht«, antwortete Michaela und wich einer Gruppe Jugendlicher aus. Ob die mit Tanja in einer Klasse waren? Einer von ihnen pfiff ihnen nach, darauf folgte Gelächter. Michaela drehte sich nicht mal nach ihnen um. »Testosteronüberschuss, die können gar nicht anders«, diagnostizierte Doris. »Davor fürchte ich mich bei Jonas schon ein bisschen.«

Die Klassenlehrerin von Tanja Luksch zog die Brauen hoch, als sie sich vorstellten. »Warten Sie bitte einen Moment, ich muss der Klasse eine Beschäftigung geben, dann habe ich Zeit für Sie.« Michaela und Doris blieben vor der Klassentür stehen. Es dauerte nur wenige Minuten, bis die Lehrerin, »Frau Halmer«, wie das Schild neben der Tür verriet, wieder zurückkam. »Ich würde Sie gerne ins Lehrerzimmer bitten, aber dafür müsste ich eine Vertretung organisieren.«

Michaela entgegnete: »Ich bitte darum. Unsere Fragen könnten einige Zeit beanspruchen.« Bei diesen Worten kniff die Lehrerin kurz die Lippen zusammen, als wäre sie darüber alles andere als glücklich, gleich darauf hatte sie ihre Mimik wieder im Griff und nickte. »Kommen Sie, bitte!«

Vor dem Lehrerzimmer mussten Michaela und Doris

noch einmal warten, ehe die junge Frau, die Pausenaufsicht gehabt hatte, herauskam. »Sie sind wegen Tanja Luksch hier?«, fragte sie. »Ein nettes Mädchen, sehr höflich, sehr angepasst, sehr einsam. Aber ich muss jetzt weiter – in die Klasse von Frau Halmer.«

»Und Ihr Name ist …?«, rief ihr Doris nach.

»Charlotte Resch«, antwortete die junge Lehrerin, ehe sie um die Ecke verschwand und Frau Halmer die Tür zum Lehrerzimmer öffnete, um sie hereinzubitten.

Michaela blickte sich um. Mehrere Tische waren zu einem großen U angeordnet, rundherum standen etwa dreißig Stühle. Auf manchen Plätzen lagen Heft- oder Papierstöße. Michaela nahm an, dass es sich dabei um Hausaufgaben, Tests oder Schularbeiten handelte, die korrigiert werden sollten. An anderen Sitzplätzen sah es hingegen akribisch aufgeräumt aus. An einer Wand stand ein Aktenschrank, dessen Schiebetür offen stand. Darin konnte Michaela Druckerpapier erkennen. Auf der Gegenüberseite befand sich ein Regal mit Unterrichtsmaterial und einer Auswahl pädagogischer Bücher. Vor der Fensterfront hatte man eine Art Miniteeküche mit einer Kaffeemaschine und einem Wasserkocher eingerichtet – kein Unterschied zu den Lehrerzimmern, die Michaela bisher untergekommen waren. Irgendwie sahen alle gleich aus.

»Bitte, nehmen Sie Platz«, forderte Frau Halmer sie auf und setzte sich selbst ebenfalls. Dann blickte sie von Michaela zu Doris. »Sie sagten, Sie kommen vom Landeskriminalamt? Ich hoffe, Tanja ist nichts passiert.«

Doris nickte zur ersten Frage, auf den zweiten Satz ging sie nicht ein. »Wir bearbeiten Tanjas Vermisstenakte«, fuhr Doris fort und zeigte dabei ihr Geschick, gerade so viel Informationen preiszugeben, wie für die Ermittlungen notwendig war, ohne lügen zu müssen.

Frau Halmer blickte auf. »Ich wüsste nicht, was ich Ihnen berichten könnte, was ich nicht Ihren Kollegen nach Tanjas Verschwinden bereits sagte.«

»Nun, es haben sich neue Ermittlungsansätze ergeben«, erwiderte Doris, und Michaela grinste still in sich hinein. Ihre junge Kollegin meisterte diese Befragung hervorragend.

Frau Halmer lehnte sich ein wenig zurück. »Gut, also was wollen Sie wissen?«

»Als Erstes, ob Tanja regelmäßig in die Schule gekommen ist.«

»Sie hat nie unentschuldigt gefehlt«, wich Frau Halmer aus.

Doris lächelte die Lehrerin unverbindlich an. »Das wäre meine nächste Frage gewesen. Also, wie oft hat sie gefehlt?«

»Ziemlich häufig«, gab Frau Halmer zu.

»Wie wirkte Tanja auf Sie? Kränklich, unterernährt? Hatte sie Freunde, war sie in die Klasse integriert?«

Frau Halmer schüttelte den Kopf. »Nein, eigentlich sah sie gesund aus. Ja, sie war schlank, aber nicht magersüchtig wie manch andere in ihrer Klasse. Wissen Sie, Tanja kam erst dieses Schuljahr zu uns. Durch ihre vielen Fehlstunden konnte sie keine richtigen Freunde finden, zudem war sie sehr still. Aber ich bin mir sicher, dass sich das mit der Zeit gebessert hätte.«

Frau Halmers Optimismus war beneidenswert, aber Michaela teilte ihn nicht. »Sie haben also nie mitbekommen, ob Tanja vielleicht gemobbt wurde? Womöglich war das der Grund für ihr häufiges Fehlen«, warf sie ein.

Frau Halmer setzte sich gerade auf, als hätte Michaela ihr einen persönlichen Vorwurf gemacht. »Nein, das kann ich mir nicht vorstellen, ich hätte das gemerkt.«

Aber genau das bezweifelte Michaela. Lehrer kriegen nie alles mit. Sie beschloss, mit Tanjas Mitschülern zu sprechen.

»Wissen Sie von Schwierigkeiten zu Hause? Haben Sie Tanjas Eltern kennengelernt?«, fragte Doris weiter.

»Nur telefonisch, obwohl ich sie um ein persönliches Gespräch gebeten hatte – eben wegen der vielen Fehlstunden.«

»Was haben sie Ihnen erzählt?«

»Oh, Frau Luksch meinte, dass sie selbst nicht wisse, was Tanja hat, aber dass sie dabei wäre, es abzuklären. Sie sagte, es sei wohl nichts Körperliches, deshalb wollte sie einen Psychologen aufsuchen.«

»Interessant. Wissen Sie, was dabei rausgekommen ist?«

Doris' Blick entging Michaela nicht. Sie fand es nicht nur interessant, sondern auch ein wenig befremdlich, dass Frau Luksch ihnen gegenüber davon nichts erwähnt hatte. Vielleicht hatte Tanjas Mutter schlichtweg gelogen, was die psychologische Abklärung betraf, und wollte damit bloß die Lehrerin beruhigen.

Michaela stand auf. Sofort erhob sich auch Frau Halmer.

»Wir würden gerne mit Tanjas Mitschülern reden«, sagte Michaela. Frau Halmer stieß einen Seufzer aus, als hätte sie etwas Ungebührliches verlangt. »Muss das jetzt sein? Nächste Stunde schreiben sie eine Klassenarbeit.«

Michaela musste sich zu einem Lächeln zwingen. »Ich fürchte, ja. Wir werden nicht lange brauchen.«

Tatsächlich verbrachten sie und Doris etwa zehn Minuten in der Klasse. Sie stellten sich vor, Doris erzählte den Mitschülern im Grunde das Gleiche wie anfangs Frau Halmer, und Michaela schrieb ihre Telefonnummer an die Tafel. »Ruft mich bitte an, wenn jemandem von euch etwas einfällt. Egal, was. Jede Kleinigkeit kann helfen.«

»Werden Sie Tanja finden?«, fragte ein Mädchen mit langen braunen Haaren und einem winzigen Nasenpiercing.

»Wie heißt du?«, wollte Michaela wissen. Die anderen Schüler hatten erschreckend gleichmütig reagiert, dieses Mädchen war die Einzige, die sich für Tanjas Verschwinden interessierte.

»Verena Kalm«, antwortete das Mädchen. »Werden Sie?«

»Wir bemühen uns«, übernahm Doris es, die Lüge auszusprechen. »Und dabei brauchen wir jede Hilfe, die wir kriegen können.«

Die Rückfahrt von Tanjas Schule ins Präsidium verlief außergewöhnlich schweigsam. Alle beide hingen ihren Gedanken nach. Erst als Doris den Motor abstellte, drehte sie sich zu Michaela. »Glaubst du, einer von denen ruft an?«

»Doch, dieses eine Mädchen. Ich bin mir sicher, dass wir von ihr bald hören werden.«

Wie immer nahm Michaela die Treppe in den dritten Stock. Doris verdrehte die Augen, schloss sich ihr aber an.

»Mensch, wir leben in einem hochtechnisierten Zeitalter. Du fährst Auto, arbeitest mit einem Computer, hast ein Smartphone und weigerst dich, mit dem Aufzug zu fahren?«

»Gerade darum«, gab Michaela zurück.

»Das ist keine vernünftige Antwort.«

»Du hast mir ja auch keine vernünftige Frage gestellt.« Michaela grinste ihre Kollegin an. »Na komm schon, die paar Stufen bringen dich nicht um.«

»Eines Tages bestimmt«, grummelte Doris und schnaufte, und da hatten sie auch schon die dritte Etage erreicht.

»Ich brauche jetzt einen Kaffee. Soll ich dir einen mitbringen?«, fragte Michaela, doch Doris schüttelte den Kopf. »Nach dieser Mount-Everest-Besteigung möchte ich erst ein Glas Wasser – oder besser, eine Flasche voll.«

Michaela zuckte mit den Schultern. Doris übertrieb mal wieder, die Treppe hatte keine von ihnen außer Atem gebracht.

Am Ende des Flurs gab es einen Automaten. Einen echten Kaffee konnte der nicht ersetzen, aber besser als die lauwarme Brühe aus der Thermoskanne von heute Morgen wäre er allemal.

Michaela kramte in ihrer Jackentasche nach Kleingeld, als eine Stimme sie herumfahren ließ.

»Darf ich aushelfen?« Kilian Weilmann, der Kriminalpsychologe, stand hinter ihr und strahlte sie an.

Sein Haar fiel in Wellen bis knapp zur Schulter, sein Gesicht war trotz des nasskalten Wetters braungebrannt, als hätte er eben einen Urlaub in der Südsee hinter sich. Wie immer trug er einen dunklen Anzug, der das Weiß seines Haares noch unterstrich.

»Vielen Dank, aber ich ...«

»Bitte, es wäre mir ein Vergnügen.« Ehe Michaela sichs versah, hatte er eine Münze in den Schlitz gesteckt und deutete auffordernd auf die Tasten. Bestimmt ließ er sich die Nägel maniküren, dachte Michaela und hätte am liebsten ihre Hände hinter dem Rücken versteckt. Viel zu selten nahm sie sich die Zeit, um ihren Fingernägeln eine anständige Behandlung zu gönnen. Meist schnitt sie sie ganz kurz ab, das war einfach am praktischsten, dabei waren Doris' perfekt gefeilte und lackierte Nägel auch noch nie bei der Arbeit hinderlich gewesen, musste sie eingestehen. Verdammte Bequemlichkeit! Sie nahm sich für heute Abend vor, wenigstens einen durchsichtigen Lack aufzutragen.

»Danke«, sagte Michaela und drückte die Kombination für einen doppelten Espresso.

Sobald sie den Plastikbecher in der Hand hielt, fütterte Weilmann ein zweites Mal den Automaten mit Kleingeld und ließ sich einen Cappuccino heraus.

Er blies sachte auf den Milchschaum und nahm einen kleinen Schluck von seinem Getränk. »Ich habe von dem toten Mädchen gehört«, begann er vorsichtig. »Dein Fall?«

Michaela nickte, nippte an ihrem Espresso und verbrannte sich fast dabei. »Puh, ist der heiß«, sagte sie und sog die Luft ein, um ihre schmerzende Zunge zu kühlen. »Ja, sie heißt Tanja Luksch.«

Er zog die Augenbrauen hoch. »Ihr habt sie so schnell identifizieren können? Respekt.« Weilmann trank von seinem Kaffee. War nur ihrer so heiß, oder war Weilmann hitzeunempfindlich?

»Eigentlich warten wir auf die DNA-Analyse, aber ich bin mir sicher. Ihrer Vermisstenakte lag ein Foto bei. Sie war total abgemagert und hatte am ganzen Körper blaue Flecken, als ob sie misshandelt worden wäre. Manchmal frage ich mich, in welcher Welt wir leben.« Michaela stieß einen Seufzer aus.

Kilian Weilmann musterte sie eindringlich. »Willst du darüber reden?«

Michaela winkte ab. »Nein, danke – es ist nur ... ich habe eine Nichte, die ist im gleichen Alter.«

Kilian lächelte. »Ich verstehe. Da bekommt dieser Mordfall gleich noch mehr Bedeutung.«

»Stimmt genau. Wir waren heute bei den Eltern und in der Schule. Wenn du mich fragst, dann hatte Tanja schon vorher kein besonders tolles Leben.«

»Wie kommst du darauf?«

Michaela hatte eigentlich nur schnell einen Kaffee holen wollen, aber wie es aussah, würde sie länger brauchen, bis sie in ihr Büro kam. Sie hoffte, dass Kilian ihr weiterhelfen konnte – immerhin hatte Tanjas Mutter einen Psychologen einschalten wollen, und er war schließlich einer. Außerdem schien er im Moment Zeit zu haben, was keine Selbstverständlichkeit darstellte. Man konnte von Psychologen im Allgemeinen und Kilian Weilmann im Speziellen halten, was man wollte – aber seine Dienste wurden häufig in Anspruch genommen. Oft musste man zwei Wochen auf einen Termin warten, es sei denn, es handelte sich um einen akuten Notfall.

»Das wird eine längere Geschichte«, sagte Michaela deshalb, »wir können gerne zu einem anderen Zeitpunkt ...«

»Nein, nein, gerade jetzt passt es hervorragend für mich. Mir ist ein Termin ausgefallen«, sagte Kilian und nickte aufmunternd, als wolle er eventuelle Bedenken Michaelas zerstreuen.

»Also gut, dann gebe ich kurz den anderen Bescheid. Ich bin in fünf Minuten bei dir«, sagte Michaela. »Der nächste Kaffee geht auf mich«, setzte sie hinzu, ehe sie ging, um ihre Kollegen zu informieren.

KAPITEL 13

Nr. 3 riss die Augen auf und atmete einige Male tief durch, um ihren rasenden Herzschlag zu beruhigen. Für einen winzigen Moment wusste sie nicht, wo sie war – ein segensreicher Augenblick, leider viel zu kurz. In der kleinen Zelle fühlte sie sich zwar sicherer als in der Gemeinschaftszelle, aber selbst hier konnte sie nicht darauf hoffen, in ihren Träumen dem Schrecken zu entfliehen. Noch allzu gegenwärtig hatte sie die Bilder im Kopf, die sie in ihrem Schlaf verfolgten – immer und immer wieder, in verschiedenen Variationen. Jedes begann mit ihrem Erwachen aus der Bewusstlosigkeit. Ihre Kehle fühlte sich wund an, in ihrem Kopf hämmerte es, sie fror – und er saß auf einem Stuhl neben der Pritsche, auf der sie lag, sah sie bloß an (wie lange schon?, fragte sie sich jedes Mal) und sagte kein Wort, bis sie krächzend nach Wasser verlangte.

Ab hier veränderten sich die Träume. Manchmal lachte er sie aus und schüttete den Becher Wasser mitten in ihr Gesicht. Manchmal bekam sie zu trinken, und erst nachdem sie den letzten Schluck geleert hatte, merkte sie, dass kein Wasser, sondern Blut im Becher gewesen war. Meistens wachte sie an dieser Stelle auf und hätte am liebsten den Mund ausgespült, denn auch wenn sie wusste, dass sie bloß geträumt hatte, blieb der widerwärtige, süßliche Geschmack in ihrem Mund zurück.

Dieses Mal hatte er ihr in ihrem Traum tatsächlich Wasser gegeben und die Regeln erklärt: »Du bist Nr. 3. Keine Namen, am besten, du vergisst ihn ganz schnell.«

Der Klang seiner Stimme war nicht unangenehm, nur das, was er sagte, machte ihr Angst. »Mir ist kalt«, murmelte sie und merkte erst da, dass sie nackt war. Tiefe Scham erfüllte sie bei dem Gedanken, dass er sie die ganze Zeit über betrachtet hatte – er, ein Fremder, wo sie nicht einmal vor ihren Eltern oder ihrem Bruder unbekleidet herumlief, weil ihr das unangenehm war.

Verzweifelt wollte sie sich aufsetzen, doch etwas hielt sie am Oberkörper fest. Sie drehte den Kopf, um ihre Kleidung, eine Decke oder wenigstens ein Laken zu entdecken, um das sie bitten konnte.

»Gib dir keine Mühe.« Vielleicht wollte er sie mit seinem Lächeln beruhigen, aber es bewirkte bloß, dass sie sich noch hilfloser und winziger fühlte. »Du wirst Nr. 1 und Nr. 2 Gesellschaft leisten und dich mit ihnen arrangieren müssen. Einmal in der Woche kannst du dich waschen, das war's. Klingt doch, als ob das auszuhalten wäre, nicht wahr?«

So, wie er daherredete, klang das nach einem Ferienlager.

»Wollen Sie Geld?«, brachte sie hervor. Ihre Eltern waren nicht reich, vielleicht handelte es sich bloß um eine Verwechslung, und er würde sie gehen lassen, wenn er merkte, dass für sie kein Lösegeld bezahlt werden konnte.

Er verschränkte die Arme vor der Brust und lehnte sich in dem Stuhl zurück. »Nein«, antwortete er ruhig und zerstörte damit ihre Hoffnung auf ein Versehen. »Geld interessiert mich nicht.«

»Was dann?«, wagte sie zu fragen.

Er musterte sie, und unter seinem eindringlichen Blick bekam sie am ganzen Körper Gänsehaut, die mit Sicherheit nicht von der Kälte kam. »Die Wissenschaft. Sieh dich als Teil einer Studie. Ich werde dich gleich losbinden, die erste Nacht wirst du allein verbringen, um dich auszuruhen, bevor du die anderen kennenlernst. Glaub mir, du wirst all deine Kraft brauchen.« Das Grinsen, das seine letzten Worte begleitete, gefiel ihr nicht, noch weniger gefiel ihr die Aussicht, auf sich allein gestellt zu sein. Besser allein als in seiner Gesellschaft, raunte ihre innere Stimme – dem wusste sie nichts entgegenzusetzen.

Nachdem er weg war, entwickelte sie Fluchtpläne, die komplett unrealistisch waren. Sie horchte auf jedes Geräusch, bemerkte ein Surren, kaum hörbar, aber doch vorhanden – und wusste sich darauf keinen Reim zu machen.

Dann hörte sie ein irres Kichern. Es klang mehr nach einem Tier als menschlich. »Friiiiiiischfleisch«, rief jemand, begleitet von obszönen Geräuschen. Sie hielt sich die Ohren zu. Wie war das mit den drei Affen? Nichts sehen, nichts hören, nichts sagen? Sehen konnte sie ohnehin nicht, es gab kein Licht, außer dem winzigen rot blinkenden Lämpchen an der Decke über der Tür, von dem sie mittlerweile annahm, es sei eine Art Alarmanlage. Hören wollte sie nichts mehr. Und sagen würde sie ohnehin kein Wort. Sie brachte vor lauter Angst kaum einen klaren Gedanken zuwege, ganz zu schweigen davon, dass sie ihn hätte aussprechen können. Genau, sie würde es wie die drei Affen halten, das wäre wohl am besten.

Als sie den Schlüssel im Schloss hörte und plötzlich das Licht flackernd anging, drückte sie sich ängstlich an die Wand.

»Guten Morgen, Nr. 3«, ertönte seine gut gelaunte Stimme, noch ehe sie ihn sah. »Hier, ich habe dir etwas zu essen gebracht.«

Der Duft ließ sie schwindlig werden, ihr Magen knurrte, denn sie hatte das letzte Mal am Vortag gegessen – und da nur wenig, weil sie Rotkraut, das ihre Mutter gekocht hatte, nicht ausstehen konnte.

Er hielt ihr eine Schüssel aus Metall entgegen, nicht unähnlich der, die sie zu Hause für Grissy verwendeten. Der Gedanke an ihren Hund ließ ihre Tränen hochsteigen, und sie schluckte mühsam den aufkeimenden Kloß in ihrem Hals hinunter.

»Iss!«, sagte er und hielt ihr die Schüssel hin. Sie sah ihn fragend an, er hatte kein Besteck mitgebracht. »Wie ...?«, fing sie an.

»Ach, wir sind hier nicht so förmlich. Nimm einfach die Finger.« Seine Worte wurden beinahe von einem Gelächter verschluckt, dem gleichen irren Lachen, das sie schon vorhin gehört hatte.

»Ruhe, Nr. 1, sonst komme ich mit dem Gartenschlauch!«, schrie er. Tatsächlich, seine Drohung schien zu wirken. Er wandte sich wieder ihr zu. »Du hast fünf Minuten, danach hole ich den Napf wieder ab. Danach gibt es erst morgen wieder etwas. Denk daran.« Dann drehte er sich um und ließ die Tür krachend hinter sich zufallen.

Nr. 3 hielt unschlüssig die Schale in der Hand. Darin war so etwas wie Gulasch, und es roch verdammt gut. Fünf Minuten, hatte er gesagt, nun denn! Sie sollte sich lieber beeilen. Herzhaft tauchte sie die Finger in die Schüssel, zog sie heraus und schleckte den Saft ab. Schmeckte gar nicht schlecht. Sie holte mit den Fingerspitzen ein Stück Fleisch heraus und steckte es in den Mund. Als sie hinuntergeschluckt hatte, griff sie erneut in die Schüssel. Ihre Finger ertasteten etwas Metallisches. Eine Münze? Was zum Teufel ... Sie holte das flache Ding heraus und erkannte im Bruchteil einer Sekunde den eingestanzten Hundekopf. Grissys Hundemarke! Ihr Magen zog sich zusammen, der Bissen kam ihr wieder hoch, und sie erbrach sich keuchend. Selbst als nichts mehr kam, würgte sie noch, und ihr ganzer Körper bebte von dem Weinkrampf, der sie erfasst hatte.

Nach einer Zeit, die ihr viel zu kurz erschien, stand er wieder vor ihr. Sie hatte ihn nicht kommen hören. »Hat dir das Essen nicht geschmeckt?«

Vor Wut vergaß sie jede Angst oder Vorsicht. Sie ballte die Hände und wollte auf ihn einschlagen, doch er schnappte ihre Handgelenke und drückte diese so fest, dass sie vor Schmerz aufschrie. »Sie perverser Mistkerl! Widerling. Sie Schwein! Sie haben Grissy ...« Weiter kam sie mit ihren Beschimpfungen nicht, denn er unterbrach sie. »Eine weitere Regel: Du isst, was du kriegst, sonst hungerst du. Für Beschimpfungen gibt es normalerweise eine Dusche aus dem Gartenschlauch, aber da bin ich noch nachsichtig mit dir – ausnahmsweise, weil du dich in einem emotionalen Ausnahmezustand befindest.«

Dann drückte er sie abrupt von sich, und sie fiel auf die Liege, die hinter ihr stand. Er hob die Schüssel vom Boden auf und verließ ohne ein weiteres Wort den Raum.

An dieser Stelle war Nr. 3 aus dem Schlaf hochgeschreckt. Erleichterung erfüllte sie, weil ihr Traum zu Ende war. So intensiv und realitätsnah hatte sie die Bilder vorher nie erlebt. Sie meinte jetzt noch den Geschmack von dem Gulasch in ihrem Mund zu spüren. In diesem Moment wurde ihr klar, dass durch diesen Traum ans Licht kam, was sie versucht hatte, mit aller Macht zu verdrängen.

Er hatte ihr zwei Tage lang das gleiche Essen serviert, und jedes Mal hatte sie es nicht angerührt, am dritten hatte sie vor lauter Hunger ihren Widerstand aufgegeben. Sie hatte nur wenige Bissen hinunterbekommen, während ihr die Tränen unablässig vom Kinn tropften. Immer wieder sagte sie sich, dass es Grissy nicht zurückbringen würde, wenn sie verhungerte. Sie schwor sich, ihren Hund zu rächen, dafür musste sie bei Kräften bleiben.

Später erfuhr sie von Nr. 2, dass er ständig solche Psychospielchen mit ihnen veranstaltete, wahrscheinlich hatte er bloß Grissys Marke in die Schale gelegt, um sie fertigzumachen. Bis heute wusste Nr. 3 nicht, was die Wahrheit war. Und ehrlich gesagt, wollte sie es gar nicht mehr so genau erfahren.

KAPITEL 14

Mit zwei vollen Kaffeebechern in den Händen stieß Michaela mit dem Fuß die Tür zu Kilian Weilmanns Büro auf. »Da bin ich wieder, und ich habe Nachschub mitgebracht.« Sie reichte ihm den Cappuccino.

»Danke! Ah, zwei Becher ineinandergestapelt. Einfallsreich.«

Sie musste lächeln. »Da sich noch keiner die Mühe gemacht hat zu erfinden, wie man heißen Kaffee transportiert, ohne sich die Finger zu verbrennen ...«

»Setz dich doch«, forderte er sie auf und deutete auf die Ledercouch unter dem Fenster.

»Um das Ding beneidet dich die ganze Belegschaft«, sagte Michaela.

»Das ist auch gut so«, erwiderte er lachend. »Wenigstens kommen dadurch die meisten gerne zu mir. Und wenn es nur wegen der Couch ist.«

»Ich für meinen Teil bin nicht deswegen da«, gab Michaela zurück, »sondern, weil ich dir von Tanja Luksch erzählen wollte.«

»Ja, stimmt.« Er trank einen Schluck von seinem Kaffee. »Was willst du wissen?«

Michaela zuckte die Schultern. »Keine Ahnung, ob du mir überhaupt helfen kannst. Ich habe das Gefühl, dass mit diesem Mädchen – Tanja – was nicht stimmt.«

»Du meinst, abgesehen davon, dass sie tot ist?«

Sie stutzte und musste lachen. »Ja, abgesehen davon.« Sie wurde wieder ernst. »Die Familie ... also der Vater scheint mit der Situation weniger gut klarzukommen. Die Mutter ist die Stärkere von beiden.«

»Was per se nichts Schlechtes ist«, warf Kilian ein.

»Stimmt, aber ich hatte den Eindruck, dass sie Tanja ziemlich eingeengt hat.« Michaela stockte und griff zu ihrem Kaffee, eine Übersprungshandlung, wie ihr bewusst wurde.

»Wie sieht sie aus?«

»Die Mutter? Klein, zierlich. Gepflegt, aber nicht aufgedonnert.«

Kilian nickte. »Sie hat gelernt, ihre Statur durch mentale Stärke zu kompensieren. Das kommt häufig vor. Hatte sich Tanja ihrer Mutter gegenüber durchgesetzt? Immerhin war sie in der Pubertät. Da kommt es oft zu Machtkämpfen.«

Michaela dachte nach, ehe sie antwortete: »Nein, eben nicht. Tanja war sehr angepasst und ruhig. Und ich habe keine Ahnung, ob das an ihrem Charakter oder an ihrer Mutter lag.«

»Den Einfluss der Familie kann man nicht außer Acht lassen«, sagte Kilian, »aber sie ist nicht alles, was einen Menschen prägt. Die Umwelt, Freunde, persönliche Stärken oder Schwächen, angeborene Charakterzüge ... alle diese Faktoren bestimmen mit, wie sich jemand entwickelt.«

»Bei Tanja haben aber gleich mehrere Faktoren versagt.« Michaela bemerkte die Bitterkeit ihrer Worte.

Kilian hob fragend die Braue. »Hast du das vorhin am Flur gemeint, als du sagtest, Tanja hätte kein glückliches Leben geführt?«

»Ich denke, ja. Tanja war verschlossen, eine Einzelgängerin. Das hat mir sowohl die Mutter als auch die Lehrerin bestätigt. Sie war ständig krank, doch davon erzählte uns Frau Luksch nichts, das haben wir erst von der Klassenlehrerin erfahren. Und auch, dass Tanja – so habe ihr die Mutter erzählt – körperlich gesund war. Eine psychologische Abklärung war geplant, aber es kam wohl nicht mehr dazu.«

»Hm, schade.«

»Ja, finde ich auch. Das Ergebnis hätte mich interessiert. Aber nun zu dir und deiner Psychologenmeinung: Tanjas Körper sah ziemlich mitgenommen aus ...«

»Wie meinst du das?«, unterbrach er sie.

»Sie war unterernährt, dreckig, ihr Haar verfilzt, als hätte sie sich länger nicht gepflegt. Zuerst dachte ich, sie wäre entführt und irgendwo gefangen gehalten worden, doch die Eltern haben mir versichert, sie hätten keine Lösegeldforderung bekommen.«

Kilian nickte. »Das klingt glaubhaft. Spätestens jetzt, wo ihre Tochter tot ist, würde es keinen Sinn ergeben, noch länger zu schweigen. Sie könnte natürlich auch einfach so entführt worden sein«, gab er zu bedenken.

»Zu welchem Zweck?«

»Als Sexobjekt? Um sie auf den Strich zu schicken?«, schlug Kilian vor.

Michaela schüttelte den Kopf. »Es gab keine Anzeichen für eine Vergewaltigung, sagt Ferreira. Deshalb ist es wahrscheinlicher, dass sie abgehauen ist und eine Weile auf der Straße gelebt hat. Hältst du das für möglich, obwohl Tanja eine Stubenhockerin und Außenseiterin war, keine Freunde hatte und kaum etwas unternahm? Oder ist diese Theorie komplett hirnrissig, und jemand wie sie würde das niemals tun? Sollten wir vielleicht doch eine Entführung in Betracht ziehen und in diese Richtung ermitteln?«

Kilian Weilmann trank seinen Cappuccino in einem

Zug aus und stand auf. Er verschränkte die Hände hinter seinem Rücken und sah eine Weile zum Fenster hinaus, ehe er leise antwortete: »Wenn der Druck groß genug war, halte ich es für möglich, dass sie die Straße gewählt hat.«

Er drehte sich zu Michaela um und hielt ihren Blick mit seinem fest. »Dort wimmelt es von Außenseitern. Womöglich hatte sich Tanja gerade deshalb das erste Mal irgendwo zugehörig gefühlt.«

Michaela nickte. So, wie Kilian das sagte, klang es logisch, auch wenn sie nicht restlos davon überzeugt war. »Dann ist es keine abwegige Theorie?«

»Nein. Aber wie gesagt, sie muss unter großem Druck gestanden haben. Bei ihr war es bestimmt eine bewusste, gut überlegte Entscheidung, keine, die aus einer Laune heraus entstanden ist. Es wäre ratsam, ihr Leben genauer unter die Lupe zu nehmen.«

Michaela stand auf und reichte ihm zum Abschied die Hand. »Danke, Kilian, deine Einschätzung beruhigt mich – und du kannst dich drauf verlassen, dass wir Tanjas Leben gründlich untersuchen werden.«

Auf dem Weg zurück ins Büro dachte sie über Kilians Worte nach. Er hielt also beide Varianten für möglich. Die Entführung und das Davonlaufen. Ein bisschen ärgerte sie sich, weil sie nach dem Gespräch mit ihm auch nicht mehr wusste als zuvor. So war es ihr schon damals gegangen, als sie wegen des Vorfalls ... nein, daran wollte sie jetzt nicht denken.

Doris und Vincent sahen sie erwartungsvoll an, als sie ins Zimmer kam. Eben setzte sie an, um ihnen über ihre Unterhaltung mit dem Kriminalpsychologen zu berichten, als das Telefon klingelte. Ein Blick auf die Anzeige zeigte ihr, dass der Anruf von der Spurensicherung kam.

Harald Kammerer persönlich war dran. Je länger er sprach, desto ernster wurde Michaelas Miene. »Du bist eine Wucht, Harald. Danke«, sagte sie schließlich und legte auf. Ihre Kollegen hatten während des Telefonats die Arbeit unterbrochen und sahen sie mit erwartungsvoller Miene an. Sie nahm die Hand von ihrer Narbe. Sie musste sich das wirklich abgewöhnen.

»Die Proben, die Ferreira geschickt hat, sind ausgewertet. Im Haar befand sich Erde.«

»Kein Wunder, sie lag schließlich am Feldweg«, kommentierte Doris trocken.

»Die Zusammensetzung ist aber eine andere als vom Fundort. Im Labor versuchen sie herauszufinden, ob sie die Gegend, von der die Erde stammt, bestimmen können. Außerdem sind sie mit der DNA fertig«, sagte Michaela.

»Ich dachte, die Auswertung würde zwei Tage dauern.«

»Normalerweise ja. Aber nicht, wenn sie sie nur abgleichen müssen.« Michaela machte eine kunstvolle Pause.

»Und?« Doris' ganzer Körper schien vor Spannung zu vibrieren.

»Es waren zwei verschiedene. Eine können sie nicht zuordnen, bei der anderen gibt es einen Treffer.« Michaela schluckte, ehe sie weitersprach. Es war so unglaublich, dass sie es selbst nicht fassen konnte. Aber ein Irrtum war ausgeschlossen, hatte Harald versichert.

»Einer der genetischen Fingerabdrücke stammt von

Jenny Keil.« Und als sie Doris' ratloses Gesicht bemerkte, fügte sie hinzu: »Jenny Keil war unter den vermissten Mädchen.«

»Woher haben wir ihre DNA?«, fragte Doris.

Nun war es Vincent, der ganz entgegen seiner Art an Michaelas Stelle antwortete: »Da gab es schon mal DNA-Untersuchungen. Sie ist vorbestraft. Zweimal Raub und mehrere Schlägereien. War auf Bewährung, als sie verschwand.«

Tante Mika ließ sich aber echt Zeit mit dem Heimkommen, dachte Valerie. Sie war mit den Schulaufgaben längst fertig, hatte eine Weile mit dem Versuch verbracht, ihr Zimmer ein wenig wohnlicher zu gestalten, und es bald wieder aufgegeben. Wie konnte man schon einen Raum, der lindgrün gestrichen war und in dem Naturholzmöbel standen, ihren Bedürfnissen anpassen? Sie traute sich nicht, Poster aufzuhängen, weil sie nicht wusste, wie Tante Mika auf Löcher in der Wand reagieren würde. Klebestreifen waren auch nicht viel besser, weil an ihnen die Farbe haften blieb. Also hatte sie sich damit begnügt, Musicalplakate an der Tür zu befestigen. Dort richtete der Tesafilm keinen Schaden an. Zumindest die Vorhänge hatte sie abgenommen, die waren total uncool. Sie würde ihre Tante fragen, ob sie am Wochenende nicht shoppen gehen könnten. Neue Bettwäsche, ein paar Dekogegenstände, vielleicht ein neuer Stuhl, der weniger ... zeitlos, dafür aber bequem war, noch besser wäre so ein riesiges Sitzkissen.

Und nun wartete Valerie darauf, dass Tante Mika endlich heimkam, in der letzten halben Stunde hatte sie mindestens dreimal auf die Uhr geguckt, doch die

Zeiger schienen dahinzukriechen. Valerie beschloss, etwas für das Abendessen zu kochen. Nichts Großartiges, nur ein paar Omeletts. Das würde ihr die Zeit vertreiben, und Tante Mika wäre wahrscheinlich froh, wenn sie ein warmes Essen bekäme. Im Fernsehen hatten die Mordermittler nie Zeit für eine ordentliche Mahlzeit, sie konnte sich vorstellen, dass das im richtigen Leben ähnlich ablief. Zumindest war das eine plausible Erklärung dafür, dass Tante Mika so eine tolle Figur hatte.

Sie wünschte, sie hätte ebenfalls ein wenig mehr Busen und nicht so doofe Storchenbeine, dann hätte sie sich aus Tante Mikas Kleiderschrank bedienen können. Im Gegensatz zu der biederen Wohnungseinrichtung hatte Tante Mika nämlich richtig coole Klamotten. Diese Lederjacke, die im Flur hing, war ein Hammer, so eine hatte sie sich schon ewig gewünscht.

Im Kühlschrank fand sie neben Eiern auch etwas Speck, Jungzwiebeln und Paprikaschoten, sie schnitt alles in kleine Würfel. Die erste Portion war gerade fertig, als vom Flur Tante Mika rief: »Ich bin zu Hause!« Gleich darauf stand sie in der Küche und blickte verwundert von Valerie auf den vollen Teller und zurück. »Grundgütiger, egal, was du da gekocht hast, es duftet hervorragend.«

Valerie zuckte mit den Schultern, grinste ihre Tante aber glücklich an. »Das heißt, du hast Hunger?«

»Und wie! Ich bin heute nicht zum Mittagessen gekommen.«

»Was hast du denn gemacht?«, fragte Valerie und rechnete schon damit, keine Antwort zu bekommen.

»Zuerst hab ich die Familie und danach die Schule

eines Opfers besucht«, zeigte sich Tante Mika doch gesprächiger, als Valerie erwartet hatte.

In der Zwischenzeit war das zweite Omelett fertig, und Valerie trug beide Teller zum Esstisch.

Während Tante Mika mit großem Appetit aß, erzählte sie weiter von ihrem Tag. Valerie traute sich nicht, dazwischen Fragen zu stellen, aus Angst, Tante Mika würde sonst aufhören zu reden, dabei hätte sie gern mehr über das Opfer erfahren. Stattdessen wollte nun Tante Mika wissen, wie Valerie den Tag verbracht hatte.

»Ach, bei mir war es wie immer – also ziemlich langweilig.«

»Findest du es denn nicht spannend, Neues zu lernen?«, wollte Tante Mika wissen.

Valerie nickte. »Sicher, aber leider ist da kaum was Neues dabei. Und wenn, dann sind das Dinge, die man eh nie wieder braucht. Oh! Da fällt mir was ein: Als ich von der Schule kam, habe ich unseren neuen Nachbarn getroffen.«

Valerie bemerkte die säuerliche Miene ihrer Tante. »Tante Mika, ehrlich, er ist in Ordnung. Ein wenig ... ungeschickt vielleicht. Aber er ist nett. Und witzig. Außerdem sieht er gut aus.«

Michaela blickte alarmiert hoch. Ihre Nichte würde sich doch nicht in diesen Bernd Dalisch verknallt haben? Doris' Worte kamen ihr in den Sinn. Sie solle daran denken, wie sie in dem Alter gewesen war. Und sie wusste genau, dass sie sich mit sechzehn hoffnungslos in ihren Musiklehrer verliebt hatte. Der Altersunterschied war, zumindest in ihren Augen, unerheblich gewesen. Natürlich wurde nie was aus ihrer Schwärmerei – denn mehr war es schlussendlich nicht gewesen.

Wenn er allerdings nicht ihr Lehrer oder aber ein Mistkerl gewesen wäre ... wer weiß? Und dieser Bernd Dalisch war definitiv nicht Valeries Lehrer und zumindest nahe daran, ein Mistkerl zu sein.

»Tante Mika?« Valerie riss sie aus ihren Überlegungen. »Ich habe dich bereits zweimal gefragt, was du gegen unseren Nachbarn hast. Du kennst ihn schließlich gar nicht.«

Michaela schluckte jede Erwiderung hinunter. Natürlich hatte Valerie recht. Es war total irrational, jemanden zu verurteilen, den sie erst einmal, und auch nur kurz, getroffen hatte. Aber eines war klar, nun würde er sie kennenlernen – und zwar besser, als ihm lieb war.

KAPITEL 15

Der Zufall ist keine messbare Größe, deshalb wäre es fatal gewesen, sich auf ihn zu verlassen. Aber dennoch, Nr. 4 entdeckte er ganz unerwartet. Eine Fügung, wenn man das so sehen wollte. Auf dem Heimweg fuhr er an einer Schule vorbei. Automatisch verringerte er die Geschwindigkeit. Aus Erfahrung wusste er, dass die Jugendlichen kaum auf den herrschenden Verkehr achteten, Ampeln schienen bloß für andere Verkehrsteilnehmer zu gelten. Prompt musste er anhalten, weil eine Horde Schüler knapp vor seinem Auto über die Straße ging, obwohl der Zebrastreifen weniger als zwanzig Meter entfernt lag. Da trat sie aus dem Gebäude. Sie gesellte sich nicht zu den anderen, die in Gruppen zusammenstanden, sondern blieb für sich.

Nach so jemandem hatte er gesucht: Eine, die keine Schar von Freunden um sich hatte. Eine, die er alleine erwischen konnte.

Jemand hupte hinter ihm, und er fuhr wieder an. Im Rückspiegel beobachtete er, wie sie wieder ins Schulgebäude ging. Wahrscheinlich hatte sie Unterricht und wollte in der Pause nur etwas Luft schnappen.

Gegenüber dem Schulgebäude entdeckte er ein kleines Café, das ideal für seine Zwecke war, denn eines der großen Fenster ging auf die Straße hinaus.

Etwa zwei Stunden wartete er und war nahe daran, aufzugeben und sein Vorhaben auf einen anderen Tag zu verschieben, als er das Mädchen wieder entdeckte. Er legte sieben Euro für Kaffee und Kuchen auf den Tisch und nahm die Verfolgung auf.

Das Glück war auf seiner Seite, denn Nr. 4 ging an der Bushaltestelle vorbei. Das hieß, sie wohnte in der neuen Siedlung weiter stadtauswärts, dort wo sich die Hälfte der Häuser noch im Rohbau befand und sich die Bewohnerzahl in Grenzen hielt, sodass die Gefahr, ertappt zu werden, gering war.

Es gab zwei Wege, um dorthin zu gelangen. Der eine führte in einem großen Bogen entlang der Straße. Der andere war ein schmaler Pfad, eine Abkürzung über das Feld, gesäumt von hohen Büschen. Das Mädchen würde bestimmt den kürzeren Weg nehmen. Er jedenfalls hätte es getan. In dem Alter dachte man kaum darüber nach, was einem alles zustoßen konnte. Plötzlich blieb Nr. 4 stehen, und für einen Moment setzte sein Herzschlag aus. Hatte sie ihn etwa bemerkt? Doch sie holte bloß ihr

Handy aus der Hosentasche und hielt es sich ans Ohr. Erleichtert ging er weiter, an ihr vorbei.

»Hi, nein, ich kann nicht zu dir kommen. Ich muss Hausaufgaben machen, und um fünf geh ich zum Firmunterricht. Ja, bis morgen!«

Wie er erwartet hatte, setzte sie ihren Weg fort. Er bückte sich, als müsse er sich die Schuhe zubinden.

Nachdem sie ihn überholt und sich einige Schritte von ihm entfernt hatte, drehte er sich um und ging zurück auf die Straße. Er hatte genug gehört.

Seit halb fünf ging er auf dem Weg auf und ab. Langsam wurde ihm trotz der Jacke und der Handschuhe kalt. Hoffentlich hatte er Nr. 4 nicht verpasst. Genau genommen war der belauschte Anruf nämlich nicht sehr aussagekräftig gewesen. Das Mädchen wollte um fünf Uhr zum Firmunterricht. Hieß das nun, der Unterricht begann um fünf, oder würde das Mädchen um diese Uhrzeit das Haus verlassen?

Wenn Nr. 4 tatsächlich früher dran gewesen war? Kein Drama, beruhigte er sich selbst. Allenfalls würde er die Sache morgen durchziehen. Trotzdem wäre es ihm lieber gewesen, wenn er diese leidige Angelegenheit hinter sich gehabt hätte. Das war der Teil, der ihm alles andere als Spaß bereitete, doch ohne Testpersonen gab es kein Experiment. Er hätte seinen Versuch gerne mit mehr Personen durchgeführt, aber das scheiterte an den Räumlichkeiten in seinem Keller und an seinen mangelnden Zeitressourcen. Er brauchte jetzt schon Stunden, um seine Beobachtungen zu jedem Probanden gewissenhaft aufzuschreiben. Nein, er musste realistisch bleiben. Drei Mädchen reichten, damit es spannend blieb.

Er überlegte, ob er sich eine neue Aufgabe für seine Testpersonen ausdenken sollte. Nr. 3 könnte der Neuen das Haar abschneiden. Oder einen Finger. Dafür würde sie Pizza für alle verdienen. Nein, besser Pfannkuchen. Er hatte als Kind Pfannkuchen geliebt.

Stimmen und Gelächter drangen an sein Ohr. Schnell drehte er sich zu den Sträuchern, damit man sein Gesicht nicht erkennen konnte, und rief leise: »Casper! Komm, mein Junge!« Dabei schüttelte er die Hundeleine, die er zur Tarnung in der Hand hielt. Praktisch, dass Nr. 3 die Leine dabeigehabt hatte. Zuerst wollte er sie wegwerfen, hatte sie aber schließlich behalten, falls er aus irgendeinem Grund Verwendung für sie fand. Wie es aussah, war er mit dieser Entscheidung gut gelegen.

Er sah den beiden Joggerinnen nach und merkte, dass er den Atem angehalten hatte. Adrenalin jagte durch die Blutbahn, in seinen Ohren rauschte es. Seine Sinne waren geschärft, sogar die Luft schien klarer zu sein.

Da endlich bemerkte er eine einsame Silhouette. Das musste Nr. 4 sein.

Er wartete ab, bis sie auf gleicher Höhe mit ihm lag. Mit einem Schritt war er hinter ihr, legte ihr die Leine um den Hals und zog zu. Sofort schleifte er den Körper zwischen die Büsche. Jetzt kam es auf sein Feingefühl an. Zu lange, und Nr. 4 wäre tot. Davon hätte keiner was. Er überprüfte Puls und Atmung, nickte zufrieden und gratulierte sich selbst zu der guten Arbeit.

Er sah sich nach weiteren Spaziergängern um, aber weit und breit war niemand zu sehen. Jetzt musste es schnell gehen. Er nahm die Spritze aus seiner Jackentasche und zog die Schutzkappe ab. Er stach die Nadel durch ihre Hose in den Oberschenkelmuskel und drückte langsam den Kolben hinunter. Das würde reichen, um sie für eine Weile in Tiefschlaf zu versetzen.

Im Schutz der Dämmerung zog er gebückt den bewusstlosen Körper durch die Sträucher die paar Meter bis zu seinem Wagen.

Als er das Auto erreicht hatte, stieß er erleichtert die Luft aus. Keiner hatte ihn gesehen. Das gehörte immer zu den Unwägbarkeiten, die er bei aller Planung nicht mit einkalkulieren konnte.

Er hob den Körper in den Kofferraum, der mit der Plastikplane ausgelegt war, die noch von der Entsorgung von Nr. 2 darin lag. Nr. 4 war klein und zierlich und passte mühelos hinein. Er schlug den Deckel zu, ging um das Fahrzeug herum, setzte sich auf den Fahrersitz und startete den Motor. Vorfreude erfüllte ihn. Am liebsten hätte er laut gejubelt, hielt sich aber zurück. Solch ein Gefühlsausbruch ziemte sich nicht und war seiner nicht würdig. Doch das Grinsen, das ihm die ganze Fahrt über nicht von den Lippen weichen wollte, konnte er nicht unterdrücken.

Nach dem Essen hatten es sich Michaela und Valerie im Wohnzimmer gemütlich gemacht. Vor Michaela stand ein Glas Rotwein, Valerie hatte sich ein Glas Cola eingeschenkt und löcherte ihre Tante mit Dingen, die sie über die Arbeit bei der Kriminalpolizei wissen wollte.

Michaela hatte sich vorgenommen, Valeries Fragen so gut es ging zu beantworten. Auch die unangenehmen, also schluckte sie, als ihre Nichte sie erneut auf die Narbe ansprach, trank einen Schluck vom Wein, ehe sie antwortete: »Es fällt mir immer noch schwer, darüber zu sprechen, es ist …« Sie stockte und nahm einen weiteren Schluck Wein. »Es war ein Typ mit einem Messer«, erklärte sie schließlich und hoffte, Valerie würde sich damit zufriedengeben. Doch weit gefehlt. Ihr karger Erklärungsversuch stachelte die Neugier ihrer Nichte erst recht an.

»Echt? Was hat er angestellt? Hattest du keine Möglichkeit, dich zu wehren? Du hast schließlich eine Waffe.«

»Er hat eine alte Frau ausgeraubt und ist geflüchtet. Ich war damals noch bei der Streife, wir – also mein Partner und ich – haben ihn verfolgt und es geschafft, ihn in eine Sackgasse zu treiben. Als ich ihn festnehmen wollte, hat er ein Messer gezückt. Ende der Geschichte.« Tatsächlich war es weder das Ende noch die ganze Geschichte gewesen. Noch heute hatte Michaela manchmal Albträume, die sie nachts aufschreckten. Zwar waren sie selten geworden, aber wenn der Stresspegel zunahm, kamen sie wieder. Meist vermischten sich die Erinnerungen mit neuen Erlebnissen und erzeugten wirre Traumbilder in ihrem Kopf. Sie wünschte sich, sie könnte sich am Morgen nicht an sie erinnern, wie die Mehrheit der Menschen, doch die Gnade des Vergessens blieb ihr verwehrt.

KAPITEL 16

Das Erste, was sie bewusst spürte, war die Kälte. Sie kroch über ihre Haut, an Stellen, die bedeckt sein sollten, es aber nicht waren. Wie ein Blitz schlug die Erinnerung in ihr Gedächtnis ein. Sie war zum Firmunterricht aufgebrochen, sie hatte mit ihrem Handy Musik gehört, ihre Kopfhörer in die Ohren gestöpselt, als sie überfallen worden war. Und danach? Christina strengte ihre Gehirnzellen an, doch die Zeit zwischen dem Angriff auf sie und ihrem Aufwachen war ein schwarzes, tiefes Loch. Nichts, einfach weg. Sie blinzelte, und grelles Licht drang durch den Spalt ihrer Lider. Wieso war es hell? Als sie das Haus verlassen hatte, war es beinahe dunkel gewesen, dämmrig.

War sie etwa vergewaltigt worden? Sie spürte ihrem Körper nach. Nackte Haut lag auf grobem Stoff. Ihr Hals tat beim Schlucken weh und fühlte sich auch von außen wund an, doch ansonsten schien alles in Ordnung zu sein. Keine Schmerzen zwischen den Beinen, stellte sie erleichtert fest. Erst jetzt traute sie sich, die Augen ganz zu öffnen und sich aufzusetzen.

Die Erleichterung von eben war schon wieder verflogen, als sie sah, wo sie sich befand: in einem Raum ohne Fenster, der eher einer Zelle als einem Zimmer glich. Außer den kahlen Wänden und dem Neonlicht, der Pritsche mit der verschlissenen Matratze, auf der sie saß, einem Stuhl und der Stahltür war hier nichts.

Sie war tatsächlich nackt, nicht einmal Unterwäsche trug sie, und ihr fielen all die Nachrichten ein, in denen über Mädchen berichtet wurde, die entführt und gefangen gehalten wurden, um an perverse Kinderschänder als Spielzeuge verkauft zu werden. Christina schluckte bei dem Gedanken und zuckte vor Schmerz zusammen. Irgendetwas war mit ihrem Hals definitiv nicht in Ordnung.

Sie stand von der Pritsche auf und wurde von Schwindel erfasst, ihre Schritte waren wacklig, als sie zur Tür hinüberging. Nicht, dass sie sich Hoffnungen gemacht hätte, sie wäre unverschlossen. Aber wenigstens wollte sie es versucht haben.

Natürlich war die Tür versperrt. Unentschlossen trat sie von einem Bein auf das andere. Kälte kroch über den Betonboden durch ihre Sohlen, und zu allem Überfluss musste sie jetzt auch noch aufs Klo.

Christina drehte sich um, ging zur Pritsche hinüber und setzte sich. Die Schenkel presste sie zusammen, teils um ihre Blöße zu bedecken, teils, um den immer stärker werdenden Harndrang zu unterdrücken. So verharrte sie und starrte auf die Tür. Ein kleiner Teil in ihr hoffte, sie würde aufgehen, damit sie aufs Klo gehen konnte. Damit sie endlich erfuhr, weshalb sie in diesem Gefängnis gelandet war. Doch dem großen Rest ihres Bewusstseins war klar, dass es besser wäre, sie würde nie erfahren, was ihr bevorstand.

Der Drang, sich zu erleichtern, wurde immer größer, gleichzeitig wuchs die Hoffnung, jemand würde kommen, wodurch Christinas Angst vorübergehend verdrängt wurde.

Um sich abzulenken, summte sie Songs, die im Radio derzeit auf und ab gespielt wurden. Als ihr die ausgingen, begann sie Kinderlieder zu singen. *Hänschen klein, ging allein, in die weite Welt hinein ...*

Weshalb war sie auch so dumm gewesen und hatte den Feldweg nehmen müssen? Selbst schuld, selbst schuld! Wie oft hatte ihre Mutter sie gewarnt? Was soll denn schon passieren, Mama?, hatte sie gesagt und gelacht. Hatte es als Erwachsenenspleen abgetan.

Hänsel und Gretel verliefen sich im Wald. Es war so finster und auch so bitterkalt ...

Wenn jetzt nicht bald jemand kam, würde sie in die Hose machen ... nein, natürlich nicht. Sie hatte ja keine an. Also dann ... auf die Matratze. Oder besser in eine Ecke. Wer wusste schon, wie viele Nächte sie auf der Pritsche verbringen musste. Einen Rest von Würde musste sie sich doch bewahren. Allerdings war die Aussicht, auf den Boden zu pinkeln, auch nicht sehr berauschend.

Ein Männlein steht im Walde ganz still und stumm. Es hat von lauter Purpur ein Mäntlein um ...

Ihre Blase schien zum Zerplatzen gefüllt, und Christina biss die Zähne zusammen. Noch eine Minute, sprach sie sich gut zu. Sie begann, die Sekunden zu zählen. Als sie bei 38 angekommen war, hörte sie, wie jemand einen Schlüssel ins Schloss steckte. 40. Der Schlüssel wurde umgedreht. 43. Die Tür ging einen Spalt auf. 45. Sie schwang auf, ein Mann stand im Türrahmen, in der Hand hielt er einen Eimer. Er lächelte sie an. 60. »Dein Klo«, sagte er und hielt ihr den Behälter entgegen.

Die Minute, die sich Christina abgerungen hatte, war verstrichen. Sie traute sich nicht, den Kübel zu nehmen. Was, wenn er zusehen wollte, wie sie ...

Doch da hatte der Mann den Eimer schon abgestellt und war wieder auf dem Weg nach draußen. »Ich komme morgen früh wieder«, sprach er und schloss die Tür hinter sich.

Christina stürzte zum Kübel, setzte sich und ließ es laufen. Tränen der Erleichterung traten in ihre Augen, und sie verfluchte sich für das Gefühl der Dankbarkeit dem Mann gegenüber. Erst jetzt fielen ihr die Worte ein, mit denen er sich verabschiedet hatte, und sie fröstelte.

Nachdem sie sich erleichtert hatte, legte sie sich wieder auf die Matratze und bettete den Kopf auf ihren Arm. Sie wusste nicht, wie spät es war. Morgen früh, hatte er gesagt, das hieß ein paar Stunden Gnadenfrist. Was würde sie damit anfangen? War es nicht lachhaft, diese kurze Zeitspanne mit Nichtstun verschwenden zu müssen?

Sie fror erbärmlich, hatte Hunger und vor allem Angst. An den ersten beiden Dingen konnte sie nichts ändern, aber die Angst würde sie vielleicht überlisten können, indem sie schlief.

Schlaf Kindlein, schlaf. Der Vater hüt' die Schaf. Die Mutter schüttelt's Bäumelein, es fällt herab ein Träumelein. Schlaf Kindlein, schlaf ...

Er wünschte sich, er hätte für Nr. 4 genügend Zeit gehabt, aber die Pflicht rief, er musste weg. Das Midazolam, das er Nr. 4 verabreicht hatte, war nicht ganz unbedenklich, aber die Wirkung setzte nahezu sofort ein. Deshalb eignete es sich für seine Zwecke perfekt, auch wenn er damals beinahe Nr. 3 verloren hätte, weil sie die Nebenwirkungen nicht vertrug. Vielleicht hatte er auch ein wenig zu hoch dosiert. Nr. 4 schien hingegen das Mittel, das ursprünglich für Kurznarkosen verwendet wurde, keine Probleme zu bereiten. Sie hatte zwar verängstigt, aber klar auf ihn gewirkt. Trotzdem hätte er sie gerne noch eine Weile beobachtet, um sicherzugehen, dass mit ihr alles in Ordnung war. Das Timing war schlecht gewählt, musste er sich eingestehen. Allerdings war die Gelegenheit günstig gewesen. Zu gut, um sie ungenützt verstreichen zu lassen.

Bisher hatte er seine Neuankömmlinge nie eine ganze Nacht unbeaufsichtigt gelassen, das wäre also eine Premiere. Ob sich das irgendwie auf das Verhalten von Nr. 4 auswirken würde?

Nun, er konnte im Moment ohnehin nichts daran ändern. Seine Schützlinge warteten auf ihn.

Seit einem halben Jahr arbeitete er jeden Mittwoch ehrenamtlich in einem Jugendzentrum. Nicht etwa, weil er das Bedürfnis hatte, sich sozial zu engagieren. Vielmehr erfüllte diese Freizeitbeschäftigung einen rein praktischen Zweck. Zu Beginn, als er die Idee zu seinen Forschungen entwickelt hatte, stellte sich die Frage, wie er an seine Testpersonen rankommen konnte. Auch da war ihm der Zufall zu Hilfe gekommen. In der Zeitung stand damals ein Artikel über das neu gegründete Jugendzentrum. Wo sonst hätte er auf einfachere Art so viele Jugendliche auf einem Haufen kennengelernt? Er bot seine Mithilfe an, die Mitarbeiter überschlugen sich beinahe vor lauter Dankbarkeit.

Die ersten Wochen verbrachte er damit, das Vertrauen der Jugendlichen zu gewinnen. Für ihn war es durchaus spannend, ihnen zuzuhören, über ihre Sorgen, Nöte und Familienverhältnisse zu erfahren, vielleicht hatte der eine oder andere sogar von den Gesprächen mit ihm profitieren können – doch das stand für ihn nicht im Vordergrund. Wesentlich wichtiger fand er, dass er eine Auswahl treffen konnte.

Nr. 1 war ihm sofort aufgefallen. Sie war zwar nicht die ideale Probandin, weil er ursprünglich nach Personen gesucht hatte, die keine Gewaltbereitschaft zeigten. Aber sie war von zu Hause weggelaufen, lebte auf der Straße, und er hatte sich überlegt, dass ihr Verschwinden niemandem auffallen würde – und er hatte recht behalten.

Im Jugendzentrum wäre es leichter gewesen, Ersatz für Nr. 2 zu finden, doch er wollte das Risiko möglichst gering halten. Der Fokus der Ermittlungen hätte sich auf die Einrichtung gerichtet, wenn ein weiteres Mädchen verschwand. Im Großen und Ganzen empfand er es als verschwendete Zeit, weiter hinzugehen, doch sein Fernbleiben würde erst recht bemerkt werden. Und alles, was ihn ins Rampenlicht rückte, gefährdete die Forschungsarbeit. Noch war die Zeit nicht gekommen, um damit an die Öffentlichkeit zu gehen.

Er kontrollierte ein letztes Mal die Monitore mit den Aufnahmen aus den Zellen. Nr. 1 langweilte sich und hielt sich mit Turnübungen bei Laune. Erstaunlich, welche Konsequenz sie in dieser Hinsicht an den Tag legte.

Nr. 3 tat die Einzelhaltung gut, sie wirkte entspannter als sonst und vertrieb sich die Zeit, indem sie versuchte, das Haar mit ihren Fingern zu kämmen und die Knoten zu lösen, die sich gebildet hatten. Nr. 4 lag zusammengekauert auf der Pritsche. Hin und wieder zuckten ihre Glieder, und sie murmelte unverständliche Worte im Schlaf. Nachwirkungen des Narkotikums. Alles in bester Ordnung. Er konnte ruhigen Gewissens gehen.

Schnell zog er sich um. Seine Kleidung passte er der jeweiligen Rolle, in die er schlüpfte, an.

Als er zehn Minuten später in Jeans und T-Shirt aus dem Schlafzimmer kam und im Spiegel sein Erscheinungsbild überprüfte, lächelte er zufrieden. Wie mit einer Maske versteckte er sich hinter der Rolle, die er gleich spielen würde: der gute, verständnisvolle Doc, zu dem die Jugendlichen mit ihren Ängsten und Sorgen kommen konnten. Er war wie das trojanische Pferd. Und damit hatten die Griechen immerhin eine ganze Stadt eingenommen.

»Hi, Doc!«, wurde er von einem der Jugendlichen begrüßt.

»Haben Sie die Tischtennisschläger dabei?« Die Frage kam von Justin, einem Vierzehnjährigen, der offenbar nach einer Vaterfigur suchte und meinte, sie in ihm gefunden zu haben.

Er lächelte. »Klar, die Niederlage vom letzten Mal lasse ich doch nicht auf mir sitzen.«

»Cool.«

Er ging in die Küche des Jugendzentrums und holte sich einen Kaffee. Ein spindeldürres Mädchen mit tiefschwarz gefärbten Haaren und mehreren Piercings in Ohr, Nase und den Brauen schenkte sich gerade Saft ein. Sie ignorierte ihn nicht nur, sondern rückte sogar ein Stück von ihm ab, als er in ihre Nähe kam. »Jasmin, nicht wahr?«, fragte er nach.

»Ja, Sie haben sich meinen Namen gemerkt?«

»Natürlich.« Seine Worte entlockten ihr die Andeutung eines Lächelns. Sie war verschlossen, er konnte sich sehr gut vorstellen, dass sie sich ritzte, so wie sie ständig an den Ärmeln ihres Pullovers zupfte, um bloß keine Haut zu zeigen. Wäre er Nr. 4 nicht begegnet, hätte er sie in Erwägung gezogen. Er wusste zwar kaum etwas über sie, hatte aber mitbekommen, dass sie einige Schwierigkeiten mit ihren Eltern hatte. Diese Kandidaten waren ihm am liebsten, weil die Wahrscheinlichkeit, sie könnten weggelaufen sein, hoch war und sich keiner ernsthaft die Mühe machte, nach ihnen zu suchen. Keiner interessierte sich für sie, nicht einmal die Polizei ... zumindest, bis ihre Leichen gefunden wurden.

Es würde sich zeigen, in welche Kategorie Nr. 4 gehörte. Seiner Einschätzung nach würden die Eltern bereits heute eine Vermisstenanzeige aufgeben wollen. Allerdings würde die Polizei sie auf den morgigen Tag oder sogar auf übermorgen vertrösten.

»Doc?« Das war Justin, der ihn aus seinen Überlegungen riss. »Der Tisch ist gerade frei, wenn Sie also ...«

Er stellte die Kaffeetasse ab und nickte. »Ich komme.«

Das grauenhafte Gebräu hatte ihm ohnehin nicht geschmeckt.

KAPITEL 17

Auf dem Weg zur Morgenbesprechung traf Michaela Kilian Weilmann. Doris und Vincent gingen vor, während sie den Kriminalpsychologen ansprach: »Kilian, wäre es möglich, dass Tanja Luksch ohne Wissen ihrer Mutter psychologisch betreut wurde?«

»Sie war ... wie alt noch mal?«

»Sechzehn.«

»Dann ja. Allerdings spricht das nicht gerade für ein Vertrauensverhältnis zwischen Mutter und Tochter«, gab Kilian zu bedenken.

»Ich sagte doch, dass ich der heilen Welt, die mir die Familie vorgaukelt, nicht traue«, antwortete Michaela und deutete mit dem Kopf in Richtung der offenen Tür zum Besprechungszimmer. »Wir reden später weiter.«

Kilian nickte. »Mit Vergnügen.« Er blieb stehen, ließ sie vorangehen und schloss die Tür hinter sich.

Michaela blickte sich nach einem freien Stuhl um und sah Doris ihr zuwinken, die ihr einen Platz neben sich freigehalten hatte.

»Danke«, sagte sie zu ihrer Kollegin.

»Nicht der Rede wert«, gab diese zurück. Dann senkte Doris die Stimme zu einem Flüstern. »Hast du Steurers heutiges Outfit schon bemerkt?«

Automatisch reckte sich Michaela ein wenig, um über die Köpfe der Kollegen in der vorderen Sitzreihe besser sehen zu können. »Du meine Güte«, entfuhr es ihr. Werner Steurers Karohemd schlug alles, was er bisher an Modesünden verbrochen hatte. Rosa-weiß! Michaela fragte sich, ob sie einen Chef, der rosa-weiß karierte Trachtenhemden trug, in Zukunft jemals wieder ernst nehmen konnte.

»Ob er sich das selbst gekauft hat?«, raunte Doris ihr ins Ohr.

Michaela zuckte die Schultern und wollte eben antworten, als Steurers sonore Stimme allen einen guten Morgen wünschte. Schon bald kam Michaela an die Reihe, um die bisherigen Ergebnisse über ihren Mordfall zu berichten.

»Heute fahren wir zu Jennifer Keils Eltern, um mit ihnen zu sprechen. Nachdem Jennifers DNA auf Tanjas Leichnam gefunden wurde, müssen die beiden Mädchen engen Kontakt miteinander gehabt haben.«

»Warum fragt ihr nicht gleich Jennifer?«, warf einer der Kollegen ein.

»Weil sie seit Monaten vermisst wird«, gab Michaela mit ernster Miene zurück.

Vincent blieb im Innendienst zurück, Doris und sie fuhren, wie angekündigt, zu Jennifer Keils Eltern. Die Adresse gehörte zu einer noblen Villa in Döbling, dem 19. Wiener Bezirk im Nordwesten der Stadt. Hier gab es neben den zahlreichen Heurigen, Weingärten und den typischen riesigen Wohnkomplexen auch jede Menge Herrschaftshäuser. In solch einem lebte Familie Keil.

Schon die kunstvoll gepflasterte Auffahrt zeugte von viel Geld. Doris pfiff durch die Zähne. »Mensch, kaum vorstellbar, dass in diesem Haus bloß eine Familie lebt. Schlafen die jede Nacht in einem anderen Zimmer?«

Michaela grinste. »Na ja, vielleicht wohnt hier auch noch Personal.«

Die witzig gemeinte Bemerkung stellte sich als wahr heraus.

Eine junge Frau öffnete auf ihr Klingeln und stellte sich als Hausmädchen vor. Doris und Michaela tauschten Blicke.

»Wohnen Sie im Haus?«, fragte Michaela.

»Ja, im hinteren Trakt sind die Personalwohnungen. Neben mir leben die Köchin und ein Gärtner hier.«

Sie wurden in das Wohnzimmer geführt – in diesen Kreisen würde es wohl Salon heißen. Das Mädchen bot ihnen Kaffee an, den beide ablehnten.

»Gut, dann hole ich Frau Keil – und falls Sie doch etwas wünschen, sagen Sie einfach Bescheid.«

Michaela nützte die Wartezeit, um sich genauer umzusehen. Die Einrichtung war eine Mischung aus Antiquitäten und modernen Elementen, so wie der Flachbildfernseher, der so riesig war, dass er in ihrem Wohnzimmer beinahe eine ganze Wand eingenommen hätte.

Der offene Kamin strahlte angenehme Wärme ab, die

Ledercouch hätte Michaela sich sofort in ihr eigenes Wohnzimmer gestellt, aber sie hatte weder den Platz noch das nötige Kleingeld, um sich so ein Möbelstück zu leisten.

Alles war penibel sauber, es lagen keine persönlichen Dinge herum. Ob dafür auch das Personal verantwortlich war?

Ehe sie ihre Überlegungen weiterführen oder darüber mit Doris diskutieren konnte, hörte sie schnelle Schritte näher kommen. Nicht einen Moment zweifelte Michaela daran, dass es sich bei der schlanken, brünetten Frau um Jennifers Mutter handelte. Sie hatte sich, ehe sie hergefahren waren, die Fotos aus der Vermisstenanzeige noch einmal angesehen. Frau Keil hätte als ältere Schwester des verschwundenen Mädchens durchgehen können – selbst aus der Nähe betrachtet.

Sie trug ein beiges Kostüm, das perfekt saß. Die Schuhe, hochhackige Pumps, ließen ihre Beine noch länger erscheinen, und die Haare sahen aus, als wäre Frau Keil eben beim Friseur gewesen.

Sie reichte zuerst Michaela, dann Doris die Hand. Ihr Händedruck war überraschend fest. »Guten Morgen. Was kann ich für Sie tun?« Ihre Stimme klang, als hätte sie Schauspielunterricht gehabt, um ihr solch einen angenehmen Ton zu verleihen.

»Wir sind wegen Jennifer hier«, begann Michaela.

Eine Braue wanderte in die Höhe. »Hat sie wieder einmal etwas angestellt?«

»Das wissen wir nicht«, räumte Michaela ein. »Wir möchten möglichst viel über Ihre Tochter erfahren, um sie finden zu können. Ich denke, das liegt auch in Ihrem Interesse.«

Frau Keil seufzte. »Wollen wir nicht Platz nehmen?«

Gerne folgten Doris und sie dem Vorschlag. Michaela setzte sich auf die Couch. Sie wollte sie wenigstens einmal ausprobiert haben. Bequem war sie nicht gerade, stellte sie fest und revidierte ihre Meinung, dass sie selbst gern solch eine gehabt hätte.

Sie rutschte schließlich bis an die Kante, lehnte ihre Ellbogen auf die Knie und sah Frau Keil erwartungsvoll an.

»Ich fürchte, wir haben bei Jennifers Erziehung sehr viele Fehler begangen«, gab Frau Keil zu.

»Inwiefern?«, hakte Michaela nach. Diese Unterhaltung versprach, spannend zu werden – und sei es nur, um es selbst bei ihrer Nichte besser zu machen.

»Oh, wo soll ich anfangen?« Das Lächeln der Frau geriet ein wenig schief, sie sprach aber weiter. »Schon als kleines Kind wurde sie von uns maßlos verwöhnt. Sie bekam alles, was sie sich wünschte. Meistens von meinem Mann. Jennifer wusste genau, wie sie ihn um den Finger wickeln konnte. Wir hatten natürlich ein Kindermädchen. Nein, eigentlich im Laufe der Jahre mehrere, weil es keine lange mit ihr aushielt. Jenny ging auf eine Privatschule, ihre Lehrer beschwerten sich unentwegt über ihr Verhalten.«

»Was hat sie denn getan?«, warf Doris ein.

»Sie war aggressiv, ging auf Mitschüler los, hat die Lehrer beschimpft. Als das anfing, war sie noch nicht mal zwölf. Wir haben uns Rat von Experten geholt – nicht nur von einem. Alle sagten das Gleiche: Wir sollten strenger sein, Grenzen setzen. Wir sollten sie die Konsequenzen ihres Verhaltens spüren lassen ... wir haben es versucht. Gott ist mein Zeuge, dass wir uns bemüht haben, diese Ratschläge umzusetzen. Es hieß, wir sollten uns mehr Zeit für Jenny nehmen, also haben wir kein Kindermädchen mehr eingestellt, sondern uns selbst um unsere Tochter gekümmert. Aber natürlich nicht vierundzwanzig Stunden am Tag.

Mittlerweile war sie vierzehn. In dem Alter lässt man sich ohnehin nichts mehr sagen. Sie trieb sich mit den falschen Freunden herum, ich bin mir sicher, dass sie sogar Drogen nahm ... es war, als würde ein fremdes Kind unter unserem Dach wohnen. Sie war nicht mehr unsere kleine ... Prinzessin.« Frau Keils Stimme klang völlig emotionslos, als hätte sie die Sätze vor langer Zeit auswendig gelernt.

»Wie haben Sie und Ihr Mann reagiert?«, fragte Doris.

»Wir waren ratlos, versuchten ihr zu verbieten, sich mit ihren Freunden zu treffen, aber untersagen Sie mal einer Jugendlichen etwas. Sie hat Wege gefunden, unsere Verbote zu umgehen. Manchmal kam sie tagelang nicht heim. Immer wieder gab es Streit. Kurz nach ihrem sechzehnten Geburtstag sagte sie uns auf den Kopf zu, dass sie ohnehin nur wegen des Geldes zu Hause leben würde. Das hat meinen Mann tief getroffen. Sie war schon immer sein Ein und Alles gewesen.

Er ist ein sanftmütiger Mensch – aber was zu viel ist, ist zu viel. Sämtliche finanziellen Zuwendungen wurden von ihm gestrichen, und er meinte, sie solle sehen, wie sie zurechtkäme. Jenny ist noch am gleichen Abend weggelaufen. Sie hat ein paar Sachen mitgenommen ...«

»Welche Sachen?«, unterbrach Michaela Frau Keils Redefluss. Wenn Jenny Schmuck oder dergleichen entwendet und später verkauft hatte, würde man ihre Spur verfolgen können.

»Alles Bargeld, das sie finden konnte. Eine goldene Uhr, meine Perlenkette. Sie hat in ihrer Wut ein paar Möbelstücke zertrümmert, wohl weil sie nicht mehr Wertgegenstände gefunden hat.«

»Haben Sie Anzeige erstattet?«

Frau Keil lachte bitter. »Nein. Wegen des Schmuckes? Natürlich nicht. Stellen Sie sich vor, wie das bei anderen ankommt. Die eigene Tochter bestiehlt uns! Nein, wir haben die fehlenden Dinge nie erwähnt ... aber wir haben Jenny natürlich vermisst gemeldet.«

»Da war sie aber laut unseren Unterlagen bereits auf Bewährung«, sagte Doris.

Konnte es sein, dass Frau Keil sich der Realität nicht stellen konnte? Ihre Tochter war nicht nur eine verzogene Göre, sondern kriminell gewesen.

»Ja, das stimmt«, gab Frau Keil mit gesenktem Kopf zu. Leise sprach sie weiter: »Ich habe meine Tochter nicht verstanden. Nie. Vielleicht liegt hier die Wurzel allen Übels begraben. Wie kann jemand, der mehrere tausend Euro auf dem Konto hat, einen Mitschüler zusammenschlagen, weil der sein Handy nicht herausrückt? Sie hätte nur ein Wort zu sagen brauchen, und wir hätten ihr dieses verdammte Ding gekauft.«

»Es geht nicht immer ums Geld«, warf Doris ein.

Frau Keil sah auf. »Ich weiß, was Sie von mir denken. Ich habe gut reden, nicht wahr? Ich sag Ihnen was: Das hier«, sie machte eine raumgreifende Armbewegung, »macht einen auch nicht glücklicher. Ich habe meine Tochter verloren, schon lange bevor sie uns verließ. Eine ziemlich harte Strafe für ein sorgloses Leben, finden Sie nicht? Man sagt nicht Nein, wenn es leichter ist, Ja zu sagen.«

»Aber allem zuzustimmen und ihr immer alles zu kaufen, war offensichtlich ebenfalls keine gute Lösung«, warf Michaela ein.

»Nein, natürlich nicht. Aber das war mir nicht klar – und meinem Mann genauso wenig. Sehen Sie, wenn Sie mit Ihrer Tochter shoppen gehen und ihr gefällt eine Jacke, die 300 Euro kostet, würden Sie ihr diese Jacke kaufen?«

Michaela dachte an Valerie und lächelte. »Nein, bestimmt nicht. Ich würde ihr erklären, dass das bei Weitem mein Budget sprengt.«

Frau Keil nickte. »Eben. Und welches Argument könnte ich anführen?«

So hatte Michaela das noch nie betrachtet. Vielleicht war es wirklich nicht immer einfach, reich zu sein. Wenn sie Frau Keil und die Schwierigkeiten mit Jenny betrachtete, verzichtete sie liebend gern auf all den Reichtum und dankte still Thomas und Angelika, dass sie bei Valerie in der Erziehung so viel richtig gemacht hatten.

»Ich will ehrlich sein. Mit Jenny im Haus hatten wir einen Haufen Probleme. Vielleicht mag es hart klingen, aber seit sie weg ist, hat sich unser Leben wieder eingespielt. Mein Mann und ich haben mit ihr abgeschlossen. Ich wüsste nicht, was ich tun würde, wenn sie plötzlich wieder auftaucht. Klar, ich wäre froh, dass ihr nichts passiert ist. Aber ich könnte sie nicht mehr bei uns leben lassen. Wir würden ihr eine Wohnung besorgen, würden die Miete übernehmen, ihr ein monatliches Taschengeld zur Verfügung stellen, damit sie nicht verhungert. Dazu sehe ich mich als Elternteil verpflichtet. Alles, was darüber hinausgeht – nein, tut mir leid. Ich kann das alles nicht noch einmal ertragen.« Frau Keil legte eine kurze Pause ein, ehe sie hinzusetzte: »Jetzt haben Sie mir noch nicht gesagt, weshalb Sie eigentlich hier sind. Gibt es Neuigkeiten von Jenny?«

Einen kurzen Moment war Michaela versucht, die Antwort auf Frau Keils Frage zu beschönigen, doch nun überlegte sie es sich anders. Warum sollte sie auf die Gefühle einer Frau achten, die in ihren Augen kein Herz besaß? Wie sonst könnte jemand behaupten, er habe mit dem eigenen Kind abgeschlossen, wolle es nicht im Haus haben?

»Wir gehen davon aus, dass Jenny lebt«, sagte sie daher und registrierte zufrieden, dass Frau Keil immerhin erleichtert aufatmete. »Allerdings deutet alles darauf hin, dass sie sich nicht mehr mit Überfällen und Schlägereien zufriedengibt. Ihre DNA wurde auf einem toten Mädchen gefunden.«

Frau Keils Verwunderung war nicht gespielt. »Und was bedeutet das? Doch nur, dass sie sich über den Weg gelaufen sind.«

»Nein, Frau Keil, sie sind sich nicht bloß über den Weg gelaufen. Jenny könnte dieses Mädchen getötet haben. Deshalb suchen wir sie.«

Mit Genugtuung stellte Michaela fest, dass bei ihren Worten Frau Keils kühle Haltung zerbröckelte.

»Oh, mein Gott!«, rief sie, sprang von ihrem Stuhl auf und lief in dem Raum umher. Nun war der Zeitpunkt gekommen, Frau Keil aufzufordern, umgehend die Polizei zu verständigen, falls Jenny bei ihr auftauchen sollte.

Sie hielt in ihren Schritten inne. »Es ist also Ihr Ernst?«

Michaela nickte. »Ich glaube, das wird Ihnen nicht schwerfallen.«

Darauf gab Frau Keil keine Antwort. Sie wussten beide, dass Michaela recht hatte.

»Puh«, sagte Doris, als sie das Haus verlassen hatten und zurück zum Auto gingen. »Das war hart.«

Michaela musste ihr zustimmen. »Da wohne ich lieber in meiner Doppelhaushälfte, selbst wenn ich neuerdings einen Nachbarn habe, der total nervt.«

Doris hob eine Braue. »Erzähl!«, forderte sie Michaela auf.

In einer Kurzversion berichtete sie vom Möbelwagen und dem Besuch von Dalisch, bei dem er zuerst nach Milch und dann nach der Bohrmaschine gefragt hatte. »Abgesehen davon, dass ich ihn von Anfang an nicht sehr sympathisch fand, scheint er Valerie zu gefallen – und das finde ich ... nun ja ... ein wenig bedenklich.«

Doris lachte. »Du legst deine Polizistinnenrolle nie ab, nicht wahr?«

»Wie kommst du darauf?«, fragte Michaela irritiert. In ihrem Kopf begann sie bereits Gegenargumente zu sammeln. Natürlich war sie nicht rund um die Uhr Polizistin. Allerdings war dieser Beruf eben nicht einer, den man daheim an der Garderobe abgeben konnte. Sie war noch nie auf die Idee gekommen, dass es bei ihren Kollegen anders sein könnte.

Doris riss sie aus ihren Gedanken. »Erde an Mond, bitte kommen!«

Michaela blinzelte mehrmals. »Hast du was gesagt?«

Ihre Kollegin startete den Motor und fuhr los. »Ja, ich habe dich zweimal gefragt, wohin wir jetzt fahren.«

»Zu Tanjas Eltern. Ich würde gerne ein weiteres Mal mit ihnen sprechen. Es sind noch ein paar Fragen offen.«

Doris nickte, während sie die Spur wechselte, ohne zu blinken. Michaela wollte sie gerade dafür rügen, als ihr Handy läutete. Es war Vincent.

»Ein junges Mädchen will mit dir sprechen«, sagte er.

Michaelas Herz klopfte aus unerklärlichen Gründen ein wenig schneller. »Wie heißt sie?«

»Verena Kalm. Sie sagt, sie sei wegen Tanja Luksch da.«

Bingo. Sie hatte gewusst, dass sich das Mädchen bei ihnen melden würde.

Nachdem sie den Anruf beendet hatte, merkte sie Doris' Blick, der nicht auf die Straße, sondern auf sie gerichtet war. »Gibt es was Neues?«, fragte sie.

»Verena Kalm, das Mädchen aus der Schule gestern, ist im Kommissariat und will mit uns reden.«

Ohne dass Michaela darum bitten musste, setzte Doris diesmal den Blinker und drehte an der nächsten Kreuzung um.

»Manchmal bist du mir echt unheimlich«, sagte sie.

»Ich mir auch«, gab Michaela zu. »Dabei ist es keine Hexerei, sondern nur Erfahrung. Und Menschenkenntnis.«

»Trotzdem. Ich wünschte, ich könnte das.«

»Das wirst du, glaub mir. Das ist so wie mit der Kindererziehung. Die meisten machen es intuitiv richtig – und mit jedem Kind fällt es leichter.«

KAPITEL 18

»Wo steckt mein Junge?«, hörte er Mamas Stimme rufen. Es kostete große Überwindung, nicht aufzuspringen und laut »Hier!« zu rufen. Etwas an ihrem Tonfall versetzte ihn in Alarmbereitschaft. So klang sie immer, wenn sie eines dieser blöden Spiele mit ihm machen wollte. Zuckersüß, wie die Hexe aus Hänsel und Gretel. Bestimmt hatte die böse Hexe die Kinder in ihr Haus gelockt, indem sie mit ihnen freundlich und sanft sprach. So wie Mama eben.

»Ich habe eine Überraschung für dich, Süßer!«

Er trat einen halben Schritt aus seinem Versteck, zögerte aber. Sie hatte schon oft Dinge versprochen, schöne Dinge, die sich später als Falle herausgestellt hatten. Eine Überraschung konnte bei Mama alles bedeuten. Schokolade, Kuchen, neue Buntstifte ... oder Ohrfeigen, Tritte – und das waren noch die Dinge, die am leichtesten auszuhalten waren. Sie ließ sich immer neue solcher Überraschungen einfallen. Er konnte nie sicher sein, was ihn erwartete. Hin- und hergerissen verharrte er auf seinem Platz.

»Komm sofort her«, rief sie nun, und er merkte, dass sie wütend wurde. Besser, er verzichtete auf die Überraschung. Vielleicht würde sie sich beruhigen, wenn er nur lang genug wartete. Er war es gewohnt zu warten. Er hielt das ganz lange aus. Stunden, wenn es sein musste. Langsam wollte er sich in sein Versteck zurückziehen, doch da hatte sie ihn entdeckt und war mit wenigen Schritten bei ihm. »Kleiner Mistkerl!« Ihr Speichel traf ihn am Auge, doch er traute sich weder die Lider zu schließen noch die Hand zu heben, um den Tropfen wegzuwischen. Er stand bloß da wie eine Statue. Wenn er so tat, als wäre er aus Stein, vielleicht würde er nicht fühlen, wie ...

Ihre Hände krallten sich in seine Oberarme und schüttelten ihn, dass er es bis ins Mark vibrieren spürte. Seine Zähne schlugen aufeinander, in seinem Nacken knackte es, ein stechender Schmerz setzte dort ein, wo der Hals mit dem Rücken zusammenstieß. Steinsein klappte nicht, es tat weh, doch er drängte die Tränen zurück. Rechts und links klatschten ihre Hände auf seine Wangen, und augenblicklich begannen sie zu brennen.

»Wenn ich rufe, hast du zu kommen«, spie sie ihm entgegen. Er blinzelte. Zu mehr Regung sah er sich nicht imstande, immer noch taten ihm der Nacken und die Wangen weh, mehr allerdings schmerzte ihn, dass er sie enttäuscht hatte. Wieder einmal. Dabei bemühte er sich doch so sehr, es ihr recht zu machen. Und nie, so kam es ihm vor, tat er das Richtige. Das letzte Mal hatte sie ihn angeschrien, weil er auf ihr Rufen aus seinem Versteck gekommen war. Sie hatte ihm vorher eingeschärft, es auf keinen Fall zu verlassen, egal was kommen würde. Er hatte es durchgehalten, war standhaft geblieben. Erst als sie vor Schmerz aufschrie, bekam er Angst und lief zu ihr. Schließlich hätte sie vielleicht seine Hilfe gebraucht. Aber es war bloß eine Täuschung gewesen.

Damals hatte sie ihm den nackten Hintern versohlt, und jeder Schlag wurde von ihren Worten begleitet. »Du. Sollst. Dein. Versteck. Nicht. Verlassen!«

Heute hatte sie ihn gefragt, ob er sich an das Versteckspiel erinnerte. Er hatte genickt und sich vorgenommen, es diesmal besser zu machen. Zu gewinnen – falls er gegen Mama jemals gewinnen konnte. Bisher war ihm das noch nie gelungen. Für ihn hätte es schon gereicht, wenn sie lächelte, weil er ihre Erwartungen erfüllt hatte. Er liebte ihr Lächeln, da sah sie aus, wie er sich Engel vorstellte.

Doch auch dieses Mal hatte er versagt, er hatte sie nicht glücklich gemacht.

Später, als er in seinem Pyjama im Bett lag, obwohl es noch gar nicht dunkel war, kam sie zu ihm und setzte sich auf die Bettkante. Sie strich ihm das vom Baden feuchte Haar aus dem Gesicht und sah ihn so liebevoll an, dass ihm das Herz vor lauter Liebe zu ihr zu zerspringen drohte. »Was hast du heute gelernt?«, fragte sie, wie beinahe jeden Tag.

»Dass ich mir in nichts sicher sein darf.«

Sie lächelte ihr engelhaftes Lächeln und gab ihm einen Kuss auf die Stirn. »Genau, du kluger kleiner Kerl. Ganz genau. Im Leben gibt es nichts, worauf du dich verlassen kannst. Auf niemanden. Niemals.«

»Auf dich kann ich mich verlassen, oder?«, wagte er zu fragen.

Ihr Gesicht verfinsterte sich. »Was habe ich dir eben erklärt?«

»Dass ich mich auf niemanden verlassen darf. Nie, nie, nie.«

Bei seinen Worten glättete sich ihre Stirn, und sie beugte sich zu ihm hinunter. Er schlang seine dünnen Arme um ihren Hals und umfasste sie so fest, dass sie nach Atem schnappte. Lachend drückte sie ihn zurück ins Kissen. »Gute Nacht.«

Dann verließ sie das Zimmer.

»Gute Nacht«, murmelte er und setzte hinzu: »Es ist nicht wahr, dass man sich auf niemanden verlassen kann. Du kannst dich auf mich verlassen, Mama. Immer. Mein ganzes Leben lang.«

Seine Hände zitterten. Manchmal wurde er von diesen Gedankenblitzen überfallen, er konnte nichts dagegen unternehmen. Träume waren es keine, zumindest nicht immer, denn sie kamen auch, wenn er nicht schlief.

Tagträume – die Bezeichnung gefiel ihm nicht, denn darunter stellte er sich etwas Schönes vor. Erinnerungen waren es ebenfalls keine – seine Mutter war eine wunderbare Frau gewesen. Eine, die ihn geführt und gelehrt, ihn innig geliebt hatte. Auch wenn sie nicht perfekt war – wer war das schon? –, für ihn war sie es gewesen. Ihr Tod hatte einen Krater in ihm hinterlassen, eine Narbe, die nicht heilen wollte. Sie war eine brillante Wissenschaftlerin gewesen. In ihre Fußstapfen zu treten war immer sein Ziel gewesen. Zugegeben, ein unerreichbares Ziel. Was er auch anfing, er schaffte es nicht, auch nur annähernd an sie heranzukommen. Bis er nach ihrem Tod die Aufzeichnungen fand. Sie zu lesen war eine Offenbarung für ihn gewesen. Mit einem Mal hatte er gewusst, was er zu tun hatte, wie er ihre Arbeit nicht nur weiterführen, sondern ihr auch noch die Krönung aufsetzen konnte.

Bei Doris' Fahrweise war Michaela froh, heil im Präsidium angekommen zu sein. Doch sie hütete sich, ihre Kollegin darauf anzusprechen, denn sie musste die ganze Zeit an Verena Kalm denken, die auf sie wartete.

Das Mädchen saß mit einer Flasche Cola und einer

Packung Waffeln auf dem Besucherstuhl, als sie das Büro betraten. Mit dem ersten Blick fiel Michaela auf, dass Vincent die Tafel mit den Tatortfotos umgedreht hatte, sodass ihr Besuch sie nicht sehen konnte. Still dankte sie der Weitsicht ihres Kollegen und gab Verena die Hand. »Ich freue mich, dass du gekommen bist.« Sie zog sich einen Stuhl heran und setzte sich.

Verena nippte an ihrer Cola. »Eigentlich weiß ich überhaupt nicht, ob ich Ihnen helfen kann, ich ... ich meine, vielleicht ist es gar nicht wichtig.«

Michaela lächelte das Mädchen an. »Ob es wichtig ist, entscheiden wir nachher, okay? Kanntest du Tanja gut?« Sie merkte die Unsicherheit ihres Gegenübers und entschloss sich, erst mal ein paar einfache Fragen zu stellen, um Verenas Befangenheit zu nehmen.

Das Mädchen zuckte die Schultern. »Wirklich gut hat Tanja niemand von uns gekannt. Sie war selten in der Schule, und sie hat meistens mit niemandem gesprochen – außer mit mir.«

»Ihr wart also befreundet?«

»Das ist zu viel gesagt, aber wahrscheinlich hat Tanja mich tatsächlich als Freundin betrachtet.«

»Worüber hat sie mit dir gesprochen?«

Verena trank einen Schluck aus der Colaflasche und dachte nach. »Über Hausaufgaben. Ich habe ihr manchmal geholfen, weil sie doch so viel versäumt hat.«

»Und auch über Jungs?«

Anstatt zu antworten, zupfte das Mädchen an ihrer Nagelhaut herum. Schließlich antwortete sie leise. »Ich glaube nicht, dass sie einen Freund hatte.«

»Was ist mit Chris?«, fragte Michaela nach.

»Ach, der – die meisten Mädchen in der Schule stehen auf den Typen. Aber der hat schon eine feste Freundin. Tanja hat für Chris nur geschwärmt.«

»Hat sie jemals von zu Hause erzählt? Von Schwierigkeiten oder Problemen?«

Verena sah auf und blickte sie an. »Deshalb bin ich eigentlich da ...«

Michaela lehnte sich ein Stück vor. Aus dem Augenwinkel bemerkte sie, wie Doris in ihrer Arbeit innehielt. Auch Vincent hatte aufgehört, mit der Tastatur zu klappern. Alle lauschten gespannt Verenas Worten.

»Also, sie hat ja nicht wirklich gesagt, dass sie Stress mit ihren Eltern hat«, begann Verena. »Es war mehr so ein Gefühl.«

»Mhm, es ist oft so, dass man richtigliegt, wenn man auf sein Gefühl hört.«

Über Verenas Gesicht huschte ein Lächeln. »Ja, sag ich auch immer – bloß will das keiner glauben.«

»Ich schon«, gab Michaela ernst zurück.

Verena richtete sich auf, senkte die Schultern und sah gleich viel selbstsicherer aus. »Wissen Sie, es waren mehr so Dinge, wie ...«, sie suchte nach den richtigen Worten, »... wenn ich sie auf ihre Klamotten ansprach. Sie sah manchmal aus wie eine Klosterschülerin, und die anderen machten sich über sie lustig. Da hat sie gesagt, ihre Mutter würde für sie einkaufen und sie müsse anziehen, was die aussucht.«

Michaela nickte. »Ich verstehe. Hast du noch mehr solche Beispiele?«

»Oder die Party. Claudia – die geht in unsere Klasse – hat eine Geburtstagsfete geschmissen. Sie hat alle zu einer Übernachtungsparty eingeladen, sogar Tanja. Die hat sich riesig gefreut, als sie die Einladungskarte bekommen hat – und später hab ich gesehen, wie sie die Einladung draußen vor der Schule in den Mülleimer geworfen hat. Als ich sie gefragt habe, ob sie denn nicht kommen will, meinte sie, sie dürfe ohnehin nicht. Sie hatte richtige Tränen in den Augen, und sie tat mir leid.«

»Verena, hat Tanja jemals angedeutet, dass sie von zu Hause abhauen wollte?« Das war die Frage, die Michaela am dringendsten stellen wollte.

»Nicht direkt.« Verena spielte wieder mit ihren Fingern.

»Aber?«, hakte Michaela sanft nach.

Das Mädchen blickte auf. »Aber sie hat, kurz bevor sie verschwand, gemeint, sie hält es daheim nicht mehr lange aus.«

»Weshalb, glaubst du, hat sie das gesagt? Kam das nicht ziemlich plötzlich?«

Verena kaute auf der Innenseite ihrer Wangen, als überlegte sie, ob sie Michaela vertrauen könne. Es musste etwas Wichtiges sein, das ihr durch den Kopf ging. Etwas, das womöglich die Ermittlungen weiterbringen könnte.

»Ich verspreche dir, dass deine Angaben unter uns bleiben.« Selbst wenn die Aussage des Mädchens für die Ermittlungen relevant sein sollte, würde sie sich auf einen anonymen Hinweis berufen. Unter keinen Umständen würde sie das Versprechen, das sie eben gegeben hatte, brechen, und sie war davon überzeugt, dass ihre beiden Kollegen es ebenso sahen.

Verena gab sich einen Ruck, den Michaela förmlich sehen konnte. »Ja. Das beruhigt mich. Weil ... wie gesagt, es ist ja nicht so, dass ich es weiß.«

Sprich endlich, flehte Michaela stumm, sagte aber

nichts, weil Druck das Letzte war, was Verena im Augenblick gebrauchen konnte.

Endlich sprach sie weiter: »Ich habe mir schon öfter gedacht, dass mit Tanja was nicht stimmt. Beim Turnen zog sie sich nicht in der Garderobe um, so wie wir alle, sie ging aufs Klo. Sie trug fast nie was Kurzärmeliges, immer ein Shirt mit Ärmeln und eine Jogginghose.«

Michaela wurde ganz flau im Magen, denn sie ahnte, worauf das Mädchen hinauswollte.

Verena sprach weiter: »Beim Schwimmunterricht machte sie nicht mit, sie hatte eine Entschuldigung dabei. Ende September, sie hatte wieder mal so einen nichtssagenden dunkelblauen Pullover an, war es ziemlich warm. Wir standen draußen im Schulhof, und sie hatte die Ärmel hochgeschoben. Auf ihrem Unterarm sind mir blaue Flecken aufgefallen, und als sie gemerkt hat, dass ich sie anstarre, hat sie schnell die Ärmel runtergezogen. Ich hätte sie trotzdem darauf ansprechen sollen.«

»Sie hätte dich belogen«, sagte Michaela. Sie konnte sich gut vorstellen, was in Verena vorging. Das Mädchen hatte Schuldgefühle, dabei hätte es nichts genützt, Tanja auf eine Misshandlung anzusprechen. Michaela hatte schon so oft erlebt, dass Opfer schwiegen oder logen, um die Täter zu schützen, bis es manchmal zu spät war. Sie hüllten den Deckmantel des Schweigens über ihr Leid, schämten sich, weil sie der Meinung waren, sie selbst hätten Schuld. Wut auf Tanjas Mutter stieg in ihr hoch. War sie es gewesen? Oder vielleicht doch Tanjas Vater, der vor Gram kaum ein Wort sprach?

»Vielleicht hätte ich ihr helfen können. Meine Mutter arbeitet beim Jugendamt. Und nun ... sie ist weg, und ich glaube, dass ihr etwas passiert ist.«

Michaela musste schlucken. »Wie kommst du darauf?«

Verena blies die Luft aus und warf ihr einen Blick zu, der sie an ihre Nichte erinnerte – eine Mischung aus Wissen und Vorwurf, weil man sie behandelte wie ein Kind, nicht wie eine beinahe Erwachsene. Sie verschränkte die Arme vor der Brust, und in ihrem Ton lag Trotz. »Ich habe die Zeitung gelesen.«

Mit einem resignierten Seufzer antwortete Michaela: »Und du fürchtest, dass es sich bei der Toten um Tanja handeln könnte?«

»Ich bin nicht dumm. Tanja ist seit Wochen weg, es wird eine Leiche gefunden, und dann taucht ihr in der Schule auf und erkundigt euch nach ihr. Da braucht man nicht viel zu überlegen. Ich hoffe bloß, sie wurde nicht von ihren Eltern totgeprügelt.«

Michaela musste sich eingestehen, dass sie gerade den gleichen Gedanken gehabt hatte. Allerdings, räumte sie ein, war da noch Jenny Keils DNA, schon deshalb war es unwahrscheinlich, dass Tanjas Eltern mit dem Tod ihrer Tochter etwas zu tun hatten. Trotzdem. Sobald Verena Kalm wieder weg war, würde sie mit Doris hinfahren. Und diesmal gab es kein Entgegenkommen, kein Mitleid und keine Gnade mit dem scheinheiligen Pack, schwor sie sich.

»Ich würde am liebsten etwas gegen die Wand werfen«, rief Doris empört aus, nachdem Verena Kalm gegangen war. »Das darf es nicht geben! Können wir gar nichts tun?«

Michaela konnte ihre Kollegin verstehen, sie empfand ähnlich. Überrascht war sie aber nicht. Ihr Instinkt hatte schon bei ihrem Besuch in der Wohnung des Ehepaars Luksch Alarm geschlagen, sie hatte geahnt, dass mit Tanjas Familie etwas nicht in Ordnung war.

Doris lief im Büro auf und ab und konnte sich nicht beruhigen. »In was für einer Welt leben wir eigentlich? Da wird ein Mädchen misshandelt, hält es nicht mehr aus, läuft weg und kommt dabei vom Regen in die Traufe.« Sie blieb vor Michaela stehen. »Und eines sag ich dir. Denen reib ich das unter die Nase! Sie sind mitschuldig am Tod ihrer Tochter ...«, ereiferte sie sich weiter.

Michaela atmete tief durch. »Davon, dass du an die Decke gehst, wird es auch nicht besser, Doris.«

»Ach, vom seelenruhig Rumsitzen etwa? Ich versteh nicht, dass du so gelassen bleiben kannst.«

»Weil Wut das Denken vernebelt«, warf Vincent ein und stoppte damit Doris' Tirade.

Michaela nickte. »Danke.« Sie wandte sich an ihre junge Kollegin. »Wir dürfen uns von unseren Gefühlen nicht vereinnahmen lassen, sonst verlieren wir den Blick für das Wesentliche – und das tut weder dem Fall noch uns gut.«

Dabei war ihr durchaus bewusst, dass sie ebenso wie Doris Gefahr lief, ihre Objektivität bei diesem Fall zu verlieren, auch wenn sie sich noch so sehr das Gegenteil einredete.

Sie stand von ihrem Stuhl auf. »Dann statten wir den Eltern von Tanja einen weiteren Besuch ab.« Als sie Doris' entschlossenes Gesicht sah, fügte sie hinzu: »Wenn du mitkommen willst, muss ich mich darauf verlassen, dass du dich beherrschen kannst.«

Doris schluckte, dann nickte sie langsam. »Wenn ich

über die Stränge schlage, gib mir einfach einen Tritt gegen das Schienbein, okay?«

Michaela lächelte. »Der Deal gilt.«

KAPITEL 19

Christina hatte sich in den Schlaf gesummt, war zwischendurch immer wieder für ein paar Minuten durch die Kälte wach geworden. Der Mann, der ihr den Eimer gebracht hatte, damit sie ihre Notdurft verrichten konnte, war bisher nicht wiedergekommen. Daraus schloss sie, dass es noch nicht Morgen war. Sie hatte geträumt, er wäre in die Zelle gekommen, hätte ihr die Kleidungsstücke zurückgegeben, sie angelächelt und gesagt, alles wäre bloß ein Missverständnis gewesen, sie dürfe wieder gehen. Doch jetzt hörte sie, wie der Schlüssel im Schloss umgedreht wurde. »Guten Morgen, Nr. 4«, klang seine Stimme durch den Raum, füllte ihn aus, drang bis zu ihr, in sie hinein, bis in ihr Innerstes. Darauf zu hoffen, dass sich Träume erfüllten, war blöd. Sie hielt sich die Ohren zu. Wollte nichts hören, sie wollte wieder in die gnädige Ruhe versinken, dort, wo niemand an sie herankam. Es funktionierte, seine Worte prallten an ihr ab, sie verstand nicht, was er sagte, wollte es auch nicht wissen. Sie hatte einen Ort gefunden, tief in ihrem Herzen, wo niemand sonst Zutritt hatte. Dort klammerte sie sich mit aller Macht fest und hatte nicht vor, jemals wieder aufzutauchen.

Was war mit Nr. 4 los? So etwas hatte er bisher bei keiner seiner Testpersonen erlebt. Sie lag zusammengekauert auf der Pritsche und rührte sich nicht. Wäre da nicht das Heben und Senken ihres schmächtigen Brustkorbs gewesen, er hätte gedacht, sie sei tot.

Nr. 1 hatte anfangs getobt und sogar versucht, ihn anzugreifen. Schließlich war sie aber diejenige gewesen, die sich am schnellsten von allen mit ihrer veränderten Lebenssituation arrangiert hatte – eine Überlebenskünstlerin eben. Aber das war ihm von Anfang an klar gewesen.

Ganz anders als Nr. 4. Verflucht! Hoffentlich erholte sie sich noch. So nützte sie ihm nichts.

Abfällig betrachtete er ihren nackten Körper, stellte einen Becher Wasser und einen Blechteller mit einer Scheibe Brot auf den Boden und wandte sich zum Gehen. Das Gefühl, versagt zu haben – wieder einmal –, keimte in ihm auf, doch so schnell wie es gekommen war, so schnell verdrängte er es. Er würde sich nicht in der Vergangenheit verlieren – das hatte er hinter sich gelassen.

Als er die Tür erreichte, drehte er sich zu Nr. 4 um, weil er dachte, er hätte sich verhört, aber mit seinen Ohren war alles in Ordnung. Sie summte. Wie hieß das Lied? Ein Kinderlied, eines, das er kannte. Seine Mutter hatte es ihm oft vorgesungen. Wenn er sich bloß an den Text erinnern könnte.

Michaela und Doris hatten sich in einem Schnellimbiss ein paar Burger gekauft, noch im Auto verdrückt und warteten nun vor der Wohnungstür von Tanjas Eltern darauf, dass ihnen geöffnet wurde. Sie hatten vereinbart, dass Michaela das Gespräch führen würde. Noch auf der Fahrt hatte sich Doris so über die Misshandlungen aufgeregt, dass es an ein Wunder grenzte, ohne Unfall angekommen zu sein. Erst als Michaela ihrer Kollegin damit drohte, auszusteigen und mit der U-Bahn weiterzufahren, drosselte Doris das Tempo und riss sich für den Rest des Weges zusammen.

Doris trommelte mit den Fingern gegen den Türstock und drückte gleich darauf ein zweites Mal auf den Klingelknopf.

»Einen Moment«, rief endlich Frau Luksch von drinnen, gleich darauf ging die Tür auf.

»Entschuldigen Sie, ich war gerade beim Kochen«, sagte sie und ließ Michaela und Doris eintreten.

Auf dem Weg ins Wohnzimmer überlegte Michaela, ob Frau Luksch ein sehr spätes Mittagessen oder ein sehr frühes Abendessen zubereitete. Am Nachmittag kochte doch niemand einfach zum Vergnügen. Oder?

Beim Vorbeigehen erhaschte Michaela einen Blick in die Küche, wo Herr Luksch am Tisch saß und in einer Zeitschrift las. Vor ihm stand eine offene Flasche Bier.

Mit einer Handbewegung forderte Tanjas Mutter sie auf, Platz zu nehmen, und setzte sich ebenfalls. Erwartungsvoll blickte sie von Michaela zu Doris und wieder zurück. Sie hatte dunkle Ringe unter den Augen, als hätte sie die ganze Nacht nicht geschlafen – ganz wie jede andere Mutter, die ein Kind verloren hatte. Sie benahm sich normal, soweit man unter diesen Umständen überhaupt von »normal« sprechen konnte. Michaela fiel es schwer zu glauben, dass diese trauernde Frau die eigene Tochter misshandelt haben sollte. Aber so war die Wahrheit oft: unglaubwürdiger als jede Täuschung.

»Trinkt Ihr Mann eigentlich immer schon?«, fragte Michaela und kassierte dafür unter dem Tisch von Doris einen Tritt gegen ihr Bein.

Frau Luksch zuckte zusammen und schüttelte den Kopf.

»Es ist nur ... er kommt mit Tanjas Tod nicht klar.« Ihre Stimme klang brüchig.

»Wir haben Grund zur Annahme, dass Tanja misshandelt wurde«, setzte Michaela ungerührt fort.

»Reicht es nicht, dass er sie getötet hat? Musste er sie auch noch schlagen?«, empörte sich Tanjas Mutter.

Michaela beugte sich ein wenig vor. »Frau Luksch, ich spreche nicht von der Zeit unmittelbar vor Tanjas Tod. Wir haben mit Klassenkameraden Ihrer Tochter gesprochen. Sie meinten, Tanja hätte blaue Flecken gehabt.«

Die Frau richtete sich auf. Michaela hätte ihr am liebsten das herablassende Lächeln, das sie nun aufsetzte, aus dem Gesicht gewischt. »Ich sagte Ihnen doch, dass Tanja nichts unternahm, sie saß die meiste Zeit bloß herinnen – kein Wunder, dass sie total unsportlich und motorisch ungeschickt war. Sie hat sich ständig gestoßen.«

»Wen wollen Sie eigentlich damit schützen?«, warf nun Doris ein, und Michaela gratulierte ihrer Kollegin in Gedanken für die sachliche Frage, die sie gänzlich emotionslos vorbrachte.

»Also ... das ist ...« Frau Luksch hatte die Arme verschränkt und sprang von ihrem Stuhl auf. »Eine Frechheit ist das! Meine Tochter ist tot, und nun muss ich mir so etwas von Ihnen anhören, anstatt dass Sie sich darum kümmern, ihren Mörder zu finden. Ich werde mich über Sie beschweren!«

Michaela hatte mit solch einem Gegenwind gerechnet und blieb ruhig, als sie sagte: »Genau das versuchen wir, Frau Luksch. Deshalb möchte ich Sie bitten, unsere

Fragen zu beantworten. Tanja wurde geschlagen – von Ihnen oder Ihrem Mann. Deshalb ist sie von zu Hause weggelaufen, nicht wahr?«

Frau Luksch' Gesicht verlor jede Farbe, ihre Miene wurde hart. »Gehen Sie. Auf diese Anschuldigungen werde ich nicht antworten.«

»Warum nicht?«, dröhnte in diesem Moment die Stimme von Herrn Luksch von der Tür. Michaela fuhr herum, sie hatte ihn gar nicht kommen hören. Auch Doris war die Überraschung anzumerken.

Er trat mit unsicherem Schritt näher, in der Hand hielt er die Bierflasche und zeigte damit auf seine Frau. »Du hast sie aus dem Haus getrieben.« Dann wandte er sich Michaela zu. »Konsequente Erziehung nannte sie das. Tanja hat kein Wort zu mir gesagt, und ich habe meine Augen vor dem Offensichtlichen verschlossen, dabei habe ich geahnt, dass etwas nicht stimmte.« Er trank einen Schluck aus der Flasche, wischte sich den Mund mit dem Ärmel ab und fuhr fort: »Sie wurde immer stiller, hat kaum mehr gelacht, zog sich zurück, ich kam nicht mehr an sie ran. Und ich dachte, das sei die Pubertät.«

Frau Luksch verließ wortlos das Zimmer, und Michaela hörte sie in der Küche rumoren. Schranktüren wurden zugeschlagen, Töpfe schepperten, ein Teller zerbrach klirrend.

»Setzen Sie sich, Herr Luksch«, forderte sie ihn auf, auch wenn es ihr eigenartig vorkam, ihrem Gastgeber Platz anzubieten. Er ließ sich auf den Stuhl fallen, auf dem zuvor seine Frau gesessen hatte, und barg das Gesicht in beide Hände, ohne die Flasche abzustellen.

»Margot war immer schon die Strengere von uns beiden. Sie hat mir ständig Vorhaltungen gemacht, ich würde unsere Tochter verziehen. Sie regt sich leicht auf, neigt zu Jähzorn ...«

»Wann hat Ihre Frau damit begonnen, Tanja zu misshandeln?«, fragte Michaela.

»Misshandeln ... wie sich das anhört! Nein, das kann man so nicht sagen. Klar, es hat schon mal einen Klaps auf den Po gegeben, hin und wieder vielleicht auch eine Ohrfeige ... ich weiß nicht, wann – und vor allem weshalb – es eskaliert ist.«

Michaela schluckte jede Erwiderung hinunter. Klapse und Ohrfeigen waren also keine Misshandlungen? Was dann? Schläge mit einem Stock oder einem Riemen? Kein Kind sollte so etwas erleben müssen, und doch gab es immer wieder genug Fälle, wie sie leider nur allzu gut wusste. Erst unlängst war eine Zweijährige gestorben, nachdem sie zur Strafe mit heißem Wasser abgeduscht worden war.

Sie verdrängte ihren Ärger und erinnerte sich selbst, was sie im Büro zu Doris über eine professionelle Arbeitshaltung gesagt hatte. Sie durfte sich gefühlsmäßig nicht zu sehr einbinden. Das würde über kurz oder lang schiefgehen.

»Sie haben von den Misshandlungen nichts mitbekommen?«, fragte Michaela, obwohl Herr Luksch bereits erklärt hatte, er hätte keine Ahnung gehabt. Dabei betonte sie »Misshandlungen« absichtlich.

Der Mann führte die Flasche an den Mund, doch offenbar war sie leer, denn er setzte sie ab, ohne getrunken zu haben. Stattdessen schüttelte er sie hin und her.

»Ich war beruflich viel unterwegs – wissen Sie, ich bin ... war Fernkraftfahrer.«

»Sie waren?«, hakte Doris nach.

»Seit Tanja weg ist ... ich hatte einen Zusammenbruch ... der Arzt hat mich krankgeschrieben – tja, und mein netter Arbeitgeber hat mich bei der erstbesten Gelegenheit entlassen. Ich wäre ihm zu labil, hat er gemeint.«

Angesichts der geleerten Flasche fand Michaela es gar nicht verkehrt, dass Herr Luksch seinem Job als LKW-Fahrer nicht länger nachgehen konnte. So schwerfällig und schwankend, wie sein Gang gewesen war, konnte sie sich durchaus vorstellen, dass es sich nicht um sein erstes Bier heute handelte.

Auch wenn es bitter für den Mann war, der nicht nur seine Tochter, sondern auch seinen Job verloren hatte – einen offensichtlichen Alkoholiker aus dem Straßenverkehr zu ziehen, ehe unschuldige Menschen starben, war schon richtig.

»Sie sagen, Sie hätten Veränderungen an Tanjas Verhalten bemerkt«, lenkte Doris das Gespräch wieder in die gewünschte Richtung. »Aber Blutergüsse oder sonstige körperliche Anzeichen sind Ihnen keine aufgefallen?«

Herr Luksch sah Doris empört an: »Na, hören Sie, ich sehe doch meiner fast erwachsenen Tochter nicht beim Anziehen oder Duschen zu! Wofür halten Sie mich?«

Michaela hob beschwichtigend die Hand. »Schon klar. Aber wenn sie zum Beispiel ein kurzärmeliges T-Shirt oder ein Trägerleibchen angehabt hätte ...«

Er schüttelte den Kopf. »Wie gesagt, ich war selten zu Hause.«

»Hat sich Tanja – wenn Sie denn mal daheim waren – mit Leuten getroffen?«, fragte Doris nun.

»Mit welchen Leuten denn?«

»Klassenkameraden, Jugendlichen in ihrem Alter, Freundinnen ... ihrem Freund, vielleicht?«, präzisierte Michaela die Frage ihrer Kollegin.

Herr Luksch antwortete nicht gleich, sondern runzelte die Stirn, als er nachdachte. »Ehrlich gesagt, ich glaube, Tanja hatte gar keine Freundinnen. Also, nicht so richtig.«

»Und einen Freund?«, hakte Michaela ein zweites Mal nach.

Wieder überlegte Herr Luksch, ehe er den Kopf schüttelte. »Erzählt hat sie nie von einem. Aber sie hat ja auch sonst nicht viel gesagt.«

»Wie meinten Sie das vorhin, Ihre Frau hätte Tanja aus dem Haus getrieben?«

»So, wie ich es gesagt habe. Tanja hat es nicht länger ausgehalten und ist weggelaufen.«

»Bitte denken Sie nach, das ist jetzt wichtig: Gibt es niemanden, an den sie sich hätte wenden können? Jemand, bei dem sie untergekommen sein könnte? Verwandte, Bekannte, Freunde der Familie?«

Herrn Lukschs Stimme klang brüchig, als er verneinte. »Es gibt kaum wen – und bei den wenigen Personen, die infrage kommen, hat die Polizei schon damals nach ihr gesucht.«

»Ich bitte Sie, überlegen Sie noch mal ganz in Ruhe. Die meisten Ausreißer sind ziemlich kreativ, wenn es darum geht, einen Unterschlupf zu finden. Da erinnern sie sich plötzlich an eine weit entfernte Tante, die um zig Ecken verwandt ist und zu der sie jahrelang keinen Kontakt hatten. Falls Ihnen so jemand einfällt, dann rufen Sie uns bitte an«, sagte Michaela und stand auf.

Doris folgte ihrem Beispiel. Herr Luksch stemmte sich ebenfalls hoch, verlor aber das Gleichgewicht und sank wieder zurück auf seinen Stuhl. »Bleiben Sie nur sitzen. Wir finden alleine hinaus«, winkte Michaela ab, als er einen weiteren Versuch startete aufzustehen.

Der Anstand hätte es verlangt, sich auch von Frau Luksch zu verabschieden, die immer noch in der Küche herumfuhrwerkte. Aber sie pfiffen darauf und verließen ohne Gruß die Wohnung.

Erst als sie draußen vor der Tür standen, holte Michaela tief Luft. Die angespannte Atmosphäre und der Biergeruch, den Herr Luksch die ganze Zeit über verströmte, hatten sie nur flach atmen lassen.

Mit einem Seitenblick auf Doris erkannte sie, dass es ihrer Kollegin nicht anders ergangen war. Zudem war sie ungewöhnlich still, sodass sich Michaela fragte, was in ihrem Kopf vorging.

Als sie das Auto erreicht hatten und Doris den Motor startete, brach sie das Schweigen, das sie den ganzen Weg von der Wohnung bis hierher begleitet hatte. »Hast du so etwas schon öfter erlebt?«

»Dass Kinder misshandelt werden?«

»Nein, dass jemand um jeden Preis den Schein wahren will«, antwortete Doris.

»Tun wir das denn nicht alle auf eine gewisse Weise?«, gab Michaela zurück. Sie dachte an ihr Gespräch mit Valerie, bei dem sie die Hälfte der Geschichte über ihre Narbe verschwiegen hatte. Den Teil, der sie in ein schlechteres Licht rückte, weil sie sich die Wahrheit zurechtgebogen hatte, um vor ihrer Nichte besser dazustehen. Nein, korrigierte sie sich in Gedanken. Nicht bloß vor ihrer Nichte, auch vor sich selbst. Es war gar nicht so schwer, sich Dinge so lange einzureden, bis man sie als Tatsache akzeptierte.

Doris protestierte heftig. »Und was hat man davon? Tanja könnte heute noch leben, wenn sie nicht aus Angst vor ihrer Mutter weggelaufen wäre.«

»Merke dir für alle zukünftigen Fälle, die du noch bearbeiten wirst: Frage nie, was wäre gewesen, wenn ... davon wird man nur frustriert.«

»Manchmal ist unser Job scheiße.«

»Ich würde sogar sagen, meistens ist er das«, gab Michaela zurück, »trotzdem gibt es keinen, den ich lieber machen würde.«

KAPITEL 20

Zurück im Büro empfing Vincent sie, indem er Michaela eine Vermisstenmeldung in die Hand drückte. Sie legte ihre Tasche ab. »Und was soll ich damit? Müssen wir jetzt auch schon die Arbeit der Kollegen übernehmen?«

Vincent schüttelte den Kopf. »Sieh dir die Meldung halt an. Es ist ein Mädchen. Wieder einmal.«

Alarmiert überflog Michaela die Daten, die auf dem Blatt ausgefüllt waren. Christina Herbert, vierzehn Jahre alt. Letzter Aufenthaltsort war die elterliche Wohnung. Seit gestern Nachmittag gegen fünf war sie verschwunden.

Doris blickte Michaela über die Schulter. »Verdammt! Glaubst du, auch sie ist weggelaufen?«

»Ich weiß es nicht. Vielleicht hat sie nicht einmal etwas mit unserem Fall zu tun«, gab Michaela zurück. Trotzdem würde sie die Eltern von Christina anrufen.

Ihre Narbe begann zu spannen und zu kribbeln, und sie unterdrückte den Impuls, an ihr zu kratzen. Mist! Das verhieß nichts Gutes. Sie griff zum Telefon und wählte die auf dem Blatt angeführte Nummer. Schon nach dem zweiten Läuten wurde abgehoben.

Michaela hatte die Lautsprecherfunktion aktiviert, damit Doris und Vincent mithören konnten.

Nachdem sie sich Christinas Mutter vorgestellt hatte, fragte sie nach den näheren Umständen von Christinas Verschwinden.

Die Frau am anderen Ende der Leitung klang ziemlich aufgelöst. »Sie wollte bloß zum Firmunterricht, aber da ist sie nicht angekommen.«

»Wie haben Sie davon erfahren?«, wollte Michaela wissen.

»Christina ist sehr verlässlich. Wenn sie später kommt, ruft sie an. Aber als sie um acht noch nicht zu Hause war – der Unterricht dauert nur bis halb sieben –, hab ich versucht, sie am Handy zu erreichen. Immer wieder. Es war ausgeschaltet. Danach habe ich bei ihrer Freundin nachgefragt, und die meinte, Christina wäre gar nicht da gewesen. Dabei hat sie sich von mir doch verabschiedet und gesagt, bis später. Um zehn hab ich das erste Mal mit der Polizeidienststelle telefoniert, aber sie meinten, ich soll die Nacht abwarten ... aber Christina hat so etwas noch nie gemacht ...«

»Frau Herbert, könnten Sie bei uns vorbeikommen und ein paar Fotos von Christina mitbringen? Außerdem brauchen wir Telefonnummern von Freunden, Bekannten ... alles, was Ihnen einfällt. Hat Christina irgendwelche besonderen Merkmale, anhand derer wir sie sofort erkennen können? Tattoos, Piercings, Muttermale ...«

»Ja, natürlich. Wann?«

»So schnell wie möglich?«

»Oh, ja. Natürlich. Ich muss nur die Fotos und Telefonnummern raussuchen. Danke, ich bin sehr erleichtert, dass Sie Christinas Verschwinden ernst nehmen. Es sieht ihr so gar nicht ähnlich, ich mache mir Sorgen, dass ihr etwas passiert ist.«

»Ich versichere Ihnen, dass wir die Sache sehr ernst nehmen.« Michaela nannte der Frau die Adresse und legte dann auf.

»Aber du hast vorhin gesagt, Christina Herbert hätte wahrscheinlich gar nichts mit unserem Fall zu tun«, sagte Doris.

Michaelas Finger berührten die Narbe an ihrer Braue. »Ich hoffe es, aber mein Gefühl sagt mir gerade etwas anderes.«

Sie wandte sich an Vincent. »Hast du wegen der Jugendtreffs etwas herausgefunden?«

»Sind einfach zu viele, bin noch lange nicht fertig.«

»Okay, war vielleicht eh eine Schnapsidee«, räumte Michaela ein.

»Ich hab jetzt einen unheimlichen Hunger bekommen, diese Burger halten nicht lang an. Soll ich euch aus der Kantine was mitbringen?«, fragte Doris.

Vincent winkte ab, und Michaela lag das hastig hinuntergeschlungene Mittagessen wie ein Stein im Magen. Dennoch bat sie ihre Kollegin, ihr zwei Portionen Thunfischsalat mitzubringen. Den konnte sie mit nach Hause nehmen. Überhaupt gefiel ihr die Idee, Essen aus der Kantine mitzunehmen, gar nicht schlecht. Sie boten ein paar Speisen an, die richtig gut schmeckten. Erleichtert, dass sie eine akzeptable Lösung für das heutige Abendessensproblem gefunden hatte, widmete sie sich dem Bericht, den sie über die Befragung von Tanjas Eltern schreiben musste. Bereits nach fünf Minuten, in denen sie das Gespräch Revue passieren ließ, wünschte sie, das Telefon würde läuten oder Doris würde endlich mit dem Thunfischsalat zurückkehren, nur um abgelenkt zu werden. Sie hatte bei den Lukschs professionelle Distanz bewahrt, doch jetzt, in ihren eigenen Büroräumen brodelte die Wut in ihr hoch. Je länger sie an dem Bericht tippte, desto stärker. Als sie das Gefühl hatte, laut schreien oder den Monitor gegen die Wand schmeißen zu müssen, rollte sie mit dem Stuhl nach hinten und stand auf.

Vincents Blick folgte ihr, als sie mit zu Fäusten geballten Händen zum Fenster ging und den Kopf gegen die Scheibe lehnte. Die Kälte kroch durch ihre Haut und kühlte ihre erhitzte Stirn.

»So schlimm?«

»Ja«, gab sie zurück, ohne sich zu bewegen. Das Fenster beschlug unter ihrem Atem.

»Willst du darüber reden?«

»Geht schon.«

Nur eine kleine Pause, dann würde sie den Bericht fertigschreiben können.

Doris kam mit dem Essen zurück. »Alles in Ordnung?«

Michaela drehte sich zu ihrer Kollegin um und bemerkte den fragenden Blick, den diese mit Vincent tauschte.

Sie straffte die Schultern. »Ja, mir war bloß heiß. Mir geht's gut«, gab sie ein wenig zu munter zurück.

Doris musterte sie, nickte langsam und drückte ihr

zwei Plastikbehälter mit Thunfischsalat in die Hand. Michaela bedankte sich, öffnete das Fenster und stellte den Salat kurzerhand auf das Fensterbrett, damit er kalt blieb.

»Willst du nichts essen?«, fragte Doris.

Michaela schüttelte den Kopf, und ein stechender Schmerz schoss ihr durch die Schläfen. Super! Kopfschmerzen hatten ihr jetzt gerade noch gefehlt. »Hat wer von euch ein Aspirin?«

Doris hatte natürlich welches. Michaela nahm es dankbar entgegen, holte sich eine Flasche Mineralwasser aus dem Automaten und schluckte die Tablette noch auf dem Gang. Sie hatte keine Lust, zurück an ihren Schreibtisch zu gehen, also beschloss sie, einen Abstecher zu Kilian Weilmann zu machen, dem sie ohnehin versprochen hatte, zu einem späteren Zeitpunkt über Tanja zu reden. Doch offensichtlich war er schon gegangen.

Michaela überlegte kurz und entschied, ihrem Chef einen Besuch abzustatten. Sie wollte ihn ohnehin fragen, ob Valerie einmal mitkommen durfte.

Sein Büro lag eine Etage unterhalb am Ende des Ganges. Michaela klopfte und wartete auf sein »Ja, bitte!«, ehe sie die Tür öffnete.

Er sah auf und hob überrascht die Brauen, als er sie erkannte. »Komm rein! Was kann ich für dich tun?«

Michaela betrat das Büro und schloss die Tür hinter sich. Dann setzte sie sich auf den Stuhl vor dem Schreibtisch. »Gibt es Neuigkeiten?«, kam Werner Steurer auf den Fall zu sprechen. Einen Moment lang war sie von den rosa-weißen Karos seines Hemdes abgelenkt, die tatsächlich an Hässlichkeit kaum zu überbieten waren, dann rief sie sich schnell zur Ordnung. »Was den Fall betrifft, stehen wir noch am Anfang. Du bekommst die Berichte, sobald ich sie fertig habe. Vielmehr hätte ich ein Anliegen.«

Steurer lehnte sich zurück, legte die Hände auf den Tisch und verschränkte die Finger. Dann nickte er ihr auffordernd zu.

»Meine Nichte wohnt für eine Weile bei mir. Sie ist sechzehn und interessiert sich für alles, was mit Kriminalarbeit zu tun hat. Ich wollte fragen, ob ich sie einmal mitbringen darf.«

»Also ... ich weiß nicht, ob das eine gute Idee ist«, antwortete Steurer. »Unsere Arbeit ist ja kein Zuckerschlecken.«

»Ja, das weiß ich natürlich, und ich würde sie niemals in Gefahr bringen, an Tatorte oder zu einer Autopsie mitnehmen«, Michaela stockte kurz, als ihr einfiel, dass Valerie von sich aus in die Gerichtsmedizin gekommen und nicht einmal geschockt gewesen war, »... also, ich dachte eher, ihr die Forensik zu zeigen, vielleicht hat sogar Kilian ein wenig Zeit, um ihr von seiner Arbeit als Kriminalpsychologe zu erzählen ... solche Dinge. Wir hatten ja schon Schulklassen da. Das wäre nicht viel anders. Und Praktikanten haben wir auch regelmäßig.«

»Aber du trägst die volle Verantwortung«, gab Steurer nach, »und sie unterschreibt eine Verschwiegenheitsklausel.«

Michaela stand auf. »Danke. Sie würde die Verschwiegenheitsklausel wahrscheinlich mit ihrem eigenen Blut unterschreiben, wenn du das von ihr verlangen würdest. Sie will unbedingt zur Kriminalpolizei.«

»Einfacher Kugelschreiber reicht«, gab Steurer grinsend zurück. »Sag mir vorher Bescheid, wann sie kommt.«

Michaela nickte, verabschiedete sich und ging zur Tür. Dann drehte sie sich noch mal um und sagte: »Schickes Hemd übrigens.«

Ehe ihr Chef antworten konnte, schloss sie seine Bürotür und musste sich das Lachen verkneifen. Was war da bloß eben in sie gefahren? Aber sie musste zugeben, dass die Karos etwas Meditatives hatten, ihre Kopfschmerzen waren auf jeden Fall weg. Vielleicht hatte auch nur Doris' Tablette endlich geholfen.

Ehe sie in ihr Zimmer zurückging, machte sie einen Abstecher zum Kaffeeautomaten. Sie kramte aus ihrer Hosentasche Kleingeld heraus. Ihre Mutter hatte früher die Hände über dem Kopf zusammengeschlagen, weil Michaela immer irgendwelche Dinge mit sich herumtrug und regelmäßig vergaß, ihre Taschen vor dem Waschen auszuräumen. Mehr als einmal waren im Flusensieb Münzen, Haarspangen oder Ähnliches aufgetaucht – das passierte Michaela auch jetzt noch hin und wieder.

Auch wenn es nicht lustig war, Papiertaschentuchflusen von schwarzen Hosen oder Pullovern zu klauben, im Moment war sie froh über ihre Vergesslichkeit. Der doppelte Espresso, den sie auswählte, war ein kleiner Silberstreif am Horizont dieses langen Arbeitstages, der heute irgendwie kein Ende zu nehmen schien. Sie freute sich schon jetzt auf daheim und auf Valeries Gesicht, wenn sie ihr erzählte, dass sie mit ins Büro kommen durfte.

Der Bericht blieb ihr natürlich nicht erspart, und nach der Pause, die sie eingelegt hatte, schaffte sie es, ihn diesmal fertigzuschreiben, indem sie ihre Gefühle zurückdrängte.

Sie hatte gerade ihren Namen unter das Formular gesetzt, als es an der Tür klopfte und gleich darauf eine Frau in Michaelas Alter eintrat.

»Guten Tag, ich suche Frau Michaela Baltzer, man sagte mir, ich würde sie hier finden.«

Michaela stand auf und ging ihr entgegen. »Das bin ich. Frau Herbert, nehme ich an.«

Die Frau reichte ihr die Hand und nickte. »Ja. Ich bin Christinas Mutter.«

Aus der Nähe sah die Frau doch eher wie fünfundvierzig aus, stellte Michaela fest, als ihr die Falten um die Augen und Mundwinkel auffielen. Lachfalten, die sie sympathisch wirken ließen. Allerdings war sie sich sicher, dass Frau Herbert seit Christinas Verschwinden nicht viel gelächelt hatte. Vielmehr zeugten das bleiche Gesicht, die geschwollenen Augen mit den dunklen Ringen davon, dass sie wohl die Nacht wach gelegen war und auf Nachricht von ihrer Tochter gewartet hatte. Auch sonst wirkte sie ein wenig fahrig, als hätte sie sich mit Unmengen Kaffee über Wasser gehalten. Kein Wunder. Wenn Valerie ... schnell schüttelte sie den Gedanken an ihre Nichte ab. Verdammt, das hier hatte alles nichts mit ihrem Privatleben zu tun. Valerie war nicht Christina.

Michaela stellte Doris und Vincent vor und bot der Frau einen Stuhl an. »Ich bin sehr froh, dass Sie hergekommen sind«, begann sie.

Frau Herbert setzte sich auf die Stuhlkante, als wäre sie in Alarmbereitschaft. Sie tat Michaela leid.

Frau Herbert stellte die Handtasche auf ihre Knie und beugte sich darüber, sodass ihr die langen Haare ins Gesicht fielen. »Ich habe Fotos mitgebracht, wie Sie gesagt haben.« Sie wühlte in der Tasche und holte schließlich ein weißes Briefkuvert hervor. Das reichte sie an Michaela weiter. »Da ist auch ein Zettel mit den Telefonnummern drin.«

»Danke, ich weiß Ihre Mitarbeit zu schätzen. Wir werden alles tun, um Ihre Tochter zu finden«, sagte sie, und sofort meldete sich ihr schlechtes Gewissen, weil sie und ihr Team im Grunde ja gar nicht für die Vermisstenfälle zuständig waren – noch nicht. Erst, wenn es sicher war, dass Christinas Verschwinden mit ihrem Mordfall in Verbindung stand.

»Ich habe gestern ihre Freundinnen angerufen und sonst auch alle, die mir eingefallen sind. Nichts. Sie ist einfach weg, als hätte sie sich in Luft aufgelöst.«

»Wissen Sie, welchen Weg sie genommen hat, als sie zum Firmunterricht ging?«

»Nein, nicht mit Sicherheit. Sie war spät dran, es kann sein, dass sie die Abkürzung über den Feldweg gewählt hat, obwohl ich ihr den verboten habe. Ich finde ihn nicht sicher, es gibt dort keine Straßenlaternen, kaum jemand, der dort vorbeigeht, überall Sträucher, hinter denen sich wer verstecken kann ...«, Frau Herberts Stimme brach, sie setzte leise hinzu, »... sie hat mich ausgelacht und gemeint, ich würde überall Gespenster sehen. Jugendliche fühlen sich so ... unverwundbar – und ich habe recht behalten. Sie ist fort, und ich spüre, dass ihr etwas Schreckliches passiert ist.« Die letzten Worte konnte Michaela kaum mehr verstehen. War es tatsächlich möglich, dass Eltern fühlen konnten, wenn ihren Kindern etwas widerfuhr? Manche vielleicht. Wahrscheinlich hatten Tanjas Eltern nichts gefühlt, als ihre Tochter getötet worden war. Hatte Tanja sich nach Hause gesehnt? Wäre sie zurückgekehrt, wenn sie die Möglichkeit dazu gehabt hätte?

Bei Christina schienen die Dinge anders zu liegen, aber das hatte sie bei ihrem ersten Besuch bei Familie Luksch auch gedacht. Deshalb fragte sie: »Frau Herbert, Sie hatten den Kollegen bereits gesagt, dass Sie nicht glauben, Ihre Tochter sei weggelaufen. Aber halten Sie es tatsächlich für unmöglich? Oft sind es Dinge, die Kinder für dermaßen furchtbar halten, dass sie sich uns Erwachsenen nicht anvertrauen wollen. Schlechte Noten, vielleicht Diebstahl, Drogen ...«

»Nein. Christina und ich hatten ein sehr gutes Verhältnis. Sie konnte mit mir über alles sprechen, eine schlechte Note kam bei ihr fast nie vor, und wenn, war das kein Weltuntergang. Es gab einfach keinen Grund, verstehen Sie?«

Michaela nickte, auch wenn sie skeptisch blieb.

»Gibt es Tagebücher von Ihrer Tochter? Mails, soziale Netzwerke? Vielleicht finden wir dort Hinweise auf ihren Verbleib.«

»Tagebuch hat sie keins geführt, sie fand das furchtbar altmodisch. Alles andere hatte sie auf dem Handy, und das ist mit ihr verschwunden.«

»Wir könnten versuchen, es zu orten. Dafür brauchen wir allerdings Ihr Einverständnis. Und noch ein paar Informationen ...«

»Machen Sie das, bitte. Sie kriegen alles, was Sie dazu brauchen. Geht das denn auch, wenn das Gerät ausgeschaltet ist?«

»Es gibt einige Möglichkeiten, die wir ausschöpfen können«, wich Michaela der Frage aus. »Zumindest können wir herausfinden, in welchen Funkzellen das Handy angemeldet war, und aufgrund dieses Protokolls lässt sich Christinas Weg rekonstruieren.«

Frau Herbert wischte sich über die Augen. »Entschuldigen Sie bitte, aber das ist die erste positive Nachricht, seit meine Tochter gestern verschwunden ist.« Sie lächelte zaghaft.

Michaela brachte es nicht übers Herz, ihr zu sagen, dass eine solche Ortung nicht automatisch Christinas Versteck preisgab. Sie konnten lediglich das Areal eingrenzen, in dem sie suchen mussten. Und wenn jemand den Akku aus dem Handy genommen hatte, würden sie überhaupt keine Chance haben, auf diese Weise Christina zu finden.

Nachdem sie von Frau Herbert alle wichtigen Daten, die für die Ortung nötig waren, erhalten hatte, verabschiedete sie sich von der Frau mit den Worten: »Wir melden uns bei Ihnen, sobald wir etwas Neues erfahren.«

Nur zehn Minuten später ging dann auch Michaela. Vincent hatte angeboten, sich um den Rest zu kümmern, was sie zwar mit schlechtem Gewissen, aber trotzdem dankbar annahm. Sie war ohnehin schon reichlich spät dran. Selbst, wenn sie bei der Heimfahrt solch ein Höllentempo einschlug, wie Doris es für gewöhnlich tat, würde sie es nicht mehr rechtzeitig schaffen, vor Valerie daheim zu sein. Wenigstens hatte sie etwas zum Essen und eine Überraschung für ihre Nichte dabei. Der Abend konnte deshalb nur besser werden, als es dieser Tag gewesen war.

KAPITEL 21

Valerie hörte ihre Tante bereits, als diese mit dem Auto vorfuhr. Sie selbst war erst vor einer Stunde von der Schule gekommen. Eigentlich wollte sie sich noch auf ihre morgige Klavierstunde vorbereiten und zu Hause etwas üben, aber im Moment war der Musikunterricht bei ihr zweitrangig. Viel interessanter war es, Tante Mika zuzuhören, wenn sie von ihren Fällen erzählte. Gestern Abend war sie weniger verschlossen gewesen, hatte Valerie sogar erzählt, wie sie zu der Narbe an der Braue gekommen war. Eine abenteuerliche Geschichte, die Valerie noch eine Weile beschäftigte und sie erst spät einschlafen ließ. In ihren Augen war Tante Mika eine Heldin. Ob sie ihre Dienstwaffe wohl mit dabeihatte? Valerie hatte sie noch nie zu Gesicht bekommen, und sie glaubte, wenn sie danach fragte, würde Tante Mika einen Anfall kriegen. Sie hatte ja schon beim ersten Mal auf die Frage nach der Narbe so komisch reagiert.

Der Schlüssel drehte sich im Schloss und kurz darauf rief Tante Mika: »Ich bin da!«

»Bin im Wohnzimmer«, gab Valerie zurück.

Ihre Tante hielt zwei Plastikboxen in der Hand, die sie zuerst auf den Tisch stellte. Dann setzte sie sich mit einem Seufzer auf die Couch. »Was ist das?«, fragte Valerie und deutete mit dem Kopf auf die durchsichtigen Boxen.

»Thunfischsalat aus der Kantine«, gab Tante Mika zurück, »ich hoffe, du magst Thunfisch.«

»Es geht so. Gehört nicht zu meinen Lieblingsspeisen«, und als sie Tante Mikas enttäuschten Gesichtsausdruck sah, fügte sie schnell hinzu: »Aber das hier sieht richtig lecker aus.«

Sie stand auf und ging in die Küche, um Gabeln zu holen.

Gleich darauf saßen sie nebeneinander und aßen den Salat, der ihr erstaunlicherweise besser schmeckte als erwartet.

Valerie hatte noch nicht mal die Hälfte gegessen, als ihre Tante fertig war. »Sieht so aus, als wärst du ziemlich hungrig gewesen«, sagte sie grinsend und stocherte in ihrem Salat nach einer Gurkenscheibe.

»Ja, tatsächlich. Ist mir vorher gar nicht aufgefallen. Ich hatte nur zwei Burger zum Mittagessen. Es war einfach keine Zeit, um was Anständiges zu besorgen.«

»Klingt nach einem anstrengenden Tag«, brachte Valerie das Gesprächsthema in die von ihr gewünschte Richtung. »Was hast du denn gemacht?«

Ihre Tante stockte, als müsse sie überlegen, wie viel sie ihr erzählen konnte. Valerie hasste das, aber nachdem sie ja nun wusste, dass Kripomitarbeiter mit niemandem über ihre Fälle reden durften, sah sie ein, dass Tante Mika vorsichtig war.

»Abgesehen davon, dass ich fast den ganzen Tag unterwegs war, ist seit gestern Abend ein Mädchen verschwunden.«

»Ist dafür nicht eine andere Abteilung zuständig? Ich dachte, du löst Mordfälle.«

»Das ist richtig, aber es könnte sein, dass die Vermisste mit unserem Mordfall zu tun hat.«

»Oh!«

»Jetzt versuchen wir natürlich, sie zu finden.«

»Klingt nach ganz schön viel Arbeit.«

»Ist es auch. Ich bin total geschafft. Die Mutter des Mädchens ist vollkommen aufgelöst, wir versuchen jetzt, das Handy zu orten, um herauszufinden, wo es zuletzt eingeloggt gewesen ist.«

»Meinst du, sie ist abgehauen?«

Tante Mika zuckte die Schultern. »Das, oder sie wurde entführt. Angeblich hatte sie keinen Grund wegzulaufen – aber wer weiß das schon? Übrigens hab ich mit meinem Chef gesprochen.«

Valerie zog die Brauen hoch. Sie wusste nicht, was Tante Mika meinte. »Weswegen?«

»Na, weil du doch mal mitkommen möchtest.«

Mit einem Schlag begann Valeries Puls zu rasen, und sie setzte sich gerade auf. »Und? Was sagt er?«

Tante Mika lächelte. »Er hat nichts dagegen.«

Valerie sprang auf und umarmte ihre Tante. »Ja!«, rief sie aus. Am liebsten wäre sie um den Tisch getanzt, aber diese Reaktion schien ihr doch zu kindisch zu sein. »Wow! Danke, Tante Mika. Du bist echt die Beste! Wann?«

»Das müssen wir uns noch überlegen. Er meint, du musst eine Verschwiegenheitserklärung unterschreiben – das heißt, auch du darfst deinen Schulkollegen keine internen Informationen weitergeben.«

Valerie musste grinsen. »So, wie du mir keine Einzelheiten erzählen darfst?«

Tante Mika nickte. »Das, was ich dir sage, das sind Dinge, die du wahrscheinlich morgen ohnehin in der Zeitung lesen wirst – aber es ist mein Ernst. Keine Namen, keine Details.«

»Versprochen! Hach, das ist echt total cool!«

»Na, wir werden sehen, ob du das nachher auch noch

sagst. Ich glaube, ich gehe jetzt in die Badewanne, und danach muss ich ein wenig arbeiten …«

»Mach nur, du brauchst dir um mich keine Gedanken zu machen. Ich muss Vokabeln lernen, und später guck ich fern.«

Michaela war gerade im Bad verschwunden, als es an der Tür läutete. Valerie dachte einen Moment lang daran, den Besucher zu ignorieren. Es konnte nur einer der Nachbarn sein, und sie kannte bis auf den Psychologen niemanden. Aber dann gab sie sich einen Ruck. Schließlich würde sie ein ganzes Jahr hier leben, also konnte sie genauso gut anfangen, die Leute kennenzulernen.

Sie sperrte die Haustür auf und öffnete. Draußen stand Bernd Dalisch, der Psychodoktor. »Hi, brauchen Sie wieder Hilfe?«

Er lachte. »Nein, danke. Vorerst nicht.« Er blickte suchend hinter ihre Schulter. »Ich habe mir von deiner Tante Milch und die Bohrmaschine geliehen, die wollte ich zurückbringen.«

»Oh, Tante Mika ist … gerade verhindert.« Sie fand es nicht nötig zu sagen, dass ihre Tante es sich in der Badewanne gemütlich gemacht hatte.

»Na, dann – hier.« Er drückte ihr eine Tüte Milch und die Bohrmaschine in die Arme. »Sag ihr noch mal danke. Ich wünsche euch einen schönen Abend.«

Valerie überlegte, ob sie ihn hereinbitten sollte, entschied sich aber dagegen. Ihre Tante wäre bestimmt nicht erfreut, ihn hier anzutreffen, wenn sie aus dem Bad kam. Also sagte sie: »Ja, mach ich – Ihnen ebenfalls einen schönen Abend.« Sie schloss die Tür und drehte sich bei der Suche nach einer Ablagefläche für die

Bohrmaschine um die eigene Achse. Schließlich legte sie das Gerät auf die Kommode. Unten auf dem Boden stand Tante Mikas Tasche. Sie war offen, und die Ecke einer gelben Aktenmappe aus Karton lugte heraus. Die Versuchung, nur mal kurz hineinzusehen, war groß. Sie bückte sich und hatte bereits die Mappe in der Hand, als sich ihr Gewissen meldete. Was sie vorhatte, stellte einen großen Vertrauensbruch dar. Andererseits würde sich wahrscheinlich nicht mehr so bald eine günstige Gelegenheit ergeben. Valerie war davon überzeugt, dass ihre Tante nicht ständig mit Ermittlungsakten in der Tasche herumlief.

Sie blickte in Richtung Badezimmer und beschloss, erst mal die Milch in den Kühlschrank zu stellen. Hasenfuß, schalt sie sich in Gedanken. Was sollte denn sein? Tante Mika würde nicht mal davon erfahren. Die war vor zehn Minuten in die Badewanne gestiegen, also konnte Valerie damit rechnen, wenigstens weitere zehn Minuten ungestört zu sein. Sie wollte nur einen ganz kurzen Blick riskieren. Nur, um zu schauen, wie solche Akten aussahen. In ein paar Tagen würde sie ja ohnehin Zugang zu ihnen haben, bestimmt auch zu dieser. Also handelte es sich im Grunde bloß um vorgezogene Informationen, und vielleicht würde ihr etwas auffallen, das Tante Mika helfen konnte.

Sie brachte die Milch in die Küche und lauschte an der Tür zum Badezimmer, doch von dort war nichts zu hören. Wenn sie Glück hatte, war ihre Tante in der Wanne eingeschlafen. Ihrer Mutter passierte das regelmäßig.

Valerie schlich in die Diele und zog die Mappe aus der Tasche. Die Deckel des Ordners wurden von einem Gummiband zusammengehalten. Im Grunde sah er ganz unscheinbar aus, Valerie selbst hatte für die Schule solche Mappen, in denen sie lose Arbeitszettel aufbewahrte. Nur stand auf dieser ein Name in der Handschrift ihrer Tante. Christina Herbert. Welches der Mädchen war es? Das tote oder das vermisste? Valerie biss sich auf die Lippen, atmete einmal tief durch, zog das Gummiband ab, öffnete die Mappe und begann zu lesen.

»Vale...«

Valerie blickte hoch. Tante Mika stand in ein Handtuch gewickelt im Türrahmen. In ihrem Blick war zunächst Überraschung, dann Unglaube zu sehen, der sich allerdings schnell in Zorn wandelte. Sie streckte die Hand aus. »Gib mir das.« Ihre Stimme war leise, aber in jeder Silbe schwang Anklage mit und ließ in Valerie heiß die Scham hochsteigen. Hätte ich die Mappe bloß nie entdeckt, dachte sie und reichte sie aufgeschlagen ihrer Tante, die die Deckel demonstrativ zuschlug und sich ohne ein weiteres Wort umdrehte. Valerie wollte ihr folgen, wollte erklären, wie es dazu gekommen war, obwohl es nicht viel zu erklären gab. Sie hatte Tante Mikas Vertrauen missbraucht, das war unentschuldbar. Sie wünschte, Tante Mika hätte sie angeschrien. Mit allem wäre sie klargekommen, nur nicht mit dem Schweigen.

Eine Weile wartete Valerie, unschlüssig, was sie nun tun sollte. Tante Mika war in ihrem Schlafzimmer verschwunden und seither nicht wieder herausgekommen.

Schließlich klopfte sie an. Sie erhielt keine Antwort. War ihre Tante etwa ins Bett gegangen? Müde genug hatte sie ausgesehen, schon als sie von der Arbeit heimgekommen war – nicht erst nach ...

Halb zehn. Valerie hatte sich diesen Abend anders

vorgestellt, sie hatte gehofft, sie würde mit Tante Mika reden können – dass daraus nichts geworden war, hatte sie sich selbst zuzuschreiben. Ob sich ihr Verhältnis wieder einrenkte? Früher oder später bestimmt. Tante Mika brauchte einfach ein bisschen Zeit. Vielleicht hatte es auch was Gutes, dass sie beim Lesen der Akten erwischt worden war. So würde ihre Tante merken, wie ernst ihr Wunsch war, bei der Kripo arbeiten zu wollen.

Sie hatte keine Zeit gehabt, um die ganze Akte durchzugehen, aber einiges hatte sie in Erfahrung bringen können. Christina Herbert war das vermisste Mädchen, von dem Tante Mika erzählt hatte. Es wohnte in den Neubauten entlang des Marchfeldkanals – und sie besuchte das Reinhard Meisner Gymnasium, so wie sie auch.

Obwohl Christina zwei Stufen unter ihr war, kannte Valerie sie vom Sehen. Und jetzt wusste sie auch, wie sie Tante Mika wieder versöhnen konnte.

Michaela war sprachlos, und nur mühsam konnte sie sich beherrschen. Ihr erster Impuls war gewesen, Valerie auf der Stelle nach Hause zu schicken. Der zweite, ihr heute Abend noch ein Flugticket nach Lesotho zu buchen. Die erste Möglichkeit hatte sie gleich wieder fallen lassen, die andere gefiel ihr, je länger sie darüber nachdachte, immer besser. Wäre sie nicht so müde gewesen, hätte sie vielleicht tatsächlich ihren Laptop gestartet, doch stattdessen hatte sie sich aufs Bett gelegt, die Akten durchgelesen und versucht, sie mit Valeries Augen zu sehen. Was stand drin, was ihre Nichte nicht wissen sollte? Wie lange hatte sie Zeit gehabt?

Ob Valerie mitbekommen hatte, dass Christina auf

dieselbe Schule gegangen war? Hatte sie das Mädchen gekannt? Fragen über Fragen – die Kopfschmerzen kamen wieder, aber um sich eine Tablette aus dem Bad zu holen, fehlte ihr die Kraft. Du kannst es nun mal nicht ungeschehen machen, sagte sie sich. Im Grunde grenzte es an ein Wunder, dass Valerie noch nichts vom Verschwinden Christinas mitgekriegt hatte. Wahrscheinlich wäre das morgen, spätestens übermorgen, das Thema Nummer eins in der Schule.

Nein, es ging gar nicht darum, dass Valerie eher darüber Bescheid wusste als die übrigen Schüler. Vielmehr hatte Michaela die Neugier ihrer Nichte unterschätzt, gestand sie sich ein. Dabei hätte sie es wissen müssen. So, wie Valerie sie jeden Abend mit Fragen löcherte, war es naheliegend gewesen, dass sie die erste sich bietende Gelegenheit nützen würde, um mehr über den Mordfall zu erfahren.

Michaela musste an Doris' Worte denken. Sie solle sich daran erinnern, wie sie selbst in dem Alter gewesen war – und gab widerwillig zu, sie hätte solch eine Gelegenheit ebenfalls nicht ungenutzt verstreichen lassen. Tatsächlich hatte sie als Fünfzehnjährige einmal den Schlüssel zum Waffenschrank ihres Vaters geklaut, um sich eine Pistole auszuleihen.

Ihr Vater war ebenfalls Polizeibeamter, er hatte mehrere Waffen, die er alle unter Verschluss hielt und immer darauf achtete, dass keinem der Kinder je eine in die Hand fiel. Schießübungen beschränkte er auf den Schießstand, und Michaela hatte sich nichts sehnlicher gewünscht, als dass er sie einmal mitnahm. Sosehr er ihr sonst fast jeden Wunsch erfüllte, diesen überging er. »Waffen sind gefährlich«, war seine Antwort.

»Aber du hast gleich mehrere davon, und dir haben sie nicht geschadet«, versuchte sie ihn zu überzeugen.

»Weil mir bewusst ist, was sie anrichten können und ich sie fürchte. Manchmal muss man sich seinen Ängsten stellen, um sie zu bezwingen.«

Michaela hatte nicht verstanden, was er damit meinte. Ihr Vater fürchtete sich nie. Aber sie wusste, dass sie keine Chance hatte, ihn umzustimmen. Deshalb sah sie keine andere Möglichkeit, als den Schlüssel an sich zu nehmen. Sie wusste ja, wo ihr Vater ihn aufbewahrte.

Auf dem Feld, wo sie sicher sein konnte, dass sie niemand sah, absolvierte sie ihre ersten Schießübungen und war stolz, als sie ihr Talent für das Schießen bemerkte. Nur für Heimlichkeiten besaß sie offenbar keines, ihr Vater kam ihr auf die Schliche, als er beim Reinigen der Waffen die fehlende Munition bemerkte.

Zuerst leugnete Michaela, was ihn aber noch wütender machte. Schließlich gab sie alles zu. Nachdem ihr Vater sich beruhigt hatte, fragte er nach ihren Motiven. Ihr war klar, dass von ihrer Antwort viel abhing: das bislang gute Verhältnis zu ihrem Vater; wie sie miteinander in Zukunft umgehen würden; ... also gab sie sich einen Ruck und sagte ihm die Wahrheit. Sie hatte wissen wollen, wie es sich anfühlt, eine Waffe abzufeuern. Und dass sie der Ehrgeiz gepackt hätte, in dem, was sie tat, gut zu sein. Darum hätte sie weitergeübt, bis sie die selbst gebastelte Zielscheibe getroffen hatte. Und noch später wollte sie die Scheibe nicht bloß irgendwo, sondern in der Mitte treffen.

»Und kannst du es?«

»Ja. Bei acht von zehn Schüssen schaffe ich es ins Schwarze.«

Er nickte. »Das ist gut. Aber nicht gut genug. Wenn es darauf ankommt, nützt es nichts, ob du achtmal getroffen hättest. Es zählt bloß, dass du zweimal versagt hast. Davon könnten Menschenleben abhängen.«

Am nächsten Tag nahm er sie zum Schießstand mit. Danach übten sie mindestens einmal alle zwei Wochen.

Erst viel später wurde Michaela klar, was ihr Vater gemeint hatte, als er vom Versagen sprach. Er hatte recht gehabt. Menschenleben hingen davon ab. Sie hatte es nicht einmal geschafft, ihre Waffe abzufeuern – und beinahe hätte sie dafür mit ihrem Leben bezahlt. Jeden Tag wurde sie durch die Narbe, die sie davongetragen hatte, daran erinnert, dass sie versagt hatte, als es darauf ankam.

Nein, sie konnte es Valerie nicht verdenken, die Akten aus der Tasche genommen zu haben. Hätte sie auf ihr Gefühl und auf Doris gehört, läge die Mappe auf ihrem Schreibtisch im Büro. Ein Teil der Schuld lag also bei ihr selbst.

Ein leises Klopfen riss sie aus ihren Gedanken. Sie wollte schon Valerie hereinbitten, um mit ihr zu reden, überlegte es sich aber anders. Auch wenn sie ihre Nichte verstand, das Verhalten von Valerie war dennoch nicht in Ordnung gewesen. Sie ein wenig schmoren zu lassen würde ihr nicht schaden. Deshalb ignorierte sie das Klopfen und tat so, als würde sie bereits schlafen. Sie hörte, wie sich Valeries Schritte zögernd entfernten und gleich darauf die Tür zum Gästezimmer ins Schloss fiel.

Michaela lauschte eine Weile, doch es blieb ruhig. Valerie dürfte sich schlafen gelegt haben.

Sie las Christinas Akte ein weiteres Mal, legte sie schließlich beiseite und löschte das Licht.

KAPITEL 22

Er war von einem anstrengenden Arbeitstag nach Hause gekommen. Mehr als sonst wünschte er, er könne sich bloß auf seine Forschungen konzentrieren, doch bis dahin war es ein langer Weg.

Als Erstes schlüpfte er in seine Freizeitkleidung und öffnete danach eine große Dose mit Hundefutter, die er auf drei Schalen verteilte. Sie würden hungrig sein, da war es ziemlich egal, was er ihnen vorsetzte. Sollte er es wagen und Nr. 4 bereits in die Gemeinschaft integrieren?

Er schaltete den Überwachungsmonitor ihrer Einzelzelle ein. Nach einem kurzen Blick auf das Bild fluchte er. Wie es schien, hatte sie sich seit in der Früh keinen Millimeter bewegt, sie lag genauso da wie vor Stunden, als er sie das letzte Mal gesehen hatte. Was war mit ihr los? Ein weiterer Fluch verließ seine Lippen. Mal sehen, ob sie auf die Aussicht, etwas zu essen zu bekommen, reagierte.

Die Metallschüsseln mit dem Hundefutter stellte er auf ein Tablett und machte sich auf den Weg in den Keller. Es hatte viel Geld und Mühe gekostet, ihn für seine Zwecke auszubauen, ein halbes Jahr lang hatte er jede freie Minute damit verbracht, zu planen, zu organisieren, Leute zu finden, die für ihn schwarz die Arbeit verrichteten. Er selbst hatte weder das handwerkliche Geschick noch die Zeit, um es selbst zu tun. Zunächst war er skeptisch gewesen, Fremde mit dem Ausbau des Kellers zu beauftragen, aus Furcht, jemand könne etwas ausplaudern. Doch die Idee, tschechische Arbeiter zu holen, die entlang der Grenze für Jobs Schlange standen, erwies sich als goldrichtig. Sie konnten gerade so viel Deutsch, dass er ihnen verständlich machen konnte, was er von ihnen erwartete. Umständliche Erklärungen hätten sie überfordert, abgesehen davon, dass sie alle in einem Boot saßen. Keiner der Männer, die er beschäftigte, hatte eine Arbeitserlaubnis, es lag auch in deren Interesse, dass niemand von der Baustelle erfuhr.

Neben den Aufzeichnungen und dem Haus, die ihm seine Mutter hinterlassen hatte, befanden sich 30.000 Euro unter ihren persönlichen Dingen – gehortet in einer Metallkiste, die mit einem Schloss versperrt war. Den Schlüssel hatte sie immer bei sich getragen, an einer Kette um den Hals.

Es war nicht so, dass sie Banken grundsätzlich misstraute, sie hatte ein Gehalts- und sogar ein Sparkonto. Doch offenbar hatte sie Geld, von dem keiner erfahren sollte – woher auch immer. Ganz durchschaut hatte nicht mal er sie.

Umso größer war seine Überraschung, als er bei der Durchsicht ihrer Habseligkeiten den Inhalt der Kiste entdeckte. Da hatte er ihre Forschungsunterlagen bereits gelesen und beschlossen, sie weiterzuführen, wusste aber nicht, wie. Das Geld löste seine Probleme, fast schien es, als hätte ihm seine Mutter ein Zeichen geschickt.

Er stellte das Tablett ab und schloss die erste Tür auf. Diese diente als Tarnung, dahinter sah alles so aus, wie man es von einem normalen Weinkeller erwarten würde. Die Gegend hier war Weinbaugebiet, es gab daher nichts, was weniger auffällig gewesen wäre als ein Kellergewölbe, in dem eine Presse, Fässer und Regale mit Weinflaschen standen.

Vor einem gut bestückten Regal blieb er stehen und griff in das Fach, in dem sich die Flasche mit Grange South Australia Shiraz befand. Es war der teuerste Wein in seiner Sammlung, die er eigentlich nur angefangen hatte, um das Regal zu bestücken. Doch wie schon in anderen Bereichen seines Lebens musste er feststellen, dass Notwendigkeiten manchmal Leidenschaften weckten, von denen er gar nichts geahnt hatte.

Das Regal glitt beinahe lautlos zur Seite und gab den Eingang zu einem Gang frei – dem Teil des Kellers, der in keinem der Pläne eingezeichnet war.

Die Stille versetzte ihn in Alarmbereitschaft. Normalerweise wurde er mit Scharren oder mit Klappern an den Gitterstäben empfangen. Manchmal auch mit einer sarkastischen Bemerkung von Nr. 1, die sich als Einzige traute, mit ihm ohne Aufforderung zu sprechen.

Er stellte das Tablett auf einem Tisch, der zwischen zwei Zellen stand, ab, und sperrte die Tür der Zelle von Nr. 4 auf.

Er hatte schon vorhin am Monitor gesehen, dass sie immer noch in Embryonalstellung auf der Pritsche lag. Ihre Arme hatte sie um die Knie geschlungen, ihre Augen hielt sie geschlossen.

»Ich habe dir etwas zu essen gebracht.«

Keine Reaktion, sie zuckte nicht einmal mit den Lidern.

»Deine Schale stelle ich hier auf den Boden. Wenn du innerhalb der nächsten zehn Minuten nicht aufstehst, um sie dir zu holen, nehme ich sie wieder mit.«

Sie rührte sich immer noch nicht. Er stellte die Schüssel ab, drehte sich um und verließ die Zelle.

Danach war Nr. 3 dran. Sie hockte in einer Ecke, das Haar hing ihr ins Gesicht. Als er eintrat, hob sie den Kopf. »Dein Essen«, sagte er.

Sie kroch auf allen vieren in seine Richtung. »Du könntest dich ruhig ein wenig dankbarer zeigen«, tadelte er sie.

»Danke«, murmelte sie so leise, dass er es fast nicht hören konnte. Er nickte, ging hinaus und beobachtete Nr. 3, wie sie mit den Fingern Stück für Stück die Fleischbrocken in den Mund steckte, kaute, schluckte, wieder in die Schale griff. Er lächelte in sich hinein. So gefiel es ihm.

Seine Mutter hatte immer gesagt, man müsse essen, was einem vorgesetzt wurde – er war durch eine harte Schule gegangen und hatte gelernt, dass Verweigern gleich Hungern bedeutete. Einmal hatte er in einem Anfall von Trotz drei Tage die rohe Leber verschmäht. Jeden Tag bekam er sie erneut auf den Teller, seine Mutter kochte seine Lieblingsspeisen und aß sie vor ihm, während er auf das wabbelige Stück Fleisch starrte, das von Mal zu Mal dunkler wurde und immer mehr stank.

Sie kaute genüsslich an ihrem Schnitzel oder Grillhähnchen und sprach kein Wort. Das war auch nicht nötig. Er wusste, was sie von ihm erwartete.

Erst als sie fertig war – und er den Teller vor sich nicht angerührt hatte –, stand sie auf und räumte den

Tisch ab. »Hast du keinen Hunger, mein Lieber?«, fragte sie.

»Nein, danke«, presste er zwischen den Zähnen hindurch. Mutter legte Wert auf gute Manieren.

Enttäuscht schnalzte sie mit der Zunge und schüttelte den Kopf. »Das sehe ich. Jemand, der Hunger hat, isst alles, was ihm vorgesetzt wird. Das wirst du sehr bald merken.«

Am dritten Tag saß er erneut vor dem Teller mit der Leber. Die Ränder waren mittlerweile ziemlich vertrocknet, vom Geruch musste er würgen, doch er war an einem Punkt angelangt, an dem er wirklich alles gegessen hätte. Er schnitt ein winziges Stück ab und steckte es in den Mund. Es schmeckte ekelhaft, trotzdem aß er Bissen für Bissen, teils, weil er hoffte, danach etwas von dem Braten abzubekommen, den Mutter aufgetischt hatte, teils, weil er fürchtete, er könne die Leber noch ein weiteres Mal vorgesetzt bekommen, wenn er sie jetzt nicht aufaß.

»Braves Kind«, lobte seine Mutter ihn, als er fertig war. »Was hast du gelernt?«

Sein Magen begann zu rebellieren, plötzlich wurde ihm übel. »Darf ich aufstehen?« Er sah sie flehend an und hielt sich die Hand vor den Mund.

»Nein. Was hast du gelernt?«, wiederholte sie unerbittlich.

»Ich esse, was auf den Tisch kommt.«

»Genau, und zwar am besten gleich. Und jetzt geh.«

Er sprang auf und hastete ins Bad, wo er sich in die Kloschüssel übergab.

Die ganze restliche Woche hütete er mit einer Lebensmittelvergiftung das Bett. Mutter ließ sogar einen Arzt kommen.

»Er hat bestimmt irgendetwas Verdorbenes gegessen«, sagte sie zum Doktor, der ihn am liebsten ins Krankenhaus geschickt hätte, davon aber Abstand nahm, als sowohl seine Mutter als auch er entsetzt die Köpfe schüttelten. »Da geht es ihm noch schlechter, nein, ich kümmere mich um ihn.«

Entweder hatte sie ein schlechtes Gewissen, weil er durch ihre Schuld krank geworden war, oder sie wollte dem Arzt, der bis zu seiner Genesung jeden Tag einen Hausbesuch abstattete, zeigen, dass sie seine Anweisungen ernst nahm, denn in dieser Zeit pflegte sie ihn tatsächlich hingebungsvoll. Er wünschte, er wäre länger krank, aber natürlich hätte sie ihn durchschaut, also versuchte er es gar nicht erst, sie hinters Licht zu führen.

Sie hatte nie wieder von ihm verlangt, Leber, weder gekocht noch roh, zu essen. Und heute, wenn er an diese Begebenheit zurückdachte, fand er, dass ihre Unnachgiebigkeit zwar hart, aber gerechtfertigt gewesen war. Sie hatte das nur getan, weil er die letzten Tage davor ständig im Essen herumgestochert hatte, nichts hatte ihm geschmeckt. Seit der Geschichte hatte er niemals mehr etwas an ihren Kochkünsten auszusetzen gehabt und war dankbar für alles, was sie auf den Tisch stellte. Leber hatte er seitdem nie wieder gegessen. Aber er war sich sicher, dass ihn nun nichts mehr erschrecken konnte. Im Dschungelcamp würde er als Sieger hervorgehen.

Als Letzte war Nr. 1 an der Reihe. Sie stand bereits mit verschränkten Armen vor der Zellentür und wartete. In ihrem Blick erkannte er einen Ausdruck, der ihm einen Schauer über den Rücken schickte. Nicht vor Angst oder Unbehagen, sondern vor Stolz. Er hatte sie zu dem gemacht, was sie jetzt war. Klar, die Anlagen waren da gewesen, aber als er sie zu sich geholt hatte, war sie bloß Stein. Jetzt war sie Granit – nein, ein Rohdiamant. Nur schade, dass sie nie die Möglichkeit haben würde, geschliffen zu werden.

Noch stellte sie seine Autorität nicht infrage, aber er würde aufpassen müssen, jetzt, da sie den ersten Schritt in den Abgrund getan hatte.

Ein spöttisches Lächeln umspielte ihre Lippen. »Schau an, der Kerkermeister bringt uns Futter.«

»Ich möchte ja nicht, dass ihr verhungert«, antwortete er und reichte ihr die Schale durch die Gitterstäbe. Für einen winzigen Moment berührten ihre Finger seine. Sie deutete eine Verbeugung an. »Danke, du bist zu gütig.« Sie war nicht nur die Einzige, die mit ihm richtige Dialoge führte, sondern auch die Einzige, die ihn duzte. Wann genau sie damit angefangen hatte, wusste er nicht mehr, ohne in seinen Aufzeichnungen nachzuschlagen, aber er störte sich nicht daran.

»Was gibt es heute? Lecker, Hundefutter aus der Dose. Hatten wir schon lange nicht mehr. Leute, Hundefutter!«, rief sie laut, und hätte er sie nicht besser gekannt, hätte er denken können, sie freue sich tatsächlich darüber.

Sie griff mit der ganzen Hand in die Schale und stopfte sich das Essen in den Mund.

Innerhalb von nur Minuten, wie es ihm schien, hatte sie die Schale geleert und hielt sie ihm hin. »Krieg ich einen Nachschlag?«

Er schüttelte den Kopf. »Aber du kannst dir einen verdienen.«

Dann erhob er die Stimme, dass die anderen ihn ebenfalls hören konnten. »Ihr könnt euch alle eine zweite Portion verdienen.«

Nr. 1 bekam einen verschlagenen Gesichtsausdruck. »Wie?«

Er sagte es ihr.

»Scheiße, verdammte. Das kann nicht dein Ernst sein.«

»Hör auf zu fluchen, das habe ich dir schon tausendmal gesagt.« Er sperrte die Tür zu ihrer Zelle auf und ließ sie in die Gemeinschaftszelle zu Nr. 3.

»Das Gleiche gilt auch für dich«, wandte er sich an Testperson Nr. 3. »Wer Nr. 4 zum Sprechen bringt, bekommt die Schüssel ein zweites Mal gefüllt, und wer ihr einen Finger bricht, hat sich eine Belohnung verdient.«

Die Neue, in Gedanken hatte Nr. 3 sie »Mäuschen« getauft, erinnerte sie an ihren Bruder. Ihr als ältere Schwester war die Beschützerrolle zugefallen, schon von klein auf. Allerdings legte Lukas mit seinen zwölf Jahren keinen großen Wert mehr darauf, von irgendwem – schon gar nicht von ihr – behütet zu werden. Der Gedanke an die früheren Zeiten ließ Tränen in ihr hochsteigen, die sie mühsam zurückdrängte. Jetzt, da sie wieder mit Nr. 1 in der gleichen Zelle saß, konnte sie sich solch eine Schwäche nicht leisten. Sie musste stark sein, für sich und für das neue Mädchen, das er bei ihnen in einer Ecke abgelegt hatte.

Nr. 4 schien sich in ihre eigene Welt zurückgezogen zu haben. Sie reagierte auf nichts, hatte sich kein einziges Mal bewegt. Sie wirkte, als wäre sie tot, aber sie atmete, und unter der dünnen Haut an ihrem Hals konnte man das Blut pulsieren sehen, wenn man genau hinsah.

Nr. 1 hatte eine ganze Weile, ganz untypisch für sie, dagesessen und Nr. 4 beobachtet. Jetzt stand sie auf und ging zu ihr hinüber. »Was ist mit der los?« Dabei klang sie so abfällig, dass Nr. 3 zusammenzuckte und ihr eine Erwiderung auf der Zunge lag, die sie aber hinunterschluckte. Sie würde sich davor hüten, Nr. 1 zu provozieren. Noch allzu deutlich hatte sie vor Augen, was mit Nr. 2 passiert war. Deshalb sagte sie nichts und zuckte nur mit den Schultern.

Nr. 1 beugte sich zu Nr. 4 hinunter und stieß sie mehrmals an. »Hey, stell dich nicht so an.«

Als keine Reaktion folgte, trat sie mit dem Fuß gegen das Gesäß, und als auch diese Maßnahme erfolglos blieb, holte sie aus, um härter zuzutreten.

»Lass sie in Ruhe«, hörte sich Nr. 3 sagen. Tatsächlich hielt Nr. 1 in ihrer Bewegung inne und drehte sich langsam zu ihr um.

Das Herz von Nr. 3 schlug schneller, doch sie erhob sich aus der Hocke und wandte den Blick diesmal nicht ab wie sonst.

»Was hast du gesagt?« Ihre Kontrahentin kam einen Schritt auf sie zu und richtete sich bedrohlich vor ihr auf.

»Ich sagte, du sollst sie in Ruhe lassen«, wiederholte sie mit fester Stimme. Woher sie den Mut nahm, sich Nr. 1 entgegenzustellen, wusste sie nicht, und über die Konsequenzen ihres Handelns, die unweigerlich folgen würden, machte sie sich in diesem Moment auch keine

Gedanken. Das Einzige, was sie wusste, war, dass sie das Mäuschen beschützen musste, komme was wolle.

Nr. 1 glaubte ihren Augen und Ohren nicht zu trauen. Nr. 3 hatte den Kopf der Neuen auf ihre Oberschenkel gebettet, streichelte ihre Wangen und summte.

Sie hatte Nr. 3 noch nie singen gehört. »Und das soll helfen?«, fragte sie spöttisch. »Wenn du mich gelassen hättest, würde sie mich bereits anflehen aufzuhören.« Dass Nr. 3 sie vorhin abgehalten hatte, die Neue mit ein paar gezielten Tritten zur Vernunft zu bringen, hatte sie ein wenig irritiert. Sie hatte sich erst mal zurückgezogen, um nachzudenken – nicht nur darüber, was sie mit der Stummen, sondern auch was sie mit Nr. 3 anstellen sollte.

Nr. 3 unterbrach das Gesumme und sah sie an. »Sie hat Angst. Vielleicht fühlt sie sich so sicherer.« Ihr ganzer Ton war eine einzige Provokation. Nr. 1 fühlte, dass sich etwas an Nr. 3 verändert hatte. Sie konnte nicht den Finger drauflegen, was es war, aber diese Veränderung gefiel ihr nicht. Ganz und gar nicht. Nr. 3 hatte ihr noch nie widersprochen, sie musste schleunigst etwas gegen dieses Aufbegehren tun.

Nr. 3 begann wieder zu singen, diesmal ein Kinderlied, das in Nr. 1 Groll aufsteigen ließ. Es erinnerte sie an zu Hause, an eine Zeit, an die sie nie wieder zurückdenken wollte.

»Halt's Maul!«

Die Angesprochene sah lediglich kurz auf, sang aber weiter.

»Ich sagte, du sollst still sein!«, schrie sie nun, trat an Nr. 3 heran und baute sich drohend vor ihr auf.

»Aber es beruhigt sie.«

Unwillkürlich blickte sie in das Gesicht der Neuen. Da! Sie regte sich. Was für eine scheinheilige Schleimerin! Sie hatte sich bloß verstellt, hatte vorgegeben, bewusstlos zu sein, um eine Sonderbehandlung zu kriegen. Na warte, du Schlampe!

Mit einem Schritt war Nr. 1 bei ihr und riss sie an den Haaren hoch, ehe Nr. 3 auch nur reagieren konnte.

Na bitte, geht doch!, dachte sie hämisch, als Nr. 4 zu wimmern begann, und löste ihren Griff, sodass die Neue wie eine Puppe in sich zusammensank.

Der Angriff kam aus heiterem Himmel und fegte Nr. 1 von den Beinen. »Du Monster!«, schrie Nr. 3 und wollte ihr in den Bauch treten, doch da hatte sie bereits die Überraschung überwunden, ergriff den Fuß ihrer Gegnerin und drehte ihn, sodass die vor Schmerz kreischte. Mit einer fließenden Bewegung war Nr. 1 wieder auf den Beinen. Die Übungen, mit denen sie sich fit hielt, zahlten sich jetzt aus. Sie umkreiste langsam Nr. 3, die sich keuchend um ihre eigene Achse drehte, um sie im Blick zu behalten.

Nr. 1 machte einen Ausfallschritt, stieß schnell wie eine Viper gegen den Brustkorb ihrer Rivalin und zog sich sofort wieder zurück.

Erst dann wagte sie einen kurzen Blick zu Nr. 4. Sicher war sicher. Zwar konnte sie sich nicht vorstellen, dass sich die Prinzessin in den Kampf einmischte, aber es wäre ein Fehler gewesen, sie zu ignorieren. Prinzesschen saß mit weit geöffneten Augen und angezogenen Beinen gegen die Wand gelehnt, den Mund zu einem stummen Entsetzensschrei aufgerissen. Nein, von der drohte keine Gefahr.

Sie richtete ihre Aufmerksamkeit wieder auf ihre Gegnerin, die ebenfalls keine Anstalten machte anzugreifen, sondern in ihrer Verteidigungshaltung verharrte und abwartete.

Wahrscheinlich hätte Nr. 1 die Angelegenheit auf sich beruhen lassen, sie hatte ihre Überlegenheit demonstriert – und darum war es ihr in erster Linie gegangen. Doch dann begann Nr. 4 das Lied zu summen, das sie vorhin schon auf die Palme gebracht hatte.

Nr. 1 stürzte sich auf die Neue. Deren Körper versteifte sich, und sie fiel wie ein Brett um.

»Du sollst sie in Ruhe lassen!«, hörte sie Nr. 3 hinter sich schreien, im nächsten Augenblick spürte sie Hände, die sich um ihren Hals legten und sie von dem neuen Mädchen wegzerrten.

Eigenartigerweise fühlte sie keine Angst, eher Verwunderung, denn so viel Mumm hatte sie Nr. 3 gar nicht zugetraut – und Zorn. Niemand verging sich an ihr. »Bitch«, wollte sie ausrufen, doch aus ihrer Kehle kam lediglich ein Krächzen.

Mit ihren Händen bekam sie die Finger ihrer Gegnerin zu fassen und bog diese zurück. »Aaargh«, stöhnte Nr. 3 und versuchte, den Griff zu verstärken, doch sie hatte zu wenig Kraft, und Nr. 1 war frei.

Das Herz von Nr. 3 klopfte hart und schnell in ihrer Brust. Sie hatte es gewagt und Nr. 1 die Stirn geboten. Sie hatte das Mäuschen beschützt.

Schwer atmend von dem Kampf stand sie mit angewinkelten Armen und zu Fäusten geballten Händen breitbeinig ihrer Rivalin gegenüber, die nicht mal außer Puste zu sein schien und sie bloß herablassend angrinste. Die Sinne von Nr. 3 waren zum Zerreißen gespannt. Sie wusste, dass die Ruhe trügerisch war, dass Nr. 1 nur auf eine kleine Unachtsamkeit von ihr wartete, gleichzeitig war ihr klar, dass sie nicht ewig in dieser Position bleiben konnte. Sie würde es mit Sicherheit nicht so lange aushalten wie Nr. 1, die stärker und kräftiger war. Irgendwann würden die Kräfte schwinden, die Konzentration nachlassen – und dann ... sie versuchte, sich lieber nicht auszumalen, was Nr. 1 mit dem Mäuschen anstellen würde – ein gebrochener Finger war da noch das Harmloseste. Um sich selbst sorgte sie sich komischerweise nicht. Ihre größte Angst war, was mit dem neuen Mädchen passierte, wenn ihr etwas zustoßen sollte.

»Worauf wartest du?«, sagte Nr. 1. Speicheltröpfchen trafen Nr. 3, doch sie zuckte nicht einmal zusammen. »Soll ich dir vielleicht einen Kaffee servieren?«, spöttelte Nr. 1 weiter. Unsinnigerweise hatte Nr. 3 plötzlich tatsächlich den Geruch nach frisch gebrühtem Kaffee in der Nase. Die Erinnerung an Caffè Latte stieg in ihr auf, der leichte Geschmack nach Kaffee, der Milchschaum ... sie hatte ihn geliebt. Jedes Mal hatte sie ihn bestellt, wenn sie mit ihren Freunden ...

Sie spürte den Luftstrom, noch ehe sie das Brennen in ihrem rechten Oberschenkel fühlte. Ihr Bein knickte ein, sie verlor den Halt und stürzte. Verdammt, sie wusste nicht mal, was passiert war, konnte nur ahnen, dass Nr. 1 sie gegen den Oberschenkel getreten hatte, weil sie einen winzigen Moment nicht aufgepasst hatte.

»Okay, ich hab's kapiert«, wollte sie sagen, doch der Fuß ihrer Rivalin auf ihrer Kehle hinderte sie am Sprechen. Ihre Augen wurden weit, sie hob die Hand, versuchte zu signalisieren, dass sie aufgab. Nr. 1 hatte gewonnen, in Zukunft würde sie sich nie mehr auflehnen, sich wieder demütig zeigen, sie würde ... doch als Nr. 1 den Druck auf ihre Kehle langsam erhöhte und grinsend auf sie hinunterblickte, dämmerte ihr, dass es kein »in Zukunft« geben würde. Sie hatte gespielt, den Einsatz zu hoch gewählt – und sie hatte verloren. Nr. 1 würde sie töten, daran bestand gar kein Zweifel. Mit der Ferse erhöhte die Feindin langsam, aber stetig den Druck gegen ihren Hals. Unsäglich war der Schmerz, als ihr Kehlkopf mit einem Knacken nachgab und ihre Lungen nach Sauerstoff gierten, ihn aber nicht bekamen.

Zusammen mit ihrer Panik verschwand auch der Schmerz. »Sieh her, am Ende wird alles gut«, wollte sie dem Mäuschen zurufen. Wenn sie gewusst hätte, dass Sterben so wenig wehtat, hätte sie sich nicht so lange dagegen gesträubt. Doch statt Worten verließ bloß ein Röcheln ihre Lippen. Dunkelheit deckte sie zu wie eine weiche, warme Decke. Endlich war ihr nicht mehr kalt.

Das Letzte, was sie hörte, war das Kreischen von dem Mäuschen. »Neeeeeein! Neiiiiiiiiiiiiin!« Ehe Nr. 3 endgültig in dem schwarzen Nebel versank, blitzte der Gedanke in ihr auf, dass Nr. 1 die zweite Essensration nun doch noch bekommen würde.

KAPITEL 23

Alles lief wie erhofft, und doch war er überrascht von der Heftigkeit der Auseinandersetzung zwischen Nr. 1 und Nr. 3. Als dann die Situation eskalierte, konnte er seine Aufregung kaum unterdrücken. Fasziniert verfolgte er den Wortwechsel zwischen den beiden und lächelte, als Nr. 4 schrie. Wie erwartet blieb Nr. 1 von dem panischen Ausruf der Neuen unbeeindruckt und schien ihr Gewicht noch mehr auf die Kehle der auf dem Boden liegenden Testperson zu verlagern.

Inzwischen rührte sich Nr. 3 nicht mehr – auch nicht nach mehreren Minuten, in denen er nach irgendeinem Lebenszeichen Ausschau hielt. Nr. 1 sah herausfordernd in die Kamera, als sie dann zu Nr. 4 hinüberging, deren Hand hochnahm und einen Finger weit nach hinten bog, dass er beinahe das Knacken hörte. Mit einem leichten Lächeln auf den Lippen wandte er den Blick von dem Monitor, schob den Stuhl zurück und stand auf.

Als Erstes ging er in die Küche, um den Napf von Nr. 1 zu füllen, und schnitt zudem ein großzügiges Stück von der Pizza ab, die von seinem eigenen Abendessen übrig geblieben war. Sie hatte sich die Leckerbissen in doppelter Hinsicht verdient.

Während er in den Keller stieg, pfiff er eine Melodie. Erst als er bereits die Stahltür geöffnet hatte, fiel ihm auf, dass es sich um das blöde Kinderlied handelte, das Nr. 3 der Neuen vorgesummt hatte. Sofort unterließ er die Pfeiferei und trat zu der Gemeinschaftszelle. Nr. 1 saß vor dem Gitter und blickte erwartungsvoll in seine Richtung, als habe sie bereits auf ihn gewartet.

Sie grinste, als sie ihn kommen sah, und stand auf, um ihre Belohnung entgegenzunehmen.

Er hielt den Karton mit dem Pizzastück knapp außerhalb ihrer Reichweite hin. »Du kannst sie dir aus der Einzelzelle holen«, sagte er und brachte das Essen in die leere Zelle nebenan.

»Dann kann ich mich um die Neue aber nicht mehr kümmern«, gab Nr. 1 mit einem spöttischen Ton zurück.

»Dazu wirst du noch jede Menge Gelegenheit haben. Doch vorher muss ich deinen Mist wegräumen.«

Nr. 1 trat einen Schritt zurück, wie er es ihr beigebracht hatte, ehe er die Gittertür aufsperrte und sie betont langsam in die Nachbarzelle schritt. Sogar die Tür zog sie hinter sich zu, sodass er nur mehr absperren brauchte.

Heißhungrig machte sie sich über das Essen her, und er fragte sich, was sie für ein Stück Pizza sonst noch tun würde.

Von Nr. 4 schien keinerlei Gefahr auszugehen, trotzdem behielt er sie im Auge, während er sich bückte, um nach dem Puls von Nr. 3 zu tasten. Da! Kaum fühlbar, aber er war da. Nr. 3 lebte, allerdings konnte er sich nicht vorstellen, dass sie noch lange durchhielt. Mit einem Knacken in den Knien erhob er sich aus der Hocke und verließ die Zelle. Ohne sich umzudrehen, rief er in Richtung Nr. 1: »Du wirst langsam nachlässig.«

»Wieso?«, fragte die, und es war unüberhörbar, dass sie dabei kaute.

»Weil du bloß halbe Sachen gemacht hast. Sie lebt.«

»Wenn du ganze Sachen von mir willst, dann musst du auch eine ganze Pizza springen lassen«, gab Nr. 1 zurück. Er war sich sicher, dass sie dabei lachte.

Ein ziemlich mickriger Preis für ein Menschenleben, nicht wahr? Sein Experiment sah bereits jetzt schon nach einem grandiosen Erfolg aus. Und gerade deshalb durfte er jetzt nicht aufhören. Wo, verdammt noch mal, sollte er auf die Schnelle jemanden finden, der den Platz von Nr. 3 ausfüllen würde? Selbst wenn sie überlebte, was er allerdings bezweifelte, hatte sie keinen Nutzen mehr für ihn. Und unnötigen Ballast musste man abwerfen. Tja, wie es aussah, würde er Nr. 1 eine ganze Pizza ausgeben müssen. Verdammt, wenn sie die Sache mit Nr. 3 zu Ende brachte, würde sie sich sogar den Belag aussuchen dürfen.

Nach den Ereignissen mit Nr. 3 war er zu aufgeregt, um ruhig zu sitzen, geschweige denn, ins Bett zu gehen. Er tigerte in seinen Wohnräumen, die sich über dem Keller befanden, auf und ab und überlegte, was er nun mit dem halbtoten Testobjekt anfangen sollte.

Seine Schritte führten ihn zum Regal, in dem ausschließlich Fachliteratur zu finden war. Dazu zählte er auch die gebundenen Notizbücher seiner Mutter. Automatisch zog er eines von ihnen heraus. Allein es in Händen zu halten, wirkte beruhigend auf ihn. Er schlug es auf.

Die winzige Schrift seiner Mutter ließ sofort die Erinnerungen aufleben. Er sah ihr Gesicht vor sich, hatte ihren Geruch nach Zimt und Vanille in der Nase.

Diese Büchlein waren eine Offenbarung gewesen, als er sie nach ihrem Tod in dem Haus entdeckt hatte – und das in mehrerer Hinsicht. Zunächst war er verwundert gewesen, weil er von ihnen nichts geahnt hatte. Als er sie das erste Mal durchlas, hätte er sie am liebsten sofort im Kamin verbrannt. Dass er es doch nicht tat, lag nur an dem Schockzustand, in dem er sich vor Wut, Scham und Verletztheit befand. Seine ganze Kindheit lag vor ihm beschrieben – als verdammtes Experiment! Da standen Dinge wie: Testperson verweigerte auch heute wieder sein Mittagessen. Oder: Testperson hat zum dritten Mal in dieser Woche eingenässt ...

Über jedes Detail hatte sie Buch geführt – im wahrsten Sinne des Wortes. Es schien, als wäre er überhaupt nur für ihre Studien auf die Welt gekommen. Wie sonst sollte er sich den ersten Eintrag erklären, in dem sie schrieb: »Ich bin nun Mutter – das ist wohl das größte und umfangreichste Experiment meines Lebens.«

Erst als er fähig gewesen war, seine Gefühle auszuklammern, hatte sein analytisches Denken angefangen, die Faszination ihrer Testreihe zu sehen. All die Gemeinheiten, die er erdulden musste, ihre angeblichen Stimmungsschwankungen, die Boshaftigkeit und Härte, mit der sie ihn so oft behandelt hatte, bekamen nun eine ganz neue Bedeutung und Gewichtung für ihn. Und später, als er ihre Bücher immer und immer wieder studiert hatte, wuchs in ihm die Idee, ihre Arbeit fortzuführen – und nicht nur das, er würde ihr die Krönung aufsetzen.

In seinem Leben gab es nicht viele Momente, in denen seine Mutter zufrieden mit ihm gewesen war. Doch er wusste, dass seine Testreihe sie, würde sie noch leben, stolz gemacht hätte. Er war durch und durch ihr Sohn – ein Gedanke, der ihn zu ihren Lebzeiten erschreckt hatte, erfüllte ihn nun mit Befriedigung. Es hatte lange gebraucht und viele Opfer verlangt, aber endlich hatte er das Gefühl, ihre Fußstapfen ausfüllen zu können.

Mit einem tiefen Seufzen kehrte er aus den Erinnerungen in die Gegenwart zurück. Das Problem mit Nr. 3 bestand nach wie vor. Doch in ihm reifte eine Idee, wie diese Aufgabe zu lösen sein konnte. Und die war, sogar für seine Ansprüche, richtig gut, um nicht sogar zu sagen, genial.

KAPITEL 24

Michaela hatte sich fest vorgenommen, mit ihrer Nichte über den Vertrauensbruch, den diese begangen hatte, zu reden, doch als sie aufstand, war Valerie bereits weg.

Wahrscheinlich hatte sie ein schlechtes Gewissen und war vor der drohenden Aussprache geflüchtet.

In der Küche erwarteten Michaela frischer Kaffee und eine kurze Nachricht von Valerie, dass sie Saskia abholen wolle und deshalb zeitiger wegmusste. Saskia ... ach ja, die Freundin, von der ihre Nichte erzählt hatte. Die, bei der sie manchmal zu Mittag aß.

So nicht, junge Dame, dachte Michaela. Sie würde die Angelegenheit am Abend zur Sprache bringen, egal, ob es Valerie unangenehm war oder nicht.

Sie trank einen Becher Kaffee und machte sich auf den Weg ins LKA. Als sie in ihr Auto stieg, sah sie, wie eine attraktive Frau Anfang zwanzig eben bei ihrem Nachbarn anläutete. War das etwa seine Freundin? Herrgott, Bernd Dalisch war bestimmt doppelt so alt!

Sie schüttelte sämtliche Bilder, die sich ihr ungewollt aufdrängten, ab. Was ging sie das Liebesleben ihres Nachbarn an? Absolut gar nichts, solange er sie, und vor allem Valerie, in Ruhe ließ.

Ganze zehn Minuten früher als gewöhnlich kam sie an und nützte die Zeit, um bei Harald vorbeizuschauen. Der freute sich über ihren Besuch, hatte aber keine neuen Erkenntnisse.

»Du musst unbedingt lernen, etwas geduldiger zu sein«, sagte er, als sie ihrer Enttäuschung laut Luft machte.

»Das fällt mir schwer, wenn ich weiß, dass ein Mörder da draußen frei herumläuft. Oder in dem Fall wahrscheinlich eine Mörderin.«

»Versteh ich ja. Aber die Gefahr, dass sie ein weiteres Mal töten könnte, ist eher gering.«

»Wie kannst du das behaupten?«

Harald kratzte sich am Kopf. »Sagt mir mein Gefühl. Mir scheint es eine Affekthandlung gewesen zu sein, keine vorsätzliche Tat.«

»Das mag schon sein, allerdings war sie kaltblütig genug, um die Leiche wegzuschaffen und auf dem Feldweg abzulegen.«

»Hast du dir eigentlich schon Gedanken darüber gemacht, wie eine Siebzehnjährige eine fast Gleichaltrige tragen konnte?«

Verdammt, Harald hatte recht!

Sie schüttelte den Kopf. »Tanja war ziemlich abgemagert, aber trotzdem wäre es schwierig gewesen. Sie muss Hilfe gehabt haben. Harald, ich geb dir einen aus. Ein Mittäter ... ja, klar. Ohne dich wäre ich bestimmt nicht so schnell draufgekommen. Danke!«

Harald grinste. »Auf eine solche Einladung von dir warte ich schon eine Ewigkeit. Wie wär's mit heute nach Dienstschluss?«

»Oh, tut mir leid, das geht nicht. Ich ... meine Nichte wohnt jetzt bei mir ... sie ...«, brachte sie hervor. Sie hätte eigentlich wissen müssen, dass er darauf gleich ansprang. Dabei wäre sie wirklich gern mit ihm ausgegangen, nicht nur, weil er sich einen Drink verdient hatte.

»Wie alt ist sie denn?«

»Sechzehn. Apropos: Ich werde sie demnächst mitbringen, sie interessiert sich für unsere Arbeit. Würdest du ihr ein bisschen was zeigen?«

Harald seufzte. »Klar, mach ich. Nur, Michaela, eine Sechzehnjährige darf man mal für einen Abend auch allein lassen.« Der leichte Tadel in seinen Worten, der flehende Blick und schließlich seine sofortige Bereitschaft, ihr diesen Gefallen zu tun, gaben schließlich den Ausschlag.

Ehe sie es sich anders überlegen konnte, sagte sie: »Ja, natürlich, nur nicht heute. Ich muss zuerst mit meiner Nichte eine dringende Angelegenheit klären. Morgen?« Sie wollte auf keinen Fall das Gespräch mit Valerie unnötig verzögern.

»Wann immer du willst«, gab Harald mit einem Strahlen im Gesicht zurück. Michaela fragte sich, warum sie sich nicht schon viel eher mit ihm verabredet hatte.

Nr. 3 gab röchelnde Geräusche von sich, dann war sie still. Zu still.

Er hatte die Nacht kaum geschlafen, hatte seinen Plan bis ins letzte Detail überdacht. Eigentlich konnte nichts schiefgehen. Der einzige Unsicherheitsfaktor war Nr. 3 selbst. Hatte er sich vorher noch gewünscht, Nr. 1 hätte sie gleich getötet, so hing das Gelingen seiner Idee nun davon ab, dass Nr. 3 noch ein paar Stunden überlebte.

Sicher, zur Not würde er sie ablegen, so wie die andere. Allerdings konnte er sich noch sehr gut an seine Unzufriedenheit erinnern, weil er keine bessere Lösung gefunden hatte als jeder gewöhnliche Mörder. »Um

Außergewöhnliches zu leisten, muss man sich von der Normalität verabschieden«, erinnerte er sich an einen Ausspruch seiner Mutter. Weise Worte von einer klugen Frau, auch wenn er es zu ihren Lebzeiten nie geschafft hatte, den Weg des Durchschnittlichen zu verlassen. Aber er hatte von ihr gelernt, hatte alles in sich aufgesogen, eingemauert, verinnerlicht. Nur noch ein paar Stunden, mehr brauchte er nicht. Und diese Zeit würde er sich mithilfe eines Luftröhrenschnittes verschaffen. Praktisch hatte er noch nie einen durchgeführt, aber zumindest in der Theorie wusste er von einem umfassenden Erste-Hilfe-Kurs, wie solch ein Eingriff vorgenommen werden musste. Schließlich konnte ohnehin nicht viel schiefgehen.

Er zerlegte einen Kugelschreiber, damit er die Hülle als Tubus nehmen konnte, dann holte er aus der Lade ein Stanley-Messer.

Tja, wer hätte erwartet, dass er auch noch Chirurg sein würde? Eigentlich komisch, diesen Beruf hatte er nie in die engere Wahl gezogen, wo er doch immer schon gerne seziert und operiert hatte. Anfangs tote Tiere. Alles, was er gefunden hatte: tote Frösche, Schlangen, einmal ein Katzenkadaver ... später dann an lebenden Geschöpfen, aber noch nie an Menschen. Heute würde es eine Premiere sein. Ein wohliges Schaudern durchfuhr seinen Körper, er konnte seine Aufregung über den bevorstehenden Eingriff kaum zähmen. Unwillkürlich beschleunigte er seine Schritte, um so schnell wie möglich in den Keller zu gelangen.

Als er schließlich ein weiteres Mal die Lebenszeichen von Nr. 3 überprüfte, hätte er vor Frustration schreien können, doch er hielt sich zurück. Als Forschungsleiter durfte er keine Emotionen zeigen. Unter keinen Umständen. Stattdessen fluchte er leise. Nr. 3 war gestorben. Kein Puls, keine Atmung. Er atmete einige Male tief durch, um sich zu beruhigen und die Enttäuschung über den ausfallenden Eingriff zu verdrängen. Wahrscheinlich war es ohnehin besser. Spätestens bei der Obduktion wäre der Luftröhrenschnitt entdeckt worden, selbst wenn er Nr. 3 zur Sicherheit die Kehle durchtrennt hätte, um ihn zu kaschieren. Jedem Gerichtsmediziner wäre sofort klar gewesen, dass die Tracheotomie vor Eintritt des Todes stattgefunden hatte.

Einigermaßen beruhigt, weil das Schicksal ihn vor einem Fehler bewahrt hatte, verließ er den Kellerraum. Er hatte noch einiges zu tun.

Bereits als Michaela die Treppe zu ihrem Büro hinaufstieg, begann sie zu zweifeln, ob das Treffen mit Harald wirklich so eine tolle Idee war. Bislang hatten sie ein ausgesprochen gutes kollegiales Verhältnis. Würden sie das aufs Spiel setzen, wenn sie sich privat sahen? Was, wenn sie feststellten, dass ihre gemeinsamen Interessen sich auf das Berufliche beschränkten? Oder, was vielleicht noch problematischer wäre, wenn sie bemerkten, dass sich mehr zwischen ihnen entwickeln könnte als ein harmloses Date? Na toll, sie war noch nicht einmal mit Harald aus gewesen, und die Schwierigkeiten fingen bereits an. Sie wusste ja, warum sie lieber allein blieb. Sie hatte ihr schönes, beschauliches Leben neben der Arbeit – gut, bevor Valerie zu ihr gezogen war, hatte sie es zumindest gehabt. Sie seufzte, als sie daran dachte, wie viel in den letzten Tagen passiert war. Es kam ihr vor, als wären bereits Wochen vergangen.

In ihre Gedanken versunken, bemerkte sie Kilian Weilmann erst, als er ihr einen Gruß zurief.

Sie drehte sich nach ihm um. Er stand auf der Treppe ein paar Stufen unter ihr.

»Guten Morgen. Gut, dass ich dich treffe. Ich wollte dich ohnehin etwas fragen«, sagte Michaela, blieb stehen und wartete, bis der Kriminalpsychologe zu ihr aufgeschlossen hatte.

»Geht es wieder um Tanja?«

»Nein, um etwas Persönliches.«

»Schieß los! Oh, tut mir leid, das war gedankenlos von mir, du ...«

Michaela winkte ab. »Schon gut, ich bin darüber weg, ehrlich.«

Nach ihrem Dienstunfall war sie zu einigen Sitzungen bei Kilian verdonnert worden, und neben ihrem damaligen Partner war er der Einzige, der wusste, was wirklich passiert war.

»Ich hatte dir ja von meiner Nichte erzählt ...«

Er nickte. »Kommst du mit ihr klar?«

»Ja, ja. Sie ist nur ... fasziniert von meiner Arbeit und möchte mal reinschnuppern. Vielleicht könntest du ihr etwas über deinen Bereich erzählen – natürlich nur, wenn du Zeit hast.«

»Hm, ich habe meine Termine nicht im Kopf, aber ich denke, nächste Woche sieht es ganz gut aus, bis auf Freitag. Da hab ich von zehn bis fünfzehn Uhr meine Gefängnistermine.«

Michaela fiel ein, dass Kilian gewöhnlich einmal in der Woche Gefängnisinsassen psychologisch betreute. Eigentlich unglaublich, was dieser Mann alles leistete. Umso dankbarer war sie, dass er sich bereit erklärte, Valerie Rede und Antwort zu stehen. »Danke, damit hilfst du mir wirklich sehr.« Sie verabschiedete sich von ihm, indem sie ihm einen schönen Arbeitstag wünschte, und schlug dann die Richtung zu ihrem Büro ein.

Doris war bereits da und telefonierte. Als sie Michaela entdeckte, winkte sie und beendete das Gespräch. »Du bist heute spät dran, viel Verkehr?«

»Nein, ich war in der Spurensicherung«, gab Michaela zurück.

»Gibt's denn was Neues?«

Sie schüttelte den Kopf. »Das heißt, Harald meint, Jenny müsse einen Mittäter gehabt haben. Sie kann Tanjas Leiche unmöglich selbst getragen haben. Ich denke, er hat recht.«

»Und wenn nicht sie Tanja getötet hat?«, warf Doris ein.

Bei ihren Worten sah Vincent überrascht auf. »Und ihre DNA?«

»Die sagt ja bloß, dass sie Kontakt hatten«, gab Doris zurück und wiederholte unbewusst die Argumente von Jennifer Keils Mutter.

»Es mag sein, dass wir sie zu voreilig als Täterin gesehen haben, aber allein, dass ihre Spuren auf der Leiche waren, heißt, dass wir sie finden müssen – und wenn auch nur als Zeugin«, gab Michaela zurück, stellte ihre Tasche ab und zog die Jacke aus. »Okay, gehen wir zur Morgenbesprechung, und danach erstellen wir einen Plan, was wir alles erledigen müssen.« Sie schenkte sich einen Becher Kaffee ein, tat reichlich Milch und Zucker hinein, damit er genießbar wurde. So ausgerüstet konnten sie nicht mal Steurers Karohemden schockieren.

Valerie hatte nicht direkt gelogen, als sie ihrer Tante die Notiz hinterließ, sie wolle ihre Freundin abholen. Allerdings fällte sie den Entschluss erst, nachdem Tante Mika am Abend nicht mit ihr hatte reden wollen. Sie stellte sich den Wecker auf sechs, zwanzig Minuten später war sie bereits unterwegs zu Saskia. Sie wusste, dass ihre Tante erst um halb sieben aufstehen würde. So wie die Sache lag, war es wohl besser, wenn sie sich eine Weile aus dem Weg gingen. Trotzdem hatte sie die Kaffeemaschine befüllt und eingeschaltet, bevor sie das Haus verließ – als Zeichen ihres guten Willens. Ihr war klar, dass sie einen Fehler gemacht hatte, aber Tante Mika würde sich bestimmt wieder einkriegen – wobei, richtig aufgeregt hatte sie sich gar nicht, fand Valerie. Eher erstarrt war sie gewesen und total, ja, beinahe schon unheimlich ruhig.

»Hey, du hast noch kein Wort gesprochen, seit wir zur Haustür raus sind. Alles okay?«, fragte Saskia und riss Valerie aus ihren Gedanken.

»Oh! Ja, ja ... hast du eigentlich etwas davon mitbekommen, dass aus unserer Schule ein Mädchen vermisst wird?«

Saskia machte zuerst große Augen, dann schüttelte sie den Kopf. »Wer denn?«

»Eine aus der Neunten. Sie heißt Christina Herbert.«

»Woher weißt du das denn?« Saskia runzelte die Stirn und rempelte sie an, als sie einem Laternenmast auswich.

»Tante Mika arbeitet an dem Fall«, raunte Valerie ihrer Freundin zu. Und weil ihr einfiel, dass es diese Verschwiegenheitsregel gab und keine Außenstehenden von den laufenden Ermittlungen erfahren durften, setzte sie hinzu: »Aber sie hat mir nicht viel darüber erzählt. Es würde mich nicht wundern, wenn sie heute in der Schule auftaucht.«

Saskia grinste sie an. »Hättest ihr sagen sollen, dass sie in der dritten Stunde kommen soll.«

Valerie zuckte die Schultern. In der dritten Stunde hatten sie Mathearbeit. Ihre Freundin hatte nicht viel dafür gelernt – zumindest nicht mit ihr. Kein Wunder, dass sie über eine Störung nicht unglücklich wäre.

»Saskia, wenn du abhauen würdest, wohin würdest du dich wenden?«

Ihre Freundin betrachtete sie mit einem skeptischen Blick. »Ist es bei deiner Tante so schlimm?«

»Nein!« Valerie schüttelte den Kopf. »Kannst du mir auf meine Frage einfach antworten?«

Saskia seufzte. »Gut, als Erstes würde ich versuchen, bei einer Freundin unterzukommen. Wobei – das würde höchstens für eine Nacht funktionieren. Alle, die ich kenne, würden meine Mutter anrufen. Nein, wenn's was Dauerhaftes sein soll ... keine Ahnung. Da gibt es doch Einrichtungen, die sich um Ausreißer kümmern. Vielleicht würde ich mich an eine solche Stelle wenden.«

Valerie nickte. Das war ein guter Ansatz, den sie später weiterverfolgen konnte.

»Und was würdest du den ganzen Tag lang tun? Ich meine, so ohne Schule oder sonstige Verpflichtungen? Irgendwie muss man ja die Zeit totschlagen, oder?«

»Jetzt mach ich mir langsam echt Sorgen um dich«, gab Saskia zurück, grinste sie dabei aber an.

»Nur hypothetisch«, betonte Valerie.

»Hm, die Orte, wo ich sonst hingehe, würde ich wohl meiden. Schließlich sucht man da ja als Erstes, oder?«

Sie biss sich auf die Lippen und überlegte weiter: »Alles, was Geld kostet, kommt nicht infrage. Kein Musikunterricht, kein Ballett, kein Sport ... vielleicht ein Jugendzentrum? Da bieten sie ja oft Aktivitäten an.«

Am liebsten hätte Valerie sich mit der flachen Hand an die Stirn geschlagen. Klar! Weshalb war sie nicht von alleine darauf gekommen. Sie war aufgrund ihres vollen Terminplans selbst noch nicht häufig in einem dieser Jugendzentren gewesen, vielleicht drei, vier Mal – und da hatte sie sich ein wenig fehl am Platz gefühlt, obwohl eigentlich alle sehr nett gewesen waren. Das war definitiv eine Möglichkeit, die sie überprüfen konnte.

Valerie hängte sich bei Saskia unter. »Danke, deine Überlegungen haben mir gerade sehr geholfen.«

Richtig konzentrieren konnte sich Valerie auf den Unterricht nicht, ständig horchte sie mit einem Ohr, ob sie fremde Stimmen auf dem Flur vor den Klassenräumen hörte. Frau Kehlbauer, die Biolehrerin, ermahnte sie sogar, doch besser aufzupassen. Ihr erster Weg in der großen Pause war die Klasse von Christina.

Sie hatte sich überlegt, welche Fragen relevant sein könnten, wie zum Beispiel, wer mit dem verschwundenen Mädchen befreundet gewesen oder zuletzt gesehen worden war.

Einige der Mitschüler waren ihr gegenüber misstrauisch, manche ignorierten sie, und sie dachte, dass sie in dem Alter eindeutig mehr Respekt vor einem Schüler einer höheren Stufe gehabt hatte, dabei war es ja noch gar nicht so lange her, dass sie selbst in die 9. Klasse gegangen war.

Doch sie fand ein Mädchen, das ihr bereitwillig erklärte, dass Christina in der Klasse vielleicht drei enge Freundinnen hatte, sie selbst wäre eine davon.

»Hatte sie irgendwelche Interessen, Hobbys, oder so?« Die Frage war Valerie spontan gekommen, sie fand aber, dass sie wichtig war.

»Christina singt in einem Jugendchor. Sie ist echt gut. Und dann ist einmal die Woche der Firmunterricht. Da wollte sie hin, deshalb konnte sie auch nicht bei mir vorbeikommen.«

»Hatte sie einen Freund?«, wollte Valerie wissen.

»Aktuell nicht, aber vor drei Wochen war sie noch mit David zusammen.« Sie deutete mit dem Kopf zu einem dunkelhaarigen Jungen, der in der vordersten Bankreihe an einem der Tische lehnte. »Das ist er. Und wie du unschwer sehen kannst, lässt er nichts anbrennen.« Sie grinste schief.

Valerie blickte in die angezeigte Richtung. Drei Mädels umringten David, und er gab sich alle Mühe, cool zu wirken.

»Vor drei Wochen, sagst du?«, hakte Valerie nach. »Wer von beiden hat Schluss gemacht?«

»Er.«

»Wie hat sie es aufgenommen?«

Das Mädchen zuckte die Schultern. »Sie war ziemlich fertig.«

Valerie dachte kurz nach. »Könnte sie deswegen eine Kurzschlusshandlung begangen haben?«

»Du meinst, ob sie sich was angetan hat? Nie. Sie war ja schon über ihn hinweg ... aber warum fragst du mich das eigentlich alles?«

»Meine Tante ist bei der Kripo und hat mich gebeten,

ein wenig vorzufühlen.« Die Lüge kam ihr erstaunlich leicht über die Lippen.

»Warum kommt sie nicht selber?«

»Sie hat mit den Ermittlungen schon genug zu tun«, gab Valerie zurück. In diesem Augenblick ertönte der Gong, der das Ende der Pause ankündigte. »Ich muss zurück in meine Klasse, aber danke, du hast mir sehr geholfen.«

Als Valerie sich umdrehte, um wieder zu ihrem Klassenzimmer zu gehen, stieß sie gegen ihre Tante, die mit verschränkten Armen offenbar schon länger dort gestanden hatte.

»Tante Mika ...«, setzte sie an, doch ihre Tante unterbrach sie. »Du gehst jetzt in den Unterricht, und wenn ich zu Hause bin, werden wir reden.«

Dann wandte sie sich dem Mädchen zu. »Du warst also mit Christina Herbert befreundet?« Die Antwort war ein Nicken.

»Okay, dann lass uns unter vier Augen miteinander sprechen«, sagte Michaela zu dem Mädchen und sah dabei Valerie auffordernd an.

Schmollend machte sich Valerie auf den Weg in ihre Klasse. Super! Irgendwie schien ihr Plan, Tante Mika mit Informationen über Christina Herbert zu überraschen, in die Hose gegangen zu sein.

Michaela war nach der Morgenbesprechung mit Doris gleich in Christinas – und Valeries – Schule gefahren. Sie hatten mit der Direktorin gesprochen und deren Zustimmung erhalten, direkt zu Christinas Klassenzimmer zu gehen. Während Doris den Lehrer abfing, um mit ihm zu sprechen, wollte Michaela auf ihre Kollegin vor dem Klassenraum warten, als sie Valerie entdeckte, die mit einem der Mädchen redete. Einerseits bewunderte Michaela, wie geschickt ihre Nichte vorging. Sie selbst hätte die gleichen Fragen gestellt. Andererseits ärgerte sie sich, denn offenbar hatte es Valerie nicht gereicht, die Akten heimlich aus Michaelas Tasche zu nehmen, nun mischte sie sich auch noch direkt in die Ermittlungen ein.

Dem Gesichtsausdruck ihrer Nichte zufolge hatte sie nicht mal ein schlechtes Gewissen. Aber das Gespräch am Abend war überfällig. Heute würde sie überpünktlich Schluss machen, nahm sich Michaela vor. Valerie konnte sich auf etwas gefasst machen! Immerhin war sie in Michaelas Leben geplatzt, hatte nicht nur das Gästezimmer in Beschlag genommen, sondern auch innerhalb weniger Tage Michaelas Leben umgekrempelt. Verdammt, sie bemühte sich wirklich, ihrer Nichte entgegenzukommen. War es zu viel erwartet, dass auch Valerie sich ein wenig nach ihr richtete?

Doris kam mit einem gedrungenen Mann an ihrer Seite auf sie zu und stellte ihn als Herrn Stöger vor. Er unterrichtete Englisch und Geschichte.

Gemeinsam betraten sie das Klassenzimmer. Alle Schüler standen auf, und sofort kehrte Ruhe ein. Neugierige Blicke ruhten auf ihr und Doris.

»Guten Morgen, setzt euch.« Die Kinder folgten ihrer Aufforderung. »Wir sind von der Polizei«, fuhr Michaela fort und beobachtete die Reaktionen der Jugendlichen. Die meisten sahen sie weiterhin gespannt an.

»Wir sind wegen Christina Herbert hier. Sie wird seit vorgestern Abend vermisst«, sprach sie weiter. Nun wechselte die Neugier bei der Mehrheit der Schüler zu

Betroffenheit, und manche begannen, mit ihren Nachbarn zu tuscheln, bis Herr Stöger sie mit lauter Stimme zur Ordnung rief.

KAPITEL 25

Michaela hätte am liebsten laut geschrien, um den Frust loszuwerden. Das durfte doch nicht wahr sein! Sie hatten über drei Stunden in der Schule verbracht und nichts Neues erfahren. Christina war eine gute Schülerin, hatte ein paar Freunde, schwärmte für die angesagten Musikbands ... alles ganz normal. Jeder, den Michaela gefragt hatte, sagte, sie hätte keinen Grund gehabt wegzulaufen. Anders als bei Tanja und Jenny, schien Christina ein gutes Verhältnis zu ihrer Mutter zu haben, den Eindruck hatte Michaela ja ebenfalls gewonnen, als sie Frau Herbert kennengelernt hatte.

Umso rätselhafter war Christinas Verschwinden. Mittlerweile wuchs in Michaela die Überzeugung, dass dem Mädchen tatsächlich etwas zugestoßen sein musste.

Nach dem Besuch in der Schule fuhr sie mit ihrer Kollegin zu der Wohnung, in der Christina Herbert gelebt hatte, um sich dort umzusehen.

Auch hier wirkte alles unauffällig, das Zimmer war ein typisches Teenagerzimmer. Schulbücher lagen auf und neben dem Bett, so als wäre Christina nur mal eben kurz weggegangen und würde gleich zurückkommen, um an ihren Hausaufgaben weiterzuschreiben.

Frau Herbert stand im Türrahmen und beobachtete Doris und Michaela. Ihre Augen waren geschwollen und rot, doch sie weinte nicht. Wahrscheinlich hatte sie keine Tränen mehr übrig.

Als sie ihnen versicherte, dass nichts fehlte, klang ihre Stimme brüchig und spröde, wie vertrocknetes Laub, das unter den Fingern zerbröselt.

»Reisepass, Sparbücher, Bargeld?«, hakte Doris nach.

Frau Herbert schüttelte den Kopf. »Alles noch da.«

Schließlich verabschiedeten sie sich mit dem Gefühl, keinen Schritt weitergekommen zu sein, und versprachen, Frau Herbert auf dem Laufenden zu halten.

»Ihr ist etwas Schreckliches zugestoßen, nicht wahr?«, fragte die Mutter, als sie Michaela und Doris zur Tür brachte.

Gerne hätte Michaela ihr etwas Tröstliches gesagt, Worte der Hoffnung, doch sie schaffte es nicht, die Mutter anzulügen. Deshalb antwortete sie: »Wir wissen es nicht, aber wir tun alles, was uns möglich ist, um Christina zu finden.«

Tot oder lebendig, setzte sie in Gedanken hinzu und schluckte die bittere Galle hinunter, die sich ihre Kehle hinaufstahl.

Auch als sie gegen drei wieder im Büro ankamen, gab es keine neuen Erkenntnisse. Vincent hatte sich die Arbeit gemacht und eine Tabelle erstellt, in die er alle ihnen bekannten Fakten eingetragen hatte. Doch selbst diese gut gemeinte Geste sorgte nur für Frust, denn es gab einfach zu viele Lücken.

Michaela blies die Luft aus ihren Wangen und starrte Vincents Liste an, als könne sie nur aufgrund ihres Willens Tatsachen herbeizaubern.

»Diese Erde aus Tanjas Haar – ich rufe Harald an,

ob sie schon wissen, woher sie stammt«, murmelte sie halblaut.

»Hab ich schon«, gab Vincent zurück. »Sie arbeiten daran.«

Michaela warf die Arme hoch. »Okay, Leute – für heute reicht es mir, ich fahre nach Hause.«

Überrascht sahen ihre Kollegen sie an, sagten aber nichts. Erst als Michaela schon draußen war, glaubte sie zu hören, wie Doris zu Vincent sagte: »So ändert sich das Leben, wenn ein Kind daheim wartet«, und ein zustimmendes Brummen von Vincent folgte.

Immerhin würde sie diesmal vor Valerie da sein und könnte sich in Ruhe eine Strategie zurechtlegen, was sie ihrer Nichte sagen sollte.

Als Michaela ihr Haus erreichte, wäre sie beinahe gegen den Hydranten am Gehsteig gefahren. Da stand dieser Dalisch und unterhielt sich angeregt mit einer Frau in seinem Vorgarten – und es war definitiv eine andere als in der Früh. Sie schienen recht vertraut miteinander zu sein, die Rothaarige legte eine Hand auf seinen Arm und lachte.

Er bemerkte sie, sagte etwas zu seiner Besucherin, sie lächelten, und er winkte ihr zu.

Michaela gab vor, in ihrem Auto etwas zu suchen, und zögerte auf diese Weise das Aussteigen hinaus. Um nichts auf der Welt hatte sie Lust, von ihm – oder Gott bewahre womöglich sogar von beiden – in ein Gespräch verwickelt zu werden.

Erst als Dalisch in seiner Haushälfte verschwunden war, verließ sie ihren Wagen und ging ins Haus.

Michaela fächelte Luft an ihre erhitzten Wangen. Sie hatte die nicht besonders glorreiche Idee geboren, Spaghetti zu kochen. Mit vollem Magen redete es sich leichter, hatte sie gedacht, und so schwer konnte es schließlich nicht sein, über Nudeln ein Glas Fertigsauce zu leeren. Hätte man meinen können.

Weil sie wieder einmal viel zu ungeduldig gewesen war, hatte sie die Teigwaren bereits ins Wasser getan, als es noch nicht richtig gekocht hatte. Dann war sie mit dem Salat abgelenkt gewesen, sodass sie vergessen hatte umzurühren. Das Wasser war übergelaufen, hatte den Herd geflutet, und beim Säubern des Kochfeldes verbrannte sie sich zum Überfluss auch noch.

Inmitten des Küchendesasters kam Valerie nach Hause. Mit einem Blick erfasste sie die Lage und hatte nichts Besseres zu tun, als über Michaelas Kochfehlversuch zu grinsen. In diesem Moment hätte sie ihrer Nichte am liebsten den Kragen umgedreht – sie schwankte zwischen langsam und genüsslich oder schnell und schmerzlos.

»Oje, die Nudeln sind Matsch, du hättest ...«, sagte Valerie und brachte damit das Fass endgültig zum Überlaufen.

Michaela riss die Schranktür unterhalb der Spüle auf, warf die Nudeln in den Mülleimer und knallte den leeren Topf auf die Arbeitsplatte. »Danke, ich kann auf deine klugen Bemerkungen verzichten. Und wo wir schon dabei sind, Frau Oberlehrer: Vielleicht hast du ja ein paar gute Ratschläge, wie ich meine Arbeit am besten erledigen soll? Oder möchtest nicht gleich du die Ermittlungen übernehmen«, giftete sie ihre Nichte an, die sie verständnislos ansah.

»Das mit den Akten war blöd von mir, ich weiß. Aber ich wollte dir nur helfen!«

»Hilf. Mir. Nicht. Okay? Ich bin bis jetzt ganz blendend ohne dich zurechtgekommen. Es klappt einfach nicht mit uns, tut mir leid. Ich bin kein Kindertyp, war es nie. Am besten, du gehst nach Lesotho zu deinen Eltern.«

Valerie stand reglos vor ihr, Tränen schimmerten in ihren Augen. Sofort taten Michaela die harten Worte leid, und sie setzte gerade zu einer Entschuldigung an, als ihre Nichte sich umdrehte und ging. Einfach so.

Michaela hatte gedacht, Valerie würde nach einem kurzen Spaziergang an der frischen Luft zurückkommen, so wie sie selbst es auch gemacht hätte. Ein paar Schritte, um den Kopf freizubekommen – und danach konnte man wieder vernünftig miteinander reden. Doch nun war bald eine Stunde vergangen, und in ihr machte sich leichte Nervosität breit. Um sie zu verscheuchen, begann sie die Küche zu putzen, obwohl es nach ihrer Säuberungsaktion nach dem missglückten Kochversuch gar nicht viel zu putzen gab.

Es ist noch zu früh, um sich Sorgen zu machen, sagte sie sich immer wieder. Trotzdem erwischte sie sich dabei, alle fünf Minuten auf die Uhr zu sehen, ständig horchte sie auf die Eingangstür.

Nach der Küche widmete sie sich dem Wohnzimmer. Es war zehn nach sechs. Hatte Valerie heute nicht Klavierunterricht? Doch, dienstags und freitags. Wie hieß die Lehrerin noch mal? Anna, genau.

Michaela hatte von ihrem Bruder eine Auflistung der wichtigsten Termine und Telefonnummern bekommen. Wohin hatte sie die bloß gesteckt?

Im vordersten Fach ihrer Handtasche wurde sie fündig. Sie strich den Zettel glatt und fluchte über Thomas' schwer zu entziffernde Handschrift. Typisch Arzt! Dabei wäre es doch ein Leichtes gewesen, die Liste auf dem Computer auszudrucken. Warum zum Kuckuck hatte er das nicht getan?

Mit viel Mühe fand sie einen Eintrag, den man mit einer großen Portion Fantasie als »Klavierlehrerin« auslegen konnte. Wenigstens hatte er in Klammern »Anna« danebengeschrieben. Die Telefonnummer und die Zeiten standen ebenfalls dort: Dienstag + Freitag, 18 bis 20 Uhr – wie sie vermutet hatte. Michaela atmete auf. Valerie würde doch nicht den Klavierunterricht schwänzen, oder? Sollte sie anrufen und sich vergewissern, ob ihre Nichte tatsächlich dort war?

Ja, klar! Dann verscherzt du es dir endgültig mit ihr, dachte sie. Sie saugte den Boden im Wohnzimmer und schielte verstohlen auf die Uhr, deren Zeiger sich kaum zu bewegen schienen.

Erst nachdem sie den Staubsauger wieder verstaut hatte, holte sie ihr Handy aus der Tasche – nur für den Fall, dass Valerie anrief.

Auf dem Display schien die Meldung über einen versäumten Anruf auf. Die Nummer kam ihr bekannt vor, sie wusste aber nicht, wem sie sie zuordnen sollte.

Offensichtlich hatte sie das Läuten nicht gehört, weil der Staubsauger so laut gewesen war.

Michaela wählte die angegebene Nummer. »Sannatoli«, meldete sich eine Frauenstimme mit einem leichten italienischen Akzent.

»Hier spricht Michaela Baltzer, Sie hatten versucht, mich zu erreichen.«

»Oh, gut, dass Sie anrufen. Ich bin Valeries Klavierlehrerin und wollte fragen, ob sie heute noch kommt.«

In Michaelas Innerem erstarrte alles zu Eis. Selbst ihre Stimme schien zu klirren, als sie fragte: »Sie ist nicht bei Ihnen?«

»Nein, ich dachte, sie wäre krank. Sie hat noch nie ohne Grund eine ihrer Stunden versäumt.«

Michaela drückte wie betäubt den Anruf weg und wählte gleich darauf die Nummer ihrer Nichte. Die Melodie des Klingeltons sickerte erst nach und nach in ihr Bewusstsein.

Sie ging dem Geräusch hinterher und fand Valeries Handy auf dem Wohnzimmertisch. Super! Sie hatte es nicht mitgenommen. Verflucht, waren die Kids heute denn nicht alle mit ihren Smartphones verwachsen? Wieder einmal musste sie sich eingestehen, dass sie nichts von der heutigen Jugend wusste, nur eins wurde ihr klar: Sie hatte vorhin so ziemlich alles falsch gemacht, was sie falsch machen konnte. Was zum Teufel sollte sie jetzt tun? Daumen drehen und abwarten?

Sie holte ein zweites Mal die Liste ihres Bruders und suchte die Telefonnummer von Valeries Freundin heraus. Saskia meldete sich nach dem zweiten Läuten, doch auch bei ihr war Valerie nicht.

Um halb neun hatte Michaela alle Nummern auf der Liste abtelefoniert, von Valerie hatte keiner etwas gehört oder gesehen. Sie setzte sich ins Wohnzimmer auf die Couch und barg ihr Gesicht in beide Hände. Ihre Narbe pochte unangenehm, in ihren Schläfen schmerzte es, und sie wusste, dass es nicht lange dauern würde, bis die Kopfschmerzen ihre Augenhöhlen erreichen würden. Spätestens dann half nur mehr eine Schmerztablette – manchmal auch Schlaf, doch an den war nicht zu denken, solange sie nicht wusste, wo ihre Nichte steckte. Michaela war nie jemand gewesen, der in Selbstmitleid versank, aber jetzt hätte sie am liebsten geheult. Das Gefühl, in allen Belangen versagt zu haben, nahm überhand.

Kurz vor neun läutete es an der Haustür. Michaela sprang auf und eilte mit großen Schritten in den Flur. Ihr Puls raste. Bitte, lass es Valerie sein, flehte sie in Gedanken und öffnete mit klopfendem Herzen.

Draußen wartete Bernd Dalisch, und sie hatte schon eine harsche Entgegnung auf den Lippen. Da machte er einen Schritt zur Seite. Hinter seinem Rücken stand Valerie. Das schlechte Gewissen war ihr ins Gesicht geschrieben.

Michaela fühlte die Erleichterung als Hitzewelle durch ihren Körper jagen. Valerie ging es gut, sie war bloß beim Nachbarn gewesen. Moment, sie war bei Dalisch gewesen?

»Dürfen wir reinkommen?«, fragte er mitten in ihre Gedanken.

»Oh! Natürlich.« Sie öffnete die Tür ganz und trat einen Schritt zur Seite.

Bernd Dalisch nickte Valerie zu, schien mit ihr wortlos zu kommunizieren, denn die verschwand mit einem gemurmelten »Es tut mir leid, Tante Mika« in Richtung Wohnzimmer.

Michaela blickte ihrer Nichte nach und merkte, dass sich der erste Anflug von Erleichterung über ihr Auftauchen in Ärger wandelte – und zwar auf Dalisch, der in dem schmalen Flur viel zu breit und viel zu groß wirkte.

Er schien den ganzen Raum auszufüllen und Michaela sogar die Luft zum Atmen zu nehmen.

»Wir müssten reden«, sagte er.

Sie verschränkte die Arme vor der Brust. »Ich wüsste nicht, worüber«, gab sie zurück. »Außer, dass Sie in Zukunft meine Nichte in Ruhe lassen werden.« Sie hatte den Tonfall angeschlagen, den sie häufig im Umgang mit Verdächtigen verwendete. Bei den meisten funktionierte diese Einschüchterungstaktik. Nicht jedoch bei ihrem Nachbarn. Der schien gänzlich unbeeindruckt zu sein.

»Ich habe Ihnen Ihre Nichte zurückgebracht«, sagte er leise. »Sie hat bei mir geklingelt. Sollte ich sie denn draußen vor der Tür stehen lassen?«

Immer noch wurmte es Michaela, dass Valerie sich ausgerechnet an Dalisch gewandt hatte. Dieser ... ihr fehlten glatt die Worte dafür, wie sie ihn bezeichnen konnte.

»Dafür, dass wir Haus an Haus wohnen, hat es aber ziemlich lange gedauert, bis Sie Valerie zurückgebracht haben«, entgegnete sie. Sie wusste, dass sie ihm dankbar sein sollte, aber im Moment war der Grant auf ihn einfach stärker.

»Woher sollte ich ahnen, dass Sie nicht wissen, wo sie ist? Das hat mir Valerie eben erst erzählt – neben einigen anderen Dingen, die helfen könnten, Ihre Nichte ein wenig besser zu verstehen.«

Michaela schnappte nach Luft und wollte zu einer Entgegnung ansetzen – etwas in Richtung, er möge sich doch bitte nicht in ihre Angelegenheiten einmischen –, doch er ließ sie gar nicht erst zu Wort kommen.

»Ich bin kein Spezialist für Kinder- und Jugendpsychologie, trotzdem weiß ich eine Menge über Teenager.«

Er sah sie abwartend an.

Michaela biss sich auf die Lippen und dachte nach. Was konnte es schaden, wenn sie sich anhörte, was er zu sagen hatte? Offensichtlich vertraute Valerie Dalisch, und wie es aussah, kannte er ihre Nichte bereits nach ein paar Stunden besser als sie.

Michaela seufzte. »Also gut, kommen Sie herein.«

Sie drehte sich um und lotste ihn in die Küche. Wichtige Gespräche schien man irgendwie immer am Esstisch zu führen, so war das schon bei ihren Eltern gewesen, und sie hatte das fortgesetzt. Michaelas Theorie lautete, dass man schlechte Nachrichten an einem Platz, den man normalerweise mit etwas Angenehmem wie Essen verband, besser aushielt. Zumindest hatte sie den Trennungswunsch von Sascha damals tatsächlich verhältnismäßig gut weggesteckt – oder wenigstens so aussehen lassen. Nur Rindsrouladen, die sie für jenen Abend aus dem nahegelegenen Wirtshaus geholt hatte, weil er die so gerne mochte, konnte sie seither nicht ausstehen.

KAPITEL 26

Mit einer Handbewegung forderte Michaela Dalisch auf, Platz zu nehmen, und setzte sich ebenfalls. »Wollen Sie etwas trinken?«, fragte sie ihn, als sie sich auf ihre Gastgeberrolle besann. Gleichzeitig wurde ihr bewusst, dass sie sich gar nicht mehr daran erinnerte, wann sie das letzte Mal Besuch gehabt hatte – abgesehen von Valerie, die aber irgendwie zu einer anderen Kategorie »Gast« zählte.

»Kaffee wäre gut«, antwortete Dalisch, und Michaela gab ihm dafür ein paar Sympathiepunkte. Jemand, der abends Kaffee trank – wie sie –, konnte kein grundlegend schlechter Mensch sein. Und einer, der deine Nichte zurückbringt und dir erklären will, wie sie tickt, ebenfalls nicht, fügte sie in Gedanken hinzu.

Sie befüllte die Kaffeemaschine und stellte sie an. Während sie darauf wartete, dass der Kaffee durchlief, versuchte sie sich in Small Talk. »Sie sind also Psychologe?«, fragte sie, obwohl Valerie ihr das schon verraten hatte.

»Ja, auch wenn Ihre Nichte meint, ich würde nicht aussehen wie einer.« Er lächelte.

Michaela taxierte ihn abwägend. Wie sahen Psychologen denn gemeinhin aus? Auf jeden Fall eher wie Dalisch denn wie Weilmann, fand sie. »Ich finde, sie hat unrecht«, gab sie zurück und holte zwei Becher aus dem Schrank. »Milch und Zucker?«

Er nickte. »Beides, danke.«

Da das Milchkännchen schon bei ihrem Einzug ins Haus zu Bruch gegangen war und sie immer noch nicht für Ersatz gesorgt hatte, stellte sie die Milchtüte auf den Tisch, daneben die Zuckerdose und zwei kleine Löffel.

Dann füllte sie in beide Becher Kaffee und reichte ihm einen. »Und da hat Valerie behauptet, Sie könnten nicht kochen«, murmelte er und sog den Kaffeeduft ein.

»Für Kaffee reicht es gerade«, gab Michaela peinlich berührt zurück. Was hatte Valerie sonst noch alles über sie erzählt? »Wissen Sie, ich bin kein Familienmensch«, fügte sie hinzu, als würde diese Tatsache eine Erklärung für ihre mangelnden Kochkünste sein. Vielleicht war sie das auch.

»Ich auch nicht«, gab Dalisch zu.

Michaela hatte sich wieder hingesetzt und sah ihn über den Rand ihres Bechers an. Es schien, als würden sie und Dalisch ein paar Gemeinsamkeiten haben, und ehe er auf die Idee kam, nach weiteren zu suchen, beschloss sie, dass es Zeit war, zum eigentlichen Grund seiner Anwesenheit in ihrer Küche zu kommen: Valerie.

»Was hat meine Nichte Ihnen nun anvertraut?«, fragte sie und löste dadurch ein kurzes irritiertes Blinzeln bei ihrem Nachbarn aus.

»Sie reden nicht gerne um den heißen Brei herum«, stellte er lächelnd fest.

»Ich würde eher sagen, ich vergeude ungern meine Zeit.« Als ihr klar wurde, dass ihre Bemerkung beinahe unhöflich war, fügte sie schnell entschuldigend hinzu: »Nicht, dass ich das hier als Zeitverschwendung betrachte, ich ...«

Dalisch verzog die Lippen zu einem Schmunzeln. »Schon gut, immerhin haben Sie mich hereingebeten.«

Michaela zuckte die Achseln. »Sie hatten überzeugende Argumente. Valerie ist mir nun mal wichtig.«

In den nächsten eineinhalb Stunden erfuhr Michaela, wie ein Teenager im Allgemeinen und Valerie im Speziellen tickte. An einiges, was Dalisch ihr erzählte, konnte sie sich noch selbst aus ihrer Jugendzeit erinnern, wie zum Beispiel an das Gefühl, die Welt aus den Angeln heben zu wollen. Nicht umsonst engagierten sich viele Jugendliche für den Umwelt- und Tierschutz – oder schlossen sich radikalen Gruppen an. In dem Alter wollte man die Welt verändern – und Valerie hatte Michaela zum Vorbild genommen, was ihr einerseits schmeichelte, andererseits aber Beklemmung in ihr auslöste.

»Sie hat aber so viele Talente«, warf Michaela ein, als Dalisch ihr von Valeries Berufswunsch erzählte.

»Unbestritten. Aber ich bezweifle, dass sie als Ärztin oder Pianistin glücklicher wäre.«

»Aber sicherer«, gab Michaela leise zurück.

Dalisch lehnte sich zurück, verschränkte die Hände auf dem Tisch und blickte sie an. »Weshalb sind Sie zur Kripo gegangen?«

Irritiert über den vermeintlichen Themenwechsel, musste Michaela erst mal nachdenken. Sie hätte sagen können, dass sie ebenfalls ihrem Vater nachgeeifert hatte. Oder dass es ihr ein Bedürfnis gewesen war, das Böse zu bekämpfen. Oder dass sie schlicht und einfach keinen Job hätte ausüben wollen, in dem sie acht oder mehr Stunden täglich an einem Schreibtisch saß. Sie brauchte die Abwechslung, die Gespräche, die Außentermine ...

Das alles hätte sie Dalisch als Gründe für ihre Berufswahl anführen können, und nichts davon wäre gelogen gewesen. Doch der wahre Grund, warum sie sich entschlossen hatte, Polizistin zu werden, lag tief in ihrem Inneren verborgen. Es gab kaum einen Beruf, der es rechtfertigte, eine Schusswaffe zu tragen, und bei dem man regelmäßig das Schießen trainierte. Die Waffe hatte ihr das Gefühl der Sicherheit gegeben, zumindest bis zu dem Zeitpunkt, als sie sie das erste Mal gegen einen Menschen richten musste. Seither hatte sich vieles – nein, alles – verändert. Seit damals trug sie ihre

Waffe nicht einmal mehr bei sich. Sie lag gut verstaut im Waffenschrank des Präsidiums. Im Gegensatz zu den Kripobeamten in den Fernsehkrimis war es glücklicherweise nicht nötig, ständig mit der Dienstwaffe herumzulaufen.

»Sie haben mir meine Frage nicht beantwortet«, sagte Dalisch und riss sie aus ihren Überlegungen.

Michaela räusperte sich. »Weil ich ... den Dingen gerne auf den Grund gehe und mir einbilde, dass durch mich Wien ein bisschen sicherer wird.«

»Diese Beweggründe hat Valerie unter anderem auch genannt. Finden Sie das falsch?«

Langsam schüttelte Michaela den Kopf. Was sollte sie auf solch eine Frage denn schon antworten? Dieser Dalisch war ein ganz ausgefuchster Psychologe und scheute sich nicht davor, sie mit ihren eigenen Waffen zu schlagen. Auch wenn sie es kaum eingestehen wollte – das gefiel ihr. Sie kannte nur wenige Menschen, mit denen es Spaß machte zu diskutieren, vielleicht war sie deshalb bereits so lange alleine.

Dalisch hatte mittlerweile den Kaffee ausgetrunken und drehte den leeren Becher auf der Tischplatte hin und her. Michaela entsann sich ihrer guten Manieren. »Wollen Sie noch einen?«

»Nein, nein. Danke, ich werde dann mal ... gehen.« Er erhob sich bei seinen Worten.

»Ich danke Ihnen. Das Gespräch war sehr erhellend.«

Sie begleitete ihn zur Tür, und als er diesmal die Hand ausstreckte, drückte sie sie ohne Zögern. Wie es passieren konnte, dass er so schnell ihr Vertrauen gewonnen hatte, wusste sie selbst nicht, aber das Gefühl, einen Verbündeten zu haben, machte sich in ihr breit.

Ehe er sich umdrehte, um den Weg zur Straße einzuschlagen, verabschiedete er sich mit einem »Gute Nacht« und fügte leise hinzu: »Seien Sie nicht zu streng mit ihr. Sie ist ein großartiges Mädchen und weiß, worauf es ankommt. Das kann man von vielen anderen Jugendlichen ihres Alters nicht behaupten.«

Michaela ging ins Wohnzimmer, wo Valerie mit angezogenen Beinen auf der Couch saß und auf den Bildschirm des Fernsehapparates starrte, als würde sie gebannt der Dokumentation folgen, die gerade lief. Sie setzte sich neben ihre Nichte und räusperte sich.

»Valerie«, begann sie und sicherte sich so die Aufmerksamkeit des Mädchens, »wir müssen für unser Zusammenleben ein paar Regeln aufstellen. Ich dachte, es würde auch so gehen, aber da habe ich mich geirrt. Wenn man nicht alleine lebt, muss man irgendwie miteinander klarkommen.«

»Du hast das doch nicht ernst gemeint, oder? Ich meine, dass du mich nach Lesotho schicken willst.«

Michaela seufzte. »Nein, das ist mir im Ärger so herausgerutscht.«

Valerie seufzte erleichtert auf. »Gott sei Dank. Tante Mika, ich weiß, dass ich Mist gebaut habe – es wird nicht wieder vorkommen, ehrlich.«

Michaela legte spontan den Arm um die Schultern ihrer Nichte, die sich an sie lehnte. »Du wirst nicht einfach abhauen, ohne dass ich weiß, wo du steckst.«

»Ich bin siebzehn!«, protestierte Valerie.

»Noch nicht. Selbst wenn du fünfunddreißig wärst, wäre mir das egal. Mag sein, dass andere sich keine Gedanken darum machen, was alles passieren kann, aber ich werde tagtäglich mit den schlimmsten Dingen konfrontiert und möchte mir um dich möglichst keine Sorgen machen müssen.«

»Okay«, stimmte Valerie nach kurzem Nachdenken zu. »Was noch?«

»Ich entscheide, was ich dir über die Fälle erzähle und was nicht. Ich habe dir das mit der Verschwiegenheit erklärt – und nicht umsonst sollst du so eine Klausel unterschreiben, wenn du ins Kriminalamt kommst. Manchmal hängt der Ausgang eines ganzen Falls davon ab, dass nichts nach außen dringt.«

»Gut«, murmelte Valerie, doch es war offensichtlich, dass ihr dieser Punkt nicht gefiel. »Das heißt, du nimmst mich trotzdem mit?«

Michaela lächelte. »Ja, oder möchtest du nicht mehr?«

Als Antwort knuffte Valerie sie sanft in die Seite. »Natürlich will ich noch. Was für eine Frage?!«

»Und schließlich«, Michaela hob mahnend den Zeigefinger, »du lässt die Finger von diesem Mordfall.«

Valerie versprach es ihr, auch wenn es ihr offensichtlich schwerfiel. Doch hier ging es um die Sicherheit ihrer Nichte, und über diesen Punkt ließ sich nicht verhandeln.

Sie einigten sich darauf, dass Valerie gleich nach dem Wochenende mit ihr ins Büro kommen würde.

Schließlich fiel Michaela noch ihre Verabredung mit Harald ein. Als sie ihrer Nichte erzählte, dass sie morgen Abend ein Date hatte, hob Valerie grinsend die Augenbrauen.

»Kenn ich ihn?«

»Nein, aber du wirst ihn spätestens am Montag kennenlernen. Er ist der Leiter der forensischen Abteilung.«

»Na, dann bin ich doppelt auf den Typen gespannt. Viel Spaß.«

KAPITEL 27

Bernd Dalisch schwirrte das Gespräch mit seiner Nachbarin im Kopf herum – gut, nicht nur das Gespräch, gestand er sich ein. Auch die Frau. Michaela.

Bei seinem ersten Besuch bei ihr, als er sich die Milch und die Bohrmaschine geliehen hatte, erschien sie ihm unnahbar und abweisend. Doch eben hatte er sie von einer ganz anderen Seite kennengelernt. So souverän und selbstbewusst sie sich auch geben mochte, die Sorge um ihre Nichte war echt gewesen.

Ein Lächeln stahl sich auf seine Lippen, als er an ihre Antwort dachte, die sie ihm auf seine Frage, warum sie Polizistin geworden sei, gegeben hatte. Die Auskunft war schlüssig und bestimmt auch richtig, aber die ganze Wahrheit hatte sie ihm nicht verraten. Er konnte in den Gesichtern der Menschen lesen wie in einem Buch, enttarnte Lügen, erkannte Halbwahrheiten. Dieses Talent hatte er schon von Kindesbeinen an, vielleicht hatte er deswegen beschlossen, Psychologe zu werden – abgesehen von seinem mangelnden Interesse für Autos, womit die Weiterführung der Reparaturwerkstatt seines Vaters ohnehin keine Option für ihn gewesen war.

In Michaelas Augen hatte er dieses Feuer gesehen, das er aus seiner Zeit als Kriminalpsychologe von anderen Ermittlern kannte. Sie war von ihrem Beruf besessen, und, ob sie es wollte oder nicht, die gleiche Obsession hatte er in dem langen Gespräch mit Valerie bemerkt.

Er selbst hatte diese Leidenschaft ebenfalls in sich getragen, doch wenn er jetzt in den Spiegel blickte, fragte er sich, wohin sie verschwunden war.

Die ist mit deinem alten Job flöten gegangen, antwortete er stumm und erschrak vor dieser Erkenntnis. Da half jetzt alles nichts mehr. Neuanfang war nun mal Neuanfang. Immerhin tat er etwas Sinnvolles, seine Patienten brauchten ihn!

Woher, zum Teufel, kam dann der bittere Geschmack, den er bereits nach ein paar Tagen Arbeit empfand?

Nach dem Gespräch mit Valerie wollte Michaela noch ein wenig arbeiten und hatte ihren Laptop mit ins Bett genommen, doch offenbar forderte die Anspannung über Valeries Verschwinden ihren Tribut, denn sie konnte sich nicht richtig konzentrieren. Ständig schweiften ihre Gedanken ab, und sie musste an ihre Unterhaltung mit Bernd Dalisch denken. Irgendetwas hatte er in ihr zum Schwingen gebracht, an die Oberfläche gezerrt, was sie bisher erfolgreich in den hintersten Teil ihres Bewusstseins gesperrt hatte. Mit seiner Frage nach ihren Beweggründen, zur Kripo zu gehen, tauchten Bilder in ihrem Kopf auf, die sie lieber im Verborgenen behalten hätte. Bilder, in denen sie am Schießstand trainierte, ihren Vater neben sich, der ihre Handhaltung korrigierte und zufrieden mit der Zunge schnalzte, wenn sie ins Schwarze traf.

Wie lange war es her, seit sie das letzte Mal dort gewesen war? Sie konnte sich nicht mehr daran erinnern. Mindestens ein Jahr. Weilmann hatte sie dazu gedrängt und gemeint, sie müsse sich ihren Versagensängsten stellen. Sie war seinem Rat gefolgt und hatte es versucht. Wirklich ernsthaft versucht.

Es war ein Desaster gewesen. Die Waffe in ihrer Hand schien Tonnen zu wiegen. Sie hatte es nicht geschafft, den Abzug zu drücken, es war, als würde ihr rechter Zeigefinger streiken, er weigerte sich abzudrücken, krümmte sich einfach nicht.

Wütend hatte sie den Gehörschutz in eine Ecke gepfeffert und war gegangen. Sie hatte noch nicht einmal ihr Auto erreicht, als die Wut sich in Furcht und Entsetzen verwandelt hatte. Wie, verdammt, sollte sie Polizistin sein, wenn sie nicht einmal fähig war, auf eine Zielscheibe zu schießen?

Diese Selbstzweifel hatten seither nie ganz aufgehört. Immer noch drängten sie sich hin und wieder in den Vordergrund, doch sie hatte gelernt, die Bedenken beiseitezuschieben. Nur mit Weilmann hatte sie darüber gesprochen, aber bloß, weil sie sich von ihm als Psychologen Hilfe erhofft hatte.

Seine Antwort war gewesen, dass es Zeit brauche, um ihr Trauma zu überwinden, sie solle sich nicht unter Druck setzen. Immerhin konnte sie diesen Rat befolgen, und zudem boten seine Worte eine wunderbare Entschuldigung vor sich selbst. Jedes Mal, wenn die Zweifel in ihr anklopften, als würden sie sagen wollen »Hey, wir sind noch da, vergiss uns bloß nicht!«, konterte sie stumm mit Weilmanns Spruch. Er wirkte. Die Zweifel zogen sich wieder zurück und lauerten auf die nächste günstige Gelegenheit, um sich erneut in Erinnerung zu rufen – so wie jetzt gerade.

Doch dieses Mal wollten sie sich nicht mit den üblichen Ausflüchten zufriedengeben. Sie nagten und zerrten an Michaela, bis sie klein beigab und sich selbst versprach, noch dieses Wochenende zum Schießstand zu fahren. Vielleicht würde sie Valerie mitnehmen, bestimmt würde es ihrer Nichte Spaß machen.

Doch schnell änderte sie ihren Plan. Was, wenn sie erneut scheiterte? Nein, das konnte sie dem Mädchen nicht antun. Und noch weniger sich selbst.

KAPITEL 28

Die belastenden Gedanken vom Vorabend waren verflogen. Michaela hätte ohnehin keine Zeit für Schießübungen gehabt. Sie hievte die Einkaufstüten aus dem Auto und fragte sich, was zum Kuckuck in sie gefahren war, dermaßen viel Geld für neue Kleidung auszugeben. Zugegeben, es hatte Spaß gemacht, mit ihrer Nichte shoppen zu gehen.

Valerie hatte beim Frühstück gefragt, was Michaela zu ihrer Verabredung anziehen wolle, und sie hatte mit den Schultern gezuckt und gesagt, irgendetwas Passendes würde sich bestimmt im Schrank finden, doch die anschließende Begutachtung ihrer Kleidungsstücke zeigte, dass keines für den Anlass geeignet war. Daraufhin beschloss Valerie, sie bräuchte etwas Neues, außerdem hatte sie den Wunsch geäußert, das Gästezimmer ein wenig aufzupeppen, also waren sie noch vor dem Mittagessen in das Shoppingcenter gefahren, hatten gleich am Anfang ein paar Accessoires für Valeries Zimmer gekauft, und danach war sie von einem Bekleidungsgeschäft in das nächste geschleift worden, mit dem Ergebnis, dass Michaela vom vielen Anprobieren vollkommen erschöpft das nächste Kaffeehaus angesteuert und die Shoppingtour für beendet erklärt hatte.

Michaela drückte ihrer Nichte den Sitzsack, den sie erstanden hatten, in die Hand, ebenso die Tüte mit den Kissen und der Lampe. »Hier, du kannst alles in dein Zimmer tragen, die Lampe montiere ich morgen.«

Valerie sah sie skeptisch an. »So etwas kannst du?«

»Was glaubst du denn?! Wer sollte es sonst tun?«

Tatsächlich hatte Michaela in dem Haus viel selber gemacht. Sie hatte die Steckdosen und Lampen montiert, Böden verlegt ... und alles war ihr leichter gefallen, als zum Beispiel kochen zu lernen.

»Na, ich könnte Bernd fragen«, sagte Valerie mit einem Grinsen, fügte aber gleich hinzu: »Nein, lieber doch nicht. Ich glaube, in solchen Dingen kennt er sich nicht besonders gut aus.«

Nachdem sie den Einkauf ins Haus getragen hatten, drängte Valerie Michaela dazu, sich fertig zu machen. »Um mich brauchst du dir keine Gedanken zu machen, ich komme klar.«

Wahrscheinlich war Valerie froh über einen Abend nur für sich.

Unter der Dusche merkte Michaela ein leichtes Magenflattern, das bald in echte Nervosität umschlug. Verdammt, warum hatte sie bloß dieser Verabredung zugestimmt? Worüber sollte sie mit Harald einen ganzen Abend lang sprechen? Über die Arbeit wohl eher nicht.

Wenig später stand sie im Schlafzimmer und hielt abwechselnd zwei verschiedene Shirts vor die Brust.

»Doch nicht die!«, rief Valerie, die gerade an der offenen Tür vorbeikam.

»Was sonst?«, fragte Michaela genervt.

»Das grüne Kleid«, sagte Valerie bestimmt. »Das steht dir echt gut.«

»Aber …«, setzte Michaela zu einem Protest an, doch ihre Nichte unterbrach sie: »Tante Mika, wirklich – wozu hast du es gekauft? Damit es im Schrank verstaubt? Das ist genau richtig. Nicht zu aufgedonnert, aber auch nicht zu lässig. Ich finde sowieso, dass du überhaupt viel öfter Kleider tragen solltest.«

Seufzend nahm Michaela das Kleid vom Bett und schlüpfte hinein. Das dunkle Grün bildete einen schönen Kontrast zu ihrem hellen Haar. Der enge Schnitt betonte die sanften Rundungen ihrer Brüste und ihrer Hüften.

Sie strich den Stoff glatt und drehte sich vor dem Spiegel. Michaela war sich noch nicht ganz sicher, was sie von ihrem neuen, weiblichen Selbst halten sollte, als Valerie schon mit einer Schminktasche vor ihr stand.

»Setz dich«, sagte sie bestimmt.

»Nein, wirklich, ich …«

»Wenn es dir nicht gefällt, schminkst du dich ab, okay?«

»Also gut«, gab sich Michaela geschlagen. Offenbar hatte ihre Nichte das Heft in die Hand genommen, und alle Abwehr nützte nichts mehr.

»Entspann dich«, ordnete Valerie an, und Michaela schloss die Augen. Wie sollte sie entspannen, wenn jemand in ihrem Gesicht herumfuhrwerkte?

Nach einer gefühlten Ewigkeit, in der Valerie sich auch noch an Michaelas Haar zu schaffen gemacht hatte, durfte sie endlich die Augen öffnen.

»Voilà«, sagte Valerie und deutete auffordernd zum Spiegel. »Gefällt's dir?«, fragte sie und biss sich erwartungsvoll auf die Lippen.

Michaela starrte ungläubig auf die Frau, die ihr aus

dem Spiegel entgegenblickte. Kein Zweifel, es war sie. Und auch wieder nicht.

Michaela nickte. Valerie war mit dem Make-up sparsam umgegangen, hatte bloß die Augen mit einem Lidstrich betont, anstelle eines Lippenstiftes Gloss aufgetragen und mit etwas Rouge Michaelas Wangenknochen betont.

»Dieser Lidstrich – du musst mir unbedingt zeigen, wie man das macht.«

Valerie grinste vor Freude. »Ist nicht schwer, braucht nur ein bisschen Übung.«

In diesem Augenblick läutete es an der Tür. Michaela atmete tief ein und wieder aus, strich das Kleid glatt und ging, um zu öffnen.

Harald hatte sie bisher nur in Jeans und T-Shirt, mit einem weißen Laborkittel oder in diesen Ganzkörperschutzanzügen, die von den Beamten an den Tatorten getragen wurden, gesehen. Doch heute trug er eine schwarze Hose und ein graues Hemd.

Erleichtert stellte Michaela fest, dass er auf eine Krawatte verzichtet hatte, damit wäre er ihr arg förmlich vorgekommen. Schließlich wollten sie nur etwas trinken gehen.

»Steht dir gut«, murmelte Michaela, weil ihr vor lauter Verlegenheit nichts Besseres einfiel. So linkisch war sie sich das letzte Mal mit vierzehn Jahren vorgekommen, als ein Junge, den sie schon länger angehimmelt hatte, sie abends ins Kino eingeladen hatte. Der Rest war allerdings ein Desaster gewesen. Sie hoffte sehr, dass dieser Abend nicht so enden würde wie der damals.

»Dir aber auch«, gab Harald das Kompliment grinsend zurück. »Ich glaube, ich habe dich noch nie so ...« Er stockte und schien nach den richtigen Worten zu suchen. Dann winkte er ab. »Egal, du siehst einfach toll aus.«

Michaela schlüpfte in die einzigen Pumps, die sie besaß, und nahm ihre Jacke vom Haken. »Danke.« Dann rief sie Valerie laut einen Abschiedsgruß zu und schloss die Tür von außen.

»Und wohin gehen wir?«

»Ich dachte, wir essen eine Kleinigkeit. Natürlich nur, wenn du möchtest.«

Michaela dachte kurz nach. Von einem Abendessen war keine Rede gewesen, aber das Mittagessen war nicht gerade üppig ausgefallen, und die ganze Herumlauferei war anstrengend gewesen, warum also nicht?

»Gut. Ich meine ... ja gern.«

Harald hielt ihr die Autotür auf, und sie ließ sich auf den Beifahrersitz fallen. Jetzt wusste sie auch wieder, warum sie nie Kleider anzog. Sie waren schon bei solchen alltäglichen Handlungen total unpraktisch und hinderlich. Der Saum rutschte weit über ihre Knie hoch, und sie musste sich zusammenreißen, um ihn nicht ständig nach unten zu ziehen.

»Wohin fahren wir?«, fragte sie, weil Harald gerade auf die Autobahn auffuhr.

»Lass dich überraschen.«

Überraschungen mochte Michaela nicht besonders.

Wahrscheinlich hatte sie einfach schon zu viele unangenehme erlebt.

Harald stellte das Auto an der Straße ab, ging um das

Fahrzeug herum und öffnete die Beifahrertür. Michaela stieg aus und sah sich in ihrer Meinung bestätigt. Das Schild verkündete wenig verheißungsvoll »Restaurant-Café-Bar«, und sie konnte sich beim besten Willen nicht vorstellen, dass in diesem stillosen, quadratischen Betonblock ein Restaurant verborgen war, für das es sich lohnte, über eine halbe Stunde Fahrt in Kauf zu nehmen. Doch bereits, als sie durch die Glastür traten, merkte Michaela, dass sie sich geirrt hatte.

Leise Klaviermusik mischte sich mit dem Gemurmel der Gäste. Das Lokal war außergewöhnlich gut besucht, jeder Tisch war besetzt, bis auf einen in der Mitte des Raumes.

»Buonasera, signor Kammerer«, begrüßte der Kellner Harald, und es klang, als würde er »Kamera« sagen. Michaela musste schmunzeln. Wie es aussah, war Harald hier ein häufiger Gast, da sie ihn schon beim Namen nannten.

»Buonasera, Francesco«, antwortete Harald und nahm sie leicht am Ellenbogen, als der Kellner sie zu dem freien Tisch führte.

Ganz Gentleman rückte Harald ihr den Stuhl zurecht, ehe er sich selbst setzte. Mittlerweile war Francesco mit den Speisekarten gekommen, hatte die Kerze angezündet und sich diskret wieder zurückgezogen.

Michaela sog die Luft ein, als sie die Preise auf der Karte sah. Allerdings klang alles sehr exklusiv, sogar die Pizzen schienen hier außergewöhnlich zu sein. So viel zum Thema »eine Kleinigkeit essen«, dachte sie, als sie sich an Haralds Worte erinnerte.

Sie ließ ihren Blick durch den Raum schweifen und bewunderte die eindrucksvolle Tischdekoration und die

Blumenarrangements, die den ganzen Saal schmückten. Der Raum ging rechts in eine Bar über, wo man den Abend nach einem gepflegten Essen bei ein paar Drinks ausklingen lassen konnte. Links schloss sich eine Pasticceria an, in der sich eine Vitrine, gefüllt mit kleinen Törtchen und anderen Süßspeisen, befand. Auf einem Regal waren mehrstöckige, kunstvoll verzierte Schautorten für verschiedene Anlässe ausgestellt.

»Und? Gefällt es dir?«, fragte Harald.

»Ja«, gab Michaela zu. »Wie praktisch, Restaurant, Bar und Konditorei miteinander zu vereinen!«

»Es ist ein richtiges Familienunternehmen. In der Pasticceria arbeitet die Tochter des Besitzers, er selbst kümmert sich um die Bar, und das Restaurant leitet der älteste Sohn. Das Personal besteht ausschließlich aus Familienmitgliedern.«

Der Kellner kam und nahm ihre Bestellung auf.

»Sprechen die hier tatsächlich nur italienisch?«

Harald nickte. »Sie können natürlich deutsch, aber ich schätze, das gehört irgendwie zum Ambiente.«

Sie unterhielten sich über Belanglosigkeiten, und Michaela war froh, als endlich das Essen gebracht wurde. Ihr gingen langsam die zwanglosen Themen aus.

Die Tagliatelle in Trüffelsauce, die Michaela bestellt hatte, schmeckten köstlich. Die Portionen waren nicht üppig, aber ausreichend. Eine Weile aßen sie schweigend und genossen ihre Mahlzeit.

»Kommst du öfter hierher?«, fragte sie schließlich.

»Hin und wieder«, gab Harald zu und spießte ein Stück Zucchini auf seine Gabel. »Ich bin hier im Ort aufgewachsen«, fuhr er fort. »Im Sommer haben die eine Eiskarte, da könnte sich manch einer der bekannten Eisriesen in Wien eine Scheibe davon abschneiden. Als Kind kam ich jeden Tag auf dem Schulweg vorbei. Dreimal kannst du raten, wo ich mein gesamtes Taschengeld ausgegeben habe.«

Michaela musste grinsen. »Kann ich verstehen. Und im Winter?«

Harald beugte sich vor und antwortete leise mit einem Augenzwinkern: »Gebrannte Mandeln aus der Bäckerei zwei Straßen weiter. Und du? Was ist dein Laster?«

Ob es an dem Wein, der entspannten Atmosphäre, an Harald oder an der Mischung aus allen dreien lag, konnte Michaela nicht sagen, doch ehe sie nachdenken konnte, hatte sie es ausgesprochen: »Waffen. Schon als Jugendliche hab ich die Waffe meines Vaters geklaut und habe Schießübungen auf dem Feld veranstaltet.«

Verdammt! Das war ja nun wirklich kein geeignetes Gesprächsthema für das erste Date! Er musste ja denken, sie wäre durchgeknallt. Schnell setzte sie hinzu: »Aber heute schieße ich nicht mehr. Also ... ich meine, nur zum Vergnügen ... außerhalb des Dienstes.«

»Weshalb denn nicht?«, wollte er prompt wissen. Michaela hätte sich fast an ihrem Wein verschluckt. »Ich möchte unbedingt noch ein Dessert«, lenkte sie vom Thema ab und stand auf. »Du auch?«

Harald erhob sich ebenfalls und begleitete sie zu der Vitrine mit den Süßspeisen, die allesamt so lecker aussahen, dass Michaela sich kaum entscheiden konnte. Mit einem Teller voll Törtchen ging sie zurück zu ihrem Stuhl und hoffte, dass Harald in der Zwischenzeit auf seine Frage vergessen hatte. Tatsächlich erwähnte er sie nicht mehr, schließlich wechselten sie in die Bar.

Die Rechnung für das Abendessen hatte Harald übernommen, doch nun bestand Michaela darauf, die Drinks zu zahlen, wie sie es ja ursprünglich vorgehabt hatte. Harald trank nur alkoholfreies Bier, sie selbst einen Espresso, der dafür sorgen sollte, dass sie wieder einen klaren Kopf bekam. Der Wein hatte gereicht, ihr Hirn auszuschalten und Dinge von sich preiszugeben, die sie sonst nicht erzählt hätte – Vertrauen hin oder her. So gut kannte sie Harald schließlich auch wieder nicht!

Verstohlen blickte Michaela auf ihre Uhr. Fast Mitternacht. Sie überlegte, wie sie am besten signalisieren sollte, dass es Zeit wäre, nach Hause zu fahren, doch Harald schien entweder ihren Blick bemerkt zu haben, oder er war zum gleichen Schluss gekommen wie sie.

»Wollen wir gehen?«

Michaela nickte erleichtert. »Ja, wenn es dir nichts ausmacht. Es war ein langer Tag für mich.«

Sie winkte der Bedienung, beglich die Rechnung, Harald holte ihre Jacken, und sie verließen das Restaurant.

Vor der Haustür bedankte sich Michaela für den schönen Abend. »Vielleicht möchtest du ihn ja mal wiederholen«, gab Harald zurück.

Michaela lächelte. »Warum nicht?« Einen Moment dachte sie daran, ihn noch mit hineinzubitten, ließ es aber bleiben. Wer wusste schon, welche Hoffnungen er sich womöglich machen würde, und sie wollte ihn keinesfalls enttäuschen. Dafür war er einfach zu nett.

»Dann bis Montag«, sagte er und beugte sich zu ihr herunter. Der Anflug von Panik verflog, als er ihr lediglich einen Kuss auf die Wange gab, sich umdrehte und zu seinem Auto zurückging.

»Ja, bis Montag«, rief Michaela ihm nach und hob zum Gruß die Hand.

Sie ging ins Haus, streifte sich die Schuhe von den Füßen und hängte ihre Jacke auf. Einerseits war sie froh, dass Harald offenbar keine größeren Erwartungen in dieses Date gesetzt hatte. Essen gehen, etwas trinken, Gespräche, die sich nicht um den aktuellen Fall drehten ... Dennoch konnte sie das leise Gefühl der Enttäuschung nicht leugnen. Er hatte nicht einmal versucht, mit ihr zu flirten. Warum? Fand er sie nicht attraktiv genug? Oder hatte er erkannt, wie wenig interessant sie eigentlich war?

»Und was hättest du getan, wenn er dich tatsächlich geküsst hätte?«, fragte ihre Vernunftstimme.

»Vermutlich hätte ich es genossen«, gab sie vor sich selbst zu. Es war schon lange her, dass ein Mann sie geküsst und noch länger, dass sie mit einem eine Nacht verbracht hatte. Harald wäre keine schlechte Wahl, damit wieder anzufangen.

Michaela seufzte. Kein Wunder, dass Männer sich beschwerten, sie würden Frauen nicht verstehen. Sie verstand sich ja selbst nicht.

Im Wohnzimmer lief der Fernseher. Valerie war auf der Couch eingeschlafen. Sanft weckte Michaela ihre Nichte.

»War's schön?«, murmelte Valerie verschlafen.

Michaela horchte einen Moment lang in sich hinein, ehe sie antwortete. »Ja. Wir reden in der Früh.«

»Okay«, erwiderte Valerie schläfrig und wankte in ihr Zimmer.

KAPITEL 29

Wenn Michaela sonntags frei hatte, verbrachte sie den Tag normalerweise zu Hause. Manchmal luden ihre Eltern sie zum Mittagessen ein, oder sie besuchte ihren Bruder und ihre Schwägerin am Nachmittag zum Kaffee.

Sobald es das Wetter zuließ, arbeitete sie im Garten, doch heute stand nichts davon auf ihrem Plan.

Ein lautes Scheppern weckte sie gegen acht, gleich darauf hörte sie Valerie fluchen. Michaela lächelte. Solche Worte traute man ihrer Nichte gar nicht zu.

Einen kurzen Moment blieb sie noch im Bett liegen, rekelte und streckte sich und dachte an den gestrigen Abend mit Harald. Es war richtig gewesen, ihn nicht mit ins Haus zu nehmen. Und jetzt, in der Früh, war sie dankbar für seine Zurückhaltung. So konnte sie ihm in der Dienststelle unbefangen begegnen. Alles andere hätte die Zusammenarbeit nur unnötig erschwert, und im Augenblick konnte sie keine zusätzlichen Komplikationen brauchen. Nicht, solange sie mit diesem Mordfall und den vermissten Mädchen beschäftigt war – und nicht, solange Valerie unter ihrem Dach lebte.

Michaela schlug die Decke zurück und stand auf. Auf dem Weg ins Bad drang der Duft nach Kaffee und frischen Brötchen an ihre Nase.

»Tante Mika?«, rief da ihre Nichte, offenbar hatte sie die Schlafzimmertür gehört.

»Ich bin in zehn Minuten fertig«, gab Michaela zurück. »Ich geh nur schnell duschen.«

Diese Idee hatte Valerie vor ihr ebenfalls gehabt –

und sie hatte die benutzten Handtücher auf dem Boden liegen lassen. Ebenso den Pyjama. Sie war nahe dran, Valerie deswegen zu rügen, doch dann dachte sie an das Frühstück, welches ihre Nichte vorbereitete, und fand es kleinlich, auf ein paar am Boden liegenden Wäschestücken herumzureiten. Sie würde es später ganz nebenbei erwähnen, nahm sie sich vor. Seufzend bückte sie sich, hob die Sachen auf und warf alles in den Wäschebehälter.

Der ging schon beinahe über, also stand Wäschewaschen heute auch noch auf dem Programm. Aber erst nach dem Frühstück.

Tja, zwei Leute, doppelte Schmutzwäsche. Nicht nur daran merkte sie, dass sie nun nicht mehr allein lebte.

Schnell brauste sie sich ab, hüllte sich in das letzte saubere Badetuch, föhnte ihr Haar trocken und zog ihren übergroßen, dafür aber superbequemen Lieblingssweater und eine Jeans an.

Danach ging sie in die Küche, wo Valerie gerade Eier kochte. »Guten Morgen, du bist aber fleißig.«

Valerie drehte sich zu ihr um und fragte: »Wie möchtest du dein Ei?«

»Am liebsten wachsweich. Viereinhalb Minuten.«

»So wie ich«, gab Valerie zurück und stellte die Küchenuhr ein. Wo hatte sie die denn bloß gefunden? Michaela hatte sie bestimmt schon Jahre nicht gesehen.

»Hoffentlich funktioniert das Ding überhaupt«, sagte sie und deutete mit dem Kopf auf die Uhr. »Soll ich dir irgendwie helfen?«

»Nein, setz dich einfach hin. Ich bin ja schon fertig – bis auf die Eier. Und die sind auch gleich so weit.«

Mit einem Anflug von schlechtem Gewissen nahm Michaela Platz. Sollte nicht eigentlich sie für ihre Nichte Frühstück zubereiten? Kochen? Stattdessen wurde sie von Valerie umsorgt.

Dann fiel ihr die Unordnung im Badezimmer ein, und ihre Gewissensbisse verschwanden.

»Könntest du das nächste Mal ...«, begann sie, doch dann wurde Michaela durch das Summen der Eieruhr unterbrochen und verstummte.

Valerie nahm die Eier aus dem Wasser, schreckte sie kurz ab, gab sie in Eierbecher und stellte sie auf den Tisch.

»Was wolltest du eben sagen?«

Angesichts der duftenden Brötchen und des dampfenden Kaffees, der perfekt gekochten Eier und überhaupt der ganzen Mühe, die sich Valerie mit dem Frühstück gegeben hatte, winkte Michaela ab. »Ach, war nicht wichtig. Was hältst du davon, wenn wir ins Kino gehen?«

»Find ich klasse! Welchen Film? Da läuft gerade einer über einen durchgeknallten Serienmörder, der Journalisten umbringt, den würde ich mir gerne ansehen. Kannst du mir die Hierarchie in deiner Dienststelle noch einmal erklären? Ich möchte niemanden vor den Kopf stoßen. Und von deinem Date wolltest du mir auch erzählen. Wie war's denn? Harald heißt er, nicht wahr? Und er ist Forensiker, richtig?« Die Worte sprudelten förmlich aus Valerie heraus, sie schien nicht einmal Luft zu holen.

Michaela grinste. »Wenn ich auch mal zu Wort komme ...«

»Klar, ich bin einfach nur aufgeregt, wegen morgen

und so. Du musst dann auch noch in der Schule anrufen ...«

Michaela versprach, das gleich in der Früh zu erledigen.

Das Frühstück hielt lange an, deshalb verzichteten sie auf ein Mittagessen und stopften sich später im Kino mit Popcorn voll. Der Film war nicht schlecht, hatte allerdings mit der Realität nicht viel zu tun, so wie die wenigsten Filme oder Bücher, was Michaela durchaus verständlich fand. Schließlich wollten die Leute unterhalten werden, es sollte spannend sein, sie wollten mitfiebern. Das alles konnte man von einem echten Mordfall und realer Ermittlungsarbeit nicht erwarten. Die meiste Zeit verbrachte sie damit, Papierkram zu durchforsten. Danach kam das Befragen von allen möglichen Leuten: Zeugen, Verdächtige ... und meistens ein Haufen Spinner, die sich wichtigmachen wollten und nichts zur Aufklärung eines Falls beizutragen hatten.

Zu einem wesentlichen Bestandteil ihrer Arbeit gehörte das Warten. Warten, bis eine Leiche obduziert wurde, warten auf die Ergebnisse der Spurensicherung, auf Laborresultate, Fingerabdruckabgleiche ... das fiel ihr am schwersten. Das hieß nicht selten, dass ein Täter die Zeit nutzte, um unterzutauchen oder um weiterzumorden – und was das in dem jetzigen Mordfall bedeutete, daran wollte sie lieber gar nicht erst denken.

Sie versuchte, ihrer Nichte klarzumachen, dass es im wahren Leben bei der Kripo nicht so ablief wie in dem Kinofilm, doch die Botschaft schien nicht wirklich anzukommen. Nun ja, morgen würde Valerie es ja selbst miterleben. Ob sie danach immer noch Kripobeamtin werden wollte?

KAPITEL 30

Am Morgen wurde Valerie noch vor Michaela wach. Das Erste, woran sie dachte, sobald sie die Augen aufschlug, war der Besuch im Landeskriminalamt. Endlich! Sie hatte sich eine ganze Liste an Fragen überlegt, die sie stellen wollte, und hatte sich eingeprägt, wer wie hieß und welche Stellung er innehatte. Das würde der beste Tag des Jahres werden. Was hieß des Jahres? Des Jahrzehnts!

Valerie hatte noch gestern Abend Saskia angerufen und ihr Bescheid gegeben, dass sie nicht in die Schule käme. Ein wenig neidisch war ihre Freundin schon, was aber eher daran lag, dass sie einen ganzen Tag im Klassenzimmer sitzen musste und Valerie sich in der Zeit mit etwas weit Spannenderem als Mathe abgeben durfte.

Während sie noch vor dem Schrank stand und überlegte, was sie anziehen sollte, klopfte es an der Tür, und ihre Tante steckte den Kopf herein.

»Na, schon auf?«

»Schon lange. Was denkst du? Soll ich den grünen oder den blauen Pulli nehmen?«

»Den, in dem du dich am wohlsten fühlst«, gab Michaela nicht sehr hilfreich zurück.

Mit einem Seufzer entschied sich Valerie für einen schlichten grauen.

Als sie ein wenig später aus ihrem Zimmer in die Küche kam, saß Michaela bereits mit einer Zeitung und Kaffee am Tisch. Bei Valeries Anblick hob sie anerkennend die Brauen. »Du hast dir das Haar zurückgebunden«, stellte sie fest.

Valerie nickte. »Ist praktischer so.«

»Auf jeden Fall. Hör zu, ich möchte nicht, dass du dir zu viel von heute erwartest, okay? An den laufenden Ermittlungen nimmst du nicht teil, das ist mein Job. Wahrscheinlich bekomme ich dich kaum zu Gesicht, weil ich beschäftigt sein werde.«

Nur mühsam konnte Valerie ihre Enttäuschung verbergen. Klar, sie hatte nicht damit gerechnet, dass sie mit einer Pistole in der Gegend herumlaufen oder auf Verfolgungsjagd gehen würde, aber sie hatte gehofft, sie würde zumindest an einen Tatort mitgenommen werden oder bei Zeugenvernehmungen dabei sein.

»Hach, jetzt mach nicht so ein Gesicht. Harald zeigt dir das Labor und erklärt dir alles über Forensik. Und Kilian Weilmann, der Kriminalpsychologe, nimmt sich ebenfalls für dich Zeit. Den kannst du löchern, was Profiling angeht.«

»Und was machst du die ganze Zeit über?«, wollte Valerie wissen.

»Ich versuche herauszufinden, wo sich eines der vermissten Mädchen und die Tote begegnet sind.«

Na toll, das hätte sich Valerie ebenfalls zugetraut. Genau genommen hatte sie nach Saskias Tipp mit den Jugendzentren bereits angefangen nachzuforschen. Brauchbare Ergebnisse hatte sie noch keine, aber das lag bloß daran, dass sie zu wenig Zeit gehabt hatte, sich intensiver damit zu beschäftigen. Zwar hatte Tante Mika ihr ziemlich deutlich zu verstehen gegeben, dass sie die

Finger von dem Fall lassen sollte, aber damit hatte sie bestimmt nicht ein paar harmlose, ungefährliche Internetrecherchen gemeint.

»Können wir los?«, fragte sie und zeigte demonstrativ auf die Küchenuhr. »Ich möchte die Morgenbesprechung auf keinen Fall versäumen.«

Michaela lächelte, schlug die Zeitung zu und trank ihren Kaffee aus. »Keine Sorge, du versäumst sie schon nicht. Aber gut, fahren wir. Dann kann ich dir vorher meine Teamkollegen Doris und Vincent vorstellen.«

»Wir haben eine weitere Leiche«, wurde Michaela von Doris empfangen, sobald sie ihr Büro betrat.

Sie räusperte sich. »Guten Morgen, das hier ist Valerie, meine Nichte. Sie schaut sich heute ein wenig bei uns um.« Was zum Teufel tat Doris um diese Uhrzeit schon hier?

Die junge Kollegin lief rot an und murmelte eine Art Entschuldigung, während Valerie weniger geschockt als vielmehr interessiert wirkte, wie Michaela mit einem schnellen Seitenblick auf ihre Nichte feststellte.

»Hoffentlich nicht Christina?«, wagte Valerie die Frage zu stellen, die Michaela ebenfalls auf der Zunge lag.

»Sie ist es nicht«, gab Doris zur Antwort, »wir haben keinen Namen, die Identifikation läuft noch.«

»Warum hat mich keiner verständigt?«, wollte Michaela wissen und bemühte sich, ihren Ärger nicht zu zeigen.

»Wir haben es auch eben erst erfahren«, sagte Vincent. Er stand von seinem Platz auf, kam herüber und reichte Valerie die Hand. Michaela konnte die Vermisstenakten auf seinem Tisch erkennen, in denen er geblättert hatte. Hoffte er, dort den Namen der Toten zu finden?

»Es ist ja noch nicht mal klar, ob diese Tote mit der anderen etwas zu tun hat«, gab Doris zu bedenken.

»Ich hoffe nicht. Wir haben so schon genug um die Ohren«, meinte Michaela, wusste aber, dass es den anderen Ermittlungsteams nicht anders ging.

Nach der Morgenbesprechung hatten sich Michaelas Hoffnungen zerschlagen. Natürlich hatte Steurer den neuen Mordfall ebenfalls ihr übergeben. Als sie die Fakten hörte, wusste sie auch, warum.

Bei der Leiche handelte es sich um ein junges Mädchen – ebenfalls abgemagert und ungepflegt, wenn auch nicht ganz so extrem wie Tanja Luksch. Schon aufgrund dieser Parallelen hatte Steurer nicht anders entscheiden können. Trotzdem schien der Berg an Verantwortung Michaela zu erdrücken. Sie hatte bereits vorher das Gefühl gehabt, auf der Stelle zu treten, zu langsam zu sein, zu wenig zu wissen. Wie würde es jetzt erst werden?

Als sie Steurer – heute hatte er ein rot-schwarz kariertes Holzfällerhemd an – ihre Bedenken erzählte, nickte er verständnisvoll und versicherte ihr, sie könne sich jede Unterstützung holen, die sie benötige, sei es nun Weilmann oder weitere Mitarbeiter. »Und du bekommst bei den Laboruntersuchungen absoluten Vorrang.«

Was hätte sie diesem Angebot entgegenzusetzen gehabt?

Nach der Besprechung brachte sie Valerie in die forensische Abteilung. Unwillkürlich hielt sie nach Harald Ausschau, der aber nicht zu sehen war.

»Harry ist noch am Fundort«, erklärte eine junge Mitarbeiterin und lächelte sie an. »Aber er hat Bescheid gesagt, dass du kommst«, wandte sie sich an Valerie. »Dann komm, ich zeig dir alles.«

Eigentlich hätte Michaela erleichtert sein sollen, dass die Mitarbeiterin so bereitwillig Haralds Rolle übernahm, ihrer Nichte alles zu erklären. Stattdessen fragte sie sich, wie diese Frau, die noch dazu eine echte Schönheit war, dazu kam, Harald bei seinem Kosenamen zu nennen. Harry?! Ob ihm das gefiel? So, wie sie ihn kannte, wahrscheinlich nicht. Vielleicht war er bloß zu höflich, um das seiner Kollegin zu sagen.

»Ich fahre ebenfalls zum Fundort«, sagte Michaela zu Valerie. »Gegen Mittag hole ich dich ab, und wir können gemeinsam in der Kantine essen, okay?«

»Geht klar«, entgegnete Valerie und schenkte ihre Aufmerksamkeit wieder der hübschen Forensikerin, die auf den Gaschromatographen deutete und erklärte, wofür der Apparat diente.

Mit einem Seufzen wandte sich Michaela ab. Offensichtlich brauchte sie sich keine Sorgen zu machen, dass Valerie langweilig werden könnte. Wenigstens eine Bürde weniger. Sie wurde nun woanders dringender gebraucht.

Gemeinsam mit Doris machte sich Michaela auf den Weg zum Fundort der Leiche. Als sie an dem abgelegenen Waldpfad angekommen waren, ließ Doris das Auto hinter den anderen Fahrzeugen stehen, das kurze Stück bis zur Absperrung gingen sie zu Fuß. Der Polizeibeamte ließ sich ihre Dienstausweise zeigen, erst dann durften sie das Absperrband passieren. Die Leiche war schon weggeschafft worden, doch die Kollegen der Spurensicherung arbeiteten sich durch das Gelände.

Gleich hinter dem gelb-schwarzen Band stand eine Truhe, in der sich Schutzkleidung befand. Michaela nahm einen Einwegoverall aus der Verpackung, zog ihn an und stülpte die Kapuze über ihr Haar. Danach schlüpfte sie in die Überziehschuhe. Doris tat es ihr gleich.

Gerade war Michaela fertig geworden, als Harald sie entdeckte. Über sein ernstes Gesicht huschte ein winziges Lächeln. Er winkte und eilte zu ihr.

Michaela hielt sich gar nicht erst mit Höflichkeitsfloskeln auf. »Was hast du für uns?«

Harald machte eine ausholende Armbewegung. »Ist ein großes Gelände, wir brauchen bestimmt den ganzen Tag, um es zu durchkämmen. Ferreira war schon hier, er erwartet deinen Anruf wegen der Obduktion.«

Michaela atmete auf, als sie hörte, dass diesen Fall auch Ferreira übernommen hatte. Es gab nun mal keinen besseren Gerichtsmediziner als ihn – zumindest in ihren Augen. »Das ist gut«, murmelte sie.

»Hier sind Schleifspuren, aber kein Blut. Sie muss schon tot gewesen sein, als sie hergebracht wurde.«

»Wie ist sie gestorben?«, fragte Michaela. Auf den Fotos, die sie bereits bei der Morgensitzung gesehen hatte, waren keine äußerlichen Verletzungen zu erkennen gewesen.

»Laut Ferreira ist sie erstickt«, antwortete Harald.

»Auf den Bildern waren keine Strangulationsmale«, warf Doris ein. »Das heißt, sie ist nicht erwürgt oder erdrosselt worden.«

»Besprecht das am besten mit Ferreira, ich glaube, das ist ein wenig ... kompliziert«, riet Harald.

Doris nickte. »Ich ruf ihn an«, sagte sie und blieb zurück, während Michaela an Haralds Seite bis zu der Stelle weiterging, an der das Mädchen gelegen hatte.

Eine weiße Linie zeigte die Umrisse des Körpers.

»Bauch- oder Rückenlage?«, fragte Michaela und bückte sich, um den Boden näher zu betrachten.

»Rücken. Sie war unbekleidet, die Beine gespreizt. Ferreira sagt, sie sei mit einem Gegenstand penetriert worden. Post mortem.«

Michaela quälte sich langsam wieder aus der Hocke. Plötzlich kam sie sich kraftlos vor und wäre beinahe umgekippt. Schnell schloss Haralds Hand sich um ihren Arm und stützte sie. »Alles okay?« Die Besorgnis in seiner Stimme und die gerunzelte Stirn zwangen Michaela zu einem gequälten Lächeln.

»Ja, ich habe nur das Gleichgewicht verloren.« Harald ließ seine Hand weiter auf ihrem Arm ruhen. Einen Moment lang genoss sie seine Fürsorge und die sanfte Berührung, ehe sie sich aus Haralds Griff löste. Ihr war etwas aufgefallen. Erneut bückte sie sich hinunter und zeigte auf einen Holzsplitter, der dort lag, wo sich der Kopf des Mädchens befunden hatte.

»Eine Pinzette«, forderte sie, und Harald reichte ihr das Gewünschte.

Sie hob den Splitter auf und betrachtete ihn von allen Seiten. Er sah nicht außergewöhnlich aus. Sehr wahrscheinlich hatte er nichts zu bedeuten. Hier gab es Millionen Äste und Zweige, von denen dieses Stück abgesprungen sein konnte.

Harald hielt ihr eine Asservatentüte hin, und sie ließ den Splitter hineinfallen. »Ich mache mir keine großen Hoffnungen, dass ihr damit etwas anfangen könnt. Übrigens …«, sie machte eine Pause und wartete darauf, dass Harald sie ansah. »Steurer hat versprochen, dass unsere Fälle absoluten Vorrang haben.«

Harald nickte. »Ich weiß. Den hatten sie schon vorher. Keinen von uns lassen diese Mädchen kalt.«

Michaela spürte einen Kloß im Hals und wusste nicht, was sie darauf antworten sollte. Es tat gut zu wissen, dass andere diese Fälle genauso wichtig nahmen wie sie und ihr Team. Glücklicherweise enthob Doris' Ruf sie einer Antwort. »Ferreira erwartet uns.«

»Jetzt gleich?«

»Ja, er hat mit der Obduktion bereits angefangen. Wir sollen in den Sektionssaal kommen.«

»Du siehst …«, wandte sie sich an Harald, »Ferreiras Aufforderung sollte ich besser folgen.«

»Lass ihn nicht warten«, stimmte Harald ihr zu.

»Danke«, sagte Michaela und ging.

»Wofür denn?«, rief ihr Harald hinterher.

Sie wandte sich noch einmal zu ihm um. »Für alles.« Und dafür, dass du nicht bloß deine Arbeit tust, fügte sie in Gedanken hinzu.

»Was hast du gefunden?«, fragte Doris, als sie im Auto saßen.

»Ein Stück Holz«, gab Michaela kurz angebunden zurück.

»Davon gibt es hier viele.«

»Ich weiß«, sagte sie seufzend. »Deshalb will ich gar nicht erst darüber reden.« Sie wollte sich keine Hoffnungen machen, weil die Chance, dass sie etwas entdeckt hatte, was vielleicht bei der Klärung des Falles weiterhalf, äußerst gering war. Eins zu tausend. Oder sogar eins zu hunderttausend. Trotzdem ließ sie der Gedanke nicht los, dass dieser Splitter von keinem der Zweige stammte. Er war glatter, hatte eine dunklere Färbung. Harald würde es herausfinden, sagte sie sich.

»Immerhin ist er auffällig genug gewesen, sonst hättest du ihn nicht entdeckt«, sagte Doris mitten in ihre Gedanken hinein.

Und da war sie nun doch, die Hoffnung. Michaela fragte sich, weshalb dieses Gefühl, alles würde sich schließlich zum Guten wenden, die größte Triebfeder der Menschen darstellte. Dabei gab es keine Empfindung, die trügerischer war. Keine, die so schnell verschwand, um ganz plötzlich wieder im Herzen aufzuglimmen, wie eine nie ganz erloschene Glut, die bloß darauf wartete, angefacht zu werden.

»Erwarte dir bloß nicht zu viel davon«, sagte sie zu ihrer Kollegin. »Es kann alles Mögliche sein. Jetzt hören wir uns erst mal an, was Ferreira herausgefunden hat.«

KAPITEL 31

Nr. 1 hätte eigentlich dieses Gefühl der Macht und des Triumphes genießen müssen, doch stattdessen spürte sie eine ungeheure Wut in sich, fast so wie früher, als sie die Leere in dem vollen Haus ihrer Eltern nicht ausgehalten hatte. Ständig waren irgendwelche Leute da, Geschäftsfreunde ihres Vaters, Freundinnen ihrer Mutter, Kindermädchen, Personal ... aber trotz der Menschen, von denen sie beinahe Tag und Nacht umgeben war, wurde sie kaum beachtet. Keinem schien das Kind wichtig genug zu sein, um sich mit ihm zu unterhalten.

Bis sie irgendwelche Dinge anstellte und die Leute dazu zwang, sie wahrzunehmen, sich mit ihr auseinanderzusetzen.

Diese Wut hatte sie begleitet, seit sie denken konnte. Als sie noch klein war, hatten ihre Puppen dran glauben müssen. Sie hatte ihnen die Haare abgeschnitten, ihnen die Köpfe und Gliedmaßen abgerissen.

Später waren es ihre Mitschüler und Lehrer gewesen, die ihr als Blitzableiter dienten.

Auf der Straße, in den Kreisen, in denen sie sich schließlich vor ihrer Entführung bewegte, war dieser alles verzehrende Zorn gut gewesen. Sie hatte sich schnell Respekt verschafft. Nachdem sie einen etwa gleichaltrigen, ihr körperlich weit überlegenen Jungen, der zudringlich geworden war, krankenhausreif geprügelt hatte, wurde sie in Frieden gelassen. Und diese Ruhe unterschied sich gewaltig von der Ignoranz, die sie daheim erfahren hatte, denn auch wenn niemand ihr blöd kam und die meisten es vermieden, sie anzusprechen, wusste sie, dass sie in den Köpfen ihrer Leidensgenossen ständig präsent war. Sie wurde gefürchtet. Und geachtet.

Zunächst lief es im Keller genauso ab wie auf der Straße. Sie nützte jede Schwäche der anderen aus, beobachtete, lernte. Ihre Wut war hilfreich, denn sie überlagerte die Angst. Sie half ihr, zu überleben und sich mit ihrer Situation zu arrangieren.

Aber nun waren Nr. 2 und Nr. 3 weg, und die dumme Nuss, die neu dazugekommen war, reagierte seit dem Vorfall mit Nr. 3 auf nichts. Hatte sie vorher schon meist stumm in der Ecke gesessen, bis auf das nervtötende Summen, mit dem sie Nr. 1 überhaupt erst auf die Palme gebracht hatte, so lag sie nun auf dem Boden und wurde nur ab und zu von Krämpfen geschüttelt. Dabei hatte sie die Kontrolle über ihre Blase verloren, wie Nr. 1 unschwer riechen konnte, aber schlimmer als der Geruch – an den hatte sie sich während ihres langen Aufenthaltes hier gewöhnen müssen – war das Gefühl, nichts bewirken zu können. Es war genauso wie die Zeit in ihrem Elternhaus. Nein, noch schlimmer. Denn damals hatten ihre Maßnahmen für Aufruhr und Entsetzen gesorgt. Aber jetzt verpuffte jede Provokation einfach. Egal, was sie diesem Zombie entgegenschleuderte, egal, wie sehr sie Nr. 4 beschimpfte – und mehr konnte sie aus ihrer Zelle aus nicht tun –, es bewirkte nichts. Null. Anstatt ihr bloß den Finger zu brechen, hätte sie ihr das Genick brechen sollen.

Nr. 1 fühlte sich nicht mehr überlegen, sondern ohnmächtig. Und Ohnmacht war das Schlimmste, was ihr in ihrem Leben passieren konnte.

Michaela und Doris betraten die Gerichtsmedizin und wurden in den Sektionssaal geschickt, in dem Ferreira gerade die Obduktion an dem Mädchen vornahm.

Er hob nur kurz den Kopf, als sie zur Tür hereinkamen. »Guten Morgen«, sagte er. »Ich bin beinahe fertig.«

»Ein guter Morgen sieht anders aus«, murmelte Doris, doch Ferreira ließ sich davon nicht beirren und entnahm aus dem Magen des Opfers eine Probe des Inhalts. Obwohl Michaela alles andere als zimperlich war, musste sie den Blick abwenden.

»Harald Kammerer sagte, sie wäre nach ihrem Tod vergewaltigt worden?« Michaela merkte, wie Doris bei ihren Worten scharf die Luft einsog. Vielleicht hätte sie ihrer Kollegin davon berichten sollen, doch sie hatte es auf der Fahrt hierher verdrängt.

Ferreira nickte. »Genau genommen wurde ihr ein Pflock in die Vagina eingeführt.«

Michaela musste schlucken. Alleine von der Vorstellung wurde ihr übel. Wenigstens hatte das Mädchen es nicht mehr mitbekommen.

Doris hatte sich wieder gefangen. »Es ist also ein Sexualmord. Und ich dachte, die beiden Fälle würden zusammenhängen.« Michaela hörte die Enttäuschung in Doris' Stimme.

Der Gerichtsmediziner sah überrascht auf. »Ein faszinierender Gedanke«, gab er zu. »Ehrlich gesagt bin ich gar nicht auf die Idee gekommen, die beiden Opfer könnten etwas miteinander zu tun haben.«

In Michaelas Kopf tauchte ein Gedanke auf, der allerdings viel zu vage war, um ihn weiterverfolgen, geschweige denn, ihn in Worte fassen zu können. Deshalb fragte sie: »Wie ist sie gestorben?«

»Ihr Kehlkopf wurde zerquetscht, und sie ist langsam erstickt. Ein qualvoller Tod, es hat wohl ziemlich lange gedauert.«

Verflucht, musste Ferreira alles immer so anschaulich erklären? Michaela wäre es lieber gewesen, er hätte wie seine Kollegen Fachausdrücke verwendet. Sonst schätzte sie seine unverblümte Art, aber hier hätte die medizinische Terminologie die Tat etwas weniger schrecklich klingen lassen.

»Wann?«, brachte sie hervor und wunderte sich, dass ihre Stimme nur ein Flüstern war.

»Vor drei bis vier Tagen, genauer kann ich es nicht

sagen. Sie wurde nach ihrem Tod bewegt, sehr wahrscheinlich beim Wegschaffen der Leiche.«

Michaela war lange genug bei der Mordkommission, um zu wissen, dass Blut bis zu zwölf Stunden nach Eintritt des Todes in die am tiefsten gelegenen Stellen des Körpers wanderte, danach kam es zur Eindickung des Blutes, was wiederum dazu führte, dass die Totenflecken fixiert blieben.

»Die Starre hat sich noch nicht ganz gelöst«, sprach Ferreira weiter, »aber das ist bei den Temperaturen kein Wunder.«

Michaela hörte nur mehr mit halbem Ohr zu. Im Geiste rechnete sie nach. Drei bis vier Tage. Das hieß Donnerstag oder Freitag.

»Wie lange, meinen Sie, lag sie schon im Wald?«

Ferreira zuckte die Achseln. »Schwer zu sagen, aber lange genug, um Tiere anzulocken.«

Sie kannte ihn, er würde lieber keine Antwort geben, als in Spekulationen zu verfallen.

Der Fundort war von der Straße nicht einsehbar, der Pfad wurde bestimmt nicht oft benutzt. Trotzdem fand Michaela es unwahrscheinlich, dass die Tote dort über drei Tage gelegen haben sollte, ohne entdeckt zu werden.

»Was haben Sie sonst noch?«, fragte nun Doris. »Es muss doch irgendwelche Spuren geben.« Sie klang beinahe verzweifelt. Michaela konnte es ihr nicht verdenken. Wenn sie nichts Handfesteres bekamen als diese dürftigen Informationen, hatten sie keine Ahnung, wo sie mit den Ermittlungen ansetzen sollten.

Jetzt lächelte Ferreira. »Ah, das Beste habe ich mir für den Schluss aufgehoben.« Am liebsten hätte Michaela ihn geschüttelt, damit er endlich mit der Sprache rausrückte. Aber es schien, als hätte er bloß darauf gewartet, danach gefragt zu werden, denn er winkte sie zu sich und zeigte in eine durchsichtige Plastikschale, in der sich Grashalme, Erdkrumen und Holzsplitter, ähnlich dem, den Michaela am Fundort aufgehoben hatte, befanden. »Das stammt aus ihrem Haar. Hier, sehen Sie? Faszinierend, nicht wahr?«

Michaela und Doris starrten in die Schale. Schließlich gab Doris entnervt auf. »Also, ich weiß nicht, was da interessant sein soll.«

In dem Moment, in dem Ferreira zu einer Erklärung ansetzte, sah es Michaela auch: Es handelte sich um zwei verschiedenfarbige Erdproben. Die sandhaltige, gelbstichige, mit Baumnadeln versetzte, stammte vom Fundort. Die andere war dunkler und sah genauso aus wie die aus Tanjas Haar. Ohne eine genaue Laboruntersuchung war es reine Annahme, es könne sich um die gleiche Zusammensetzung handeln, aber dennoch schien es, als würde sich in Michaelas Magen ein kleiner Klumpen aus Eis bilden.

»Außerdem habe ich Haare und am Hals einen Teilabdruck von einer Sohle, der so gut wie jeder Fingerabdruck ist, sicherstellen können«, sprach Ferreira weiter, »deshalb ist es naheliegend, dass der Täter ihr mit dem Fuß auf den Kehlkopf gestiegen ist.« Als wäre das noch nicht grausam genug, führte er weiter aus: »Sie scheint in einen Kampf verwickelt gewesen zu sein, sie hat Hämatome und Abschürfungen, die sie sich erst ein paar Stunden vor ihrem Tod zugezogen hat.« Er wollte noch etwas sagen, als Michaelas Handy summte. Sie hatte es vorhin auf lautlos gestellt, um die Obduktion nicht zu stören. Ausschalten hatte sie es nicht wollen, um erreichbar zu bleiben.

Sie holte es aus ihrer Hosentasche und überprüfte die Nummer auf dem Display. Es war Vincent. Er verlor, wie üblich, kein unnötiges Wort. »Maja Stopfer, fünfzehn Jahre alt. Seit eineinhalb Wochen vermisst. Sie kam nach einem Spaziergang mit dem Hund nicht mehr nach Hause.«

Sie brauchte nicht fragen, wer Maja war. Auch so wusste sie, dass es sich um das Mädchen auf dem Stahltisch vor ihnen handelte.

»Wir kommen sofort«, sagte sie zu ihm und legte auf. Dann gab sie die Information, die sie eben erhalten hatte, an Ferreira und Doris weiter. Der Gerichtsmediziner hob anerkennend die Brauen. »Das ging ja schnell mit der Identifizierung. Ich melde mich, wenn ich den Bericht fertig habe.«

Michaela und Doris verabschiedeten sich und eilten zum Auto. Erst als Doris mit weit überhöhter Geschwindigkeit Richtung LKA fuhr, erinnerte sich Michaela daran, dass sie Valerie versprochen hatte, gemeinsam essen zu gehen. Hoffentlich würde sie überhaupt etwas hinunterbringen.

Valerie hatte den Vormittag in der forensischen Abteilung interessant gefunden. Jetzt noch schwirrte ihr der Kopf von all den Geräten und Apparaten. Sie hatte keine Ahnung gehabt, was da alles untersucht werden konnte. Schon faszinierend, allerdings hätte sie sich gewünscht, irgendetwas tun zu können, anstatt bloß einen Rundgang zu machen und alles erklärt zu bekommen. Außerdem fand sie es schade, dass sie Harald, mit dem Tante

Mika ausgegangen war, nicht kennengelernt hatte. Es hätte sie interessiert, wie ihr potenzieller neuer Onkel so war. Aufgeschoben war nicht aufgehoben, tröstete sie sich. Irgendwann würde schon die richtige Gelegenheit kommen. Abgesehen davon fand sie ja, dass Bernd Dalisch viel besser zu ihrer Tante passte. Ob man da ein wenig nachhelfen konnte? Dafür, dass Tante Mika ihn nicht leiden konnte, war er letztens ziemlich lange in der Küche gesessen.

Sie mochte ihn, weil er ihr zuhörte, ohne sie zu unterbrechen. Und weil er nicht sagte, sie solle dies so oder jenes anders machen. Außerdem hatte er Humor und konnte über sich selbst lachen. Ein wenig erinnerte er sie an ihren Vater. Nicht vom Aussehen, aber vom Wesen.

Na ja, ihre Entscheidung war es nicht, und irgendetwas musste dieser Harald an sich haben, wenn Tante Mika sich mit ihm traf. Als er sie neulich abgeholt hatte, war Valerie, gleich nachdem sie zur Tür draußen waren, zum Fenster gestürzt, um einen Blick auf ihn zu erhaschen. Er sah nicht schlecht aus, wirkte aber auf den ersten Blick langweilig. Vielleicht irrte sie sich, sie kannte ihn schließlich nicht, räumte sie ein. Allerdings hatte Tante Mika nach der Verabredung nicht gerade verliebt ausgesehen.

Valerie bedankte sich bei der Forensikerin für den Einblick in die Arbeit und verabschiedete sich. Bisher war Tante Mika noch nicht wieder aufgetaucht, und sie beschloss, am besten oben im Büro zu warten. Nebenbei würde sie vielleicht etwas über den neuen Leichenfund erfahren. Die Forensik war zwar spannend, aber noch viel interessanter fand sie die Ermittlungsarbeit.

Außer Vincent war keiner da. Valerie schluckte ihre Enttäuschung hinunter. Dass sie ausgerechnet von diesem wortkargen, fast brummigen Mann etwas über den neuen Mordfall erfahren würde, war ziemlich unwahrscheinlich. Da hätte ihr sogar Tante Mika mehr erzählt.

»Ach, du bist es«, sagte er nicht unfreundlich, und Valerie schöpfte Hoffnung. Vielleicht war er gar nicht so unnahbar, wie sie gedacht hatte.

»Ich hoffe, ich störe Sie nicht bei etwas Wichtigem.«

Er ging auf ihre Frage nicht ein. »Michaela wird gleich hier sein. Setz dich doch.«

Valerie folgte seiner Aufforderung und ließ sich auf Tante Mikas Schreibtischstuhl plumpsen. Ihr Blick wanderte zu Vincents Tisch, und sie bemerkte eine Akte, die genauso aussah wie die Akte von Christina, die sie aus der Tasche ihrer Tante genommen hatte. Allerdings war ein Foto von einem anderen Mädchen angeheftet.

»Ist das das ermordete Mädchen?«, fragte sie.

Vincent zuckte zusammen, als er von ihr angesprochen wurde. »Ja.«

»Darf ich mir die Akte ansehen?«

Vincent winkte sie zu sich. Ehe er es sich vielleicht anders überlegte, eilte Valerie zu ihm und blickte ihm über die Schulter. »Sie sieht hübsch aus«, sagte sie schließlich, als sie das Foto eingehend betrachtete.

»Jetzt wohl nicht mehr.«

Die flapsige Antwort berührte Valerie mehr, als sie zugegeben hätte. Sie machte ihr klar, dass Maja Stopfer, so hieß das Mädchen, nie mehr so lächeln würde wie auf dem Bild. Sie würde nicht zu ihren Eltern zurückkehren, würde keinen Schulabschluss machen, nicht heiraten oder Kinder kriegen. Neben der Traurigkeit, die sie bei diesen Gedanken empfand, fühlte Valerie noch etwas anderes: das dringende Bedürfnis, mehr über Maja zu erfahren. Sie wollte wissen, wie und wo sie gelebt hatte, vor allem aber was mit ihr passiert war, und wer sie um ihre Zukunft betrogen hatte, indem er ihr Leben einfach ausgelöscht hatte, als wäre es nichts wert gewesen.

»Was ist mit ihr passiert?«, fragte sie leise.

»Wir werden es herausfinden«, gab Vincent zurück. Es klang wie ein Versprechen.

Sie hätte noch viele Fragen gehabt, doch ehe sie die nächste stellen konnte, wurde die Tür aufgerissen, und Tante Mika stürzte in den Raum. Vincent hob die Augenbrauen. »Seid ihr geflogen?«

»Fast«, antwortete Michaela und schälte sich aus der Jacke, während sie gleichzeitig zu Vincents Tisch herüberkam. »Ich dachte, du wärst im Labor«, sagte sie zu Valerie gewandt.

»Damit bin ich schon fertig, und ich dachte, ich warte am besten hier auf dich.«

Tante Mika hängte ihre Jacke auf die Stuhllehne und griff nach der Akte. »Woher wusstest du, dass du sie unter den Vermissten findest?«

Vincent zuckte die Achseln. »Intuition?« Dann kratzte er sich am Kopf und setzte hinzu: »Ich habe mir die meisten Gesichter gemerkt. Und das Foto von ihr am Fundort …«

»Wie auch immer – tolle Arbeit. Sogar Ferreira hat gestaunt, wie schnell wir sie identifizieren konnten.«

In diesem Moment kam Doris herein. Sie telefonierte und nickte Valerie deshalb nur kurz zu. Als sie aufgelegt hatte, sah sie in die Runde. »Um halb zwei erwartet uns Familie Stopfer.«

Michaela seufzte. »Okay, dann sollten wir vorher zu Mittag essen.«

Valerie setzte sich nur widerwillig in Bewegung, während Doris munter berichtete, welche Speisen es heute in der Kantine gab. Es klang, als hätte sie die Wochenkarte auswendig gelernt. Wie konnte man in solch einem Moment bloß ans Mittagessen denken?!

Auch Vincent schloss sich ihnen an, und so gingen sie zu viert in den ersten Stock, wo der Speisesaal lag.

Aufgrund der Mittagszeit war die Kantine gut besucht. Michaela hielt nach einem freien Tisch Ausschau. An dem einzigen, an dem es noch vier Plätze gab, saßen Steurer und Weilmann. Der Kontrast zwischen den beiden hätte nicht größer sein können. Der Chef in seinem rot-schwarzen Karohemd und der Kriminalpsychologe in seinem Anzug – dennoch schienen sie sich angeregt miteinander zu unterhalten. Michaela bahnte sich einen Weg durch die Stuhlreihen, die anderen folgten ihr.

»Dürfen wir uns zu euch setzen?«, fragte sie.

Die Männer blickten auf, Steurer nickte. Dann bemerkte er Valerie, die hinter Michaela zum Stehen gekommen war.

»Ach, unsere Hospitantin. Du musst noch die Verschwiegenheitserklärung unterschreiben. Wie gefällt es dir bisher? Valerie, nicht wahr?«

Valerie lächelte. »Total gut. Am Vormittag habe ich mir die forensische Abteilung angesehen, das war unglaublich interessant. Kann ich wegen der Papiere nachher zu Ihnen kommen?«

Steurer nickte. »Es reicht, bevor du heimgehst.«

Weilmann reichte Valerie die Hand. »Ich bin Kilian. Das heißt, am Nachmittag habe ich das Vergnügen, dir etwas über Kriminalpsychologie zu erzählen.«

Valerie strahlte den Mann an. »Ja, ich freu mich schon sehr darauf. Tante Mika ... also, ich meine Michaela, hat mir bereits eine Menge über Ihre Arbeit erzählt ...«

Michaela unterbrach ihre Nichte. »Valerie, möchtest du dir selbst etwas holen, oder soll ich dir was mitbringen?«

»Die gebackenen Champignons klingen gut und eine Cola, wenn es hier so etwas gibt, bitte.« Danach wandte sich Valerie sofort wieder Weilmann zu, der gerade erklärte, warum er den Begriff »Profiler« nicht gern verwendete.

Es war offensichtlich, dass der Kriminalpsychologe ihre Nichte faszinierte. Ihr Blick hing an seinen Lippen, als wolle sie keine Silbe von dem verpassen, was er sagte.

Vor dem Tresen wusste Michaela immer noch nicht, was sie essen sollte. Hunger hatte sie keinen, doch mit leerem Magen würde das Gespräch noch schwieriger zu überstehen sein, als es ohnehin schon war. Also nahm sie eine zweite Portion von den Champignons, Cola für Valerie und eine Flasche Mineralwasser für sich selbst.

Während Valerie sich über ihr Essen hermachte, als hätte sie seit Tagen gehungert, kaute Michaela lustlos. Der Pilz schien in ihrem Mund aufzuquellen, größer und größer zu werden, bis sie das Gefühl hatte, sie müsse daran ersticken. Mit ein paar Schlucken Wasser zwang sie den Bissen hinunter und stocherte danach nur mehr auf ihrem Teller herum. Es war nicht nur die Aussicht auf das Gespräch mit den Eltern des Opfers, das sie mitnahm. Sie hatte ständig das Bild von Ferreira vor Augen, wie er den Mageninhalt der Toten entnommen hatte. Es hatte wie halbverdautes Hunde- oder Katzenfutter ausgesehen. Kein Wunder, dass ihr der Appetit vergangen war.

Michaela war nicht böse, als Doris mit einem bedauernden Blick auf die Uhr sagte, es wäre Zeit loszufahren.

»Ich bin gegen vier wieder da«, sagte sie zu ihrer Nichte und wandte sich dann zu Weilmann. »Kilian, macht es dir wirklich nichts aus, ich ...«

»Fahr nur, wir kommen klar. Heute habe ich Zeit. Besser hätte es sich gar nicht treffen können.«

Ein kleines bisschen nagte nun doch das schlechte Gewissen an Michaela. Da hatte sie Valerie an einem denkbar ungünstigen Tag mitgenommen, aber ein Blick genügte, um zu sehen, dass sie, zumindest im Moment, ohnehin überflüssig war.

Doris war bereits aufgestanden und hatte ihren Teller auf die Ablage gestellt, Michaela folgte dem Beispiel ihrer Kollegin.

Innerlich wappnete sie sich für das bevorstehende Gespräch mit den Eltern von Maja Stopfer. Wie würden sie reagieren, wenn sie hörten, dass ihre Tochter tot aufgefunden worden war? Der einzige Trost in solch einer Situation war für sie, dass die Angehörigen nach bangen Wochen des Wartens und Hoffens nun endlich Gewissheit hatten. Es wäre dennoch ein Schock, da machte sie sich nichts vor. Aber auch wenn es teilnahmslos klang, die Erfahrung hatte gezeigt, dass für die meisten Menschen der Spruch »Lieber ein Ende mit Schrecken als ein Schrecken ohne Ende« zutraf.

»Alles in Ordnung? Du hast das Mittagessen kaum angerührt«, drang Doris' Frage in ihr Bewusstsein.

Michaela zwang sich zu einem Lächeln. »Alles bestens, ich hatte bloß keinen Hunger.«

Damit schien sich Doris zufriedenzugeben, denn sie erzählte in munterem Plauderton über die neuesten Streiche ihres Sohnes. Michaela gab sich alle Mühe, sich nicht anmerken zu lassen, dass sie nicht richtig zuhörte. Hin und wieder nickte sie oder streute ein »Ach« oder »Mhm« ein. Erst als Doris die Sprache auf Valerie brachte, konzentrierte sie sich wieder auf das Gespräch. »Bisher scheint es deiner Nichte bei uns gut zu gefallen«, sagte Doris eben.

»Den Eindruck habe ich auch.«

»Jonas möchte auch mal Polizist werden, wenn er groß ist. Keine Ahnung, warum die meisten Kinder von dem Beruf so fasziniert sind. Ich wollte Ballerina werden.«

»Und weshalb bist du dann bei der Kripo gelandet?«, fragte Michaela. Die Antwort interessierte sie wirklich. Sie hatte sich selbst schon oft überlegt, aus welchen Beweggründen sich jemand wie Doris, die locker eine Modelkarriere hätte machen können, ausgerechnet mit Kriminalistik beschäftigen wollte.

»Weil ich total unmusikalisch bin«, gab Doris lachend zu, »manche Träume sind nicht da, um erfüllt zu werden. Sie dienen nur dazu, ein Ziel vor Augen zu haben, für das man sich anstrengt.«

Über diese Worte musste Michaela erst mal nachdenken.

»Wann weiß man, um welche Art von Traum es sich handelt?«, fragte sie schließlich. »Wie kann man sicher sein, dass man nicht zu früh aufgegeben hat?«

Doris schenkte ihr einen kurzen Seitenblick. »Indem man etwas immer und immer wieder versucht und man es nicht mehr erträgt zu versagen. Die Frustrationsgrenze liegt ja bei jedem woanders.«

Michaelas Brust wurde eng, als sie daran dachte, wie sie am Schießstand kapituliert hatte. Würde sie es ein weiteres Mal ertragen zu scheitern? Oder zweimal, dreimal? Wie oft müsste sie hingehen, um sich einzugestehen, dass sie nie wieder eine Waffe benutzen würde?

Zum Glück brauchte Michaela nicht weiter über diese Frage nachdenken, denn sie hatten eben ihr Ziel erreicht. Doris parkte am Straßenrand, und erst jetzt nahm Michaela bewusst ihre Umgebung wahr.

Sie befanden sich in einer verkehrsberuhigten Straße. Zwei Kinder kurvten mit ihren Fahrrädern herum. Irgendwo bellte ein Hund, sonst war es ruhig.

Die Reihenhäuser, die sich jeweils zu zweit einen kleinen Garten teilten, wirkten, als wären sie vor nicht allzu langer Zeit erbaut worden. Für Individualität war hier kein Raum, trotzdem hatten einige Bewohner versucht, sich durch Türschmuck oder bunte Türmatten von dem einheitlichen Gesamtbild abzuheben.

»Welches ist es?«, fragte Michaela.

Doris zeigte auf das Haus rechts vor ihnen. »Nr. 28.«

Nichts deutete darauf hin, dass hinter den Mauern dieses beschaulichen Heimes die Trauer wohnte. Wie trügerisch doch manchmal Äußerlichkeiten waren.

Michaela atmete noch einmal tief durch und straffte die Schultern, ehe sie zu der blauen Tür hinüberging und anläutete.

KAPITEL 32

Valerie musste zugeben, dass Kilian Weilmann der interessanteste Mensch war, den sie bisher kennengelernt hatte – mal von ihrer Tante abgesehen. Mittlerweile waren sie vom Speisesaal in sein Büro gewechselt, und er antwortete auf jede ihrer Fragen – und sie hatte viele. Trotzdem wirkte er weder genervt noch ungeduldig. Im Gegenteil, es schien, als würde er es genießen, dass sich jemand so sehr für seine Arbeit als Kriminalpsychologe interessierte.

»Tante Mika hat erzählt, Sie würden Täterprofile erstellen. Wie können Sie denn wissen, wie so ein Krimineller tickt? Man kann doch nicht in deren Köpfe hineinsehen. Außerdem kennen Sie denjenigen oder diejenige gar nicht.«

Kilian lächelte. »Doch, natürlich kenne ich die Täter, oder vielmehr lerne ich sie kennen. Alles, was sie tun oder unterlassen, zeigt ein Stück von ihrem Wesen und von dem, was sie antreibt.« Er stand auf, kramte in einem Aktenschrank, wählte schließlich eine Mappe aus und reichte sie Valerie. Auf dem Deckel standen der Name Christian Solz und eine Aktennummer.

»Dieser hier hat fünf Frauen ausgeraubt, vergewaltigt und anschließend getötet. Alle seine Opfer waren über sechzig Jahre alt. Die erste Frage, die ich mir gestellt habe, war, warum er sich Rentnerinnen auswählt.« Kilian sah sie erwartungsvoll an. Valerie merkte, dass er von ihr eine Antwort erwartete. Sie überlegte, dann räusperte sie sich.

»Frauen in dem Alter können sich nicht mehr so gut wehren?«

Der Kriminalpsychologe nickte. »Sehr gut. Das könnte eine Erklärung sein. Was noch?«

Valerie biss sich auf die Lippen und dachte weiter nach. Sie hatte Unmengen von Filmen und Serien geguckt, in denen es um Kriminalfälle ging, und Dutzende Romane über Serientäter und Kriminologie gelesen. Ihr war klar, dass es Unterschiede zwischen Fiktion und Realität gab, aber sie wusste auch, dass selbst Drehbuch- und Romanautoren die Wirklichkeit als Grundlage für ihre Werke nahmen. Ganz falsch konnte sie also nicht liegen, wenn sie auf ihr Wissen von Film und Fernsehen zurückgriff.

Sie legte die Akte zugeschlagen auf den Tisch und setzte sich gerade auf. »Vielleicht hat er sie beobachtet und sich nur solche ausgewählt, die alleinstehend waren.«

Kilian Weilmann sah sie bloß abwartend an, also sprach sie weiter: »Möglicherweise hat er ihnen seine Hilfe bei etwas angeboten und damit ihr Vertrauen gewonnen.« Langsam begannen ihr diese Spekulationen Spaß zu machen.

Weilmann verschränkte die Arme vor der Brust und lehnte sich auf seinem Stuhl zurück. »Okay, ich gebe dir noch ein paar weitere Informationen. Er war zwanzig Jahre alt, arbeitslos, und er hat seine Opfer erdrosselt.«

»Womit?«, fragte Valerie. Es war das Erste, was ihr durch den Kopf ging, als sie die neuen Hinweise hörte.

»Kluge Frage«, gab Weilmann zurück. »Er hat genommen, was er in den Wohnungen der Opfer fand. Einen Schal, ein Tuch, einmal sogar Blumendraht. Was sagt das über ihn aus?«

»Dass er sich nicht auf die Morde vorbereitet hat. Er hat eher impulsiv gehandelt, oder?«

»Du bist ein echtes Naturtalent. Später, als ich ihn im Gefängnis besucht habe, hat er tatsächlich erklärt, dass er nicht den Vorsatz gefasst hatte, diese Frauen zu töten. Das habe er nur aus Angst, sie könnten ihn identifizieren, getan.«

Valerie spürte, wie bei Weilmanns unerwartetem Lob Hitze ihre Wangen überzog. »Danke, ich fürchte nur, meine Tante sieht das anders.«

Weilmann zog die Brauen hoch. »Ehrlich? Weshalb denn?«

Einen kurzen Augenblick zögerte Valerie, doch dann fiel ihr ein, dass Tante Mika gesagt hatte, Kilian Weilmann dürfe nichts von alledem, was ihm anvertraut wurde, weitersagen. Wer war also besser geeignet, um über ihre Nachforschungen zu reden? Ihre Tante wohl kaum. Die war beinahe ausgerastet, nur weil sie einer Mitschülerin harmlose Fragen gestellt hatte. Und den eben erst geschlossenen Frieden würde sie jetzt bestimmt nicht gefährden.

»Gilt denn diese Verschwiegenheit auch, wenn ich Ihnen etwas sage?«

»Natürlich«, antwortete Weilmann mit feierlicher Miene.

Das Gefühl, endlich ernst genommen zu werden, gab schließlich für Valerie den Ausschlag. Sie erzählte dem Kriminalpsychologen von den Akten, die sie gelesen, von Christinas Mitschülerin, die sie befragt hatte, und wie ihre Tante darauf reagiert hatte. »Sie war so wütend, dabei wollte ich bloß helfen«, schloss Valerie schließlich ihren Bericht.

»Ich glaube, Michaela tut sich schwer, Hilfe anzunehmen«, gab Weilmann zurück, und es klang, als wolle er sich für Tante Mika entschuldigen.

»Dann muss man sie eben dazu zwingen. Ich habe auf jeden Fall nicht vor aufzugeben.«

Das Gespräch mit den Stopfers hatte Michaela mehr belastet, als sie Doris gegenüber zugegeben hätte. Auch ihre Kollegin blieb auf der Rückfahrt ins Kriminalamt ungewöhnlich schweigsam.

Majas Eltern waren ganz normale Leute, die hart dafür arbeiteten, um sich das Haus zu leisten und ihren Kindern etwas zu bieten. Mit dem Verschwinden ihrer Tochter waren sie in ein dunkles Loch gefallen. Lukas, der jüngere Bruder des Mädchens, brauchte professionelle Hilfe, denn er wurde von Selbstvorwürfen gequält und gab sich die Schuld am Tod seiner Schwester. Wäre er an dem Tag mit dem Hund rausgegangen, wie es seine Aufgabe war, würde Maja noch leben. Obwohl Michaela ihm versichert hatte, dass man manche Dinge nicht beeinflussen konnte, rückte er davon nicht ab.

Michaela hatte schließlich den Stopfers Namen und Adresse von Bernd Dalisch auf einen Zettel gekritzelt. Er hatte zwar behauptet, er sei kein Spezialist für Kinder- und Jugendpsychologie, aber ihr fiel niemand sonst ein, an den sie die traumatisierte Familie verweisen konnte, und es schien ihr wichtig, dass der Junge möglichst schnell Hilfe bekam. Zumindest würde Dalisch, wenn er sich der Aufgabe nicht gewachsen fühlte, jemand anderen aus seinem Kollegenkreis empfehlen können. Und das war immerhin schon ein Anfang.

»Ich schau noch schnell im Labor vorbei«, sagte Michaela zu Doris. »Vielleicht gibt es Neuigkeiten.«

Ihre Kollegin nickte, schlug den Weg zum Aufzug ein und drückte auf den Rufknopf. »Vielleicht bin ich schon weg, wenn du raufkommst. Mir ist gerade nach heiler Familie zumute. Ich möchte meinen Sohn in den Arm schließen, mit ihm kuscheln und dankbar für mein Leben sein.«

»Okay, falls Valerie im Büro auf mich wartet, sag ihr, ich bin gleich da.«

Michaela konnte Doris' Bedürfnis verstehen. Das war so ein Tag, an dem sie ebenfalls nichts dagegen gehabt hätte, wenn sie jemand in den Arm nahm und ihr versicherte, alles würde wieder gut werden.

In der forensischen Abteilung suchte sie gezielt nach Haralds Gesicht und wollte sich eben enttäuscht abwenden, als sie ihn schließlich hinter einer der halbhohen Scheiben, mit denen die einzelnen Arbeitsbereiche voneinander abgetrennt waren, entdeckte.

Einen Moment blieb sie unschlüssig stehen. Er sah beschäftigt aus, und sie wollte ihn nicht stören.

Andererseits hoffte sie, dass er irgendwelche Erkenntnisse gewonnen hatte, mit denen sie wenigstens einen winzigen Anhaltspunkt bekämen, in welche Richtung sie die Ermittlungen lenken sollten. Und ein ganz kleiner Teil in ihr wollte ihn einfach sehen und mit ihm sprechen.

Die Entscheidung wurde ihr abgenommen, als er den

Kopf hob, sie bemerkte, dann anlächelte und zu sich winkte.

»Komm her, sieh dir das an!« Seine Stimme vibrierte vor Begeisterung, und Michaela merkte, dass seine Aufregung auf sie überschwappte. Sie ging zu ihm hinüber, stellte sich neben ihn und atmete seinen Geruch ein – Zedernholz und noch etwas, das sie nicht benennen konnte. Ohne darüber nachzudenken, legte sie sanft die Hand auf seinen Oberarm und spürte die Wärme durch seinen Laborkittel. Falls er durch ihre plötzliche Annäherung überrascht war, ließ er es sich nicht anmerken, sondern legte, als wäre es selbstverständlich, seinen Arm um ihre Schulter.

Michaela gestattete sich einen Augenblick der Schwäche und lehnte sich an Harald. Es tat verdammt gut, getröstet zu werden, ohne dass man erst groß erklären musste, was passiert war. »Okay, sag's mir. Ich sehe bloß Farbflecken«, sagte sie schließlich und rückte wieder von Harald ab.

Er nahm seinen Arm von ihrer Schulter, drehte sich zu ihr und sah sie an. »Das ist der Holzsplitter aus Tanjas Haar und hier ...«, er ging zu dem zweiten Mikroskop hinüber und forderte sie mit einer Handbewegung auf hindurchzusehen. »... das hier ist der, den du gefunden hast.«

Michaela richtete sich auf. »Sie sehen gleich aus.«

Harald nickte. »Und mittlerweile haben wir auch herausgefunden, dass das Holz mit Säure, Zucker, Phenolen, Tannin und Alkohol angereichert ist.«

»Schön. Und was bedeutet das?«

Harald grinste sie an. »Wein.«

»Wie bitte? Rot- oder Weißwein?«

»Wahrscheinlich roter, wenn du uns noch ein wenig Zeit lässt, finden wir vielleicht sogar die Rebsorte heraus.«

Sie überlegte, ob er sie vielleicht auf den Arm nahm. Aber sein Gesichtsausdruck belehrte sie eines Besseren. Er meinte es vollkommen ernst.

Langsam sickerte es auch in ihr Bewusstsein, was Haralds Entdeckung bedeutete. »Ein Weinfass!«

»Auf jeden Fall handelt es sich um Eichenholz, und das wird zur Lagerung von Wein verwendet.«

Michaelas erste Euphorie über diese Entdeckung wich Ernüchterung. Österreich war ein Weinbauland, in vielen Teilen wurde Wein hergestellt, selbst in Wien gab es unzählige Weinkeller. Wo sollten sie zu suchen beginnen?

Harald schien ihre veränderte Stimmung zu merken. »Hey, wo bleibt dein Kampfgeist? Das ist immerhin ein Anhaltspunkt und mehr, als du vorher hattest, oder?«

Sie zwang sich zu einem Lächeln. »Wir müssen mit dem arbeiten, was wir haben, nicht wahr?« Kampfgeist? Keine Ahnung, wo der abgeblieben war. Wahrscheinlich hatte sie den irgendwo beim Spagat zwischen der Suche nach dem Mörder von zwei Toten und der Aufgabe, für ihre Nichte zu sorgen, verloren. Apropos: Valerie wartete auf sie.

»Und die DNA-Auswertungen?«, hakte sie der Vollständigkeit halber nach. Zumindest die von Maja Stopfer konnten noch gar nicht fertig sein, dafür war zu wenig Zeit gewesen.

Harald schüttelte bedauernd den Kopf. »Wir arbeiten daran.«

»Rufst du mich an?«, fragte Michaela.

»Sicher. Sobald die Ergebnisse da sind.«

»Nein, ich meine, auch so. Irgendwann, wenn du Lust hast.« Über Haralds Gesicht huschte ein Lächeln.

»Mach ich. Klar, ich ruf dich an.«

Sie verabschiedete sich und eilte dann die Treppe hoch in den dritten Stock. Noch ehe sie oben angelangt war, klingelte ihr Handy. Ihr erster Gedanke war, dass Harald etwas falsch verstanden haben musste, doch es war nicht seine Nummer auf dem Display, sondern Valeries.

»Hi, Tante Mika, ich wollte nur wissen, wie lange du brauchst?«

»Ich bin in einer Minute da.«

Ein kleines bisschen war sie enttäuscht, dass der Anruf nicht doch von Harald kam. Sofort schob sie dieses Gefühl beiseite. Himmel, sie benahm sich wie ein Teenager, und das mit achtunddreißig Jahren! Dabei war sie sich nicht mal sicher, ob sie wirklich auf eine Affäre mit Harald zusteuern wollte, oder ob es nur daran lag, dass sie sich mit den Fällen, mit Valerie und ganz im Allgemeinen mit der jetzigen Situation überfordert fühlte und sich nach irgendjemandem sehnte, mit dem sie darüber reden konnte. Doch nun hatte sie ihr grundsätzliches Interesse an ihm signalisiert und würde erst mal abwarten, wie sich alles entwickelte. Vielleicht rief er sie ja gar nicht an. Oder falls doch, konnte sie sich eine Ausrede einfallen lassen, warum sie nicht wieder mit ihm ausgehen konnte. In Wahrheit hatte Romantik in ihrem Leben überhaupt keinen Platz. Schon lange nicht. Und die Sehnsucht nach so etwas wie Partnerschaft würde auch wieder vergehen. Das beste Mittel dagegen war, sich in die Arbeit zu stürzen, und damit würde sie heute wieder beginnen, indem sie sich zu Hause die Weinkeller in und rund um Wien vorknöpfte.

Valerie unterhielt sich mit Vincent, der sich ihr gegenüber als richtig gesprächig entpuppte, wie Michaela belustigt feststellte. Doris war, wie angekündigt, tatsächlich schon gegangen.

»Hast du was Neues in der Forensik erfahren?«, fragte Valerie.

»Die Splitter aus Tanjas Haar und der vom Fundort von Majas Leiche stammen beide von einem Weinfass«, antwortete Michaela.

Vincent drehte sich zu ihr um. »Das heißt, die Opfer haben sich am gleichen Ort aufgehalten.«

Michaela starrte auf die Pinnwand. Bisher hatte noch niemand Majas Foto aufgehängt, weil sie alle davon ausgegangen waren, dass sie nichts mit Tanja, Jenny und Christina zu tun hatte. Aber verdammt, Vincent hatte recht!

Sie trat schnell an ihren Schreibtisch, nahm ein Bild vom neuesten Opfer von dem Stapel und steckte es an die Wand. Dann zog sie eine Verbindungslinie von Maja zu Tanja, von der bereits ein Strich zu Jenny verlief. Ein kalter Schauer lief über Michaelas Rücken, als sie die Zusammenhänge erkannte. Drei Mädchen, annähernd gleich alt. Wenn man Christina noch dazuzählte, waren es vier. Wild kritzelte sie auf das Papier, zerriss es dabei an einer Stelle, registrierte es aber nur am Rande ihres Bewusstseins.

Michaela trat einen Schritt zurück und betrachtete das Bild, das sich vor ihren Augen bot. Ein eisiger Klumpen bildete sich in ihrer Magengegend, die Kälte breitete sich aus. Du kannst dir nicht sicher sein, dachte sie immer wieder. Gleichzeitig wusste sie, dass sie sich nur beruhigen wollte. Jenny mochte kein angepasstes, liebes Mädchen sein – im Gegenteil, sie hatte einiges auf dem Kerbholz. Aber wenn Michaela sich nicht täuschte, schwebte Jenny in Gefahr – falls sie nicht auch bereits tot war. Womöglich lag ihre Leiche irgendwo, genauso grauenvoll zugerichtet wie Maja, und man hatte sie bloß noch nicht entdeckt.

Plötzlich legte sich eine Hand auf Michaelas Schulter, und sie zuckte zusammen.

Es war Vincent, der wohl die gleichen Schlüsse anhand ihres Gekritzels gezogen hatte wie sie. »Wir können nicht mehr tun als ohnehin schon«, sagte er.

Dagegen konnte sie nichts sagen, sie hatten alles, was ihnen möglich gewesen war, unternommen, um Jenny zu finden – ob als Tatverdächtige oder als Opfer machte keinen Unterschied. »Es reicht einfach nicht«, gab sie zurück und fühlte sich auf einmal schrecklich müde. Vielleicht sollte sie nach Hause fahren, endlich etwas essen, ein wenig entspannen, mit Valerie den heutigen Tag nachbesprechen – sie hatten sich ja kaum gesehen, geschweige denn miteinander reden können. Und danach würde sie sich in die Arbeit stürzen und den Feierabend so verbringen, wie sie es bis vor Kurzem ohnehin häufig getan hatte.

»Ich muss diese blöde Erklärung noch unterschreiben«, sagte Valerie. Michaela sah auf die Uhr und raffte schnell die Unterlagen zusammen. »Dann beeilen wir uns besser, sonst ist Steurer nicht mehr da.«

KAPITEL 33

Sie hatten Tante Mikas Chef gerade noch rechtzeitig erwischt, er hatte bereits seinen Mantel an, als sie in sein Büro kamen. »Die Verschwiegenheitserklärung«, erinnerte er sich und nahm ein Formular von seinem Schreibtisch.

»Und, wie hat es dir heute gefallen?«, fragte er mit sonorer Stimme, während Valerie ihren Namen unter das Formblatt setzte.

»Total super. Nehmen Sie in den Ferien Praktikantinnen auf?«

Steurer lächelte. »Ich fürchte, nein.«

»Sehr schade. Aber ich darf doch wieder auf Besuch kommen?«

»Sicher, wenn deine Tante nichts dagegen hat ...«

»Erst mal ist wieder Schule angesagt«, warf Michaela ein. War ja klar, dass sie einem den Spaß verderben musste. Na, wenigstens konnte sie morgen Saskia mit ihren Erlebnissen beeindrucken. Natürlich nur Allgemeines, schließlich hatte sie ja eben diese Erklärung unterschrieben.

Auf der Heimfahrt erzählte Valerie euphorisch von allem, was sie gesehen und erlebt hatte. »Wirst du Kilian Weilmann um ein Täterprofil bitten?«, fragte sie.

Michaela blickte kurz zu ihr und nickte dann. »Darum kümmere ich mich gleich morgen früh.« Sie klang müde.

»Er kann dir bestimmt helfen.« Und ich auch, setzte sie in Gedanken hinzu. Wie hatte Weilmann ganz richtig festgestellt? Tante Mika konnte Unterstützung schwer annehmen. Deshalb war es wohl das Beste, sie würde vor vollendete Tatsachen gestellt. Valeries Hand umfasste in ihrer Jackentasche den Zettel, den sie von Weilmann erhalten hatte. Im Gegensatz zu Tante Mika hatte er nämlich Verständnis für ihren Plan, in den Jugendzentren nachzuforschen.

»Hat Michaela das noch nicht in die Wege geleitet?«, fragte er, nachdem sie ihm ihre Überlegungen dazu mitgeteilt hatte.

Sie zuckte mit den Schultern. »Keine Ahnung, ich erfahre ja nichts. Aber ich glaube, andere Dinge hatten Vorrang. Und jetzt die neue Leiche ...«

Daraufhin hatte Weilmann etwas auf einen Zettel geschrieben und ihr in die Hand gedrückt. »Hier, wenn du Lust hast, kann du mal vorbeischauen und mit den Leuten reden.«

Tante Mika würde davon natürlich vorerst nichts erfahren. Valerie rechnete nicht damit, gleich Erfolg zu haben. Sollte sie sich irren und einen Treffer landen, hätte Tante Mika keinen Grund, böse auf sie zu sein.

»Möchtest du einen Burger zum Abendessen?«, fragte ihre Tante, als ein Werbeschild von einem Burgerladen bei der nächsten Abfahrt vor ihnen auftauchte. Das Handyläuten enthob Valerie einer Antwort, Michaela drückte auf den Knopf der Freisprecheinrichtung.

»Harald, das ist gerade nicht so günstig, ich ...«

»Die DNA-Ergebnisse sind da. Die Haare, die Ferreira auf Majas Oberschenkel gefunden hat, können wir eindeutig Christina Herbert zuordnen. Und wieder DNA von Jennifer Keil. Aber ich habe noch einen weiteren Treffer, der in unserer Datenbank gespeichert ist. DNA von Walter Leeb.«

Michaela bedankte sich kurz angebunden und legte auf. Ihre Knöchel traten weiß hervor, so fest umklammerte sie das Lenkrad. An der Abfahrt zu dem Schnellimbiss war sie schon lange vorbeigefahren.

»Wer ist Walter Leeb?«, wagte Valerie zu fragen.

»Ich habe keine Ahnung, offensichtlich wurde er bereits erkennungsdienstlich behandelt. Das heißt, wir haben seine Fingerabdrücke und seine DNA im System.«

Er kam gut gelaunt nach Hause. Adrenalin peitschte durch seinen Körper. Was für ein Tag! Der erste Weg führte ihn wie immer zu der Überwachungsanlage, um nach seinen Schützlingen zu sehen.

Nr. 1 hob den Kopf, als wüsste sie, dass er sie gerade beobachtete. Dabei war das ganz unmöglich. Weder die Zufahrt mit dem Auto noch das Schließen der Haustür, ja, nicht einmal seine Schritte drangen durch die Schallisolierung. Vielmehr schien es, als besäße sie einen sechsten Sinn, mit dem sie seine Anwesenheit spürte. Eine besondere Form der Empathie vielleicht? Allerdings konnte er sich gerade bei ihr keinerlei Form des Mitgefühls vorstellen. Vielleicht war es also doch bloß Zufall, dass sie auf die Kamera starrte.

Er schaltete auf die zweite Kamera, die in der Zelle von Nr. 4 montiert war. Nr. 4 lag zusammengerollt auf der Pritsche und nuckelte am Daumen. Ärger wallte in ihm hoch, weil sie seine Zeit vergeudete und keinerlei Nutzen für ihn darstellte. Und er war selbst dafür verantwortlich, weil er sich dazu hatte verleiten lassen, den einfachen Weg zu gehen, anstatt sich gründlich vorzubereiten. Das würde ihm kein zweites Mal passieren. Die Nächste würde stark und intelligent sein. Sie würde eine ernst zu nehmende Konkurrenz für Nr. 1 werden. Er freute sich bereits jetzt schon auf ihr erstes Zusammentreffen.

Er trug seine diesmal recht dürftigen Aufzeichnungen in das Notizbuch ein und richtete für sich und für seine beiden Probandinnen das Abendbrot.

Nach kurzem Überlegen legte er zu den mit Haferbrei gefüllten Schalen zwei Orangen dazu. Ein bisschen frisches Obst würde bestimmt für gute Stimmung sorgen. Vielleicht würde es sogar Nr. 4 aus der Reserve locken. Sie weigerte sich immer noch zu sprechen, sowohl mit ihm als auch mit Nr. 1. Sie führte nicht einmal Selbstgespräche. Nur diese Kinderlieder summte sie immer wieder und brachte damit Nr. 1 gegen sich auf.

Erst heute früh hatte die sich beschwert und gedroht, sie würde Nr. 4 eigenhändig den Hals umdrehen – und das ohne besondere Gegenleistung, nur damit das Gewinsel aufhörte.

»Vielleicht bekommst du dazu bald Gelegenheit«, hatte er sie vertröstet und vorerst in der Einzelzelle gelassen. Wenn es zu einem Übergriff kommen sollte, wollte er ihn mitansehen und dokumentieren.

Pfeifend machte er sich auf in den Keller. Seine Mutter hätte missbilligend den Kopf geschüttelt, wenn sie ihn gehört hätte. Lärm jeglicher Art war ihr zuwider gewesen. Sie sagte, sie könne sich nicht auf ihre Arbeit konzentrieren, sodass er sich angewöhnt hatte, in ihrer Gegenwart auf Zehenspitzen zu gehen, bis sie eines Tages aufgeschreckt war, weil er plötzlich neben ihr stand. Sie hatte ihm in einer Reflexhandlung eine Ohrfeige verpasst.

»Herrgott, musst du dich immer so anschleichen?«,

fragte sie, als sie später das Blut von seinen aufgesprungenen Lippen wischte. Danach hatte er sich bemüht, zwar leise zu sein, sein Kommen aber mit einem Räuspern angekündigt. Es war nicht einfach gewesen, die Launen seiner Mutter zu erahnen. Dabei hätte er es ihr so gerne recht gemacht, wenn er bloß gewusst hätte, wie.

Er schüttelte die lästigen Gedanken ab, im Moment hatte er Wichtigeres zu tun, als über Vergangenes nachzudenken – nämlich über die Zukunft. Und wenn alles so klappte, wie er sich das vorstellte, würde sie ziemlich aufregend und spannend werden.

Michaela hörte Valerie bloß mit halbem Ohr zu, ständig kreisten ihre Gedanken um Walter Leeb. Wer war er? Der Name brachte in ihr etwas zum Klingen. Sie hatte ihn bereits irgendwo gehört, wusste aber nicht, wo.

Sie hatte für sich und Valerie ein paar belegte Brote gemacht – ein wenig schuldbewusst, weil sie ja ihrer Nichte eigentlich Burger angeboten hatte, doch die schien sich nicht daran zu stören. Heißhungrig machte sie sich über die Brote her und entlockte Michaela trotz ihrer inneren Angespanntheit ein Lächeln. Gut, dass Valerie nicht zu den Mädchen gehörte, die man zu jedem Bissen überreden musste. Offensichtlich war sie mit einem gesunden Appetit gesegnet. Dass sie sich dennoch keine Sorgen um ihre Figur machen musste, hatte sie eindeutig den Genen der Baltzers zu verdanken. Thomas war lang und dünn, in der Schule hatten sie Spaghetti zu ihm gesagt, dabei hatte er immer Hunger. Selbst heute noch bekam er doppelt so große Portionen wie die anderen. Im Restaurant bestellte er jedes Mal Vorspeise, Suppe, Hauptgang und Dessert.

Auch Michaela zählte keine Kalorien, sie aß, was ihr schmeckte, ohne zuzunehmen. Allerdings hatte das, was sich die meisten Frauen wohl innig wünschten, auch Nachteile: Wenn sie ein paar Tage lang Mahlzeiten ausließ, weil sie vor lauter Stress nicht zum Essen kam oder, so wie heute, einfach keinen Hunger hatte, sah sie gleich ausgemergelt aus. Es brauchte manchmal Wochen, um wieder die verlorenen ein, zwei Kilo zuzunehmen, und bis dahin musste sie ihren Mitmenschen versichern, dass sie weder magersüchtig noch krank war.

»Ich glaube, ich brauche ein bisschen Bewegung«, sagte Valerie mitten in ihre Gedanken hinein.

Überrascht blickte Michaela ihre Nichte an. »Was hältst du von Joggen?« Laufen würde ihr ebenfalls guttun. Sie gehörte nicht zu den Leuten, die jeden Tag mit einer Joggingrunde starteten, aber ein-, zweimal die Woche schaffte sie es für gewöhnlich zu laufen.

»Cool. Ich geh mich umziehen.«

Auch Michaela schlüpfte schnell in ihre Laufkleidung. Nur zehn Minuten später trabten sie gemächlich die Straße hinunter Richtung Park. Valerie war gut in Form und hielt mühelos mit Michaela mit.

»Läufst du regelmäßig?«, fragte sie ihre Nichte.

»Samstags früh war ich mit Papa immer joggen.«

»Wie ist das eigentlich für dich, dass deine Eltern so lange weg sind?« Michaela konnte sich vorstellen, dass Valerie darunter litt, auch wenn sie es nicht zeigte.

Valerie antwortete nicht gleich. »Ich bin froh, dass ich hierbleiben konnte«, sagte sie schließlich.

Danach hatte Michaela nicht gefragt, sie drang aber nicht weiter in das Mädchen. Allein, dass sie ihr auswich, war Antwort genug.

Die Wege im Park waren beleuchtet, deshalb hatte Michaela ihn auch ausgewählt. Am liebsten lief sie durch den Wald, aber dafür war es heute zu dunkel. Das nächste Mal, tröstete sie sich.

Vor ihnen lief ein weiterer Jogger. Er hatte Kopfhörer auf. Erst als sie ihn passierten, erkannten sie Bernd Dalisch. Valerie drehte sich um und lief nun rückwärts, um mit ihm ein paar Worte zu wechseln. Michaela fühlte sich seltsam ausgeschlossen. »Ich drehe mal eine schnelle Runde«, rief sie Valerie zu und sprintete los.

Bald fühlte sie ein leichtes Brennen in ihren Oberschenkeln. Morgen würde sie mit Sicherheit einen Muskelkater haben, trotzdem legte sie noch an Tempo zu. Ihre Füße trommelten über den asphaltierten Weg, in ihren Ohren rauschte das Blut, und ihr Kopf wurde angenehm leer. Sie hielt die Geschwindigkeit eine halbe Runde, dann drehte sie um und joggte zurück zu Bernd Dalisch und Valerie. Als sie die beiden so einträchtig Seite an Seite sah, wurde ihr schlagartig klar, warum Valerie seine Nähe suchte. Er war eine Art Vaterersatz für sie. Ihre Nichte war ein Papakind. Immer schon. Es gab kaum etwas, das Thomas ihr abgeschlagen hätte. Sie hatten eine enge Beziehung. Logisch, dass sich Valerie nach ihrem Vater sehnte, auch wenn sie das mit ihren sechzehn Jahren nicht zugeben würde.

Zu dritt liefen sie die Runde fertig und schlugen dann gemeinsam den Heimweg ein. Vor dem Haus verabschiedete sich Bernd Dalisch von ihnen. Valerie wirkte richtig gelöst, rief lachend: »Ich gehe zuerst unter die Dusche!«, und ehe Michaela etwas sagen konnte, war sie bereits im Bad verschwunden.

In der Zwischenzeit trank Michaela eine halbe Flasche Mineralwasser und holte die Akten, die sie mitgenommen hatte, aus ihrer Tasche. Nachdenklich betrachtete sie die Fotos der Mädchen. Tanja, Jennifer, Christina, Maja. Mindestens zwei von ihnen waren tot. Und sie sah die Zusammenhänge nicht.

»Ich bin fertig«, hörte sie Valerie rufen. Vor der Badezimmertür begegneten sie sich. Valerie hatte ein Handtuch um ihr langes Haar geschlungen, ein zweites hielt sie über der Brust fest.

»Ich geh jetzt ins Bett, danke für den tollen Tag, Tante Mika.«

Etwas schnürte Michaela die Kehle zu, sodass sie nur ein Nicken zustande brachte. Unter der Dusche stellte sie das Wasser so heiß, wie sie es gerade noch aushielt. So stand sie eine ganze Weile und merkte, wie sich ihre Muskeln entspannten. Wenn sie Glück hatte, würde sie doch keinen Muskelkater bekommen. Sie wünschte, sie könnte ebenfalls einfach schlafen gehen. Einmal früh ins Bett, vielleicht noch etwas lesen, das nichts mit der Arbeit zu tun hatte – einen Liebesroman – nein, doch nicht, lieber etwas Historisches, auf jeden Fall etwas, bei dem sie in eine Welt versinken konnte, die nichts mit der ihren zu tun hatte, in der junge Mädchen ermordet und vergewaltigt wurden. Eine Welt, in der man sich darauf verlassen konnte, dass das Gute siegte – etwas, worauf sie sich im Moment in der Realität nicht zu wetten getraut hätte.

Valerie schlich auf Zehenspitzen aus ihrem Zimmer. Nach dem ereignisreichen Tag und dem Laufen am Abend war sie schnell eingeschlafen, doch irgendetwas hatte sie geweckt. Ein paar Minuten lang hatte sie der Stille gelauscht und dann beschlossen, ein Glas Wasser zu trinken.

Aus der Küche drang Licht auf den Flur. Hatte Tante Mika etwa vergessen, es auszuschalten?

Als sie die offene Tür erreichte, musste sie lächeln. Ihre Tante lag mit dem Oberkörper auf dem Esstisch. Vor ihr stand der aufgeklappte Laptop, rundherum lagen die Akten verstreut. Wie es aussah, war sie über der Arbeit eingeschlafen. Hoffentlich bekam sie am nächsten Tag keine Nackenschmerzen von der unbequemen Schlafposition.

Eben wollte Valerie schon die Hand ausstrecken, um ihre Tante sanft wachzurütteln, als ihr Blick auf die Fotos der Mädchen fiel. Sie lagen nebeneinander angeordnet. Valerie brauchte einen Moment, um die Gewissensbisse abzuschütteln, die sich in ihr breitmachen wollten. Die Gelegenheit war günstig wie nie. Schnell huschte sie in ihr Zimmer, holte ihr Handy. Sie schaltete alle Töne auf stumm. Fotos traute sie sich keine zu machen, das typische Klicken hätte ihre Tante womöglich geweckt. Aber die Videoaufnahme würde ebenfalls ihren Zweck erfüllen. Erst als sie die Gesichter der Opfer auf ihr Handy gebannt hatte, rüttelte sie ihre Tante wach.

»O Gott!«, murmelte diese verschlafen und knetete ihren steifen Nacken. »Wie spät ist es?«

»Irgendwas zwischen halb und dreiviertel drei«, sagte Valerie. »Ich wollte mir eben ein Glas Wasser holen«, fügte sie hinzu, ehe ihre Tante fragen konnte, was sie um diese Zeit in der Küche machte. Ihre Sorge war unbegründet. Tante Mika schob den Stuhl zurück und wankte ins Schlafzimmer.

»Vier Stunden Schlaf« – oder etwas in dieser Richtung meinte Valerie zu verstehen, ehe sie das Schließen der Schlafzimmertür hörte.

Sie trank schnell ein Glas Wasser und redete sich ein, dass ihre Kehle auch schon vor der Videoaktion kratzig gewesen war. Deshalb war sie schließlich überhaupt erst in die Küche gegangen. Doch in Wahrheit wusste sie, dass ihr Hals nur deshalb trocken war, weil sie im Begriff war, ihr Versprechen, das ihr Tante Mika abgerungen hatte, zu brechen.

Du brauchst sie für die Jugendzentren, sagte sie sich. Ohne Fotos hatte es keinen Sinn nachzufragen. Nur anhand der Beschreibungen konnte sich bestimmt keiner an die Mädchen erinnern.

Beruhigt ging Valerie zurück in ihr Zimmer und fand erstaunlich schnell wieder in den Schlaf.

KAPITEL 34

Die Verachtung in der Stimme seiner Mutter traf ihn wie ein Peitschenschlag und schmerzte mehr als die Worte, die sie dabei sagte. »Du bist eine einzige Enttäuschung!«

Schweißnass setzte er sich im Bett auf. Er hatte geträumt. Wieder einmal. Nur in Fragmenten erinnerte er sich an die Bilder. Sie, im Bademantel und mit fettigem Haar, das in allen Richtungen wirr von ihrem Kopf abstand. Es war ihr damals gesundheitlich nicht mehr gut gegangen. Trotzdem wahrte sie immer noch den Schein, gab sich unbesiegbar. Wenn sie mit Besuch rechnete, kleidete sie sich immer noch tadellos, kämmte ihr Haar, das durch die Krankheit jede Fülle verloren hatte, und legte Make-up auf. Er fragte sich, wie lange sie dafür brauchte, ihre Hände hatten mittlerweile viel an Kraft verloren, die Finger zitterten. Wahrscheinlich verbrachte sie Stunden mit Anziehen und Schminken. Hilfe jeglicher Form lehnte sie ab. Niemand durfte ihr Haus betreten, schon gar keine Fremden. Je kränker und schwächer ihr Körper wurde, desto schärfer wurde ihre Zunge, als müsse sie, wenn sie schon physisch ein Wrack war, die körperlichen Unzulänglichkeiten mit verbalen Attacken ausgleichen.

Es war Valentinstag, deshalb hatte er beschlossen, ihr einen Strauß Rosen zu bringen. Eine spontane Eingebung und ein Versöhnungsversuch, nachdem sie zwei Wochen zuvor gestritten hatten und seither Funkstille zwischen ihnen herrschte.

Als er ihr Haus betrat, empfing ihn gespenstische Stille, und er wusste noch, dass er Angst gehabt hatte, er würde sie leblos vorfinden. Stattdessen lag sie in ihrem fleckigen, dünnen Nachthemd im Bett. Der Fernseher lief, sodass sie ihn nicht kommen gehört hatte und ihn erst bemerkte, als er im Zimmer stand.

»Was tust du hier?«, fragte sie und zog die Decke über ihren ausgemergelten Körper.

»Ich ... hier, für dich!« Er streckte ihr den Strauß entgegen, der ein kleines Vermögen gekostet hatte. Dass er seiner Mutter gegenüber knauserig war, wollte er sich von ihr nicht nachsagen lassen.

Er trat zu ihr, legte die Rosen auf die Bettdecke und hoffte, wenn schon nicht auf ein Dankeschön, wenigstens auf ein Lächeln. Sogar mit einem anerkennenden Blick hätte er sich zufriedengegeben, doch sie fegte mit einer Kraft, die er ihr in ihrem Zustand gar nicht zugetraut hatte, die Blumen zu Boden. »Ich hasse Rosen.«

Die Überraschung war ihm gründlich misslungen. Er bückte sich, um die Blumen aufzuheben. Ein Dorn stach ihm in den Finger, das Blut hatte die gleiche Farbe wie die Blütenblätter.

Nachdem er den Strauß in den Mülleimer geworfen und seine Wunde desinfiziert und mit einem Pflaster versorgt hatte, setzte er sich an das Bett seiner Mutter. Er erzählte ihr von seiner Arbeit, obwohl er wusste, dass sie für seinen Job nur wenig übrighatte.

»Du langweilst mich mit deinem verzweifelten Versuch, dich rechtfertigen zu wollen«, unterbrach sie ihn nach den ersten Sätzen. »Du bist eine einzige Enttäuschung für mich. Dabei habe ich bei deiner Erziehung mein Bestes gegeben – aber wie es aussieht, reicht das nicht aus, um den guten Kern freizulegen, wenn die Frucht faul ist.«

Dann streckte sie den knochigen Finger aus und deutete auf die Kommode. »Gib mir mein Notizbuch und einen Stift.«

Er reichte ihr beides wortlos. »Ich geh dann wieder. Einen schönen Valentinstag!«

Dann drehte er sich um und verließ sie. Sie verabschiedete sich nicht, sondern widmete sich ihren Notizen.

Das nächste Mal, als er sie sah, war ein halbes Jahr später im Krankenhaus. Er stand neben ihrem Bett, lauschte ihrem rasselnden Atem und dem Beatmungsgerät.

Er stellte die Vase mit dem riesigen Rosenstrauß auf den Schrank neben ihrem Bett, holte sich einen Stuhl und sah ihr beim Sterben zu.

Es hatte bis zum nächsten Morgen gedauert, doch anstatt der Erleichterung, die er sich erhofft hatte, war nur Leere in ihm gewesen.

Sein Kopf hämmerte, als wäre er zu eng für all die Bilder, die auf ihn einströmten. Er presste beide Hände gegen seine Schläfen. Trugbilder, Träume. Weshalb suchten sie ihn heim? Was wollten sie ihm sagen? Seine Mutter war ein liebevoller Mensch und eine wunderbare Frau gewesen. Sie hatte ihm so viel gegeben, ihn so viel gelehrt, sie hatte ihm das Leben geschenkt, war eine brillante Wissenschaftlerin gewesen. Sie hatte es geschafft, als Alleinerziehende Kind und Beruf zu vereinen. Es hatte ihm an nichts gefehlt. Er war durch eine harte Schule gegangen, das wollte er gar nicht abstreiten. Aber sie hatte es nur gut gemeint, wollte sein Bestes, und er hatte versagt. Immer wieder versagt.

Er merkte, dass er die Zähne zusammenbiss und wie sich seine Kiefermuskulatur verkrampfte. Weil er in diesem Zustand ohnehin keine Ruhe mehr finden konnte, stand er auf und holte das letzte Notizbuch seiner Mutter aus dem Regal. Ehe er es aufschlug, fuhr er mit der Hand über das schwarze Leder. Allein schon diese Berührung beruhigte ihn ein wenig. Er blätterte bis zu ihrem Eintrag an dem besagten Valentinstag. Es war einer ihrer letzten, die Schrift war zittrig und kaum zu entziffern, außerdem fehlte jeder Zusammenhang. »Testperson kommt, täuscht Empathie vor. Manipulative Ansätze. Keine Reaktion auf brüske Zurückweisung. Verdrängungsreaktion.« Nein, als sie diese Zeilen schrieb, war sie eindeutig nicht mehr Herr ihrer Sinne gewesen. Zu der Zeit hatte sie ihren Zenit als Wissenschaftlerin bereits überschritten. Wie sonst sollte sie auf die Idee kommen, er hätte sie mit einem einfachen Blumenstrauß manipulieren wollen?

Weil er immer noch nicht das Gefühl hatte, wieder einschlafen zu können, zog er seine eigenen Notizbücher aus dem Regal. Darin hatte er alles vom ersten Schritt an dokumentiert. Er überblätterte die Aufzeichnungen über die Vorbereitungsarbeiten und blieb an der Stelle mit der Überschrift »Testperson 1« hängen.

23.10 Uhr – Nr. 1 wird wach, wirkt desorientiert.
23.50 Uhr – Testperson sieht sich in ihrem neuen Zuhause um. Rüttelt an den Gitterstäben, merkt, dass die Tür abgeschlossen ist, und setzt sich auf die Liege. Scheint über ihre Situation nachzudenken.
00.13 Uhr – Nr. 1 hat die Kamera bemerkt. Streckt in obszöner Weise den Mittelfinger entgegen; zeigt keine Anzeichen von Angst.

So ging es weiter. Er hatte vor Aufregung die Nacht nicht geschlafen, stattdessen war er vor dem Monitor gesessen und hatte jede ihrer Regungen aufgeschrieben.

Über Langeweile konnte er in seinem Leben nicht klagen, schon vorher nicht. Jeder seiner Tage war ausgefüllt – noch bevor er sich entschlossen hatte, dieses Experiment durchzuführen. Doch erst danach, erst als die erste Testperson bei ihm einzog, spürte er dieses Prickeln in sich. Champagner schmeckte besser als schales Wasser. Seit Beginn seiner Testreihe fühlte er sich lebendig. Vorher hatte er funktioniert, jetzt hatte er Spaß am Leben: Herausforderungen, Überraschungen, Spannung, Nervenkitzel ...

Wohlig seufzend stellte er seine Aufzeichnungen zurück auf das Regalbrett und beschloss, nicht wieder ins Bett zu gehen. Stattdessen zog er sich an, machte Frühstück für sich und ging danach in den Keller, um nach seinen beiden Schützlingen zu sehen und ihnen ihre Wasserflaschen zu bringen.

Nr. 1 war sofort auf den Beinen. Entweder hatte sie ebenso wenig schlafen können wie er, oder sie war durch das Klappern der Tür wach geworden. Beim Anblick der beiden Plastikflaschen verzog sie das Gesicht. »Nichts zu essen?«

Er lächelte sie an und schüttelte bedauernd den Kopf. »Heute nicht. Es sei denn ...«

Ihr lauernder, hellwacher Blick bei seinen Worten löste einen angenehmen Schauer auf seinem Rücken aus. Wahrscheinlich konnte er in diesem Moment alles von ihr verlangen, sie würde ohne zu zögern tun, was er von ihr verlangte.

Wer die Macht besaß, konnte großzügig sein, ohne das Gesicht zu verlieren. »Ach nichts«, antwortete er daher. »Mit der würde es ohnehin keinen Spaß machen.« Er deutete auf Nr. 4.

Enttäuschung breitete sich auf ihrer Miene aus, doch sie widersprach nicht, sondern streckte die Hand nach der Flasche aus. Mit trotzig zusammengepressten Lippen starrte Nr. 1 ihn an. Es war ihm klar, dass sie ihn herausforderte. Er hielt ihrem Blick stand, maß sich wortlos mit ihr, bis sie den Kopf senkte. Sie lebte lange genug bei ihm, um zu wissen, dass manche Dinge nicht verhandelbar waren, wie zum Beispiel Entscheidungen, die er traf.

Sie hatten beide verschlafen, sodass weder Zeit für ein Frühstück noch für irgendwelche Gespräche blieb. Tante Mika hatte Valerie mit dem Auto ein Stück mitgenommen, sodass sie gerade noch rechtzeitig beim Läuten der ersten Unterrichtsstunde ihre Klasse betrat.

Saskia flüsterte ihr zu: »Ich dachte schon, du kommst heute auch nicht. Du musst mir unbedingt von gestern erzählen.« Ehe Valerie ein Wort sagen konnte, war schon Stöger da und knallte seine Tasche auf das Lehrerpult.

»In der Pause«, wisperte Valerie ihrer Freundin zu. So, wie ihr Deutschlehrer heute gelaunt war, wollte sie ihn lieber nicht verärgern.

Sie hatten zwei Stunden Mittagspause. Wie so oft begleitete Valerie ihre Freundin, aß bei ihr, und den Rest der Zeit verbrachten sie vor dem Computer. Sie hatte Saskia von ihrem Tag im Präsidium erzählt und ihr auch das Video mit den Fotos der Mädchen gezeigt. Schließlich hatten sie eine Liste von Jugendzentren ausgedruckt, die Valerie nacheinander abklappern wollte. Sie hatte die heutige Klavierstunde nicht vergessen, aber eine der Adressen lag auf dem Weg zu Anna, und dort würde sie mit ihrer Suche nach den Mädchen anfangen.

Michaela kam zu spät zur Morgenbesprechung. »Entschuldigung, der Verkehr«, brachte sie hervor, als sie den Konferenzraum betrat und sich auf den nächsten freien Stuhl fallen ließ.

»Sehr gut, dann kannst du uns gleich auf den neuesten Stand der Dinge bringen«, forderte Steurer, heute in Schwarz-Grün, sie auf.

Michaela wäre es lieber gewesen, ein paar Minuten durchatmen und sich sammeln zu können, doch offenbar wurde ihr diese Möglichkeit verwehrt. Also holte sie Luft und fasste die wesentlichen Informationen zusammen. Sie endete mit dem gestrigen Anruf Haralds. »Die DNA gehört Walter Leeb«, schloss sie ihren Bericht.

Einer der Kollegen meldete sich: »Leeb? Sitzt der nicht wegen eines Sexualdelikts ein?«

In ihrem Kopf hallte das Wort »Sexualdelikt« wider. Das passte zum Mord an Maja Stopfer.

»Du kennst ihn?«

»Fiel nicht in unsere Zuständigkeit, aber ich kann mich an die Zeitungsberichte erinnern. Muss etwa fünf Jahre her sein.«

Michaela fühlte, wie das Blut aus ihren Wangen wich.

»Was hat er getan?«, fragte sie, obwohl sie die Antwort gar nicht hören wollte.

»Er hat zwei Frauen vergewaltigt und erwürgt«, sagte ihr Kollege. Plötzlich war ihr kalt. Wie Leeb bereits auf freiem Fuß sein konnte, wusste sie nicht. Aber er hatte es wieder getan. Und wenn sie ihn nicht fanden, würde Maja nicht sein letztes Opfer bleiben.

Sobald Steurer die Besprechung beendet hatte, stand Michaela auf und ging zu Kilian Weilmann hinüber. »Hast du einen Moment Zeit?«

Er sah auf seine Uhr und nickte dann. »Eine halbe Stunde ...«

Das musste reichen. »Lass uns in dein Büro gehen und auf dem Weg dorthin einen Kaffee besorgen«, bat Michaela.

»Also, was kann ich für dich tun?« Weilmann hatte hinter seinem Schreibtisch Platz genommen und sah sie abwartend an.

Michaela trank von ihrem Kaffee und verzog das Gesicht, weil sie sich die Zunge verbrüht hatte. »Leeb«, sagte sie bloß.

»Das passt doch, oder?«, gab Weilmann zurück.

»Dachte ich auch. Und die Beweise sind eindeutig.«

»Aber?«

Michaela seufzte. »Genau. Aber weshalb hat er Tanja nicht angerührt?«

Weilmann kratzte sich am Kinn. »Vielleicht haben die Fälle gar nichts miteinander zu tun.«

»Nach den letzten Erkenntnissen aus der Forensik haben sie sich am gleichen Ort aufgehalten. Sowohl bei Tanja als auch bei Maja wurden identische Holzsplitter gefunden. Sie stammen von einem Weinfass. Und bei beiden waren Erdkrumen mit der gleichen Zusammensetzung.«

Weilmann runzelte die Stirn. »Du glaubst, Leeb hat sie irgendwo gefangen gehalten?«

»Könnte sein, oder?«

»Ja, das ist möglich«, räumte Weilmann ein.

»Und sehr wahrscheinlich hält er Jennifer Keil ebenfalls fest. Ihre DNA befindet sich auf beiden Leichen, und ich will mir gar nicht ausmalen, was sie durchmachen muss. Warum hat er Tanja nur umgebracht und nicht auch vergewaltigt? An ihr gab es keine Spuren von sexueller Gewalt.«

Weilmann dachte eine ganze Weile nach, ehe er antwortete: »Möglicherweise kam es zu einem Unfall, und sie ist gestorben, ehe er sich an ihr vergehen konnte.«

Die Erklärung leuchtete Michaela ein, aber zufriedenstellend war sie trotzdem nicht. Dafür gab es einfach zu viele Fragezeichen. Tanja war drei Wochen vor ihrem Tod verschwunden. Selbst wenn sie sich vorher eine Weile alleine durchgeschlagen hatte, ehe Leeb sie entführte, hätte er ausreichend Zeit und Gelegenheit gehabt, sich an ihr zu vergehen. Hatte er aber nicht getan. Warum nicht, wenn es ihm um die Befriedigung seiner Triebe ging? Außerdem zeigte Maja Stopfer zwar alle Anzeichen einer Vergewaltigung, aber der Täter hatte einen Holzpflock verwendet, um sie zu penetrieren. Dies war erst nach Majas Tod passiert und nicht vorher und passte nicht zu Leebs früherer Vorgehensweise. »Ist es möglich, dass Leeb seine Methode verändert hat?«

»Durchaus. Auch Serienverbrecher gehen nicht immer nach dem gleichen Schema vor. Manchmal passiert das gezwungenermaßen, wenn irgendetwas schiefläuft. Oft finden sie dann die Abwandlung ihres Modus Operandi spannender als die ursprüngliche Tat und entwickeln sie weiter. Das könnte auch bei Leeb so gewesen sein.«

Immer noch hatte Michaela das Gefühl, etwas zu übersehen. Es war, als würde sie bloß Ausschnitte aus einem Gemälde sehen, anstatt das Gesamtbild. Aber vorerst musste das reichen. »Krieg ich eine schriftliche Zusammenfassung deiner Einschätzung?«

»Natürlich. Alles, was du brauchst.«

»Danke. Dass es eilt, brauche ich wohl nicht extra zu betonen«, sagte Michaela, ehe sie sich von ihm verabschiedete, um endlich die Ermittlungsakten von Walter Leeb anzufordern. Hoffentlich würden dort wenigstens ein paar der Fragen beantwortet werden, die sie beschäftigten.

In ihrem Büro setzte sie sich sofort ans Telefon, rief im Zentralarchiv an und bat um die alten Ermittlungsakten von Walter Leeb. »Sollen wir sie mit der Dienstpost schicken?«, fragte der Archivar.

»Nein, ich brauche sie so schnell wie möglich. Bereiten Sie alles vor, ich hole sie ab.«

Bereits eine Stunde später saß sie wieder an ihrem Schreibtisch. In den Akten befanden sich neben Vernehmungsprotokollen auch Fotos der Opfer. Sie ähnelten sich vom Typ her. Beide waren zwischen fünfundzwanzig und dreißig Jahre alt und hatten langes braunes Haar. Laut den Obduktionsberichten wurden die zwei Frauen zuerst vergewaltigt und danach erwürgt. Leeb hatte Kondome verwendet, um kein Sperma zu hinterlassen. Doch so schlau er tat, war er nicht, denn seine Schamhaare hatte man trotzdem an den Opfern gefunden.

Leeb hatte seine Taten nicht geleugnet und schnell ein Geständnis abgelegt. Er behauptete, er habe die Vergewaltigungen nicht geplant, sie seien aus der Situation heraus entstanden, weil die beiden Frauen ihn, als er sie angesprochen hatte, brüsk zurückgewiesen hatten. Daraufhin war er ihnen gefolgt, hatte sie von hinten überfallen, sie auf den Boden geworfen und missbraucht. Töten wollte er sie ursprünglich nicht, aber er hatte einfach zu große Angst gehabt, sie würden ihn anzeigen.

Das Foto, das nach seiner Verhaftung gemacht wurde,

zeigte einen 1,65 m großen, dunkelhaarigen Mann mit einem Schnauzbart. Das war also Walter Leeb.

Michaela griff zum Telefon und rief bei ihrem Kollegen an, der mit der Leitung der Ermittlungen beauftragt gewesen war, musste aber erfahren, dass er sich mittlerweile in eine andere Abteilung versetzen hatte lassen. Erst nach mehreren weiteren Telefonaten hatte sie Christian Gerstinger am Apparat. Sie stellte sich vor und fragte, ob er sich noch an den Fall Walter Leeb erinnern konnte.

»Das ist schon eine ganze Weile her.«

Michaela unterdrückte ein Seufzen. »Ja, ich weiß, aber wir haben hier einen Mord an einer Fünfzehnjährigen, und alles deutet auf Leeb als Täter hin.«

»Hören Sie, im Moment passt es gar nicht. Können wir uns nicht nach Dienstschluss unterhalten? Ich muss gleich zu einer Vernehmung und ...«

Michaela dachte kurz nach. Valerie würde heute erst nach der Klavierstunde nach Hause kommen, sie hatte also Zeit. »Gut«, stimmte sie zu. Sie verabredeten sich in einem Café am Wiener Hauptbahnhof, das für beide leicht erreichbar war. Dann vertiefte sie sich erneut in die Akten von Leeb.

»Kommst du mit in die Kantine?«

Michaela blinzelte und blickte auf. Doris stand vor ihr und sah sie abwartend an.

»Ist es schon Zeit fürs Mittagessen?«, fragte Michaela und drückte ihren Rücken durch. Sie hatte über der Lektüre gar nicht auf die Zeit geachtet.

»Beinahe zwei. Kommst du nun?«

Michaela nickte. Vincents Platz war ebenfalls unbesetzt. »Er trifft sich mit irgendwem«, beantwortete Doris Michaelas unausgesprochene Frage. Offenbar hatte sie wirklich nichts um sich herum mitbekommen.

»Mit wem denn?«

Doris zuckte mit den Schultern. »Ich muss was nachprüfen«, sagte sie und imitierte dabei Vincents Bassstimme. Mit ihrer normalen fügte sie hinzu: »Du kennst ihn doch, er sagt kaum was.«

Darüber würde sie mit Vincent noch reden müssen. Michaela war bestimmt keine, die jeden Buchstaben der Vorschriften befolgte, und sie verlangte das auch nicht von ihren Kollegen. Aber in einigen Punkten verstand sie keinen Spaß, und einer davon war, dass sie wissen wollte, wo ihre Partner steckten, wenn sie aus dem Präsidium weggingen.

Es stellte sich heraus, dass Vincent keineswegs das Gebäude verlassen hatte. Als Michaela und Doris die Kantine betraten, entdeckten sie ihn an einem Ecktisch mit einem Mann. Sie unterhielten sich angeregt, das heißt, der Unbekannte redete auf Vincent ein, während der nur hin und wieder nickte.

»Wer ist das?«, flüsterte Doris ihr zu und deutete mit dem Kopf auf Vincents Tischgenossen.

»Keine Ahnung«, gab Michaela zurück. Sie hatte diesen Fremden noch nie zuvor gesehen. Zunehmend bekam sie das Gefühl, dass sie ihren Kollegen, mit dem sie mehrere Jahre zusammenarbeitete, nicht annähernd so gut kannte, wie sie gedacht hatte. Im Grunde wusste sie gar nichts über ihn, musste sie sich eingestehen.

KAPITEL 35

Michaela hatte sich nach dem Mittagessen wieder in Leebs Akten vertieft, als wenig später die Tür aufging und Vincent hereinkam.

»Leeb war's nicht«, sagte er und ließ sich mit einem Ächzen auf seinen Stuhl fallen.

Langsam drehte sich Michaela zu ihrem Kollegen um.

»Ach, und woher weißt du das so genau?« Sie wünschte sich nicht zum ersten Mal, Vincent würde nicht immer so sparsam mit seinen Worten umgehen. Das machte eine Unterhaltung mit ihm mehr als mühsam.

»Weil er noch einsitzt.«

»Wie? Er ist nicht auf freiem Fuß?« Das musste sie erst einmal verdauen. »Aber ... seine DNA ...«, warf sie ein. Ein Irrtum sei ausgeschlossen, hatte Harald ihr erklärt.

»Der Josef kennt einen von den Justizwachbeamten«, gab Vincent zurück, als würde das als Erklärung ausreichen.

Michaela konnte nur raten, dass Josef der Mann war, mit dem sich Vincent eben getroffen hatte. Und der kannte nicht irgendeinen Justizwachbeamten, wie die Fachbezeichnung für Gefängniswärter lautete, sondern wohl einen, der dort arbeitete, wo Leeb seine Strafe verbüßte.

»Hast du diesen Josef auch nach dem Gefängnis gefragt?«

»Mittersteig.«

»Tja, dann sollten wir Leeb wohl einen Besuch abstatten«, sagte sie, griff nach dem Telefon und rief beim Staatsanwalt an.

Das Gespräch war mehr als aufschlussreich. Sie erfuhr, dass Leeb seit einem halben Jahr Freigänger war. Von Freitagnachmittag bis Sonntagnachmittag verbrachte er die Wochenenden außerhalb der Gefängnismauern. Das gehörte zum Resozialisierungsplan. Michaelas Magen krampfte sich zusammen, als sie das hörte. Der Todeszeitpunkt von Maja Stopfer fiel genau in den Zeitraum, in dem Leeb draußen munter herumspaziert war. Wiedereingliederung in die Gesellschaft schön und gut, aber bei Leeb war das gründlich schiefgegangen. Er hatte wieder gemordet.

Zehn Minuten später spuckte das Faxgerät die Besuchserlaubnis aus. Michaela rief in der Haftanstalt an, um nachzufragen, wann sie vorbeikommen konnte, um mit Leeb zu sprechen.

»Zu den normalen Besuchszeiten«, bekam sie zur Antwort. Michaela sah auf die Uhr. Die Besuchszeit endete um 14.30 Uhr, das hatte sie bereits in Erfahrung gebracht.

»Bis morgen kann ich nicht warten«, gab Michaela bestimmt zurück. »Es geht um zwei tote und zwei vermisste Mädchen.«

Ein tiefer Seufzer der Kapitulation drang durch den Hörer an Michaelas Ohr. »Also gut, wann können Sie hier sein?«

»In vierzig Minuten«, sagte sie und griff nach ihrer Jacke. Doris brauchte sie gar nicht erst aufzufordern, sich fertig zu machen, ihre Kollegin zog bereits den Mantel an.

Die Justizanstalt im 5. Wiener Gemeindebezirk wurde Anfang des 20. Jahrhunderts erbaut und diente ursprünglich als Bezirksgericht. Erst nach einer Renovierung in den 60er Jahren wurde sie als Sonderanstalt des Justizvollzuges für geistig abnorme Rechtsbrecher in Betrieb genommen. In den letzten Monaten war die Haftanstalt in der Öffentlichkeit immer wieder unter Beschuss geraten. Von Verletzungen der Menschenrechte war die Rede gewesen und davon, dass die gesamte Justizstrafverordnung gänzlich veraltet sei. Die Häftlinge würden nur verwahrt, anstatt therapiert werden, hieß es in den Medien.

Normalerweise machte sich Michaela nur wenige Gedanken darüber, was mit den Schuldigen geschah, nachdem sie gefasst wurden. Für sie war ein Fall mit der Verurteilung des Täters abgeschlossen. Doch heute musste sie daran denken, dass einige der Mörder, die sie überführt hatte, in Mittersteig ihre Zeit absaßen. Hoffentlich begegnete sie keinem von ihnen.

Für Doris war der Besuch in der Justizstrafanstalt ihr erster, und für sie schien es ein Abenteuer zu sein. Manchmal wünschte sich Michaela diese Naivität und Unbedarftheit zurück, die ihre junge Kollegin an den Tag legte, doch dazu hatte sie bereits zu viel erlebt und zu viel erfahren. Wenn man wie sie oft genug in die trüben Augen eines Toten geblickt und Verstümmelungen gesehen hatte, von denen man nicht glaubte, dass ein Mensch zu solcher Art Folter imstande wäre, begann man, eine Schutzmauer um sich zu ziehen. Das bedeutete nicht, dass ihr die Opfer egal waren oder sie kein Mitleid empfand. Dieser Wall sorgte nur dafür, dass sie eine professionelle Distanz wahrte. Anders, davon war

Michaela überzeugt, konnte man diesen Job, bei dem man Tag für Tag mit schrecklichen Bildern und tragischen Lebensgeschichten konfrontiert war, auf Dauer nicht aushalten. Auch Doris würde über kurz oder lang vor der Entscheidung stehen, eine Mauer zu ihrem eigenen Schutz zu errichten oder an den Belastungen, die ihre Arbeit mit sich brachte, zu zerbrechen. Michaela wünschte sich für ihre Kollegin, dass dieser Zeitpunkt noch weit entfernt lag. Und sie hoffte, dass es für Doris weniger traumatisch werden würde als für sie selbst, auch wenn solch ein Wendepunkt naturgemäß von einer schlimmen Erfahrung oder einem Fall, der einem ganz besonders naheging, ausgelöst wurde. Das waren die Erlebnisse, die man nie wieder im Leben abschütteln konnte. Sie tauchten immer dann auf, wenn man sie am wenigsten brauchte, und verfolgten einen bis in die Träume. Michaela wusste ganz genau, welches Ereignis es bei ihr gewesen war. Die Narbe auf ihrer Braue spannte wie zur Bestätigung.

Endlich kam die Justizanstalt in Sicht. Michaela war die ganze Fahrt über in Gedanken versunken gewesen und hatte kein Wort mit Doris geredet. Falls die Michaelas Verhalten als sonderbar empfand, ließ sie es sich nicht anmerken. Mit einer schwungvollen Drehung am Lenkrad manövrierte sie das Auto in die nächste Parklücke, stellte den Motor ab und stieg gut gelaunt aus. »Na, da sind wohl die richtig schweren Jungs untergebracht«, sagte Doris und deutete auf die vergitterten Fenster.

»Ich glaube nicht, dass die Bezeichnung für einen, der zwei Frauen vergewaltigt und erwürgt hat, passend ist. Oder für einen, der zuerst seine Ehefrau erstochen und dann seine beiden kleinen Kinder vom fünften Stockwerk geworfen hat.«

Michaela wusste, dass Doris es nicht so gemeint hatte. Trotzdem störte sie plötzlich der flapsige Ton. Verdammt, sie gingen schließlich nicht zu einem Kaffeekränzchen.

Sie passierten zuerst die Sicherheitsschranke, die ganz ähnlich der war, wie man sie von Flughäfen kannte. Anders als bei Urlaubsflügen fehlte hier Michaela aber jede Vorfreude auf das, was sie erwartete. Ihr Mund war jetzt schon trocken. Sie fühlte sich unwohl, was bestimmt an der beklemmenden Atmosphäre lag, die allen Gefängnissen, die sie besucht hatte, eigen war.

Auch Doris verhielt sich ungewohnt ruhig, als sie in das Besucherzimmer geführt wurden.

Der Raum war karg und ungemütlich. Es schien, als solle man keinen Moment lang vergessen, wo man sich befand. Mehrere Tische, alle fest am Boden verankert, standen in Abstand zueinander aufgereiht, um den Anschein von Privatsphäre zu erwecken. Dabei war Michaela bewusst, dass es in einer Institution wie dieser so etwas nicht gab. Die Häftlinge waren nie für sich, sogar in der Nacht wurden sie überwacht. Selbstbestimmung musste man vor dem Tor abgeben. Sobald man ein Gefängnis betrat, sei es als Insasse oder als Besucher, musste man sich den herrschenden Regeln und Bestimmungen unterordnen.

»Welchen sollen wir nehmen?«, fragte sie den Vollzugsbeamten, der sie bis hierhin begleitet hatte.

»Suchen Sie sich einen aus. Ist ja nicht so, dass um diese Zeit viel Betrieb herrscht.«

Der Mann ging zu einer Tür am anderen Ende des Zimmers, klopfte an, und als sie sich öffnete, sagte er seinem Kollegen, die Besucher für Leeb seien da.

Zehn Minuten können so schnell vergehen, als wären es bloß zwei. Oder sie ziehen sich wie eine Stunde. Die Wartezeit, bis Leeb zu ihnen gebracht wurde, schien eine Ewigkeit zu dauern. Endlich wurde die Stahltür aufgesperrt, ein Wachbeamter führte den Häftling herein, schloss die Tür wieder und postierte sich vor dem Ausgang. Auf der anderen Seite hatte der zweite Beamte ebenfalls seinen Posten bezogen. Sie waren weit genug entfernt, um das Gespräch nicht mitzuhören, hielten sich dennoch nahe genug auf, um schnell einzuschreiten, falls sich der Gefangene ungebührlich benehmen oder sie angreifen sollte.

Leeb blieb einen Augenblick an der Tür stehen. Er sah überrascht aus, fing sich aber schnell und schlenderte betont gelassen zu ihnen herüber.

Mit dem Foto aus den Akten hatte er nur eine vage Ähnlichkeit. Sein Gesicht wirkte aufgedunsen, seine Haut war blass, das Haar länger, dafür aber schütterer. »Nehmen Sie Platz, Herr Leeb. Wir zeichnen unser Gespräch auf, falls Sie nichts dagegen haben.«

Er schüttelte den Kopf und folgte ihrer Aufforderung. Michaela erkannte in seinem Blick Argwohn, aber auch ein wenig Furcht. Sie hatte diesen Ausdruck schon häufig beobachtet. Er tauchte immer dann auf, wenn jemand etwas zu verbergen hatte.

Sie stellte sich und Doris vor, hielt sich dann aber nicht länger mit Höflichkeitsfloskeln auf. »Wo waren Sie dieses Wochenende, Herr Leeb?«

»Zu Hause«, antwortete er ein wenig zu schnell.

»Haben Sie dafür Zeugen?«

»Meine Mutter. Worum geht es?«

Michaela legte die Fotos der vier Mädchen auf den Tisch. »Haben Sie die schon mal gesehen?«

Leeb beugte sich vor und betrachtete die Bilder. Dann nahm er das von Jenny in die Hand. »Hübsches Ding.«

»Kennen Sie das Mädchen?«, wiederholte Michaela ihre Frage diesmal etwas schärfer. Jenny entsprach genau Leebs Beuteschema.

»Nein, hab ich noch nie gesehen. Leider.« Leeb grinste und legte das Foto zurück.

»Und die anderen?«

Ein Kopfschütteln. »Sollte ich etwa?«

Michaela beugte sich vor und lehnte sich über den Tisch zu Leeb. »Ich glaube Ihnen kein Wort«, sagte sie. Sie hielt Majas Foto hoch. »Sie haben sie entführt, gefangen gehalten und getötet. Danach haben Sie sie weggebracht und ihr einen Stock in die Vagina gerammt. Frischt das Ihr Gedächtnis wieder auf?«

Leeb sprang empört auf. »Sie können mich mal. Ich hab keine von denen je gesehen.«

Beide Wachbeamte waren sofort zur Stelle, doch Michaela bedeutete ihnen, sich zurückzuhalten. »Setzen Sie sich«, befahl sie.

Angesichts der Übermacht folgte er zögernd ihrer Anordnung. »Ich war's nicht.«

»Spuren lügen nicht. Wie erklären Sie sich Ihre DNA auf dem Körper des Mädchens?«, fragte Doris.

Der Mann barg sein Gesicht in beide Hände und schwieg.

Er konnte leugnen, so viel er wollte, er war der Täter.

Jetzt ging es nur noch darum herauszufinden, wo er die Mädchen versteckt hielt.

»Was haben Sie von dem Zeitpunkt an, als Sie das Gefängnis verließen, bis zu dem, wo Sie wieder zurückkamen, gemacht?«, wollte Michaela von ihm wissen.

Leeb blickte auf. »Ohne Anwalt sage ich kein Wort mehr.«

»Das ist Ihr gutes Recht. Allerdings könnte, während wir uns hier jede Menge Zeit lassen, eines der anderen Mädchen sterben. Wo haben Sie sie versteckt?«

Leeb blieb stur und schwieg.

Schließlich gab sich Michaela geschlagen, stand auf und erklärte die Vernehmung für beendet. So machte das keinen Sinn. Außerdem war sie in einer halben Stunde mit Gerstinger verabredet. Der hatte Leeb schon einmal zu einem Geständnis bewegt. Vielleicht konnte er ihr ein paar Tipps geben, wie sie mit dem Häftling umgehen sollte. Denn eines war sicher: Wenn er nicht bereit war, ihnen zu sagen, wo er Jenny und Christina hingebracht hatte, würden die beiden auf jeden Fall sterben. Er musste die Mädchen bis zu seinem nächsten Freigang mit Wasser und Nahrung versorgt haben, vielleicht hatte er sogar eine kleine Reserve eingerechnet. Doch irgendwann würde der Vorrat aufgebraucht sein. Ihnen blieben ein paar Tage, vielleicht eine Woche, um die Mädchen zu finden.

KAPITEL 36

Valerie schwänzte die letzte Stunde, sie sagte, sie hätte Regelschmerzen. Die Lehrerin fragte nicht weiter nach und ließ sie gehen.

Schon auf dem Weg ins Jugendzentrum überkamen sie Zweifel. Schließlich kannte sie dort niemanden. Sie wäre ein Eindringling, bestimmt würden sie alle nur blöd anstarren. Doch dann gab sie sich einen Ruck. Sie machte das nicht zum Vergnügen, sondern weil sie etwas über die Mädchen herausfinden wollte. Sobald sie die Fotos auf dem Handyvideo hergezeigt und mit ein paar Leuten geredet hatte, würde sie gehen. Ein Besuch beim Zahnarzt war bestimmt unangenehmer, sagte sie sich und betrat den Kiesweg, der zu einem würfelartigen Gebäude führte, das sie an ihren früheren Kindergarten erinnerte. Hier musste es sein.

Dann los!, spornte sie sich an. Sie straffte die Schultern, atmete tief durch und zog die Tür auf.

Etwa acht Jugendliche befanden sich in dem Aufenthaltsraum. Ein Mädchen malte Mandalas aus, zwei Burschen spielten Tischfußball, einige saßen auf dem durchgewetzten Sofa, hörten Musik und unterhielten sich.

Niemand von ihnen schien Valerie zu bemerken. Ein Mann mit Dreadlocks, sie schätzte ihn auf Mitte zwanzig, kam aus einem anderen Raum, entdeckte sie und steuerte direkt auf sie zu. »Hi, ich bin David, bist du neu hier?«

»Ja«, antwortete sie und war nun doch froh, dass nicht sie den ersten Schritt machen musste. »Ich bin Valerie, und eigentlich will ich gar nicht lange bleiben. Ich suche bloß wen. Hast du ein paar Minuten Zeit?«

David nickte. »Sicher. Wollen wir da rübergehen?« Er deutete auf einen Tisch in der Ecke.

Valerie folgte ihm und setzte sich. Dann holte sie ihr Handy heraus und zeigte David das Video.

Gespannt wartete sie auf seine Reaktion. »Nein, tut mir leid«, sagte er und schüttelte den Kopf. »Sind das Freundinnen von dir?«

»Nicht direkt«, wich Valerie seiner Frage aus. Aber es kommt mir beinahe so vor, fügte sie in Gedanken hinzu.

Nachdem sie sich bei David bedankt und auch den anderen Kids das Video gezeigt hatte, ging sie wieder. Das war ein ziemlicher Reinfall gewesen. Sei's drum. Tante Mika hatte einmal gesagt, Ermittlungsarbeit bestünde zu 95 Prozent aus Fehlversuchen, Niederlagen und unnötigen Rennereien. Wichtig wären bloß die restlichen 5 Prozent, die einen Fall weiterbrachten. Sie hatte noch mehr Adressen auf ihrer Liste. Ein oder zwei konnte sie besuchen, ehe sie zur Klavierstunde musste.

Schließlich kam sie zehn Minuten zu spät und entschuldigte sich bei Anna, sie habe auf die Straßenbahn warten müssen. Die Klavierstunde war anfangs ein Desaster. Sie hatte nicht geübt, und mit ihren Gedanken war sie ganz woanders.

»Was ist los, Valerie?«, fragte Anna, nachdem sie zum fünften Mal immer an der gleichen Stelle stecken geblieben war.

Valerie schlug mit der Hand auf die Tasten und erzeugte einen disharmonischen Akkord, der so klang, wie sie sich fühlte. Auch wenn sie sich eingeredet hatte, es wäre ein Wunder, gleich auf Anhieb bei ihrer Suche nach den Mädchen Erfolg zu haben, war es dennoch frustrierend, jedes Mal ein Kopfschütteln zu ernten.

»Können wir nicht einfach etwas Leichteres spielen? Ich könnte heute echt ein Erfolgserlebnis brauchen.«

»Miesen Tag gehabt?«

Valerie verzog das Gesicht. »Ja, so ähnlich.«

Anna lächelte. »Okay, ich glaube, ich kenne das richtige Stück für dich.«

Kurz darauf verlor sich Valerie in der Musik von Händels *Fantasia* in C-Dur. Zuerst füllte die Musik ihren Kopf, dann ihr Herz.

Als der letzte Akkord verklungen war, holte Annas Applaus sie in die Wirklichkeit zurück. »Wow! Das war großartig, Valerie.«

Annas Lob machte sie verlegen. So versunken war sie nicht gewesen, dass sie ihre Patzer nicht bemerkt hätte.

»Ich habe Fehler gemacht.«

»Ja, aber an denen können wir arbeiten. Aber an dem hier ...«, Anna deutete auf ihr Herz, »... nicht. Das kann dir niemand beibringen. Entweder man hat es, dann kommt es auf ein paar Fehler nicht an. Oder man hat es nicht, dann nützt technische Brillanz auch nichts, weil man die Menschen mit der Musik nicht erreicht. Ich weiß, dass du das viel besser kannst. Also los, noch einmal.«

Valerie begann von vorne. Dieses Mal war der Rausch verflogen, sie konzentrierte sich nun auf die Noten, auf ihre Technik.

Am Ende der Stunde umarmte sie Anna. Die drückte sie fest an sich. »Bis Freitag. Und üb schön!«

»Versprochen!«

Valerie nahm sich vor, morgen nach der Schule als Erstes zu sich nach Hause zu fahren, um ihr Versprechen Anna gegenüber einzuhalten. Bis Freitag waren es bloß zwei Tage, nicht besonders viel Zeit, um zu üben, aber Anna würde es merken, wenn sie es nicht tat.

Auf jeden Fall ging es ihr jetzt besser. Musik war schon was Wunderbares. Warum ihre Tante das Klavierspielen aufgegeben hatte, würde Valerie nie verstehen. Klar, ihr fehlte die Zeit und natürlich Übung. Vor allem fehlte ihr ein Klavier. Es musste ja nicht gleich ein Konzertflügel sein. Ein Piano hätte im Wohnzimmer allemal Platz gehabt.

Gerstinger wartete bereits, als Michaela im Café ankam. Sie hatte zuerst Doris zu Hause abgesetzt, ehe sie zum Hauptbahnhof gefahren war.

Auf den ersten Blick hätte sie ihn nicht als Polizisten erkannt, er trug einen Anzug und Krawatte, hatte graues kurzes Haar und ein von Akne vernarbtes Gesicht. Hätte sie raten müssen, hätte sie gesagt, er wäre ein Drogenboss. Oder einfach ein Geschäftsmann kurz vor der Rente.

Ihr hingegen sah man die Polizistin offenbar gleich an, denn er winkte ihr zu, sobald sie das Lokal betrat.

»Schön, dass Sie sich Zeit für mich nehmen«, sagte sie, als sie den Stuhl zurückzog und sich setzte.

Sie bestellte einen großen Caffè Latte, er hielt sich an Espresso. »Ich war einfach neugierig«, gab Gerstinger zurück, führte aber nicht weiter aus, worauf. »Ihr Anruf hat mich, ehrlich gesagt, überrascht. Ich dachte, Leeb würde für die nächsten zwanzig Jahre weggesperrt sein.

Die Beweislage war damals sonnenklar, und gestanden hat er auch. Manchmal frage ich mich, wozu wir uns überhaupt ins Zeug legen, um Kriminelle zu überführen. Ein paar Jahre Haft sitzen sie auf einer Pobacke ab und morden, vergewaltigen und rauben weiter.«

Gerstinger klang ziemlich verbittert, stellte Michaela fest. Wurde man mit der Zeit so? Hatte er sich deshalb vom Morddezernat versetzen lassen?

»Tja, Leeb sitzt immer noch ein. Allerdings ist er Freigänger und hat mindestens vier Mädchen entführt. Zwei sind tot, eine davon wurde erwürgt und dann missbraucht. Ich komme gerade von ihm, aber er leugnet hartnäckig, die Mädchen überhaupt zu kennen.«

»Sie erwähnten am Telefon, dass ein Opfer erst fünfzehn Jahre alt gewesen ist.«

Michaela nickte. »Das eine, das er missbraucht hat. Die andere war ein Jahr älter, zeigte aber keine Anzeichen einer Vergewaltigung.«

Mit der Hand strich Gerstinger über das Kinn. »Und Sie sind sicher, dass Leeb der Täter ist?«

»So sicher, wie man sein kann, wenn man seine DNA an dem letzten Opfer findet. Er sagt, er wäre zu Hause gewesen. Leebs Mutter ist laut unseren Unterlagen fünfundsiebzig Jahre alt, halb blind und dazu schwerhörig. Ein denkbar schlechtes Alibi. Also, ja, ich bin mir sicher. Unser großes Problem ist, dass zwei weitere Mädchen vermisst werden. Das heißt, der Mistkerl hält sie gefangen, und wenn wir sie nicht bald finden, sind sie ebenfalls tot.«

Gerstinger lehnte sich auf seinem Stuhl zurück, der bei der Bewegung leise knarrte, und verschränkte die Arme vor der Brust. »Das ist natürlich eine verfahrene Situation, aber ich weiß nicht, wie ich Ihnen helfen kann. Ich kann schlecht die Informationen aus Leeb rausprügeln.«

Auch wenn seine Worte scherzhaft klingen sollten, war sich Michaela nicht sicher, ob er nicht schon öfter genau das getan hatte: Geständnisse unter Einwirkung von körperlicher Gewalt erzwungen. Sie ging auf seinen letzten Satz nicht ein. »Ich würde gerne mehr über die damaligen Fälle erfahren. Dinge, die nicht in den Ermittlungsakten stehen.«

Sie wusste genau, dass es in allen Aufzeichnungen Lücken gab. Sei es durch Zeitmangel, durch Schlamperei oder auch, weil manches einfach besser nicht niedergeschrieben wurde.

Gerstinger beugte sich zu ihr vor. »Was wollen Sie wissen?«

»Tauchte im Zuge Ihrer Ermittlungen irgendwann mal ein Weinkeller auf? Wir haben Holzsplitter gefunden, die vermutlich von einem Weinfass stammen.«

Gerstinger schüttelte den Kopf.

»Fällt Ihnen sonst ein Ort ein, an dem Leeb die Mädchen gefangen halten könnte? Gibt es Immobilien? Irgendwelche Lagerräume?«

Wieder ein Kopfschütteln. »Keine, die wir entdeckt haben.«

Es entstand eine unangenehme Pause. Was zum Teufel tat sie hier überhaupt? Dieses Treffen, von dem sie sich so viel erhofft hatte, war reine Zeitverschwendung.

»Wie viele Mädchen hat er entführt?«, brach Gerstinger das Schweigen.

»Vier, von denen wir wissen. Es könnte natürlich noch weitere geben.«

»Und die sind alle verschwunden, seit er Freigänger ist?«

»Ja, zwei der Mädchen sind von zu Hause ausgerissen, und er muss sie irgendwo aufgegabelt haben. Die anderen ...«, Michaela stockte, als ihr etwas auffiel, »... die Letzte ist an einem Mittwoch entführt worden. Für diese Tat kann Leeb gar kein besseres Alibi haben, weil er nämlich im Gefängnis war.« Die Gedanken in ihrem Kopf schlugen Purzelbäume.

»Vielleicht wurde dieses eine Mädchen von jemand anderem verschleppt«, schlug Gerstinger als Lösung vor.

Michaela schüttelte langsam den Kopf. »Die DNA dieses Mädchens ist ebenfalls auf der Toten. Sie müssen zusammen gewesen sein.« Sie zählte auf, welche Spuren sie wo gefunden hatten. »Zuerst dachte ich, Tanja und Jenny hätten sich irgendwo zufällig getroffen, wie das bei Ausreißern so passiert. Doch dann taucht Maja auf, bei der wir Hinweise auf Jenny, Christina und Leeb finden.«

Gerstinger hörte ihr schweigend zu. Schließlich nickte er. »Sie haben recht, das klingt nach einem gemeinsamen Aufenthaltsort. Doch wie passt Christinas Entführung rein, wenn Leeb es nicht gewesen sein kann? Vielleicht ist sie doch freiwillig von zu Hause weggelaufen?«

»Nein, sie und Maja hatten ein intaktes Familienleben, Freunde, waren gut in der Schule. Sie hatten keinen Grund abzuhauen.« Und dann kam ihr ein schrecklicher Gedanke, der eine logische Erklärung dafür bot, warum Christina an einem Mittwoch verschwinden konnte, wenn Leeb sich zu der Zeit in seiner Zelle befand. Er musste einen Komplizen haben. Schon als sie Jenny des Mordes an Tanja verdächtigten, hatten sie an einen Mittäter gedacht, und hier war es die einzige Möglichkeit. Es musste einen geben, der die Mädchen während Leebs Abwesenheit versorgte. Einen, der ähnliche Neigungen hatte, sich aber doch von Leeb unterschied. Das begründete auch die Ungleichheiten in den Vorgehensweisen. Plötzlich hatte sie es eilig. Ob Vincent noch im Büro saß? Oder sollte sie Doris nach Feierabend stören? Nein, lieber nicht, sie würde zuerst versuchen, Vincent zu erreichen. »Ich muss dringend etwas erledigen«, sagte sie zu Gerstinger, trank aus und gab der Kellnerin ein Zeichen, dass sie bezahlen wollte. Auch Gerstinger griff nach seiner Geldtasche.

»Nein, der Kaffee geht auf mich«, sagte Michaela. Nachdem sie die Rechnung beglichen hatte, fiel ihr noch etwas ein. »Ach, eine letzte Frage. Wie haben Sie das Geständnis von Leeb bekommen?«

Er lächelte, beugte sich zu ihr und flüsterte es ihr ins Ohr.

KAPITEL 37

Sie kämpfte. Es war durchaus angenehm, im Nichts zu schwimmen, sich treiben zu lassen wie in einem See, der so tief war, dass man den Grund nicht erkennen konnte. Doch das Gefühl der Schwerelosigkeit war genauso tückisch und gefährlich wie ein bodenloses Gewässer. Die Lieder und Melodien in ihrem Kopf waren ihre Rettungsleine, ihr Anker. Sie sorgten dafür, dass sie den Weg zurück nicht vergaß.

Manchmal übernahm ihr Körper das Kommando, und dann fand sie sich plötzlich in einer anderen Liegeposition wieder, ohne sich daran zu erinnern, sich überhaupt bewegt zu haben. Oder sie hielt ein Stück Brot in der Hand, von dem sie nicht mehr wusste, wie es dorthin gelangt war. Doch diese hellen Momente wurden immer seltener und kürzer, die meiste Zeit über war alles dunkel, schwarz, schwärzer ... selten grau. Oder es gab einen Lichtblitz. Aber der war zu kurz, um sich an ihm aus der Finsternis, die zäh und schwer an ihr klebte, herausziehen zu können. Ihr Körper und ihr Geist schienen sich immer mehr in zwei getrennte Wesen zu verwandeln. Sie hatte keine Kraft, daran etwas zu ändern. Aber tief vergraben saß in ihr das Wissen, dass die Zeit ablief. Bald schon wäre der Punkt überschritten, um diese zwei Teile wieder zusammenzuführen. Dann würden auch die Lieder nicht mehr helfen. Dann würde die Dunkelheit sie nicht mehr behüten, sondern verschlingen.

Endlich hatte Nr. 4 mit dem Gejohle aufgehört. Zum Glück. Lange hätte Nr. 1 das nicht mehr ausgehalten. Es war nicht das unmelodiöse Gesumme, das sie beinahe in den Wahnsinn trieb. Auch nicht, dass es sich immer wieder um das gleiche Lied handelte, das in ihr unangenehme Erinnerungen hervorrief. Aber dieser monotone Singsang, als wäre Nr. 4 ein defekter Roboter, war nervenaufreibender als alles andere, was sie bisher erlebt hatte. Beinahe schon gruselig.

Nr. 1 atmete erleichtert auf und begann mit ihren Übungen. Sie hatte sich ein Fitnessprogramm ausgedacht, das gleich mehrere Zwecke erfüllen sollte. Zum einen verhinderte es die Langeweile, die sie als schlimmste Begleiterscheinung ihrer Gefangenschaft empfand. Zum anderen sorgten die Turnübungen dafür, dass sie beweglich blieb und an Kraft zunahm. Früher, als sie noch auf der Straße gehaust hatte, war sie ein körperliches Wrack gewesen. Zu wenig Essen, zu viel Alkohol und Drogen. Wahrscheinlich würde sie nicht mehr leben, wenn er sie nicht aufgelesen hätte. Vielleicht lag darin ihre Stärke: dass sie es hier gar nicht so schlimm fand. Klar, vieles hätte angenehmer laufen können. Zu essen gab es nicht regelmäßig, oft zu wenig, und was den Geschmack betraf ... na ja. Hundefutter eben. Aber halt nicht nur. Manchmal überraschte er sie, so wie letztens mit der Pizza. Oder gestern mit der Orange. Alles in allem könnte es schlimmer sein, sagte sie sich. Besser natürlich auch, das wollte sie gar nicht bestreiten. Dazu bräuchte es nicht mal viel: ein ordentliches Bett. Hach, wie lange hatte sie nicht mehr in einem richtigen Bett geschlafen? Kleidung. Eine ganze Weile hatte sie nur die teuersten Markenklamotten getragen. Nachdem sie von zu Hause weg war, langte es nur mehr für zerrissene, dreckige Jeans und Hemden, Shirts und Pullis aus dem Altkleidercontainer, und oft genug hatte sie sich regelrecht vor sich selbst geekelt. Meist dann, wenn sie nach einer durchsoffenen Nacht in ihrem eigenen Erbrochenen lag oder ihre Hose mit ihrem Urin getränkt war, weil sie es in ihrem Rausch nicht rechtzeitig auf die Toilette geschafft hatte. Doch nun wäre ihr auch eine löchrige, schmutzige Kleidung recht gewesen.

Während sie ihre Sit-ups machte, träumte sie weiter. Ein Fernseher. Mann, das wäre der Oberhammer. Sie hatte keine Ahnung, welche Serien derzeit liefen. Es war einfach schon zu lange her, dass sie sich etwas angesehen hatte. Aber früher hatte sie diese Realityshows geliebt, und solche wurden bestimmt immer noch gesendet. Zur Not würde sie sich mit einem Buch zufriedengeben, obwohl sie lesen immer gehasst hatte.

Oh, und Jungs. Sex – und zwar Spaßsex und keine schnelle Nummer, um Geld oder sonstige Vergünstigungen zu bekommen.

Nr. 1 ging in ihrem Fitnessprogramm zu Liegestützen über. Cola. Es war eine Ewigkeit her, dass sie eine getrunken hatte. Aber schon allein beim Gedanken daran glaubte sie das Prickeln in ihrem Mund zu fühlen. Mal sehen, ob sie nicht eine Flasche aushandeln konnte, auch wenn der Preis bestimmt richtig hoch war.

Nr. 1 stand vom Boden auf. Jetzt kamen Kniebeugen an die Reihe. Um den Schwierigkeitsgrad zu erhöhen, hielt sie sich seitlich an einem der Gitterstäbe fest, streckte ein Bein nach vorn, während sie mit dem anderen in die Knie ging. Als sie mit dieser Übung begonnen hatte, war ihr nach nur zwei Beugen die Kraft ausgegangen, und sie hatte danach tagelang höllische Schmerzen gehabt. Jetzt schaffte sie sechs mit jedem Bein, ehe die Muskeln in ihren Schenkeln mit einem Ziehen zu protestieren begannen. Was noch?, fragte sie sich, was vermisst du noch?

Ehe ihr weitere Antworten einfielen, drang eine Tonfolge an ihr Ohr. Nr. 4 summte wieder. Das durfte doch nicht wahr sein! Sie holte Luft, um ihren Ärger rauszuschreien. Doch gerade als sie dazu ansetzte, bemerkte sie eine Veränderung in der Tonfolge. Hatte sie richtig gehört? Nr. 1 lauschte verblüfft, dann war sie sich sicher. Verdammt, die Prinzessin summte eine neue Melodie, und sie wusste nicht, ob sie sich darüber freuen sollte, weil es eine Abwechslung in den eintönigen Alltag brachte, oder ob sie sich fürchten sollte, denn die neue Tonfolge nervte noch mehr als die alte. Dabei hatte sie gedacht, die wäre nicht mehr zu toppen.

Nr. 4 war ihr irgendwie nicht geheuer. Nicht, dass sie Angst vor ihr gehabt hätte. Aber so jemanden hatte sie noch nie getroffen. Die hatte eindeutig nicht alle Tassen im Schrank. Klar, jede der Testpersonen hatte Schwierigkeiten gehabt, sich mit ihrer Situation abzufinden. Aber früher oder später kapierten alle, wo es langging. Sie lernten, wie sie sich zu verhalten hatten, erkannten, dass sie es sich so angenehm wie möglich machen mussten, denn einen Ausweg gab es nicht. Je schneller sie sich mit den Gegebenheiten arrangierten, desto besser erging es ihnen in ihrer Gefangenschaft. Nr. 1 spürte Wut in sich aufsteigen. Wut auf Nr. 4, weil die mit diesem verdammten Gesumme nicht aufhörte. Und auf sich selbst, weil sie sich von einem kleinen Mädchen verunsichern ließ. Wo zum Teufel blieb ihr Kerkermeister? Anfangs hatte sie gedacht, er würde tatsächlich jede Minute sie und die anderen überwachen. Mittlerweile war sie davon überzeugt, dass er irgendeiner anderen Tätigkeit nachging, die nichts mit alledem hier zu tun hatte. Das würde erklären, warum er oft einen ganzen Tag weg war. Auf jeden Fall sollte er für Ruhe und Ordnung sorgen, oder etwa nicht? Auf ihn war sie auch böse. Und da sie sonst nichts tun konnte, um ihrem Zorn freien Lauf zu lassen, boxte sie in die Luft. Sie hörte erst auf, als sie nach Luft rang. Zwischen ihren Brüsten liefen kleine Schweißtropfen entlang. Aber jetzt fühlte sie sich besser.

Die Erkenntnis, dass Leeb einen Mittäter haben musste, ließ Michaela nicht los. Ihr Versuch, Vincent telefonisch zu erreichen, war fehlgeschlagen. Aber mit irgendwem musste sie darüber reden, und weil sie seine Adresse nicht kannte, fuhr sie kurzerhand bei Doris vorbei, die sie erst eineinhalb Stunden zuvor vor der Wohnungstür abgesetzt hatte.

Sie klingelte und wäre am liebsten sofort wieder ins Auto gestiegen. Was tat sie da überhaupt? Wie kam sie auf die Idee, ihre junge Kollegin zu stören? Eine Kollegin, die nach Feierabend hauptsächlich Mutter und Ehefrau war.

Hätte in diesem Moment der Türöffner nicht gesummt, wäre sie wahrscheinlich wieder gegangen, doch da hatte ihre Hand, ohne nachzudenken, die Tür bereits aufgedrückt, und sie trat ein. Auf dem Klingelschild war Doris' Türnummer gestanden. Die Wohnung lag im ersten Stock. Ehe sie es sich anders überlegen konnte, läutete sie an.

Kindergetrampel klang durch die geschlossene Tür, dann Doris' gedämpfte Stimme, die ankündigte, sie werde gleich öffnen.

Die Überraschung stand ihrer Kollegin ins Gesicht geschrieben. »Oh ... du bist es«, brachte sie hervor und strich eine Haarsträhne aus ihrem Gesicht.

»Ich wollte dich nicht stören, wirklich. Ich hab nur ...« Es war offensichtlich, dass Doris von ihrem Besuch überrumpelt war. »Vergiss es, es war eine blöde Idee von mir. Wir sehen uns morgen. Tut mir leid, dass ich hier einfach so reinplatze.«

»Nein, du störst gar nicht ... nur heute erwarten wir Gäste, und da ist es ... Du kannst gerne bleiben.«

Michaela winkte ab. »Das ist lieb von dir, aber ich muss ohnehin nach Hause. Valerie ... du weißt schon. Wie gesagt, es war ein dummer Einfall. Vergiss einfach, dass ich da gewesen bin.« Dann drehte sie sich um und ging.

Als sie auf dem Heimweg das beleuchtete Schild des Supermarktes vor sich sah, bog sie kurzerhand auf den Parkplatz ein. Einkaufen gehörte mit zu den Dingen, die sie am meisten hasste. Doch seit aus ihrem Single- ein Zweipersonenhaushalt geworden war, blieb ihr keine Wahl. Seufzend betrachtete sie anschließend ihre Ausbeute in dem Einkaufswagen. Dafür hatte sie beinahe 60 Euro gezahlt? Die Papiertüte war gerade einmal halb voll!

Und sie war schwer. Ächzend hob Michaela sie in den Kofferraum. Immerhin hatte sie an zwei Fertiggerichte für die Mikrowelle gedacht. Hoffentlich hatte Valerie Hunger.

Sie parkte eben vor ihrem Haus, als gerade Bernd Dalisch von seiner Joggingrunde zurückkam.

Michaela holte die Einkaufstasche mit den Lebensmitteln aus dem Kofferraum und fluchte, als einer der Henkel riss und die Tüte auf den Boden knallte. Hoffentlich war alles heil geblieben.

»Warten Sie, ich helfe Ihnen.«

Michaela wollte entgegnen, dass sie es auch allein schaffen würde, aber da hatte er ihr die Tüte bereits abgenommen und hielt sie mit beiden Händen vor seiner Brust fest. »Wo haben Sie eingekauft? Bei einem Steinmetz?«

Michaela musste gegen ihren Willen lächeln. »Könnte man beinahe denken.« Sie ging vor, schloss die Tür auf und ließ Dalisch eintreten. »Stellen Sie einfach alles in die Küche«, beeilte sie sich zu sagen, als er mit dem Einkauf im Arm Anstalten machte, die Schuhe auszuziehen.

Er stellte die Tasche auf den Tisch, und Michaela fühlte sich verpflichtet, ihm irgendetwas für seine Hilfe anzubieten. »Kaffee?«, fragte sie deshalb.

Dalisch sah auf die Uhr. »Ja, gerne. Warum nicht?«

Sie kochte Kaffee und machte sich im Geiste eine Notiz, dass sie beim nächsten Einkauf welchen besorgen musste. Nicht auszudenken, wenn der ausging.

Er setzte sich. »Das mit Valerie scheint sich ja wieder eingerenkt zu haben.«

»Ja, zum Glück«, antwortete Michaela, stellte zwei Becher Kaffee, Milch und Zucker auf den Tisch und ließ sich ebenfalls auf einen Stuhl fallen.

»Sie sehen erschöpft aus«, stellte Dalisch fest.

»Es war ein langer Tag«, gab sie zu und wunderte sich, wie normal dieses Gespräch klang. Und wie selbstverständlich. Als wäre Bernd Dalisch nicht ihr bis vor Kurzem ungeliebter, nerviger Nachbar gewesen, sondern als würde er genau dorthin gehören, wo er war. Wie schnell sich manche Dinge änderten.

Er nickte. »Ich kann mir vorstellen, unter welchem Druck Sie stehen. In meiner Zeit als Kriminalpsychologe ...«

Michaela wurde hellhörig. »Sie sind Kriminalpsychologe?«

»War. In Graz, bis mein Posten den Einsparungen zum Opfer fiel.«

Michaela gab sich einen Ruck. »Hatten Sie je mit Sexualstraftätern zu tun?«

»Natürlich. Nicht nur, aber auch.«

Ehe sie sichs versah, hatte sie ihm von Leeb erzählt, allerdings ohne Namen zu nennen. Und auch von ihrer Theorie mit dem zweiten Täter. »Mir fällt sonst keine plausible Erklärung dafür ein, warum man seine DNA auf der Leiche sichergestellt hat und wie ein Mädchen verschwinden konnte, während er in seiner Zelle saß.«

Gespannt wartete sie auf seine Antwort.

Er ließ sich Zeit. Schließlich sagte er: »Ich kenne natürlich nicht alle Fakten, aber es wäre möglich.« Und als Michaela erleichtert aufatmen wollte, setzte er hinzu: »Möglich, aber nicht sehr wahrscheinlich.«

Aus unerfindlichem Grund fühlte sie Groll in sich aufsteigen. Sie verschränkte die Arme vor der Brust. »Und weshalb nicht?«

Dalisch nahm einen Schluck von seinem Kaffee. »Gab es denn in der Vergangenheit ähnliche Sexualmorde, die man diesem geheimnisvollen Täter anlasten könnte?«

»Nicht, dass ich wüsste. Aber es verschwinden jährlich in Wien mehrere Hundert Menschen. Von einer großen Zahl wissen wir nicht einmal, ob sie überhaupt noch am Leben sind. Es kann gut sein, dass einer davon zu seinen Opfer gehört.«

»Dann stellt sich für mich die Frage, warum keine DNA des Mittäters an einem der Mädchen sichergestellt wurde.«

»Vielleicht war er einfach vorsichtig.«

»Ich sag's ja. Möglich, aber nicht wahrscheinlich.«

Michaela grinste. Der Austausch mit Dalisch begann ihr Spaß zu machen. Sie durfte seine Meinung bloß nicht persönlich nehmen, auch wenn ihre von seiner abwich. Vor allem bemerkte sie zwei Dinge an ihm: Zum einen kannte er sich aus und stellte die richtigen Fragen. Zum anderen schien er, seit sie ihn um seine Ansicht gefragt hatte, richtig aufzublühen. Wahrscheinlich vermisste er die Arbeit als Kriminalpsychologe.

»Warten Sie«, sagte sie und stand auf, um ihre Unterlagen zu holen. Das kurze Aufflackern von schlechtem Gewissen unterdrückte sie schnell und sagte sich, dass Steurer schließlich betont hatte, sie könne jede Unterstützung in Anspruch nehmen, die sie brauchte. Dalisch gehörte praktisch zu ihnen. Zwar im weitesten Sinne – aber eben doch. Er kannte sich mit Tätern und deren Denkweise aus. Auch wenn sie bereits Weilmann um seine Einschätzung gebeten hatte, was Leeb anging, schadete es nicht, eine zweite Meinung einzuholen. Außerdem, und das war wohl ausschlaggebend für ihre Entscheidung, saß Dalisch neben ihr, während Weilmann nicht da war, gerade jetzt, wo sie jemanden für einen Austausch brauchte. Doris hatte etwas Besseres zu tun, und Vincent ... nun ja, mit dem war es schwierig, überhaupt ein Gespräch zu führen.

Sie kam zurück in die Küche und merkte, dass Dalisch den Kaffee nachgefüllt hatte. »Okay, hier«, sagte sie und breitete die Unterlagen vor ihm aus. »Was halten Sie davon?«

Sie waren so vertieft, dass sie Valerie nicht gehört hatten. Erst als diese »Oha!« rief, drehten sie sich beide zu ihr um. Valerie grinste. »Lasst euch bloß nicht von mir stören. Ich geh gleich ins Bett.«

Michaela fühlte sich seltsam ertappt, als hätte ihre Nichte sie beim Knutschen mit Bernd – mittlerweile waren sie zum Du übergegangen – erwischt.

»Ich komme gleich wieder«, sagte sie deshalb und ging Valerie nach.

»Wir ... also, Bernd und ich ...«, fing sie an.

»Tante Mika, du musst mir gar nichts erklären. Ich mag ihn, und das weißt du. Also, meinen Segen hast du – wofür auch immer.«

Michaela musste lachen. »Danke, das finde ich ausgesprochen großzügig von dir, aber wir reden bloß.«

»Schade«, gab Valerie trocken zurück. »Du, morgen treffe ich mich nach der Schule mit ein paar Freunden. Du brauchst dich nicht nach Hause zu beeilen ... es sei denn, du kannst es nicht erwarten, Bernd wiederzusehen«, fügte sie mit einem frechen Grinsen hinzu.

Ehe ihrer Nichte noch mehr Flausen einfielen, wünschte Michaela ihr eine gute Nacht und ging wieder zurück in die Küche.

Valerie schnaufte durch die Nase. Dass Bernd hier war, störte sie nicht, im Gegenteil. Sie fand es gut, dass Tante Mika und er sich endlich zu verstehen schienen. Aber sie war lange genug in der Tür gestanden, um mitzukriegen, worüber die beiden sprachen. Und das wurmte sie. Tante Mika tat so scheinheilig und konnte nicht oft genug betonen, wie wichtig es sei, niemandem etwas über die laufenden Ermittlungen zu erzählen – ja, nicht einmal ihr! Und dann hatte sie nichts Besseres zu tun, als bei der nächsten Gelegenheit ihren Nachbarn einzuweihen. Was für eine Ungerechtigkeit! Immerhin brauchte Valerie jetzt kein schlechtes Gewissen mehr zu haben, weil sie die Jugendzentren besucht hatte. Und sie fand es überhaupt nicht falsch, dass sie Tante Mika anlog, was ihre Pläne für den morgigen Tag betraf. Vertrauen beruhte schließlich auf Gegenseitigkeit. Offenheit ebenso, oder etwa nicht? Tatsache war aber, dass Tante Mika ihr alles Mögliche verschwieg. Warum sollte sie nicht auch ihre Geheimnisse haben?

KAPITEL 38

Der Morgen fing gut an, er hatte die ganze Nacht durchgeschlafen, ohne auch nur einmal von Träumen heimgesucht zu werden. Oder er konnte sich nicht mehr erinnern, was auch schon ein Segen war. Er musste an die Beschwerde von Nr. 1 denken, die sie gestern Abend empört vorgetragen hatte. Die Neue wäre eine Nervensäge, würde den ganzen Tag schwachsinnige Melodien summen. Sie wolle Ohrenstöpsel. Außerdem hatte sie gemeint, für allfällige Gefälligkeiten ihrerseits würde sie eine Flasche Cola verlangen anstatt einer Pizza. Dabei hatte sie vieldeutig zur Zelle von Nr. 4 geblickt. Er war sich sicher, dass sie auch ohne Belohnung die neue Probandin liebend gerne zum Schweigen gebracht hätte. Die Frage war, ob sie wieder töten würde. Immerhin handelte es sich bei Nr. 4 um ein wehrloses Wesen, während die anderen beiden Testpersonen sie provoziert hatten.

Er brachte seinen Probandinnen Frühstück, räumte die Schalen vom Abendessen weg, gab ihnen je eine Flasche Wasser zum Trinken und leerte die Kübel mit ihren Exkrementen aus.

Weil er heute besonders gute Laune hatte, spendierte er jeder außerhalb des wöchentlichen Waschtages einen Eimer Wasser, Seife und einen Waschlappen. Nr. 1 zeigte die Freude auf ihre ganz eigene Art. »Ist schon Weihnachten? Hätte ich eine Liste mit meinen Wünschen ans Christkind schreiben und aufs Fensterbrett legen sollen? Ups, es gibt hier gar kein Fensterbrett. Es gibt ja nicht mal ein Scheißfenster.«

»Du sollst nicht fluchen«, gab er automatisch zurück. »Und nein, es ist nicht Weihnachten. Soll ich die Sachen wieder mitnehmen?«

»Auf keinen Fall!«

Nr. 4 reagierte gar nicht. Weder auf seine Anwesenheit noch auf die Aussicht, sich waschen zu können. Er überlegte, es selbst zu tun, verschob die Entscheidung aber auf den Abend. Jetzt hatte er keine Zeit mehr. Er bückte sich, um den Wasserkübel wieder mitzunehmen, als ihn jäh Bilder überfielen. Er, als kleiner Junge, vielleicht sechs, sieben Jahre alt. Seine Mutter, sie hatte ein wallendes Sommerkleid an, blau und grün, mit kleinen gelben Blumen. Im Garten ein aufblasbarer Pool, der Schlauch, der das Plastikbecken befüllte. Das Wasser war eiskalt, aber das störte ihn nicht, er stand bis zu den Knien darin und hüpfte vor kindlicher Freude. Das Wasser spritzte, Tropfen landeten auf dem Rasen und auf dem Kleid seiner Mutter. »Hör auf damit!«, schrie sie ihn an, aber es machte einfach zu viel Spaß. »Ich gieße die Blumen«, rief er ausgelassen und ließ sich mit dem Po in das Wasser fallen, was einen besonders großen Spritzer verursachte. Das Kleid seiner Mutter klebte an ihren Beinen.

Mit einem Schritt war sie bei ihm, über ihm, drückte ihn mit dem Gesicht unter Wasser. Dumpf klang ihre Stimme an sein Ohr. »Ich. Habe. Gesagt. Du. Sollst. Aufhören.«

Er strampelte und krallte sich mit den Händen in ihre Arme. Das Kleid! So wurde es noch nasser, schoss es ihm durch den Kopf, aber er konnte nicht länger die Luft anhalten, und sie ließ ihn einfach nicht los. Er wand sich wie ein Fisch, und beinahe wäre er tatsächlich aus ihrem Griff geschlüpft, für einen kurzen Moment tauchte er mit dem Kopf aus dem Becken und schnappte nach Luft. Sofort drückte sie ihn erneut unter, bis er das Gefühl hatte, seine Lunge würde platzen.

Dieses Spiel wiederholte sie einige Male. Erst als seine Gegenwehr immer schwächer wurde, ließ sie ihn los.

»Sieh, was du getan hast«, rief sie und deutete auf ihr Kleid, das nun wirklich von oben bis unten triefend nass war. Sogar ihr Haar sah aus, als wäre sie frisch aus der Dusche gekommen.

»Es tut mir leid«, brachte er keuchend hervor, weil er immer noch zu wenig Luft bekam. Dann stieg er aus dem Pool, wickelte sich in das große Badetuch und legte sich auf die Liege. Trotz der Sonne, die auf seiner Haut brannte, wollte ihm einfach nicht warm werden.

Schlagartig war die gute Laune von vorhin verschwunden. Was für einen ausgemachten Blödsinn gaukelte ihm sein Unterbewusstsein da vor? Sehr wahrscheinlich vermischte sich seine Fantasie mit Dingen, die er gehört oder gelesen hatte. Das war nie passiert. Seine Mutter hätte ihm niemals absichtlich wehgetan. Viel denkbarer war, dass er durch seine Hopserei ausgerutscht und untergegangen war, und sie ihn aus dem Wasser gezogen hatte. Ja, so musste es gewesen sein. Allerdings konnte er sich weder an einen Pool noch an ein solches Blumenkleid seiner Mutter erinnern. Er würde nach der Arbeit in ihren Notizbüchern nachlesen. Jetzt musste er sich wirklich beeilen, um nicht zu spät zu kommen.

Michaela trank den letzten Schluck Kaffee aus und stellte den Becher in den Geschirrspüler. Valerie war vor zehn Minuten gegangen, nicht ohne sie vorher noch einmal daran zu erinnern, dass sie sich mit Freunden treffen wollte. Das machte es für Michaela einfacher, weil sie nicht alles stehen und liegen lassen musste, um von der Arbeit pünktlich daheim zu sein. Im Großen und Ganzen lief es mit Valerie besser, als sie erwartet hatte – zumindest nachdem die Grenzen klar abgesteckt worden waren.

Als sie ins Auto stieg, fiel ihr Blick auf Bernds Haustür, und sie musste lächeln. Ihre Entscheidung, mit ihm die Morde zu diskutieren, hatte sich als goldrichtig herausgestellt. Zwar waren sie meist unterschiedlicher Meinung gewesen, aber durch den Austausch mit ihm hatte sie neue Denkanstöße gewonnen – und die waren auch dringend nötig. Er hatte unter anderem die Frage aufgeworfen, ob der Mord an Maja nicht bloß den Anschein einer sexuell motivierten Tat erwecken sollte. Nachdem die Spurenlage eindeutig war, wäre sie auf diese Idee von selbst nicht gekommen. Und das gefiel ihr an Bernd. Er schien Dinge von allen Seiten zu beleuchten und brach dadurch eingefahrene Denkmuster auf. Plötzlich sah man mehrere Wege vor sich, wo vorher bloß eine Sackgasse gewesen war.

Im Kriminalamt angekommen, lief sie die Treppe hoch und hoffte, dass Vincent schon da war. Er sprach zwar nicht viel, aber er hörte zu. Und das allein half, ihre Gedanken zu sortieren.

Weilmanns Tür stand offen, und als sie vorbeikam, winkte er sie zu sich. »Du wolltest eine erste Einschätzung von mir«, sagte er.

»Oh, das ging aber schnell«, gab Michaela überrascht zurück.

»Steurer war ziemlich deutlich, was die Priorität deiner Fälle angeht«, antwortete er lächelnd.

Michaela nahm ihm die Zettel aus der Hand und bedankte sich.

»Falls du Fragen hast ...«

»... melde ich mich bei dir«, beendete sie seinen Satz und lief weiter in ihr Büro.

Zum Glück saß Vincent tatsächlich an seinem Platz und begrüßte sie mit einem knappen Nicken.

»Guten Morgen. Woran arbeitest du gerade?« Sie hängte die Jacke auf und stellte die Tasche auf ihren Stuhl, ehe sie zu ihm hinüberging.

»Die Jugendzentren«, antwortete er und sah ziemlich unglücklich drein.

»Sind es denn so viele?«

Vincent zuckte mit den Schultern. »Dreißig Einrichtungen der Gemeinde Wien. Etwa fünfzehn von privaten Trägern.«

»Brauchst du Unterstützung?«

Er schüttelte den Kopf. »Das Problem liegt an den Öffnungszeiten.«

»Bleib einfach dran. Willst du wissen, was gestern bei Leeb rausgekommen ist?« Ohne auf seine Antwort zu warten, erzählte sie ihm von dem Gespräch mit dem Sexualstraftäter. »Natürlich hat er vehement geleugnet und zum Schluss nach seinem Anwalt verlangt.« Sie seufzte. »Das heißt, wir brauchen einen weiteren Termin im Beisein seines Rechtsbeistandes. Allerdings, und das macht mich stutzig, ist Christina an einem Mittwoch verschwunden. Und dafür können wir Leeb definitiv nicht verantwortlich machen. Meinst du, er hatte Hilfe?«

»Wäre möglich.«

»Was wäre möglich?« Die Frage kam von Doris, die eben ins Zimmer gekommen war. »Bin ich zu spät?«, schob sie gleich hinterher. Michaela sah auf die Uhr. In fünf Minuten begann die Morgenbesprechung, sie hätte beinahe die Zeit übersehen.

»Nein, du kommst gerade rechtzeitig.«

Sie warteten, bis auch Doris ihren Mantel abgelegt hatte, und gingen zu dritt hinunter in den Besprechungsraum.

Ihr Fall nahm die meiste Zeit in Anspruch. Michaela schilderte das Gespräch mit Leeb. Weilmann, der ebenfalls anwesend war, fragte, ob sie seinen Bericht gelesen hätte. Michaela verneinte, sie habe noch keine Gelegenheit dazu gehabt. »Gut, dann fasse ich in Kürze meine Stellungnahme für alle zusammen. Meiner Meinung nach passt Leeb genau ins Täterprofil, auch wenn er einiges an seinen Taten verändert hat. Das heißt bloß, dass er dazulernt. Er hält die Mädchen gefangen, damit er jederzeit auf sie zugreifen kann, um seine Triebe zu befriedigen.«

»Aber die neuen Opfer passen überhaupt nicht in sein Beuteschema«, wandte Doris ein.

Weilmann nickte. »Ich sagte ja, er entwickelt sich weiter. Er hat entdeckt, dass junge Mädchen – Ausreißerinnen – leichter zu überwältigen sind als erwachsene Frauen.«

Aus seinem Mund klang es schlüssig, fand Michaela. Doch Bernd hatte gestern ziemlich das Gegenteil behauptet. Er vertrat die Ansicht, dass der Typ des Opfers immens wichtig für den Täter sei, und hatte ihr erklärt, dass kein Sexualtäter ständig mit einer Erektion in der Gegend herumlief und sich an Ort und Stelle auf die nächstbeste Frau stürzte, die ihm über den Weg lief. Diese Täter gingen einkaufen, in die Arbeit, den Sportverein. Viele waren oft jahrelang unauffällig, hatten häufig Familie, Freunde ... Dann trafen sie eine Frau, die durch ihr Aussehen, ihre Kleidung, die Art zu gehen, oder vielleicht auch nur auf die Weise, wie sie eine Haarsträhne aus dem Gesicht strich, etwas in ihnen auslöste. Ein Trigger, sozusagen. Und plötzlich brannte eine Sicherung in ihnen durch.

Bernd hatte mit Dutzenden von Sexualstraftätern in der Haft gesprochen, weil das einen Schwerpunkt seiner Arbeit darstellte. Die Mehrheit der Täter gab an, dass ihre Opfer Ähnlichkeit mit jemandem aus ihrem Umfeld hatten: die Ehefrau, die Exfreundin, einmal eine frühere Lehrerin, in die sich einer der Männer unglücklich verliebt hatte. Weiters waren diese Erinnerungen in den meisten Fällen negativ oder mit Problemen behaftet. Allerdings hatte Bernd eingeräumt, dass es für alle seine Behauptungen Ausnahmen gab. Leeb könnte so eine sein.

Wem sollte Michaela nun glauben? Zwei Kriminalpsychologen und zwei völlig unterschiedliche Auffassungen. Allerdings neigte sie angesichts der Beweislage dazu, sich Weilmanns Meinung anzuschließen.

»Das klingt alles plausibel«, räumte sie ein, »nur denke ich, dass es einen Mittäter geben muss.«

Weilmann hob eine Braue. »Interessante Theorie. Was veranlasst dich zu diesem Glauben?«

Michaela mochte Weilmann, und sie schätzte seine fachliche Kompetenz, aber seine Frage ärgerte sie. Sie klang herablassend, fast schon gönnerhaft.

»Dass Christina Herbert an einem Mittwoch entführt wurde, und da saß Leeb wohlverwahrt in seiner Zelle.«

Eine Weile sagte Weilmann nichts. Er schien sich seine Argumente erst zurechtlegen zu müssen. Als Michaela schon dachte, er würde auf ihre Bemerkung nicht eingehen, kam doch eine Antwort von ihm: »Wir sollten eine mögliche Mittäterschaft auf jeden Fall im Hinterkopf behalten. Nur stützt du dich auf die Annahme, dass das Mädchen an dem besagten Mittwoch entführt wurde. Es wäre allerdings auch möglich, dass Christina einfach weggelaufen ist und zwei Tage unterwegs war, ehe Leeb sie am Freitag aufgelesen hat.«

»Ist sie aber nicht«, gab Michaela trotzig zurück. Bei Gott, sie war bestimmt nicht unfehlbar, und auch ihr Gefühl täuschte sie manchmal. Aber wenn sie nur über ein bisschen Menschenkenntnis und Intuition verfügte, dann war das Mädchen keine Ausreißerin. Es hatte sich nicht irgendwo herumgetrieben. Nein, es war entführt worden, und zwar zwischen dem Wohn- und dem Pfarrhaus, wo der Firmunterricht stattfand. Es war Weilmann, der sich irrte.

Die Besprechung dauerte länger als gewöhnlich, weil sie und die Kollegen aus den anderen Ermittlungsteams weitere Ideen und Theorien hin und her wälzten und die meisten wieder verwarfen. Am Ende war Michaela nicht schlauer als vorher. Auf dem Rückweg in ihr Büro hatte sie das Gefühl, der Tag hätte schon ewig gedauert, ohne dass sie nennenswerte Erfolge erzielt hatte. Es war verschwendete Zeit – Zeit, die sie eigentlich gar nicht hatte.

»Gut, wir sollten endlich in die Gänge kommen«, sagte sie und klatschte in die Hände, was ihr einen irritierten Blick von Doris einbrachte.

»Es ist ja nicht so, dass wir die ganze Zeit über Daumen drehen«, protestierte sie.

Michaela seufzte. »Das habe ich gar nicht gemeint. Es war nur so ... ineffizient. Wir sitzen stundenlang rum, anstatt das zu tun, was wirklich wichtig ist. Zum Beispiel Harald wegen dieser Erde in den Hintern zu treten. Oder die Kontakte von Leeb zu überprüfen ...«

»Aber Weilmann hat gesagt ...«, wandte Doris ein.

»Ich habe gehört, was er gesagt hat.«

Doris zuckte mit den Schultern. »Ich fand seine Argumentation nachvollziehbar, aber die Verantwortliche bist du. Also, du übernimmst es, Harald Feuer unterm Hintern zu machen, und ich kümmere mich um Leebs Kontakte, okay?«

Michaela musste wider Willen grinsen. »Das nenne ich eine gute Aufgabenteilung. Ich geh am besten persönlich runter ins Labor«, sagte sie und machte sich gleich auf den Weg.

Es schadete bestimmt nicht, noch mal darauf hinzuweisen, wie dringend sie Ergebnisse benötigte.

Harald hob abwehrend die Hand, als Michaela ins Labor kam. »Ich kann mit nichts aufwarten«, gab er zu.

»Wie wär's mit einem Kaffee für den Anfang? Bestimmt habt ihr hier unten welchen.«

Harald grinste jungenhaft. »Klar, aber wir könnten auch in die Kantine gehen.«

Einen Moment lang rang Michaela mit sich. Sie hatte noch eine Menge zu tun, aber langsam machte sich der Hunger bemerkbar.

»Wir könnten beim Essen über den Fall reden«, schlug Michaela vor.

»Du meinst, wenn wir die alten Fakten durchgehen, stoßen wir vielleicht auf etwas, was wir nicht bedacht haben?«

»Die Hoffnung stirbt bekanntlich zuletzt«, antwortete sie. Zwar glaubte sie nicht, dass sie neue Erkenntnisse gewinnen würden, auch wenn sie alles noch einmal durchkauten. Das hatte sie bereits Dutzende Male getan. Aber schaden würde es ebenso wenig.

»Gut, gehen wir, bevor du es dir anders überlegst.«

Harald zog seinen Kittel aus und hängte ihn über die Stuhllehne. Schon auf dem Weg in die Kantine waren sie in eine Diskussion über die Weinanbaugebiete vertieft.

Michaela holte sich einen Salat mit Schinken und Ei, Harald entschied sich nach einigem Überlegen für das Tagesgericht, einen Gemüseauflauf. An den Rändern war der Käse ein wenig dunkel geraten, es schien aber trotzdem zu schmecken, so schnell wie Harald das Essen in sich reinschaufelte.

»Ich habe einen Blick auf eine Agrarkarte geworfen. Wusstest du, dass es allein in Wien etwa 680 Hektar Weingärten gibt? Die außerhalb der Stadtgrenze sind noch gar nicht mitgezählt. Es ist wie die Suche nach der berühmten Nadel im Heuhaufen«, setzte Michaela ihr Gespräch dort fort, wo sie es unterbrochen hatten.

Harald nickte. »Ich habe mich ebenfalls damit befasst. Aber Rotwein nimmt nur 15 Prozent des Weinanbaues ein. Das lässt den Heuhaufen beträchtlich schrumpfen.«

»Irgendwie muntert mich das nicht richtig auf. Das sind noch immer über 102 Hektar, und die meisten Weinbauern keltern sowohl Rot- als auch Weißwein.«

Sie aßen eine Weile schweigend und hingen ihren Gedanken nach, als Michaela plötzlich eine Idee kam: »Was ist eigentlich mit diesen Erdproben?«

»Was soll mit ihnen sein? Wir haben sie analysiert, kennen die Zusammensetzung, aber das, was uns fehlt, sind Vergleichsproben. Ich habe alle abkömmlichen Mitarbeiter darum gebeten, aus den verschiedenen Regionen Erde zu besorgen, damit wir das Gebiet einengen können. Aber das dauert seine Zeit.«

»Und wenn du die Probe an das geologische Institut schickst und die um Hilfe bittest?« Michaela war eben der Bericht eingefallen, den sie im Zuge ihrer Recherchen über den Weinbau in Wien gelesen hatte. Da waren Statistiken, Zahlen und Fakten gewesen. Das meiste hatte sie bloß überflogen, weil es irrelevant für ihren Fall war. Aber es waren auch geologische Besonderheiten über die Zusammensetzung des Erdreiches angeführt gewesen.

»Ich versuch es«, versprach Harald und wischte sich den Mund mit der Papierserviette ab. »Soll ich dir einen Kaffee bringen?«

»Nein, danke. Ich hab wirklich eine Menge Arbeit.« Unter anderem wollte sie endlich Weilmanns Stellungnahme lesen. Eines von tausend kleinen Dingen, die getan werden mussten. Sie wünschte, der Tag wäre doppelt so lange. Oder noch besser, er würde um die Hälfte langsamer vergehen. Denn je mehr Zeit verstrich, desto größer wurde die Wahrscheinlichkeit, dass ein weiteres Mädchen starb.

Zurück in ihrem Büro wurde sie mit der Nachricht empfangen, dass Leebs Anwalt einem Gesprächstermin heute, 16 Uhr, zugestimmt hatte. Noch ein Punkt auf einer Liste mit unendlich vielen zu erledigenden Sachen.

In Weilmanns Kurzdossier stand im Wesentlichen nichts anderes, als was er bereits am Morgen ausgeführt hatte. Er unterstrich seine Meinung, es handle sich um eine eindeutig sexuell motivierte Tat, und legte dar, warum Walter Leeb in das Täterprofil passte. Sie würde Leeb später mit Weilmanns These konfrontieren. Wenn sich die Schlinge um seinen Hals zuzog, würde er vielleicht reden und ihnen den Namen seines Helfers – oder wenigstens den Aufenthaltsort der Mädchen verraten.

Während sie und Doris eine Strategie für ihre Befragung überlegten, kümmerte sich Vincent weiterhin um die Jugendzentren. Mit halbem Ohr hörte sie ihn telefonieren.

»Ich schicke es Ihnen.« Dann legte er auf.

Michaela richtete sofort ihre Aufmerksamkeit auf ihn. »Ein Treffer?«

»Könnte sein. Sie brauchen ein Foto.«

Seine Worte dämpften Michaelas Aufregung nur wenig. Rückschläge gehörten zu jeder Ermittlung, aber auch, dass sie mal Glück hatten. Sie wollte daran glauben, dass endlich etwas weiterging.

»Kannst du hinfahren? Wir müssen gleich zu Leeb.«

Vincent nickte. »Mach ich.«

»Und ruf mich nachher an.«

»Ist gut.«

Damit gab sich Michaela fürs Erste zufrieden. Mehr konnte sie im Moment nicht erwarten.

In der Strafanstalt wurden sie, wie schon bei ihrem letzten Besuch, am Eingang kontrolliert und danach in den Besucherraum geführt.

Dieses Mal saßen Leeb und sein Anwalt bereits an einem Tisch und unterhielten sich.

»Dr. Briesnek«, stellte sich der Anwalt vor und reichte ihnen die Hand. Leeb sagte gar nichts, sondern drehte sich demonstrativ zur Wand.

»Ich nehme an, dass Ihr Klient Sie informiert hat, worum es heute geht«, sagte Michaela zur Einleitung.

»Ja«, gab der Anwalt bekümmert zurück. »Diese Beschuldigungen sind vollkommen aus der Luft gegriffen.«

»Wir haben eindeutige Beweise, dass Ihr Mandant mit mindestens einem der Mädchen Kontakt hatte. Dieses Mädchen ist tot. Weitere zwei werden vermisst, und ich möchte wissen, wo sie gefangen gehalten werden.«

»Woher soll mein Mandant das wissen? Er sagt, er kennt keines dieser Mädchen.«

»Dr. Briesnek, wie drehen uns im Kreis. Dann soll Ihr Mandant uns bitte erklären, wie seine DNA auf den Körper des Opfers gelangt ist. Vielmehr denke ich, dass Leeb uns alle, Sie mit eingeschlossen, anlügt. Weiters denke ich, dass es jemanden gibt, der ihm hilft, die Mädchen zu versorgen, während er einsitzt.«

Michaela drehte sich zu Leeb, der immer noch die

Wand anstarrte, und sprach ihn direkt an: »Herr Leeb, wenn Sie uns den Namen Ihres Komplizen verraten, wird sich das eventuell mildernd auf das Strafmaß auswirken. Aber wenn nicht ...« Sie wurde von Briesnek unterbrochen.

»Drohen Sie uns etwa?«

Michaela seufzte tief. Deshalb hasste sie Anwälte. Man konnte einfach keinen vernünftigen Satz sagen, ohne dass er einem im Mund umgedreht wurde.

»Keinesfalls. Sie haben mich ja nicht ausreden lassen.«

Wieder wandte sie sich an Leeb. »Was ich sagen wollte: Für den Richter ist das eine Wiederholungstat. Sie wissen, was das bedeutet? Keine erleichterten Strafbedingungen, keine Freigänge, für die nächsten zwanzig Jahre werden Sie dieses Gefängnis nur von innen sehen. Wenn Sie uns nicht sagen, wo die Mädchen versteckt gehalten werden, stirbt sehr wahrscheinlich ein weiteres. Ich bin bisher davon ausgegangen, dass Sie im Affekt getötet haben. Aber wenn Sie uns nicht helfen, dann ist das kaltblütiger Mord.« Sie fixierte den Häftling, der sie nun endlich ansah. Bei ihrem Appell flackerte in seinen Augen etwas auf, doch genauso schnell, wie seine Reaktion gekommen war, war sie auch wieder vorbei.

»Ich weiß nichts«, sagte er. Und sosehr sich Michaela auch die nächste Stunde lang darum bemühte, ihm etwas zu entlocken, es gelang ihr nicht.

Schließlich beendete Leebs Anwalt die Befragung. »Sie sehen ja, dass er keine Informationen hat«, meinte er.

»Ich sehe bloß, dass er durch sein Schweigen billigend den Tod weiterer Unschuldiger in Kauf nimmt«, gab Michaela verbittert zurück. Gerstinger hatte ihr gestern verraten, dass Leeb damals unter dem Druck der Befragung zusammengeklappt war und gestanden hatte. Entweder hatte Gerstinger seine eigenen Methoden gehabt, oder Michaela war zu weich.

Doris war während der Befragung sehr still und zurückhaltend gewesen. »So ein Arsch«, machte sie ihrem Frust Luft, sobald sie durch das Gefängnistor auf die Straße traten.

»Wer, Leeb oder sein Anwalt?«

»Beide. Kannst du mir verraten, weshalb jemand so einen wie Leeb verteidigt?«

»Aus Gerechtigkeitssinn?«

Doris funkelte sie wütend an. »Ach, dass einer Frauen vergewaltigt und umbringt, ist gerecht? Wenn er wenigstens reich wäre, dann könnte man immer noch behaupten, Briesnek würde es wegen des Geldes tun, aber in diesem Fall ...«

Michaela blieb abrupt stehen. »Jeder Angeklagte hat das Recht auf Verteidigung. Briesnek tut seine Arbeit, und Gott sei Dank gibt es solche wie ihn. Unser ganzes Rechtssystem würde sonst zusammenbrechen, wir hätten bald Zustände wie im frühen Mittelalter.«

»Ich möchte wissen, ob du dieser Ansicht wärst, wenn er ... was, wenn er sich an Valerie vergangen hätte? Würdest du dann immer noch so denken?«

Michaela lag eine Erwiderung auf den Lippen, doch dann schüttelte sie bloß den Kopf. »Ich weiß es nicht. Aber ich finde deine Meinung ziemlich radikal.«

Doris ging in Richtung Auto, Michaela beeilte sich, um zu ihrer Kollegin aufzuschließen. »Was ist los mit dir?«, fragte sie, und als Doris keine Antwort gab, hielt sie sie am Arm zurück. »Doris?«, fragte sie nun mit sanfter Stimme, denn sie hatte die verdächtig schimmernden Augen ihrer Kollegin bemerkt.

Die griff in ihre Manteltasche und holte die Autoschlüssel heraus, dann entriegelte sie die Türen und setzte sich hinter das Steuer. Michaela lehnte sich im Beifahrersitz zurück und wartete einfach ab.

»Meine beste Freundin wurde ermordet. Der Mörder hat sie entsetzlich zugerichtet. Fünfzehn Jahre hat er dafür bekommen. Fünfzehn Jahre! Vielleicht kommt er nach zehn wieder frei und hat noch den Rest seines Lebens vor sich. Carola war zwanzig, sie wollte heiraten, Kinder kriegen, sie war eine begabte Graphikerin. Sie hätte noch so viel vorgehabt und ...« Der Rest ging in Schluchzen unter.

Hilflos legte Michaela ihre Hand tröstend auf Doris' Schulter und wusste nicht, was sie sagen sollte.

»Ich dachte, bei der Mordkommission würde ich dafür sorgen können, dass solche Kerle wie Carolas Mörder oder solche wie Leeb gefasst werden und ihre gerechte Strafe kriegen. Und dann kommt so ein Winkeladvokat wie dieser Briesnek und macht unsere Arbeit zunichte.«

»Das mit deiner Freundin tut mir leid. Aber Briesnek hat unsere Arbeit nicht zunichtegemacht. Es ist Leeb, der nicht reden will.«

Doris wischte sich über die Augen und holte tief Luft. »Okay, geht schon wieder. Es ist einfach frustrierend, dass wir wieder ohne Ergebnisse dastehen.« Sie drehte den Zündschlüssel um und ließ den Motor an. »Wohin fahren wir jetzt?«

Michaela hätte gern »nach Hause« geantwortet. Auch sie hatte sich von dem Gespräch mit Leeb mehr erhofft, gleichzeitig war sie aber realistisch genug, um zu wissen, dass es niemals einfach war. Sie würden noch mehrere fruchtlose Befragungen durchstehen müssen, würden mit sinnlosen Gesprächen Zeit verplempern, bis es vielleicht einen kleinen Durchbruch gab. Sie seufzte. »Ins Büro. Aber ich kann auch alleine zurückfahren und setze dich zu Hause ab.«

Doris schüttelte den Kopf. »Nein, ich komme mit.«

Michaela fragte nicht, was Doris' kleiner Sohn oder ihr Mann sagen würden, wenn sie spät heimkam, sie war einfach froh über die Bereitschaft ihrer Kollegin, länger zu bleiben.

Während sie bei Leeb waren, hatte Michaela ihr Handy abgeschaltet gehabt. Jetzt nahm sie es aus ihrer Tasche und überprüfte die eingegangenen Anrufe. Vincent hatte zweimal versucht, sie zu erreichen. Sie rief ihn zurück.

»Jenny war dort.«

»Gut, warte im Büro auf uns, wir sind auf dem Weg.«

Erst als sie aufgelegt hatte, dachte sie daran, für wie selbstverständlich sie es ansah, dass Vincent auch noch nach Dienstschluss blieb. Dabei hatte sie keine Ahnung, ob nicht vielleicht ebenfalls jemand auf ihn wartete. Sie hatte immer den Eindruck gehabt, er lebe allein. Aber sicher konnte sie trotz des fehlenden Eheringes nicht sein. Ihr wurde bewusst, dass sie zwar wenig über den wortkargen Mann wusste, aber manchmal reichten auch nur ein paar Worte, um einander zu verstehen.

KAPITEL 39

Valerie sah sich neugierig um. Das Jugendzentrum unterschied sich im Wesentlichen nicht von den anderen, die sie bereits besucht hatte. Hier war nur mehr los.

Die meisten Jugendlichen kannten sich untereinander und standen in kleinen Grüppchen zusammen. Ein Mädchen mit kurzen braunen Haaren, etwa in ihrem Alter, kam auf sie zu und fragte, ob sie das erste Mal hier sei. Valerie nickte.

»Hi, ich bin Karla.«

»Valerie.«

»Soll ich dich rumführen?«

»Wäre super.«

Ihre neue Bekannte zeigte ihr die Gemeinschaftsküche und im Keller den Billardtisch und den Bandraum, wobei Valerie die Bezeichnung »Bandraum« für eine winzige Kammer mit einem Keyboard und dem halb kaputten Schlagzeug ein wenig übertrieben fand. Trotzdem konnte sie es nicht lassen, ein paar Takte auf der Heimorgel zu spielen.

»Hey, echt cool«, zeigte Karla sich begeistert. »Mit dir könnte es mit 'ner richtigen Band was werden. Von den andern kann keiner spielen.«

»Mal sehen«, gab Valerie sich absichtlich vage, obwohl sie sicher war, dass sie kein zweites Mal kommen würde. Aber sie wollte Karla auch nicht gleich erzählen, dass sie bloß hier war, um herauszufinden, ob jemand die vermissten Mädchen kannte.

»Das ist Toby, der is' ziemlich ätzend. Bei ihm musst aufpassen, sonst wirst ihn nicht mehr los.« Karla deutete auf einen blonden Jungen mit Brille und Kopfhörer. »Die mit den Piercings is' Jasmin. Keine Ahnung, warum die immer kommt, die spricht kaum mit wem. Und dort drüben is' Vic. Die lebt in so 'ner sozialen Einrichtung und redet dafür unheimlich viel, ist aber sonst in Ordnung.«

»Hm, soziale Einrichtung klingt besser als ›auf der Straße‹«, sagte Valerie.

»Solche hab'n wir aber auch. Welche, die abgehauen sind und wirklich auf der Straße leben.«

Valerie horchte auf. »Ehrlich?«

Karla zuckte die Schultern. »Na ja, wo soll'n sie denn sonst hin? Hier haben sie ein Dach überm Kopf, es is' warm und gemütlich, es gibt 'nen Fernseher, Spaß, was zum Essen – und es gibt den Doc.«

»Echt jetzt, ihr habt einen Arzt?«

»Keine Ahnung, ob der Arzt oder so'n Sozialarbeiter is', alle sagen halt nur ›Doc‹ zu ihm. Wenn du Probleme hast, kannst du zu ihm gehen.«

»Karla, seit wann bist du in diesem Jugendzentrum? Es klingt, als würdest du alle kennen.«

»Drei Jahre sind's bestimmt. Warum?«

Valerie zückte ihr Handy und spielte für Karla das Video ab, das sie heimlich von den Fotos aus den Vermisstenakten gemacht hatte. »Kennst du die vielleicht? Waren sie schon mal da?«

Zielsicher tippte Karla auf Jennifer Keil. »Die hier. Is' schon ein paar Monate her. Jenny Irgendwie. Die war so 'ne Pennerin.«

»Weißt du, was mit ihr passiert ist?« Valerie konnte ihre Aufregung kaum verbergen. Sie hatte eine Spur. Eine echte. Eine, die Tante Mika nicht entdeckt hatte.

Karla schüttelte den Kopf. »Null Ahnung, da fragst du am besten den Doc.«

»Und wo find ich ihn?«

»Bestimmt beim Tischtennis. Komm mit!«

Um halb neun stellte Michaela ihr Auto vor der Einfahrt ab und rieb sich über die Augen. Kein Licht drang aus den Fenstern ihres Hauses. Gut, das bedeutete, dass sie ein paar Minuten Zeit für sich hatte. Etwas, das zu einem Luxusgut geworden war, seit ihre Nichte bei ihr wohnte.

Sie stieg aus ihrem Wagen und ging ins Haus. Ihr Körper fühlte sich an wie nach einer Stunde Dauerschwimmen, doch ihr Geist war hellwach. Die Informationen, die sie und Doris von Vincent erhalten hatten, brachten neuen Schwung in die Ermittlungen, und endlich gab es einen kleinen Hoffnungsschimmer. Dieses Jugendzentrum war eigentlich eine niederschwellige Einrichtung für Jugendliche, die sonst nirgends unterkamen, eine Art Auffangstelle mit Notschlafbetten, anonym und ohne viele Verpflichtungen. Man sollte nicht glauben, wie frequentiert diese Einrichtung war. Offenbar gab es trotz des außerordentlich gut ausgebauten sozialen Netzes in Wien viele Jugendliche, die durch die Maschen schlüpften. Nicht jeder dieser jungen Menschen konnte oder wollte sich in eine Wohngruppe einordnen. Etliche waren nicht in der Lage, sich an einen Ort, geschweige denn an Personen zu binden oder sich an Regeln und Absprachen zu halten. Jenny gehörte offenbar zu dieser Gruppe. Und so wie die anderen auch hatte sie gewusst, wohin sie sich wenden musste, um ab und zu einen Schlafplatz oder eine warme Mahlzeit zu bekommen.

Eine Weile war sie zwei-, dreimal die Woche ins Jugendzentrum gekommen, dann wurden ihre Besuche seltener, bis sie schließlich ganz aufhörten. Vincent hatte in Erfahrung gebracht, dass man sie dort Mitte Juli, Anfang August das letzte Mal gesehen hatte. Genauer konnten die Mitarbeiter den Zeitpunkt nicht eingrenzen. Aber Michaela war dankbar für das weitere Puzzleteilchen. Die Ermittlungen liefen zäh, sie hatte schon befürchtet, dass dieser Fall zu jenen gehörte, bei denen irgendwann die Luft raus war. Wo man alles versucht hatte und es doch nicht reichte. Und die einen über Jahre hinweg an die eigene Unzulänglichkeit erinnerten.

Michaela beugte sich eben über ihre Unterlagen, als ihr Handy klingelte. Sie kannte die Nummer nicht, aber sie begann mit +266. »Baltzer«, meldete sie sich.

»Hi, Michaela.«

Trotz der miesen Verbindung und des Rauschens erkannte sie sofort die Stimme ihres Bruders. »Thomas! Wie schön, von dir zu hören.«

»Hier gibt es keinen Handyempfang, und das Festnetztelefon funktioniert auch nicht immer. Wie geht es euch?«

»Ganz wunderbar, ehrlich. Ich gewöhne mich langsam an meine Rolle als Elternersatz. Und ihr?«

»Es war richtig herzukommen. Die Aidskampagne zeigt nur ganz langsam Wirkung, da muss noch sehr viel Aufklärung passieren. Was macht Valerie?«

»Tut mir leid, sie ist nicht da. Sie trifft sich heute mit Freunden. Du hast ein wenig zu früh angerufen.«

»Mist, die Zeitverschiebung. Bei uns ist es schon nach 21 Uhr. Ich versuch es später noch mal, weiß aber nicht, ob ich durchkomme. Sag Valerie, wir haben sie lieb.«

»Mach ich und drück Angelika von mir.« Dann war die Verbindung weg. Wie blöd, dass Thomas mit Valerie nicht reden konnte. Ob er unter dieser Nummer erreichbar war? Oder musste man dort meilenweit zum nächsten Telefon gehen? Michaela gestand sich ein, dass sie so gut wie gar nichts über Lesotho wusste, nur das Wenige, was Thomas und Angelika ihr vor ihrer Reise erzählt hatten. Lesotho lag im Süden Afrikas, war ein eher kleiner Staat, und die Hauptstadt hieß Maseru. Die Ärzte ohne Grenzen kümmerten sich um schwangere Frauen und junge Mütter und versuchten, Aufklärung gegen HIV und Tuberkulose zu betreiben. Leider standen viele Einheimische den Helfern nach wie vor skeptisch gegenüber, sodass die Hilfsmaßnahmen nur langsam griffen. Deshalb hatten Thomas und Angelika beschlossen, selbst aktiv zu werden.

Nach dem Telefonat startete Michaela ihren Laptop und begann, ihre Berichte zu tippen, zu denen sie im Laufe des Tages einfach nicht gekommen war. Über die Arbeit vergaß sie die Zeit. Das nächste Mal, als sie auf die Anzeige am rechten Bildschirmrand blickte, zeigte diese 21.38 Uhr – und Valerie war noch nicht da. Oder hatte sie die Ankunft ihrer Nichte womöglich einfach nicht bemerkt? Um sicherzugehen, sah sie in Valeries Zimmer nach. Es war leer, das Bett ungemacht, Kleidung lag am Boden ... alles wie immer.

Verdammt, sie hatte Valerie doch unmissverständlich gesagt, dass sie anrufen sollte, wenn es später wurde. Absprachen funktionierten nur, wenn sich alle Beteiligten daran hielten. Valerie konnte sich auf etwas gefasst machen! Hoffentlich war die junge Dame bereits unterwegs. Michaela wählte Valeries Handynummer, doch es läutete nicht mal, sondern sprang gleich zu der automatischen Ansage, dass der Teilnehmer derzeit leider nicht erreichbar war. Mist, das Handy war abgestellt.

Auf die Berichte konnte sie sich jetzt nicht mehr konzentrieren, so lief sie im Haus umher, sah alle fünf Minuten beim Fenster hinaus. Von Valerie keine Spur. Um zehn gab sie sich einen Ruck und läutete bei Bernd an. Er öffnete, stutzte einen Augenblick, als er sie sah, und lächelte. »Guten Abend, brauchst du wieder Hilfe bei deinem Mordfall?«

Sie ging auf seinen lockeren Plauderton nicht ein. »Ist Valerie bei dir?«

Offenbar hatte er nun den Ernst in ihrem Gesicht bemerkt, er runzelte die Stirn. »Nein.«

Michaela war zum Heulen zumute. »Sie hätte um neun da sein sollen.«

Bernd trat aus dem Türrahmen und legte beruhigend die Hand auf ihren Arm. »Bestimmt ist alles in Ordnung, sie verspätet sich einfach.«

Michaela schüttelte seine Hand ab. »Dann hätte sie mich angerufen.«

»Hast du denn versucht, sie zu erreichen?«

»Na, was denkst du? Sie hat das Handy ausgeschaltet.«

»Okay, hat sie gesagt, was sie vorhatte?«

Michaela dachte an Valeries Worte in der Früh. »Sie wollte sich mit ein paar Freunden treffen«, murmelte sie. »Und ich habe nicht weiter nachgefragt.« Sie ließ die Schultern sinken. Sie selbst hatte doch darauf beharrt, dass Valerie ihr immer Bescheid geben sollte, wo sie hinging. Sie hätte nachhaken sollen.

»Mensch, Michaela, du machst dich bloß fertig. Sie

wird sich amüsieren und die Zeit darüber vergessen haben. Soll ich zu dir rüberkommen und dir Gesellschaft leisten? Du wirst sehen, in einer halben Stunde wird sie geknickt und mit schlechtem Gewissen in der Tür stehen.«

»Ja, bitte«, gab Michaela leise zurück. Beistand konnte sie jetzt weiß Gott gut brauchen. Wenigstens würde sie nicht die ganze Zeit über auf die Zeiger der Uhr starren.

Bernd verzichtete auf eine Jacke und nahm bloß seinen Schlüsselbund mit.

»Ich mache Kaffee«, bot Michaela an.

»Gute Idee.«

Zehn Minuten später saßen sie sich am Esstisch gegenüber. Michaela war bestimmt schon fünfmal aufgesprungen und hatte sich wieder gesetzt, weil sie einfach nicht stillhalten konnte.

Bernd seufzte. »Mit deiner Zappelei machst du mich auch ganz nervös. Hast du schon bei ihren Freundinnen angerufen?«

Nein, hatte sie nicht. Sie wollte nicht den Eindruck erwecken, sie würde ihrer Nichte regelmäßig nachspionieren. Aber nachdem Bernd den Vorschlag brachte, holte sie die Liste mit den Telefonnummern und wählte Saskias Nummer. Hoffentlich schlief das Mädchen nicht schon.

Michaela hatte Glück, Valeries Freundin hob ab. Doch auch sie konnte ihr nicht sagen, wo Valerie steckte.

»Weißt du, mit welchen Freunden sie sich getroffen hat?«, fragte Michaela.

»Nein, tut mir leid. Ich gebe Ihnen Bescheid, sobald

ich was von ihr höre oder wenn mir was einfällt«, versprach Saskia.

Michaelas Blick wanderte zur Uhr. Viertel vor elf. Wieder sprang sie hoch. »Es macht mich ganz wahnsinnig, nichts zu tun. Ich fahr sie jetzt suchen.«

Bernd erhob sich ebenfalls und hielt sie zurück. »Sei doch vernünftig. Was, wenn sie in der Zwischenzeit heimkommt? Dann hast du dir ganz umsonst die halbe Nacht um die Ohren geschlagen.«

»Ich schreibe ihr einen Zettel, dass sie sich melden soll, sobald sie da ist.«

»Und wo willst du mit deiner Suche anfangen?«

Hilflos zuckte sie mit den Schultern. »Ich habe keine Ahnung.« In diesem Moment klingelte ihr Handy. Vor Schreck zuckte sie zusammen. Sie tauschte mit Bernd einen hoffnungsvollen Blick. Valerie?

Doch es war bloß Saskia. »Also«, druckste sie herum, »... ich weiß nicht, ob ich das überhaupt sagen soll. Und ich hoffe, Valerie ist nachher nicht böse auf mich. Aber wir haben gestern in der Mittagspause eine Liste mit allen möglichen Jugendzentren ausgedruckt. Sie wollte die alle abklappern.«

Am liebsten hätte Michaela Saskia angeschrien, warum sie nicht schon vorher mit der Sprache rausgerückt war. Sie hielt sich aber zurück und sagte stattdessen: »Kann ich mir diese Liste von dir holen?«

»Jetzt gleich?«

»Ich weiß, es ist schon spät ...«

Saskia versprach, die Liste noch einmal auszudrucken.

Bernd blickte sie fragend an. »Ihre Freundin sagt, sie hätten sich die Adressen verschiedener Jugendzentren angesehen.«

»Die haben um die Uhrzeit bestimmt nicht mehr auf.«
»Aber ich muss was tun.«
»Okay, fahren wir.«

Bernd saß am Steuer ihres Wagens. Genauso selbstverständlich, wie das »wir« über seine Lippen gekommen war, hatte er ihr auch den Autoschlüssel aus der Hand genommen. »Du bist viel zu aufgewühlt«, erklärte er ihr.

Zuerst fuhren sie bei Saskia vorbei. Das Mädchen öffnete die Tür sofort nach dem Klingeln, als hätte es bereits im Flur gestanden und auf sie gewartet. Michaela bedankte sich und meinte, sie wisse es zu schätzen, dass Saskia extra aufgeblieben war, um ihr die Liste zu geben. »Nach Ihrem Anruf hätte ich ohnehin nicht schlafen können. Valerie ... sie ist sonst immer pünktlich. Geben Sie mir Bescheid?«

Michaela nickte. »Hoch und heilig versprochen.«

Sie schluckte den Kloß in ihrem Hals hinunter und versuchte, zuversichtlich zu lächeln. Es gelang ihr nicht. Saskia hatte es zwar nicht ausgesprochen, aber das war auch gar nicht nötig. Sie glaubte, dass ihrer Freundin etwas zugestoßen war. Michaela hatte es zwischen den Zeilen heraushören können. Und genau dieses Gefühl hatte sie ebenfalls beschlichen, schon von Anfang an. Sie hatte es bisher bloß hartnäckig zu verdrängen versucht.

KAPITEL 40

Es war so einfach gewesen, er hatte lediglich die günstige Gelegenheit am Schopf ergreifen müssen. Lange hatte er überlegt, wo er sie unterbringen sollte, und dann beschlossen, Nr. 5 mit Nr. 4 in eine Zelle zu stecken. Aber vorher sollte sie die Gelegenheit haben, sich von dem Betäubungsmittel zu erholen. Auch wenn Nr. 4 das Midazolam scheinbar gut vertragen hatte, war er sich nicht sicher, ob ihr eigenartiger Zustand vielleicht aus einer Nebenwirkung des Narkosemittels resultierte. Deshalb hatte er die Dosierung weiter herabgesetzt. Allerdings würde dadurch die Bewusstlosigkeit von Nr. 5 nicht so lange anhalten.

Die Zeit, um sie auszuziehen, hatte diesmal nicht gereicht, weil Nr. 1 dermaßen außer Kontrolle geraten war, dass er sie mit dem Schlauch abspritzen musste, um sie zu beruhigen.

Bei Nr. 5 schien überhaupt alles anders zu sein als bei den vorigen Testpersonen. Noch bei keiner Probandin hatte er solch einen Nervenkitzel verspürt. Seit ihrer ersten Begegnung wusste er, dass sie etwas ganz Besonderes war. Er fühlte sich, als wäre er nach einem Höhenflug gerade eben gelandet, seine Haut prickelte am ganzen Körper.

Er horchte in sich hinein und versuchte, seine Gefühle zu erforschen. Das, was ihm bei anderen beinahe mühelos gelang, bereitete ihm bei sich selbst Schwierigkeiten. Schon sein Psychoanalytiker hatte vor langer Zeit gemeint, er müsse endlich die Maske fallen lassen und sich so annehmen, wie er sei. Eine Weile musste er stündlich Buch darüber führen, was er in den vergangenen sechzig Minuten empfunden hatte und warum. Es war eine mühsame und anstrengende Übung gewesen, doch er musste eingestehen, dass sie ihren Zweck erfüllt hatte. Verblüfft hatte er festgestellt, dass er seine Empfindungen anfangs gar nicht zuordnen konnte. War es Aufregung oder Nervosität, wenn er zu einer Prüfung antreten musste?

Manche seiner Gefühle riefen sehr ähnliche Reaktionen bei ihm hervor, sodass er sich schwer damit tat zu unterscheiden, ob er nun wütend, verunsichert oder verängstigt war. Seinem Analytiker erzählte er, was der hören wollte, und schließlich hieß es, er hätte großartige Fortschritte gemacht, und die Psychotherapie wurde für beendet erklärt. Gott sei Dank. Sich auf so lange Zeit verstellen zu müssen, ohne dass es einem Profi auffiel, war ziemlich anstrengend für ihn gewesen. Aber dass er es tatsächlich geschafft hatte, erfüllte ihn heute noch mit Stolz. Er war ein Meister der Täuschung und der Tarnung. Sein Psychoanalytiker hatte recht. Doch er trug nicht bloß eine, sondern viele Masken. Beinahe ständig. Während seiner Arbeit; im Jugendzentrum; im Umgang mit seinen Mitmenschen. Die einzige Gelegenheit, bei der er diese Maske ablegen konnte, war hier, in seinem Haus.

Aus dem Augenwinkel bemerkte er eine Bewegung am Monitor. Ah, wunderbar. Nr. 5 wurde wach. Zeit, ihr seine Regeln zu erklären.

Valeries Gehirn war Matsch. Zumindest fühlte es sich so an. Sie blinzelte. Grelles Licht drang durch ihre Lider, und sie bedeckte mit einer Hand die Augen. Was zum

Teufel war passiert? Mit einem Ruck setzte sie sich auf, und sofort stieg Übelkeit in ihr hoch. So ähnlich war es ihr ergangen, als sie beim Skifahren gestürzt war und sich den Kopf angeschlagen hatte.

Erst nach und nach drangen die Bilder ihrer Umgebung in ihr Bewusstsein. Kahle Betonwände, das gleißende Neonlicht, die Stahltür. Die Erkenntnis traf sie mit einer Wucht, als wäre sie in vollem Lauf gegen eine Mauer geknallt. Sie befand sich in einem Gefängnis, war entführt worden. Gleichzeitig konnte sie nicht glauben, dass so etwas ihr passiert war. Ausgerechnet ihr!

Das Bett knarrte, als sie ihre Füße auf den Boden stellte und versuchte aufzustehen. Einen kurzen Moment wurde ihr schwarz vor Augen, und sie stützte sich mit einer Hand an der Liege ab. Doch der Schwindelanfall ging schnell vorbei, und sie begann, ihr Gefängnis näher zu untersuchen. Die Pritsche war festgeschraubt, die fleckige Matratze löste Ekel in ihr aus. In einer Ecke befand sich ein leerer Eimer. Sie konnte sich vorstellen, zu welchem Zweck er diente, und schon bei dem Gedanken, ihn als Toilette zu benutzen, schüttelte es sie.

Sie hatte keine Ahnung, wie sie hierhergekommen war oder wer sie hergebracht hatte. Das Letzte, woran sie sich erinnern konnte, war das Gespräch mit diesem Mädchen in dem Jugendzentrum. Karla, genau! Sie hatten sich über Jenny unterhalten und danach ... weißer Nebel. Nichts.

Automatisch wanderte ihre Hand in die Hosentasche, wo sie ihr Handy eingesteckt hatte. Es war weg. Das wäre wohl auch zu einfach gewesen, die Polizei oder ihre Tante anzurufen. Wahrscheinlich gab es hier ohnehin keinen Empfang.

Schritte näherten sich, und Valerie stellte sich aufrecht und mit geradem Rücken hin. Auf keinen Fall würde sie ihre Angst zeigen.

Mit einem metallischen Knirschen öffnete sich die Tür einen Spalt. »Oh, schön! Wie ich sehe, geht es dir den Umständen entsprechend gut.«

Valerie hatte das Gefühl, der Boden würde ihr unter den Füßen weggezogen, als sie erkannte, wer ihr Entführer war. Kraftlos ließ sie sich auf die Liege sinken. »Sie?«, war alles, was sie krächzend hervorbrachte.

Es war bereits nach eins, als Michaela von ihrer erfolglosen Suche ins Haus zurückkehrte. Bernd hatte recht behalten. Die Jugendzentren waren alle bereits geschlossen. Dennoch war es besser gewesen, in der Gegend herumzufahren, als das Gefühl zu haben, nichts zu tun. Bernd hatte angeboten, bei ihr zu bleiben, doch das hatte sie abgelehnt. Auf seine Ratschläge, die bestimmt gut gemeint waren, konnte sie im Moment verzichten. Die würden auch nicht helfen, mit der Situation besser klarzukommen. Außerdem kannte sie all diese Tipps zur Genüge. Aufmunternde Worte, die Hoffnung wecken sollten, auch wenn sie wusste, dass es keine gab.

Aber bei Valerie ist es anders, dachte sie wohl zum hundertsten Mal. Sie würde ihre Nichte finden, würde alle Möglichkeiten, die ihr zur Verfügung standen, ausschöpfen. Das Handy konnte geortet werden. Sie würde ihre Kollegen bei der Streife darum bitten, nach ihrer Nichte Ausschau zu halten, wenn es sein musste, eine Hundestaffel bestellen. Aber das alles konnte sie erst am Morgen tun. Halb drei. Noch etwa fünf Stunden musste sie überstehen. Fünf Stunden, in denen sie nichts tun konnte, außer darauf zu warten, dass sie vergingen.

Sie hatte versucht, ein wenig zu schlafen, doch jedes Mal sah sie Valerie vor sich, geknebelt, gefesselt, verängstigt. Einmal war sie für einen Augenblick eingenickt. Wie zur Strafe für ihre Schwäche lag in ihrem Sekundentraum Valerie auf einem von Ferreiras Obduktionstischen, sodass sie sich nun nicht mal mehr traute, die Augen für einen kurzen Moment zu schließen.

Um halb fünf hatte Michaela fünf Becher Kaffee getrunken und trotz besseren Wissens an die dreißig Mal Valeries Handynummer gewählt.

Um fünf hielt sie die Herumsitzerei nicht länger aus, ignorierte die bleierne Müdigkeit in ihren Knochen, ging unter die Dusche, zog sich frische Kleidung an und fuhr ins Kriminalamt.

Als Vincent um halb acht auftauchte, saß sie an ihrem Schreibtisch und las zum wiederholten Male die Ermittlungsakten. Alles, was sie bisher in Erfahrung gebracht hatten. Und das war verdammt wenig, musste sie sich eingestehen.

»Schon da?«, fragte ihr Kollege verwundert.

»Seit kurz nach fünf.«

»Sieht man dir an.«

Sie sparte sich jede Entgegnung. Vincent füllte die Kaffeemaschine, schaltete sie ein, und als der Kaffee fertig war, brachte er ihr wortlos einen Becher an ihren Platz. Diese nette Geste reichte, um Michaela in Tränen ausbrechen zu lassen. Hilflos stand Vincent neben ihr und reichte ihr schließlich ein lädiertes Papiertaschentuch, das er aus seiner Jackentasche hervorgekramt hatte.

»Was ist los?«

Michaela tupfte sich die Tränen aus den Augenwinkeln und putzte sich die Nase. »Valerie ist verschwunden.«

Unversehens war Michaela in der Rolle, die sie bisher nur aus der anderen, der Ermittlersicht, gekannt hatte. Sie antwortete auf Fragen, die normalerweise sie den Angehörigen stellte. Es fühlte sich falsch an. Und doch versuchte sie sich an jedes kleinste Detail zu erinnern, was Valerie vor ihrem Verschwinden gesagt oder getan hatte.

»Sie hat mit ihrer Freundin eine Liste mit Jugendzentren erstellt und wollte dort ...« Ihre Stimme brach ab. Ja, was? Was hatte Valerie gehofft herauszufinden?

»Hast du diese Liste?«, wollte Vincent wissen.

Michaela reichte sie ihm. »Wir müssen ihr Handy orten lassen.«

»Dafür muss sie entweder flüchtig oder offiziell als vermisst gemeldet sein«, gab Vincent zurück.

»Das ist mir so was von egal«, schrie Michaela. Eine Vermisstenmeldung würde sie frühestens am Abend machen können. Bis dahin konnte Valerie tot sein. »Jetzt. Sofort.«

»Ich kümmere mich darum.«

»Worum willst du dich kümmern?«, fragte Doris, die eben ins Büro kam.

Vincent tauschte mit Michaela einen kurzen Blick. Sie nickte. Ohne die Hilfe ihrer Kollegen war sie ohnehin aufgeschmissen, also war es in Ordnung, Doris einzuweihen.

»Um die Handyortung von Valerie«, beantwortete Vincent Doris' Frage.

Und dann war es an Michaela, die ganze Geschichte ein weiteres Mal zu erzählen.

»Wirst du es in der Morgenbesprechung erwähnen?«, wollte Doris wissen.

»Ich brauche jede Hilfe, die ich kriegen kann.«

»Die kriegst du auch so. Nur glaube ich nicht, dass es klug wäre, es offiziell zu machen.«

»Weshalb?« Fassungslos starrte Michaela ihre Kollegin an. Gerade sie, die ein Kind hatte, sollte Verständnis dafür aufbringen, dass Michaela alle Hebel in Bewegung setzen wollte, um Valerie so schnell wie möglich zu finden.

Doris seufzte. »Abgesehen davon, dass es noch zu früh ist, um amtliche Schritte einleiten zu können, würdest nicht du die Ermittlungen leiten.« Doris' Argumente waren für Michaela wie ein Schlag in den Magen.

»Aber wenn es einen Zusammenhang zu den Morden an Tanja und Maja gibt? Für die sind sehr wohl wir zuständig.«

»Sobald Steurer einen Zusammenhang erkennt, nicht mehr. Du würdest schneller von den Fällen abgezogen, als du deinen Namen nennen kannst.«

»Du hast recht«, gestand Michaela mit schwacher Stimme ein. Auch wenn Vincent zustimmend nickte und Doris erleichtert die Luft ausstieß, fragte sich Michaela, ob sie mit dieser Entscheidung einen Fehler gemacht hatte. Einen, der Valerie womöglich das Leben kosten könnte.

Michaela brachte die Morgenbesprechung irgendwie hinter sich. Als sie über die Fortschritte in den Mordfällen berichten sollte, übernahm Doris das Reden.

Die Worte rauschten an ihr vorbei. Alles, woran sie denken konnte, war Valerie. Wie es ihr ging. Was sie tat. Die Frage, ob ihre Nichte überhaupt noch am Leben war, schob sie schnell wieder beiseite. Positiv, du musst positiv denken, befahl sie sich. Nur so einfach war es nicht. Sie musste Thomas anrufen und ihrem Bruder und ihrer Schwägerin sagen, dass Valerie verschwunden war. Und sie würde Harald einweihen. Sie verstand, warum sie in diesem Rahmen nichts über Valerie verlautbaren lassen sollte. Aber Harald war ein Freund. Er würde ihr helfen, auch ohne dass er von offizieller Stelle den Auftrag dazu bekam.

Dass Steurer die Besprechung für beendet erklärt hatte, merkte sie erst, als die Stühle zurückgeschoben wurden und einer nach dem anderen den Raum verließ.

»Kommst du?«, fragte Doris, die an der Tür auf sie wartete.

»Gleich. Ich möchte noch bei Harald vorbeischauen«, gab Michaela zurück. Sie blieb noch einen Augenblick sitzen, ehe sie sich ebenfalls von ihrem Stuhl erhob und den Weg zur forensischen Abteilung einschlug. Sie fühlte sich alt, selbst das Heben der Füße fiel ihr schwer.

Harald verglich gerade irgendwelche Tabellen, als sie an ihn herantrat. »Guten Morgen …«, doch sie ließ ihn gar nicht erst ausreden.

»Ich muss unter vier Augen mit dir sprechen. Dringend.«

Der freudige Ausdruck in Haralds Gesicht über ihr

Auftauchen verschwand und machte einem sorgenvollen Stirnrunzeln Platz. »In meinem Büro«, schlug er vor.

Michaela schüttelte den Kopf. Harald hatte kein eigenes Büro, er teilte es mit drei weiteren Mitarbeitern. Dort konnte jederzeit jemand hereinplatzen. »Lieber im Sicherheitsraum.«

In der forensischen Abteilung gab es ein Zimmer, das eigens zur Bombenentschärfung und für die Untersuchung von hochexplosiven Chemikalien eingerichtet war. Eine besondere Isolierung und Fenster aus Panzerglas gehörten zur Ausstattung. Dort drang kein Ton durch die Tür. Und man konnte sie von innen absperren.

Harald ging voran und gab den Sicherheitscode, mit dem sich die Panzerstahltür öffnen ließ, ein. Dann ließ er Michaela den Vortritt und schloss die Tür ab.

»Gut, wir sind hier. Du machst mir ein wenig Angst. Also, was gibt es?«, sagte er.

»Valerie ist seit gestern verschwunden«, antwortete Michaela und biss sich auf die Lippen, weil sie zu zittern begonnen hatten.

»Wie? Weshalb, ich meine, hatte sie einen Grund, um wegzulaufen oder ...?«

»Ich habe keine Ahnung, seit wann. Sie hat gestern in der Früh zu ihrer üblichen Zeit das Haus verlassen und gesagt, sie würde sich nach der Schule mit ein paar Freunden treffen. Aber sie kam nicht heim. Und nein, sie ist nicht weggelaufen, es ist ...«, sie holte Luft, »... es ist wie bei Christina Herbert.« Das auszusprechen kostete sie Überwindung.

»Scheiße«, sagte Harald, trat auf sie zu und nahm sie in den Arm. Die ganze Zeit über hatte sie kaum Schwäche gezeigt, aber nun ließ sie ihren Tränen freien Lauf. Harald hielt sie fest, und sie war ihm unendlich dankbar, dass er nicht versuchte, sie mit irgendwelchen Floskeln zu beruhigen.

Nach einer Weile löste sie sich von ihm und trat einen Schritt zurück. »Danke«, sagte sie schniefend und atmete tief ein. »Ich weiß nicht, was ich tun soll, ich bin wie gelähmt, verstehst du?«

»Das ist in dieser Situation ganz normal. Hast du in der Schule nachgefragt, ob sie dort war?«

Michaela schüttelte den Kopf. »Aber ich habe mit ihrer Freundin gesprochen, die hätte mir gesagt, wenn Valerie nicht in der Schule gewesen wäre.«

»Nicht unbedingt. Vielleicht wollte sie Valerie decken. Was ist mit dem Handy?«

»Vincent kümmert sich um eine Ortung.«

»Gut. Und die anderen Mitschüler? Vielleicht hat sie irgendjemandem gegenüber erwähnt, mit wem sie sich treffen wollte. Glaubst du, dass Valerie entführt worden ist?«

Michaela hob hilflos die Schultern. »Ich weiß nicht, was ich glauben soll. Aber sie ging in die gleiche Schule wie Christina und ...«, sie stockte. Erst jetzt war ihr aufgefallen, welcher Wochentag gestern gewesen war. Mittwoch. »... Christina ist ebenfalls an einem Mittwoch verschwunden«, murmelte sie wie zu sich selbst.

KAPITEL 41

Valerie hätte am liebsten vor Wut etwas gegen dieses verdammte Gitter geworfen, nur die Vernunft hielt sie davon ab. Es hätte sie bloß Kraft gekostet. Und das konnte sie sich in ihrer Situation nicht leisten.

Sie fasste nicht, wie sehr sie sich in ihm getäuscht hatte. Sie hatte ihm vertraut. Sein Verrat schmerzte noch schlimmer als ihre Kopfhaut, wo er sie an den Haaren gepackt hatte, um sie aus dem vorigen Raum in diese gottverdammte Zelle zu schleifen, nachdem sie sich geweigert hatte, selbst hinüberzugehen.

Er war krank. Krank im Kopf, eine andere Erklärung gab es nicht für sein Verhalten. Gestern, als er zu ihr gekommen war, hatte er ihr gesagt, was er von ihr erwartete. Sie musste sich ausziehen. Alles, sogar Slip und BH. Dass sie ihn kannte, machte es noch schlimmer, obwohl er ihr versichert hatte, dass er keinerlei Absichten habe, sich an ihr zu vergehen.

»Es ist mehr ein symbolischer Akt«, sagte er, und am liebsten hätte sie ihm sein überhebliches Grinsen aus dem Gesicht geschlagen. Sie ballte die Hände zu Fäusten, ihn offen anzugreifen, wäre in diesem Moment keine gute Idee gewesen. Sie musste den richtigen Zeitpunkt abwarten.

»Du legst nicht nur deine Kleidung ab, sondern deine Vergangenheit, deine Herkunft, deinen Namen. Ab sofort bist du Nr. 5. Du isst, was du bekommst, sonst bleibst du hungrig. Du tust, was ich dir sage, oder du wirst bestraft. Es gibt Vergünstigungen, die du dir erarbeiten kannst. Da würde ich mich an deiner Stelle an

Nr. 1 halten, die weiß, wie es geht. Und kümmere dich ein bisschen um Nr. 4.«

Er zählte ein paar weitere Dinge auf, aber Valerie hörte ihm nicht mehr zu. In ihrem Kopf hallten »Nr. 1« und »Nr. 4« echogleich wider. Wie in einem Kaleidoskop, das man drehte, sah sie plötzlich das Muster anstatt der winzigen Steinchen. Nr. 1 – Jennifer Keil, das erste vermisste Mädchen. Nr. 4 – Christina Herbert, die erst letzte Woche verschwunden war. Nr. 2 – Tanja, Nr. 3 – Maja.

»Tante Mika wird mich finden«, sagte sie und unterbrach ihn bei seinen weiteren Ausführungen.

Er lachte. »Die folgt einer vollkommen falschen Fährte. Ich denke, du wirst eine ganze Weile mein Gast sein. Und jetzt komm.«

»Nein.« Trotzig verschränkte sie die Arme vor der Brust.

Er hob belustigt die Brauen. »Nein? Dieses Wort streichst du am besten ganz schnell aus deinem Wortschatz. Los!«

»Nein.« Sie hatte keine Ahnung, woher sie den Mut nahm. Er kam zu ihr herüber und packte sie am Arm. Sie schrie vor Schmerz auf, aber das war genau das, was sie erhofft hatte. Mit einer Drehung ihres Körpers trat sie ihn, so fest sie konnte, gegen das Schienbein. Er lockerte seinen Griff, sie riss sich los und rannte zur Tür. Sie kam bloß bis etwa zur Hälfte des Ganges.

»Du Miststück«, brüllte er sie an und krallte seine Finger in ihr Haar. »Das wirst du büßen. Ich dachte, du wärst klüger.«

Trotz des Schmerzes, der ihr Tränen in die Augen trieb, verspürte Valerie Befriedigung. Sie hatte es zumindest versucht. Sie hatte ihm wehgetan, wenn auch nicht genug, um fliehen zu können. Aber immerhin.

Als er sie in die Zelle stieß und die Tür versperrte, rief sie ihm hinterher: »Ich werde niemals Nr. 5 sein. Ich bin Valerie. Hörst du?«

Von weit her antworteten bloß sein Lachen und gleich darauf das Klicken eines Türschlosses. Er war weg.

Valerie drehte sich um und bemerkte ein Mädchen, das zusammengekauert an einer Wand lag. »Christina!«, entfuhr es ihr, als sie die nackte Gestalt erkannte. Christina nuckelte am Daumen und summte irgendeine Melodie vor sich hin.

»Verflucht, Nr. 5, kennst du die Regeln nicht?«, ertönte plötzlich eine Stimme aus der Nebenzelle.

»Jenny? Bist du Jennifer Keil?«

»Nr. 1. Und du bekommst Ärger, so viel steht fest.«

Anstatt anzurufen, war Michaela zu Valeries Schule gefahren. Doris blieb dieses Mal im Büro zurück, jemand musste sich schließlich weiterhin um die Mordfälle kümmern.

Sie erfuhr, dass Valerie da gewesen war. Auch wenn sie das nicht wirklich beruhigte, konnte sie nun immerhin den Zeitpunkt des Verschwindens ihrer Nichte besser eingrenzen.

Ein Mitschüler hatte Valerie bei der Straßenbahn getroffen. Da sie sonst nicht mit dieser Linie fuhr, war er neugierig gewesen und hatte sie gefragt, was sie vorhätte. Sie erzählte ihm etwas von einem Jugendzentrum, das sie sich ansehen wollte. Auch diese Information brachte Michaela ein Stück weiter.

Zurück in ihrem Büro, nahm sie einen Stadtplan zur

Hand und verglich die Haltestellen der Straßenbahn mit den Adressen, die sie von Saskia erhalten hatte.

Eisern versuchte sie, die Sorge um Valerie zu unterdrücken oder wenigstens im Zaum zu halten. Zudem machte sich die schlaflose Nacht bemerkbar. Sie bekam Kopfschmerzen, gegen die sie gleich zwei Tabletten schluckte. Gegen die Müdigkeit hatte sie keine Pillen, bloß Kaffee, aber davon reichlich. Das viele Koffein tat ihr nicht gut, ihr Magen brannte, ihre Hände zitterten, sie fühlte sich wie unter Strom. Einmal stellte Doris ihr eine Frage, auf die sie gereizt antwortete, sodass sie alle drei in stumpfes Schweigen verfielen. Ausgerechnet Vincent brach die drückende Stille, als er sagte: »Die Ergebnisse der Handyortung sind da.«

Mit einem Mal war Michaela auf den Beinen und an Vincents Schreibtisch. »Lass sehen!«

Anhand der Zellen, in denen Valeries Handy sich eingeloggt hatte, konnte man den ungefähren Weg verfolgen, den sie genommen hatte. In der Nähe der U-Bahn-Station Ottakring verlor sich ihre Spur. Das letzte Signal war um 20.38 Uhr des Vortages von ihrem Handy gesendet worden.

»Was zum Teufel hat sie dort gewollt? Sie ist quer durch ganz Wien gefahren.«

Dann kam ihr ein Geistesblitz. Hektisch ging sie Saskias Liste der Jugendzentren durch, doch gleich darauf ließ sie die Zettel enttäuscht sinken. Keine der Einrichtungen befand sich dort, wo Valerie zuletzt gewesen war.

»Hast du andere Adressen als die?«, wandte sie sich an Vincent und hielt ihm ihre Liste entgegen.

Er nahm sie und verglich sie mit seiner. »Da fehlen die privaten Einrichtungen.«

»Dann schau doch mal, ob eine davon an der Haltestelle Ottakring liegt«, bat Michaela ihn.

Es dauerte bloß ein paar Minuten, bis er ihre Ahnung bestätigte. »Nicht direkt an der U-Bahn, aber in der Nähe.«

Michaela brauchte sich die Adresse nicht aufzuschreiben, sie kannte den Rohrauerpark – und dort, nicht einmal zwei Minuten entfernt, befand sich ein Jugendzentrum.

Sie war schon auf dem Weg, als ihr Handy klingelte. Bernd war am Apparat und wollte wissen, ob es etwas Neues von Valerie gab. »Immer noch keine Nachricht von ihr, aber sie war gestern um 20.38 Uhr in Ottakring. Ich fahre jetzt zum Jugendzentrum am Rohrauerpark, vielleicht hat man sie dort gesehen.«

»Brauchst du Unterstützung?«

»Du musst nicht extra …«

Er unterbrach sie. »Ich hatte beim Belvedere ein Seminar und kann in zwanzig Minuten da sein.«

Michaela zögerte einen Moment, doch dann gab sie sich einen Ruck. Bei der Suche nach Valerie konnte sie jede Hilfe brauchen, die ihr angeboten wurde. »Okay, danke«, sagte sie daher, legte auf und stieg aufs Gas.

Ihr Fahrstil hätte heute locker mit dem von Doris konkurrieren können, fast hätte sie ein Auto übersehen, das die Spur wechselte und sich knapp vor ihr einreihte. Fluchend bremste sie ab, erhöhte gleich wieder das Tempo, fuhr nun aber ein wenig vorsichtiger. Es nützte niemandem, am allerwenigsten Valerie, wenn sie einen Unfall verursachte.

Kurz nach sechs hatte sie es geschafft. Sie hielt im

Halteverbot, weil sie keine andere Parkmöglichkeit fand, und hoffte, dass ihr Wagen noch da sein würde, wenn sie zurückkam. In Wien fackelte man nicht lange. Widerrechtlich abgestellte Fahrzeuge wurden rasch abgeschleppt. Wenigstens behinderte sie nicht den Verkehr, und in einer Einfahrt stand sie auch nicht. Falls alle Stricke reißen sollten, würde sie mit Bernd heimfahren. Allerdings wäre es dennoch ärgerlich, sich zusätzlich zu den Problemen, die sie ohnehin schon hatte, auch noch darum zu kümmern, ihr Auto aus der Fahrzeugverwahrstelle in Simmering wiederzubeschaffen.

Michaela wartete vor dem Jugendzentrum auf Bernd. Wenn er schon so nett war, sie zu unterstützen, wollte sie nicht ohne ihn hineingehen.

Nicht mal drei Minuten später bog er um die Ecke.

»Danke, dass du gekommen bist«, sagte sie zur Begrüßung.

Er nickte. »Schon gut, Valerie ist mir schließlich auch nicht egal. Gehen wir rein.«

Michaela war seit Ewigkeiten in keinem Jugendzentrum mehr gewesen, das letzte Mal vor fünf, sechs Jahren, als sie noch bei der Streife war und sie zu einer Schlägerei gerufen wurden. Bis sie und ihr Partner eintrafen, hatten sich die erhitzten Gemüter der zwei jugendlichen Kontrahenten wieder beruhigt. Viel hatten sie danach nicht mehr zu tun gehabt, zumal keiner der beiden Anzeige erstatten wollte. Auch wenn es sich damals um eine andere Einrichtung gehandelt hatte, war sie dieser hier recht ähnlich. Der leichte Geruch nach Schweiß erinnerte sie an einen Turnsaal, die Räumlichkeiten wirkten abgewohnt, aber die Mitarbeiter hatten sich bemüht, sie gemütlich einzurichten.

Mehrere Jugendliche spielten mit einer Wii-Konsole, andere gestalteten ein großes Plakat für irgendein Fest.

Michaela zückte ihren Ausweis und rief laut in die Runde: »Hey, alle herhören. Ich bin von der Kripo und suche ein Mädchen, das gestern vielleicht hier war.«

Alle Köpfe wandten sich ihr zu, aber nur kurz, dann fuhren die Kids mit ihren Beschäftigungen fort, als wäre sie gar nicht da. Michaela ballte die Hände zu Fäusten. Sie wünschte, sie hätte ihre Waffe dabeigehabt. Um diese Ignoranz zu durchbrechen, hätte es wahrscheinlich einen Warnschuss gebraucht. Damit hätte sie sich die Aufmerksamkeit der Jugendlichen bestimmt gesichert.

Allein, dass sie auf solch einen Gedanken kam, machte ihr Angst, und sie war nun doch froh, dass sie keine Waffe bei sich trug.

Sie trat an einen Jungen an der Spielkonsole heran. »Du da, wie heißt du?«

Er murmelte etwas, das so ähnlich wie Kevin klang.

»Also, Kevin«, versuchte Michaela ihr Glück. Als kein Protest kam, sprach sie weiter: »War gestern ein Mädchen hier? Sie heißt Valerie, hat langes schwarzes Haar, Locken; schlank, hübsch.« Krampfhaft versuchte sie, sich zu erinnern, was Valerie gestern früh angehabt hatte. »Schwarze Jeans, graues T-Shirt, grüner Sweater mit Kapuze.« Ihre Beobachtungsgabe funktionierte noch, stellte sie erleichtert fest.

Der Junge schüttelte den Kopf. »Ich war gestern nicht hier.« Dann wandte er sich wieder dem Bildschirm zu.

Michaela sprach den nächsten Jugendlichen an. »Hast du sie gesehen? Valerie ...«

Der Junge grinste: »Schwarzes, langes Haar ... ich

hab's gehört. Nein, keine Ahnung. Ein hübsches Mädel wäre mir bestimmt aufgefallen.« Michaela sparte sich jede weitere Erwiderung. Stattdessen wandte sie sich an ein Mädchen in Valeries Alter. »Und du? Kennst du sie?«

Die zuckte nur wenig hilfreich die Schultern. Michaela hätte sie am liebsten gepackt und durchgeschüttelt.

Sie atmete tief durch und blickte sich nach Bernd um. Er stand bei einer Gruppe Jugendlicher und unterhielt sich mit ihnen. Gleich darauf nickte er, klatschte mit einem Jungen ab und kam zu ihr herüber.

»Hattest du Glück? Die sind schlimmer als Stockfische, mit mir haben sie kaum ein Wort gewechselt.«

»Valerie war hier, sie hat nach den vermissten Mädchen gefragt. Wusstest du, dass sie deren Fotos auf ihrem Handy hat?«

Michaela schüttelte den Kopf. »Nein, ich hatte keine Ahnung.« Valerie hatte sie gleich doppelt hintergangen. Das tat weh. Aber nicht so sehr wie die Tatsache, dass ihre Nichte immer noch verschollen war.

Während sie das Gebäude verließen, erzählte Bernd, was er sonst noch erfahren hatte: »Eines der Mädchen meinte, sie wollte mit dem Doc sprechen.«

»Doc?« Michaelas Stimme klang höher als sonst. In ihr schrillten alle Alarmglocken. Aber vielleicht lag ihre Dünnhäutigkeit auch bloß an der Erschöpfung und dem vielen Kaffee. »Wer ist dieser Doc? Ein Mitarbeiter?«

Bernd zuckte die Achseln. »Offenbar ein ehrenamtlicher Betreuer. Keiner der Kids kennt seinen richtigen Namen. Der Sozialarbeiter, der heute Dienst hat, weiß ihn auch nicht. Sie sagen alle bloß Doc. Aber sie mögen ihn, er scheint ein cooler Typ zu sein.«

»Gut, dann müssen wir diesen geheimnisvollen Mann finden. Ich fahre ins Präsidium und ...«

»Nein, du fährst jetzt nach Hause und ruhst dich aus. Du wirkst, als würdest du jeden Moment umkippen.«

»Aber Valerie ...«, wandte Michaela verzweifelt ein.

»Die hat nichts davon, wenn du kollabierst und die Suche nach ihr abbrechen musst, weil du im Krankenhaus liegst. Heute kannst du ohnehin nichts mehr tun.«

Michaela hatte keine Kraft, Bernd zu widersprechen, keine Kraft mehr, um zu kämpfen. Sie ließ sich ohne Gegenwehr von ihm zu seinem Auto führen, fiel auf den Beifahrersitz und starrte durch die Fensterscheibe nach draußen. Wo bist du?, sandte sie ihre Gedanken in die Dunkelheit, doch sie bekam keine Antwort.

Bernd hatte die Heizung aufgedreht. Die warme Luft, ihre Erschöpfung und die Kopfschmerzen, die sich unvermittelt wieder eingestellt hatten, machten sie ein wenig benommen, und sie schloss die Augen. Ganz kurz blitzte die Frage in ihr auf, was mit ihrem Auto, das im Halteverbot stand, nun passieren würde, ehe sie sich vom Schlaf einhüllen ließ.

KAPITEL 42

Bernd sah immer wieder zu Michaela und musste sich von ihrem Anblick gewaltsam losreißen, um auf den Verkehr zu achten. Diese Frau rang ihm Respekt ab. Viele wären in ihrer Situation verzweifelt, sie aber legte eine Stärke an den Tag, um die man sie beneiden konnte.

Als sie leise etwas murmelte, lächelte er. Sprach Michaela etwa im Schlaf? Nur jetzt, weil sie so übermüdet war, oder auch sonst? Wusste sie es, oder hatte ihr das noch niemand gesagt?

Ihr Kopf fiel zur Seite, und er hätte ihn gerne gestützt, doch er behielt beide Hände am Lenkrad. In den paar Minuten, bis sie zu Hause ankamen, würde sie nicht gleich einen steifen Nacken bekommen. Er setzte den Blinker und bog in ihre Straße ein. Vor dem Haus stellte er den Motor ab und überlegte, was er mit Michaela anfangen sollte. So romantisch er es sich auch vorstellte, sie schlafend ins Haus zu tragen, so unrealistisch war es. Das klappte nur in Filmen.

Michaela aus dem Schlaf zu reißen, tat ihm leid. Sanft strich er ihr über die Wange. »Aufwachen, Dornröschen.«

Sie blinzelte ihn an. »Sind wir schon da?«, fragte sie undeutlich. Auf ihrer Backe hatte der Sicherheitsgurt einen Abdruck hinterlassen, ihr Haar stand in alle Richtungen weg, doch für ihn hätte sie nicht schöner aussehen können als in diesem Augenblick.

Sie machte keine Anstalten auszusteigen, sondern knetete sich den Nacken. »Wie lange hab ich geschlafen?«

»Eine knappe Dreiviertelstunde. Soll ich dich reinbringen?«

»Du kannst mitkommen, aber laufen kann ich auch ohne Hilfe«, gab Michaela zurück. Ihren Humor hatte sie trotz allem nicht verloren, stellte er fest.

Sie stieg aus und wartete, bis er nachgekommen war, ehe sie die Haustür aufsperrte. »Ich würde dir ja gerne einen Kaffee anbieten, aber du musst ihn alleine trinken, ich vertrage heute keinen einzigen Schluck mehr«, sagte sie.

»Du solltest ins Bett«, gab er zurück.

»Wahrscheinlich hast du recht.«

Sie standen sich unschlüssig gegenüber. Dann überraschte sie ihn, indem sie ganz nah an ihn herantrat.

»Ich will jetzt nicht allein sein.«

Ihr Atem streifte seine Lippen, er merkte, wie sein Körper auf ihre Einladung reagierte, und er tat, was er sich erst ein paar Minuten zuvor in seinem Auto ausgemalt hatte: Er nahm sie auf seine Arme und trug sie ins Schlafzimmer. Sie umschlang seinen Nacken und schmiegte ihr Gesicht an seinen Hals. Ihr Gewicht spürte er kaum.

Valerie setzte sich auf den Boden neben Christina und legte die Hand auf deren Rücken. Das Mädchen zuckte zusammen, fiel aber gleich wieder in seine Starre zurück. Valerie beugte sich hinunter und strich ihr das Haar aus dem Gesicht. »Christina?«, sprach sie das Mädchen sanft an. »Alles wird gut. Da draußen suchen Leute nach uns. Es dauert nicht mehr lange, du wirst sehen. Bald bist du wieder zu Hause.«

Valerie wünschte, ihr Vater wäre hier. Der hätte gewusst, was man tun musste. Sie konnte sich hierbei nur auf ihr Gefühl verlassen. Aber sie war die Tochter eines Arztes und hatte immerhin genug Ahnung, um zu erkennen, dass es Christina sehr, sehr schlecht ging. »Halte bloß durch«, beschwor sie ihre Zellengenossin, doch es war, als würde sie zu einer Puppe sprechen.

»Die macht es nicht mehr lange, wenn du mich fragst«, ertönte da Jennys Stimme.

»Ich habe dich aber nicht gefragt«, gab Valerie zurück, legte sich neben Christina und zog sie eng an sich.

Eine Decke wäre jetzt gut gewesen, doch da sie keine hatte, konnte sie das Mädchen nur mit ihrem eigenen Körper wärmen.

Irgendwann merkte sie, dass Christinas Atem weniger flach und ein bisschen langsamer wurde, und hoffte, dass es ein gutes Zeichen war.

»Wir schaffen das«, murmelte Valerie, »wir schaffen das.«

Er beobachtete fasziniert Nr. 5. Sie gefiel ihm, auch wenn er ihre Aufsässigkeit nicht tolerieren durfte. Seine Autorität würde verloren gehen, wenn er ihren Ungehorsam ignorierte. Wie es aussah, hatte Nr. 1 eine würdige Konkurrentin bekommen, und er freute sich bereits darauf, die beiden zusammenzuführen.

Nr. 5 war höchst sozial, was zweifelsohne an ihrer Erziehung lag. Doch würde sie sich auch noch hilfsbereit und gütig zeigen, wenn ihre eigenen Grundbedürfnisse auf dem Spiel standen? Wie weit würde sie gehen, um Nr. 4 zu beschützen? Fragen, auf die er frühestens morgen eine Antwort bekommen würde. Zu blöd, dass er seinen Pflichten nachkommen musste, jetzt, wo es wirklich interessant zu werden versprach.

Valerie versuchte, ein wenig zu schlafen, doch es gelang ihr nicht. Zu viele Gedanken schwirrten in ihrem Kopf herum, und die Sorge um Christina ließ sie nicht los. Ob Jennifer bereits schlief? Aus der Nebenzelle war nichts zu hören.

»Jenny?«, flüsterte sie in die Dunkelheit und wünschte sich, er hätte das Licht angelassen.

»Was?«, gab Jenny nach einer Weile zurück.

»Wie lange bist du schon hier?«

»Keine Ahnung.«

»Mir kommt es jetzt schon wie eine Ewigkeit vor. Wie hast du es geschafft, nicht verrückt zu werden?«

Jenny lachte auf. »Wer sagt denn, dass ich nicht verrückt geworden bin?«

Darauf fiel Valerie vorerst nichts ein, deshalb fragte sie weiter: »Hat er Tanja und Maja ebenfalls hier gefangen gehalten?«

»Nr. 2 und Nr. 3«, bestätigte Jenny Valeries Verdacht.

»Warum hat er sie umgebracht?«

»Schlaf jetzt!« Jennys Ton ließ keinen Zweifel daran, dass sie diese Frage nicht beantworten würde.

»Hat er euch ... also, seid ihr vergewaltigt worden?«, fragte Valerie nach einer kurzen Pause weiter.

Jenny seufzte tief. »Du redest wohl gern, oder? Nein, er hat kein sexuelles Interesse an uns. Insofern hätten wir es schlimmer erwischen können.«

Valerie atmete erleichtert auf. Sie hatte sich alles Mögliche ausgemalt, als er ihr befahl, sich nackt auszuziehen. Gleichzeitig verwirrte Jennys Antwort sie.

»Aber Maja ... die wurde vergewaltigt.«

»Ausgeschlossen, ich ... als ich sie das letzte Mal gesehen habe ...«

Valerie kam es vor, als wäre Jenny total verunsichert. Etwas, das sie so an ihr bisher noch nicht bemerkt hatte.

»Sagt dir der Name Walter Leeb etwas?«, hakte sie nach.

»Walter wer? Nein, nie gehört. Warum? Sollte ich den kennen?«

»Solltest du tatsächlich. Neben deiner und Christinas

DNA wurde auch seine auf Majas Leiche gefunden«, beantwortete Valerie Jennys Frage und setzte hinzu: »Gibt es eine zweite Person, die regelmäßig hier runterkommt?«

»Nein. Woher weißt du das eigentlich alles?«

»Meine Tante ist bei der Kripo. Sie ermittelt in diesen Fällen und sucht nach uns.«

»Das haben andere auch getan.«

Deutlich hörte Valerie die Skepsis in Jennys Stimme. Kein Wunder, dass die nicht mehr an eine Rettung glaubte, dafür war sie wohl schon zu lange hier eingesperrt. Monate, laut der Vermisstenakte. Um Jenny auf positivere Gedanken zu bringen, fragte sie: »Was würdest du als Erstes tun, wenn du hier rauskommst?«

»Keine Ahnung. Auf ein richtiges Klo pinkeln gehen. Nein, zuerst einen Burger mit allem Drum und Dran essen. Und Cola trinken. Eine ganze Literflasche.«

»Klingt gut. Apropos Burger: Ich habe Hunger. Kriegen wir noch was?«

»Glaubst du, du bist in einem Fünfsternehotel mit Zimmerservice? Nein, frühestens morgen. Wenn er gut gelaunt ist.«

»Und wenn er schlechte Laune hat?«

»Dann erst am Abend. Oder gar nicht.«

Langsam dämmerte Valerie, dass Hunger und wohl auch Durst ihre ständigen Begleiter hier unten sein würden. Sie nahm sich fest vor, trotzdem nicht einzuknicken.

»Ist deine Tante gut in ihrem Job?«, unterbrach Jenny ihre Überlegungen.

»Sie ist die Beste«, antwortete Valerie überzeugt.

Als Michaela aufwachte, fiel ihr Blick auf den Abdruck auf dem Kissen neben ihr. Bernd. O Gott, sie hatte ihn nahezu angebettelt, bei ihr zu bleiben. Und er? Er war der perfekte Gentleman gewesen. Er hatte sie ins Schlafzimmer getragen, sich mit ihr zusammen ins Bett gelegt, sie eng an sich gezogen und nicht einmal den Versuch unternommen, die Situation auszunützen. Innerhalb von Minuten war sie eingeschlafen.

Aus der Küche drang verführerisch der Duft nach Kaffee in ihre Nase. Ein Blick auf die Uhr zeigte ihr, dass es halb acht war, normalerweise verließ sie um die Zeit das Haus. Aber ihr Auto stand immer noch in Ottakring. Das hieß, hoffentlich stand es noch dort und war nicht abgeschleppt worden. Sie musste ein Taxi rufen, um sich entweder zu ihrem Wagen oder gleich in die Dienststelle bringen zu lassen. In jedem Fall würde sie zu spät kommen, da kam es auf eine Viertelstunde mehr oder weniger nicht mehr an.

Michaela schälte sich aus ihrer Jeans und dem T-Shirt. Beides fühlte sich nach der Nacht klamm an. Dann duschte sie zuerst heiß, dann kalt und zog sich frische Kleidung an. Halb in Erwartung, Bernd am Tisch sitzen zu sehen, ging sie in die Küche, um sich einen Becher Kaffee einzuschenken, ehe sie ins Präsidium fuhr. Doch Bernd war nicht da. Stattdessen fand sie einen Zettel mit einer Nachricht von ihm: *Guten Morgen, ich wollte dich nicht wecken, du hast den Schlaf gebraucht. Habe einen wichtigen Termin, falls du mich brauchst, kannst du mich ab zehn Uhr anrufen. LG Bernd*

Michaela verdrängte das Gefühl der Enttäuschung, stürzte den Kaffee hinunter, verbrannte sich dabei die

Zunge, dann bestellte sie das Taxi, und während sie wartete, gab sie Vincent Bescheid, dass sie sich verspäten würde.

»Gibt's was Neues?«, fragte ihr Kollege am Telefon.

»Valerie war in diesem Jugendzentrum und hat sich mit jemandem unterhalten, den alle ›Doc‹ nennen. Kannst du eine Liste der Mitarbeiter besorgen?«

»Mach ich.«

»Danke. Du wirst vielleicht eine richterliche Anordnung brauchen, um an die Informationen zu kommen. Erwähne auf keinen Fall Valerie. Falls wer fragt: Wir haben eine Spur von Jenny, die man dort ebenfalls erkannt hat.«

»Sonst noch was?«

»Vorerst nicht. Ich bin in etwa einer Stunde da.«

Der Schlaf hatte ihr gutgetan. Auch wenn die Sorge um Valerie nicht kleiner geworden war, schaffte es Michaela, sie so weit zurückzudrängen, dass sie rational denken konnte – etwas, das unabdingbar für ihre Arbeit war. Sie hoffte sehr, dass Vincent bald die Mitarbeiterliste bekam. Dieser geheimnisvolle Doc war womöglich der Letzte, der mit Valerie gesprochen hatte. Vielleicht wusste er, wo sie hingehen wollte.

Als Michaela gegen neun an ihrer Arbeitsstelle angekommen war, traf sie Weilmann auf dem Weg ins Büro.

»Schon unterwegs gewesen? Wie geht es Valerie?«

»Tut mir leid, ich habe es eilig. Wir haben eine Spur«, gab Michaela zurück, ohne auf seine Fragen einzugehen. Sie hetzte weiter. Es wäre bestimmt hilfreich gewesen, sich Weilmann anzuvertrauen. Aber solch ein Gespräch würde Zeit in Anspruch nehmen. Zeit, die sie nicht hatte und die ihr bei der Suche nach ihrer Nichte fehlen würde. Außerdem war sie sich nicht ganz sicher, ob er ihre Befangenheit Steurer melden würde, also war es besser, ihm vorerst nichts zu sagen.

Sie stürmte in ihr Büro und warf ihre Tasche auf den Stuhl. »Hast du schon eine Antwort bekommen?«, fragte sie Vincent.

»Noch nicht.«

»Mist. Ich hatte gehofft ...«

»Die Sekretärin wollte mit ihrer Vorgesetzten Rücksprache halten.«

Michaela verdrehte genervt die Augen. »Und was dauert daran so lange? Okay, in der Zwischenzeit erkundige ich mich bei Harald, ob es aus der Forensik etwas gibt.«

»Das geologische Institut ist dabei, unsere Analysen mit ihren Werten zu vergleichen. Ich rechne heute noch mit einem Ergebnis«, sagte Harald am Telefon. »Wie geht es dir?«

»Nicht gerade blendend. Es geht – irgendwie«, gab Michaela zurück. »Ich habe das Gefühl ... ich funktioniere.«

»Vielleicht solltest du den Fall abgeben, du hast kompetente Kollegen, die ...«

»Und ich soll herumsitzen und Daumen drehen, ja? Harald, ich würde vor Angst um Valerie verrückt werden. Der einzige Grund, warum ich es noch nicht bin, ist, dass ich meinen Verstand und meine Kraft brauche, um sie zu finden.«

»Ich verstehe. Wirklich, ich verstehe dich. Aber ich mache mir Sorgen. Hast du überhaupt geschlafen? Oder etwas gegessen?«

»Ich muss auflegen. Melde dich, sobald du was vom geologischen Institut hörst.« Michaela legte auf, ehe Harald auf die Idee kam, sie noch mehr bemuttern zu wollen. Allerdings hatte er in einem recht. In der Früh hatte sie nichts gegessen, sie hatte einfach keinen Hunger gehabt. Auch jetzt verspürte sie keinen Appetit, trotzdem beschloss sie, sich eine Kleinigkeit aus der Kantine zu holen. Sie wollte nicht vor Schwäche umkippen, schon gar nicht, wenn es vielleicht gerade darauf ankam, dass alle ihre Sinne funktionierten.

Eben bezahlte sie ihr Vollkornbrötchen, als ihr Handy klingelte, Michaela klemmte das Telefon zwischen Ohr und Schulter, während sie in ihrer Geldbörse nach Kleingeld suchte. Bernd war dran, und als er ihr den Grund seines Anrufes erzählte, hätte sie um ein Haar das Handy fallen gelassen.

»Das ist vollkommen unmöglich«, sagte sie.

»Überprüf es einfach.«

»Wenn es tatsächlich stimmt ...« Sie wollte gar nicht darüber nachdenken, welche Konsequenzen sich aus Bernds Information ergaben. Falls sie der Wahrheit entsprachen, wäre die Arbeit der letzten Tage vollkommen umsonst gewesen.

KAPITEL 43

»Michaela!«, rief Weilmann sie zurück, als sie an seiner offenen Tür vorbeikam. Eigentlich wollte sie auf dem schnellsten Weg zurück in ihr Büro, doch sie konnte ihn nicht schon wieder abwimmeln. Hoffentlich hatte er nicht ebenfalls eine schlechte Nachricht für sie.

Noch eine innerhalb weniger Minuten konnte sie wirklich nicht brauchen.

»Du warst heute nicht bei der Morgenbesprechung. Alles in Ordnung?« Als Michaela nicht antwortete, sprach er weiter: »Ich wollte es dir vorhin schon sagen: Steurer hat mich darum gebeten, ein Täterprofil zu erstellen – also nicht von Leeb, aber von seinem Komplizen.«

»Gut, dann mach das doch. Ich muss ...«

Weilmann war offenbar nicht bereit, sie so schnell gehen zu lassen. »Du hast eine Spur erwähnt, der du nachgehen willst. Ich denke, ich sollte wissen, worum es sich handelt. Ich muss alle Informationen berücksichtigen.«

Es brannte ihr unter den Nägeln, an ihren Arbeitsplatz zurückzukehren, doch alles, was Weilmann über den Täter herausfand, würde helfen, Valerie schneller zu finden. Also schloss sie die Tür und setzte sich ihm gegenüber.

»Zunächst einmal: Du hast dich geirrt. Eben habe ich die Nachricht erhalten, dass Leeb höchstwahrscheinlich ein Alibi für den Mord an Maja hat.«

Weilmanns Augenbrauen wanderten vor Überraschung nach oben, und er fragte: »Welches Alibi?«

Michaela zuckte mit den Achseln. »Keine Ahnung. Angeblich war er an einem Raubüberfall beteiligt. Jetzt hat er Angst, dass seine Komplizen ihn töten, wenn er sie verrät.«

»Aber die DNA ...«, gab Weilmann zu bedenken.

»Tja, das ist der Knackpunkt, darüber muss ich noch nachdenken. Und wir haben eine weitere Spur. Wir konnten zwei Jugendzentren ausmachen, in denen

Jenny Keil sich vor ihrem Verschwinden öfter aufgehalten hat. In einem gibt es einen Betreuer, von dem nur der Spitzname bekannt ist. Wir bemühen uns gerade, eine Liste der Mitarbeiter zu bekommen. Außerdem rechne ich jeden Augenblick mit einer Antwort aus dem geologischen Institut, wo wir die Proben der Erdkrumen zum Vergleich hingeschickt haben.« Michaela hielt kurz inne, weil Weilmann mit seinen Gedanken weit weg zu sein schien. Sie schnippte mit den Fingern.

Er blinzelte. »Oh, entschuldige, ich bin schon dabei, deine Informationen zu verarbeiten. Das sind außerordentlich große Fortschritte.«

»Noch nicht groß genug, und jetzt muss ich wirklich an die Arbeit.«

Sie stand auf und verließ Weilmanns Büro, um in ihr eigenes zu gehen, wo Vincent hoffentlich mit Neuigkeiten vom Jugendzentrum auf sie wartete. Außerdem musste sie ihm und Doris von Leeb berichten. Vielleicht fiel ihnen gemeinsam eine Möglichkeit ein, wie seine DNA an Majas Leiche gekommen sein könnte, wenn er sie, wie er behauptete, nie getroffen hatte.

Er hatte Jenny zu ihnen in die Zelle gesperrt. Das Frühstück bestand aus irgendeinem Brei, der noch unappetitlicher roch, als er aussah. Für Christina und Jenny waren noch je eine Flasche Wasser dabei, sie selbst bekam keine. Er meinte, das sei die Strafe für ihren Ungehorsam.

»Nur damit es klar ist, ich bekomme die Hälfte von deinem und die Hälfte von ihrem Essen«, stellte Jenny ihre eigenen Regeln klar. Allein an dem drohenden Ton ihrer Stimme erkannte Valerie, dass ihre Zellengenossin in dieser Beziehung keinen Spaß verstand. Kein Wunder, dass sie von allen entführten Mädchen am wenigsten abgemagert aussah.

Valeries Blick glitt zu Christina. »Okay«, sagte sie dann. »Du bekommst meine Portion, dafür behält sie ihre.«

Jenny starrte sie überrascht an. »Warum machst du das? Die«, sie deutete auf Christina, »kriegt ohnehin nichts mehr mit. Wir könnten uns ihre Portion sogar teilen.«

»Nein. Ich verzichte auf meine, sie bekommt dafür ihre ganze. Ihr geht es schon schlecht genug. Sie braucht etwas Warmes in den Magen.«

Jenny schüttelte verständnislos den Kopf, nahm sich aber Valeries Napf und machte sich heißhungrig mit ihren Fingern über den Brei her.

Valerie versuchte in der Zwischenzeit, Christina zu füttern, was sich ohne Löffel nicht ganz einfach gestaltete, doch mit viel Geduld schaffte sie es, dass Christina schließlich beinahe den Napf leer aß. Anschließend ging sie dazu über, ihr schluckweise das Wasser einzuflößen. »Komm, nur ein bisschen. Du musst etwas trinken.«

Auf das Essen zu verzichten, war ihr nicht allzu schwergefallen. Doch mitanzusehen, dass die kostbare Flüssigkeit mehr daneben als in Christinas Mund lief, war bitter. Ihre Kehle fühlte sich trocken an, ihre Zunge klebte am Gaumen, und die Lippen waren bereits aufgesprungen. Nur ein Schluck, schrie alles in ihr. Gleichzeitig wusste sie, dass es nicht bei einem Schluck bleiben würde, und Christina brauchte das Wasser nötiger als sie. Solange sie nicht am Verdursten war, würde sie dem Mädchen nicht das Wasser wegnehmen.

Bald war die Flasche leer. Valerie atmete erleichtert auf, denn so kam sie gar nicht erst in Versuchung, Christinas Ration zu trinken.

»Du hättest es einteilen sollen. Heute gibt es nichts mehr«, sagte Jenny und hielt ihre halb volle Flasche hoch.

Valerie schluckte. Vor ihren Augen tanzten schwarze Pünktchen. War das etwa schon ein Anzeichen für den Flüssigkeitsmangel? Nein, auch wenn sie Durst hatte, zwei bis drei Tage würde sie durchhalten. So hatten die kühlen Temperaturen, die hier unten herrschten, fast etwas Gutes, wäre es wärmer, würde sie schwitzen und schneller Flüssigkeit verlieren.

Außerdem glaubte sie nicht, dass er sie tatsächlich verdursten lassen würde. Er hatte etwas anderes mit ihr vor. Viel hatte er ihr nicht über seine Motive erzählt. Er meinte, es handle sich um ein Experiment. Sie wünschte sich, er hätte mehr darüber erklärt.

Jenny hatte sich in dem Eimer erleichtert, und es stank. Allerdings schien das weder sie noch Christina zu stören. Jetzt begann sie mit Lockerungsübungen, indem sie die Arme kreisen ließ.

Eine Weile sah ihr Valerie fasziniert zu.

»Solltest du auch machen. Es hilft gegen die Langeweile«, sagte Jenny.

»Aber man schwitzt dabei, und ich habe kein Wasser bekommen.«

»Du hättest ihres nehmen sollen, meine Güte! Mich würde es nicht wundern, wenn du lieber selbst stirbst, als sie krepieren zu lassen. Ehrlich, was hast du davon, nobel und gut zu sein, wenn du nachher tot bist?«

»Weil ich mit dem Gedanken, jemand sei durch meine Schuld gestorben, nicht leben könnte. Du etwa?«

Jenny hörte mit ihren Übungen auf und zog sich plötzlich in eine Ecke zurück, wo sie sich auf den Boden setzte. »Sie stirbt doch sowieso. Sieh sie dir an! Es ist bloß eine Frage der Zeit. Und wenn es darum geht, sie oder ich, dann fällt mir die Entscheidung nicht schwer.«

»Genau. Es ist eine Frage der Zeit«, gab Valerie zurück, »und die verschaffe ich ihr. Nicht sie oder ich. Ich möchte, dass wir hier alle lebend wieder rausgehen.«

Jenny sah sie mit schief gelegtem Kopf an. »Du glaubst wirklich daran, dass wir rausgeholt werden.«

Valerie nickte. »Du nicht?«

»Es ist mir egal«, sagte Jenny, und die Gleichgültigkeit in ihrer Stimme ließ Valerie erschauern. Sie stand auf, ging zu Jenny hinüber, hockte sich ihr gegenüber und strich ihr das Haar, das wie ein Vorhang in ihr Gesicht fiel, beiseite.

»Warum?«, fragte Valerie sanft.

»Weil ich ohnehin kein Leben mehr da draußen habe.«

Valerie hätte Jenny gern in den Arm genommen, doch sie spürte, dass diese nicht noch mehr Nähe zulassen würde.

»Natürlich, denk an all das, was auf dich wartet.«

Unvermittelt sprang Jenny auf, gab Valerie einen Stoß, sodass sie das Gleichgewicht verlor und auf den Hintern plumpste. Aufgebracht lief sie in der Zelle umher und schrie: »Bestimmt keine liebende Familie oder eine Supertante, so wie bei dir. Das Einzige, was auf mich wartet, ist der Knast. Ich tausche ein Gefängnis gegen das andere.«

Valerie war wieder auf die Beine gekommen. Sie traute sich nicht in Jennys Nähe und verstand nicht, wie es zu diesem plötzlichen Stimmungswechsel gekommen war. »Wieso Gefängnis? Was hast du getan?«

Jenny hielt in ihren Schritten inne und sah sie trotzig an. »Ich habe Nr. 2 und Nr. 3 getötet. Reicht dir das?«

Vincent empfing Michaela mit der Nachricht, dass sie eine richterliche Anordnung benötigten, um die Liste der Mitarbeiter zu bekommen. »Verdammt!«, fluchte sie. »Sehen die denn nicht ein, dass jede Minute zählt?«

Wenigstens hatte Vincent den Antrag bereits gestellt, erfahrungsgemäß reagierten die Richter relativ schnell, trotzdem wäre diese Verzögerung nicht nötig gewesen.

Sie erzählte Doris und Vincent von Bernds Anruf. »Wenn das stimmt, dann hat Leeb ein Alibi«, schloss sie ihren Bericht.

Doris drehte sich in ihrem Stuhl zu Michaela. »Ein Raubüberfall? Na, wollen wir doch sehen, ob wir darüber etwas finden.«

Michaela rief in der Zwischenzeit Leebs Anwalt an. »Dr. Briesnek, Ihr Mandant hat angegeben, er habe zum Zeitpunkt des Mordes an Maja Stopfer einen Raubüberfall verübt. Was wissen Sie darüber?«

»Was zum Teufel ...«, polterte der. »Wie kommen Sie dazu, ohne meine Anwesenheit mit ...«

Michaela unterbrach ihn. »Er hat nicht mit uns, sondern mit einem Psychologen gesprochen.« Sie konnte förmlich spüren, wie der Anwalt hektisch nachdachte, um Erklärungen zu suchen.

»Ein Psychologe? Hat der nicht die Pflicht, über solche vertraulichen Dinge zu schweigen? Das wird Folgen haben, so viel ist sicher. Wie heißt dieser Mann?«

Michaela dachte nicht daran, Bernd zu verraten.

»Sie können ja Ihren Mandanten nach dem Namen fragen. Allerdings sollten Sie und auch Leeb dankbar sein. Mord wiegt um einiges schwerer als ein Raubüberfall.«

Sie hörte Briesnek seufzen. »Was erwarten Sie von mir?«

»Fragen Sie Leeb nach Details, vor allem nach den Komplizen. Behaupten kann man schnell etwas, wir brauchen Beweise. Machen Sie ihm klar, dass er seine Situation bloß verbessern kann.«

»Ich spreche mit ihm«, gab Dr. Briesnek sich ungewöhnlich kooperativ.

»Und noch etwas: Seine DNA auf dem letzten Opfer lässt sich nicht wegleugnen. Irgendwie muss sie ja dorthin gelangt sein. Vielleicht fällt ihm eine plausible Erklärung dafür ein.« Dann legte Michaela auf.

Doris schien nur darauf gewartet zu haben. »Ob Leeb dabei war, weiß ich nicht. Aber es gab tatsächlich einen Raubüberfall auf einen Juwelier in der Innenstadt. Drei maskierte Männer sind in den Laden gestürmt, haben den Besitzer mit vorgehaltener Waffe gezwungen, die Vitrinen auszuräumen, und sind dann offenbar mit der U-Bahn getürmt. Sie haben keine Fingerabdrücke hinterlassen. Und auch sonst gibt es außer Statur und Kleidung keine Täterbeschreibung.«

»Hast du eine Aufstellung der gestohlenen Gegenstände?«, fragte Michaela. Wenn Leeb einige Schmuckstücke beschreiben konnte, wäre das ein Indiz für seine Mittäterschaft an dem Überfall.

»Ja, ich habe das Raubdezernat darum gebeten.«

KAPITEL 44

Einen Moment verschlug Jennys Geständnis Valerie die Sprache. Hieß das, dieser Leeb hatte gar nichts mit alledem zu tun? Und ihr Peiniger würde nicht wegen Mordes belangt werden können? Sie stellte sich vor, unter welchem Druck Jenny gestanden haben musste und immer noch stand.

Sie bezweifelte, dass sie jemanden töten konnte, selbst in solch einer Ausnahmesituation. Doch sie befand sich auch nicht in der gleichen Lage wie Jenny. Sie selbst war erst wenige Stunden in diesem Keller. Um Christina sorgte sie sich, aber Angst hatte sie vor ihr keine. Und Jenny? Die tat ihr leid. Dass sie für den Tod von Tanja und Maja verantwortlich war, machte sie betroffen, doch sie verurteilte Jenny dafür nicht. Sie konnte sich sehr gut vorstellen, dass nach solch einer langen Gefangenschaft jeder sich selbst am nächsten war. Wer wusste schon, was sie in ein paar Stunden alles für einen Schluck Wasser tun würde. Auch einen Mord?, wisperte ihre innere Stimme. Und selbst wenn sie jetzt diese Frage mit einem klaren Nein beantwortete, war ihr bewusst, dass die Antwort womöglich in ein, zwei Tagen anders ausfallen würde.

Jenny hatte sich komplett zurückgezogen und hatte nichts mehr zu ihr gesagt. Instinktiv ahnte Valerie, dass ihre nächsten Worte entschieden, ob sie Jennys Verbündete oder Gegnerin sein würde.

Er hatte alle Termine abgesagt und war nach Hause geeilt. Einerseits zog es ihn zu seinem Experiment, er hatte

Nr. 1 in der Früh in die Gemeinschaftszelle gebracht, und ständig musste er daran denken, was seine Testpersonen jetzt anstellten. Bisher hatte Nr. 1 ganz klar die Alphaposition gehabt, doch nun mussten sich zwangsläufig die Rollen neu verteilen, und er bezweifelte, dass Nr. 1 ihre Führung ohne Kampf an Nr. 5 abgeben würde.

Andererseits musste er erst mal verdauen, dass sein Plan, eine falsche Spur zu legen, gescheitert war. Und das hieß, sie waren ihm auf den Fersen. Er hatte schon die ganze Zeit darüber nachgedacht, was ihm zu tun blieb. Alles sträubte sich in ihm dagegen. All die Arbeit und die Zeit, die er in die Vorbereitung investiert hatte ... das einfach aufzugeben, schmerzte. Schließlich waren ihm die Worte seiner Mutter eingefallen: Versuche bräuchten oft viele Fehlläufe. Ein guter Wissenschaftler würde diese Rückschläge wegstecken, aus ihnen lernen und weitermachen. Er hatte viel gelernt, es würde eine Weile dauern, einen anderen Ort zu finden, um mit seiner Testreihe neu zu starten. Es würde mit Kosten verbunden sein, und er brauchte Geduld. Aber wenn er es richtig anstellte, würde ihm niemand etwas nachweisen können. Dazu musste er in erster Linie seine Probanden loswerden. Keine Zeugen, keine Spuren. Er würde den gesamten Keller reinigen. Nein, das war nicht genug. Schon eine winzige DNA-Spur von einer der Testpersonen reichte, um ihn mit ihnen in Verbindung zu bringen. Dann keimte eine Idee in ihm auf, die mit einem Schlag seine Probleme lösen würde. Doch zuvor wollte er sich ein letztes Mal an den Überwachungsmonitor setzen und seine Arbeit bewundern.

Er sah Nr. 1, die ungewohnt ruhig in einer Ecke saß.

Nr. 5 wandte sich ihr zu. »Jenny«, begann sie, und er kam nicht umhin, sie für ihre Hartnäckigkeit, an den Namen festzuhalten, zu bewundern. Sie war zäh, die Kleine. Mehr als alles andere wünschte er sich, er könnte sie länger behalten. Es würde sehr, sehr schwierig werden, neuerlich so eine Testperson wie Nr. 5 zu finden.

»Ich kenne mich mit den Gesetzen nicht so gut aus«, fuhr Nr. 5 fort, »aber ich denke nicht, dass man dich für den Tod von Tanja und Maja verurteilen wird. Du hast das unter Zwang getan. Glaub mir, es renkt sich alles wieder ein. Du kannst nichts dafür, du warst in einer Ausnahmesituation.«

Nr. 1 hob den Kopf und sah Nr. 5 an. Er musste näher heranzoomen, doch dann erkannte er den Ausdruck in ihrem Gesicht. Die Miene von Nr. 1 wurde weicher, in ihren Augen schimmerten Tränen. »Glaubst du das wirklich?«, fragte sie mit einer Hoffnung in der Stimme, die er noch nie bei ihr gehört hatte. Er kannte sie wütend, trotzig oder auch hart, bissig, sarkastisch und verletzend. Es war unglaublich, und hätte er es nicht gesehen, würde er es nicht glauben. Nr. 5 hatte Nr. 1 besiegt, sie hatte die Führungsrolle übernommen – und das ganz ohne Kampf.

Valerie setzte sich ganz nah an Jenny und legte ihren Arm um deren Schulter. »Bleib so«, wisperte sie, »ich will nicht, dass er uns hört.«

Jenny schien zu verstehen, denn auch wenn sich ihr Körper von der ungewohnten Berührung verkrampfte, blieb sie sitzen und lehnte ihren Kopf sogar gegen Valerie. Auf ihren Beobachter mussten sie wie zwei enge

Freundinnen wirken. Die Frage war bloß, ob er ihnen diese Nummer abnahm. Valerie hoffte es. »Wir müssen hier raus«, flüsterte sie Jenny ins Ohr.

»Ich dachte, deine Supertante befreit uns«, gab die ebenso leise zurück.

»Wird sie auch, aber Christina hält kaum so lange durch. Wir müssen etwas tun.«

»Und was?«

Valerie hatte den ganzen Tag darüber nachgedacht und eine Idee entwickelt, die funktionieren konnte. Doch dazu brauchte sie Jennys Mithilfe.

»Meinst du, das klappt?«, fragte Jenny, nachdem Valerie sie in ihren Plan eingeweiht hatte.

»Ich weiß es nicht«, gab Valerie zu, »aber wir sollten es versuchen.«

»Hoffentlich ist dir klar, dass wir nur diesen einen Versuch haben.«

Darauf gab Valerie keine Antwort mehr. Sie rückte ein Stückchen von Jenny ab, ehe er noch Verdacht schöpfte, und ging zu Christina hinüber, um nach ihr zu sehen. Die Haut des Mädchens wirkte blass und durchscheinend, ihre Lippen hatten eine ungesunde bläuliche Färbung angenommen, und der Körper war mit einem dünnen Schweißfilm überzogen. Wahrscheinlich hatte Christina sogar Fieber, doch ohne Thermometer und wegen der kühlen Raumluft konnte sich Valerie auch täuschen. Nur eins war klar: Wenn Christina nicht bald ärztliche Hilfe bekam, starb sie. Das wollte Valerie unter keinen Umständen zulassen.

»Hast du Wasser?«, fragte sie Jenny.

Als sie nicht gleich eine Antwort bekam, drehte sie sich zu ihrer Zellengenossin um.

»Mann, Scheiße«, sagte die, stand aber auf, holte ihre Wasserflasche und warf sie zu Valerie hinüber. »Hier.«

»Danke«, gab Valerie zurück, schraubte die Flasche auf und nahm einen winzigen Schluck. Das Wasser schmeckte abgestanden und schal, trotzdem musste Valerie all ihre Selbstbeherrschung aufbringen, um nicht alles für sich zu behalten. Sie gönnte sich noch einen weiteren kleinen Schluck, ehe sie die Flasche an Christinas Lippen hielt.

»Trink!«, sagte sie, doch Christina schien nicht einmal mehr dazu in der Lage zu sein.

Einen Moment lang wurde Valerie von Verzweiflung überrollt, und sie fragte sich, wozu sie sich so viel Mühe gab. Es wäre so viel leichter gewesen, sich in eine Ecke zurückzuziehen und nichts weiter zu tun, als auf ihre Rettung zu warten. Doch dann dachte sie an ihre Eltern, die nach Afrika gegangen waren, damit es den Menschen dort besser ging, auch wenn ihr Einsatz kaum mehr war als ein Tropfen in der Wüste. Und sie dachte an ihre Tante, die trotz vieler Rückschläge niemals aufgeben würde, sie zu suchen.

Valerie nahm Christinas Kopf auf ihren Schoß und gab dabei acht, die verletzte Hand nicht zu berühren. Christinas Finger sah gebrochen aus, war dick angeschwollen und hatte sich dunkelviolett verfärbt. Sie füllte den Verschluss der Flasche, zwang die Lippen des Mädchens mit Daumen und Zeigefinger auseinander und ließ die Wassertropfen hineinfließen. Es dauerte eine ganze Weile, bis Christina ihren Mund ein wenig öffnete und die Flüssigkeit schluckte. Am liebsten hätte Valerie vor Erleichterung gleichzeitig geweint und gelacht, doch sie wusste auch, dass dieser Sieg nur ein kleiner war.

Er hielt sich den Kopf und versuchte, die Bilder, die ihn jäh überfallen hatten, zu vertreiben. »Versager, ich habe es immer gewusst, dass du nichts zuwege bringst.« Wie oft hatte er sich diesen Satz von seiner Mutter anhören müssen? Er war überzeugt gewesen, dass ihre Sticheleien ihm schon lange nichts mehr anhaben konnten. Er war gut in dem, was er tat, hatte Erfolg in seinem Job, und dieses Experiment sollte die Krönung sein. Es hätte ihre wissenschaftliche Arbeit fortführen, nein, sogar übertreffen sollen.

Er schlug mit der Faust auf den Tisch und war dankbar für den Schmerz in seiner Hand, der den in seinem Kopf überdeckte und den Hohn seiner Mutter für einen Augenblick verstummen ließ.

Seine Augen brannten, als hätte er nächtelang nicht geschlafen, der Nacken und die Schultern taten ihm vor Anspannung weh. Aber das alles war nichts im Vergleich zu dem, wie er sich fühlte. »Versager, Versager!« Und er fragte sich, ob seine Mutter es tatsächlich immer schon gewusst hatte oder ob er, auf eine sehr schräge, verkehrte Weise, schließlich nun doch ihre Erwartungen erfüllte.

Nein. Dieses Wort formte sich in seinem Inneren, stumm und doch mächtig. Nein. Es war genug. Die Lage war schwierig, fast ausweglos. Doch er würde es schaffen, sich aus ihr zu befreien. Er holte sich sein Notizbuch und begann seine Idee auszuarbeiten. Vieles musste bedacht werden, und vor allem durfte er keine Fehler machen. Sein ganzes weiteres Leben hing davon ab, dass er jetzt das Richtige tat.

Zwei Stunden später ging er Schritt für Schritt in Gedanken den Ablauf durch, den er entworfen hatte. Als Erstes musste er seine schriftlichen Aufzeichnungen, sämtliche Überwachungsvideos und die Tagebücher seiner Mutter an einen sicheren Ort bringen, bis er eine neue Bleibe gefunden hatte. Am ehesten bot sich ein Schließfach an.

Seine Testpersonen mussten verschwinden. Diese Maßnahme fiel ihm am schwersten. Bisher hatte er noch nie selbst eine von ihnen getötet, aber der Gedanke erschreckte ihn nicht. Es würde nicht anders sein als bei dem Kaninchen, das seine Mutter ihm einmal geschenkt hatte. Er hatte es »Schnuffel« getauft, und sein Kinderherz hing an dem Tier.

»Gewöhn dich lieber gar nicht daran«, sagte sie und drohte, im Herbst würde es geschlachtet werden.

Für ein Kind waren acht Monate eine halbe Ewigkeit. Auch noch als Zehnjähriger empfand er diese Zeitspanne als so lange, dass er die Warnung seiner Mutter nicht ernst nahm. Natürlich gewöhnte er sich nicht nur an das Tier, er fütterte und streichelte es und trug es sogar herum. Da er keine anderen Freunde hatte, war das Kaninchen sein Spielgefährte, sein Kamerad. Ihm konnte er alle Geheimnisse in die Schlappohren flüstern, von den gestohlenen Keksen bis zu dem Kribbeln im Bauch, das er beim Anblick seiner neuen Klassenlehrerin verspürte.

Eines Tages kam er von der Schule und lief, wie meistens, zu Schnuffels Verschlag im Garten, doch der war leer.

Das Herz voll banger Vorahnung erfüllt, machte er sich auf die Suche. Im Schuppen stand seine Mutter mit dem großen Küchenmesser in der einen Hand. Mit der anderen hielt sie Schnuffel am Genick fest. »Nein, bitte,

bitte, lass ihn«, rief er entsetzt. »Ich mach auch alles, was du willst. Du darfst ihn nicht abstechen.«

Tatsächlich ließ seine Mutter das Messer sinken und sah ihn durchdringend an. Ihr Blick und ihr feines Lächeln hätten ihn alarmieren müssen, doch die Erleichterung ließ ihn unvorsichtig werden.

»Nun gut, dann werde ich es nicht tun.«

Tränen der Dankbarkeit schossen ihm in die Augen, aber er blinzelte sie hastig weg, weil sie es nicht mochte, wenn er weinte.

»Du wirst das übernehmen«, fuhr seine Mutter fort.

Entsetzt schüttelte er den Kopf. »Ich ... kann das nicht.«

Seine Mutter hieb mit einer einzigen Handbewegung ein Ohr des Kaninchens ab. Sie war so schnell, dass er nicht einmal die Chance gehabt hätte, darauf zu reagieren.

Schnuffel quiekte durchdringend vor Schmerz, solch einen Ton hatte er noch nie zuvor gehört, und er jagte ihm einen Schauer über den Rücken.

»Mach es! Oder das Kaninchen wird leiden«, forderte seine Mutter.

Ihm wurde heiß vor Angst. »Bitte, verlang das nicht von mir.«

»Du bist ein Weichling.« Sie holte erneut mit dem Messer aus, und er hoffte beinahe, dass sie Schnuffels Kehle durchschneiden würde, damit es schnell vorbei wäre. Doch den Gefallen tat sie weder ihm noch dem Tier. Stattdessen klaffte ein tiefer Schnitt im rechten Hinterlauf.

»Tu es!«, sagte sie noch einmal und drückte ihm das Messer in die Hand. »In zehn Minuten bin ich wieder da. Wenn das Kaninchen bis dahin nicht tot ist, ziehe ich ihm bei lebendigem Leib das Fell über die Ohren. Hast du mich verstanden?«

Eine halbe Minute stand er starr vor Bestürzung da, die Tränen rollten über seine Wangen, und er machte nicht einmal den Versuch, sie wegzuwischen. Auch Schnuffel schien in eine Art Schockstarre verfallen zu sein, denn er saß immer noch auf dem Holzblock, auf den ihn seine Mutter gesetzt hatte.

Er nahm Schnuffel auf den Arm, um das Tier zu beruhigen, streichelte das von Blut feuchte und klebrige Fell und fällte eine Entscheidung. Als er merkte, dass Schnuffel begann, sich zu entspannen, drehte er ihm mit einem Ruck den Hals um. Das Kaninchen strampelte einmal, zuckte, und dann lag der Körper schlaff in seinen Armen. Er legte den Kadaver achtlos auf den Boden, drehte sich um und verließ den Schuppen.

Zwei Tage lang verweigerte er das Essen und sprach kein Wort. Die Lehrerin rief besorgt seine Mutter an, die ihr erzählte, sein Kaninchen wäre gestorben.

Am Abend des dritten Tages kochte sie ihm Grießbrei, seine Lieblingsspeise. »Ich weiß, dass ich dir viel abverlangt habe. Aber es war nur zu deinem Besten. Was hast du daraus gelernt?«

»Kaninchen eignen sich nicht als Freunde«, gab er trotzig zurück. Diese Antwort brachte ihm eine Kopfnuss ein.

»Dass alles, was mir wichtig ist, von dir kaputt gemacht wird.« Die zweite Kopfnuss tat richtig weh.

»Gib mir eine ordentliche Antwort, sonst mach ich mit dir das Gleiche wie mit dem Hasen.«

»Ich habe gelernt, die richtige Entscheidung zu treffen und sie umzusetzen.«

Diesmal lächelte seine Mutter. »Das ist schon eine ganze Menge, findest du nicht?«

Der Grießbrei in seinem Mund schien plötzlich immer mehr zu werden, doch er aß tapfer weiter. Der Entschluss, Schnuffel zu töten, war ihm schwer, die Tat selbst hingegen ganz leicht gefallen. Er hatte sich einfach vorgestellt, das Kaninchen wäre sie.

Warum er sich ausgerechnet jetzt an das blöde Kaninchen erinnerte, war ihm schleierhaft. Seine Mutter war eine weitsichtige und kluge Frau gewesen. Mit dieser, zugegeben, schwierigen Lektion hatte sie ihn gelehrt, wie wichtig es war, Distanz zu wahren. Er war selbst schuld. Hätte er gleich ihren Rat befolgt, sein Herz nicht an ein Tier zu hängen, wäre ihm diese negative Erfahrung erspart geblieben. Er holte einen Rucksack aus der Abstellkammer und begann zu packen. Als er fertig war, sah er sich um. Ohne die Tagebücher seiner Mutter und seine eigenen Aufzeichnungen sah der Raum plötzlich kahl aus. Er horchte in sich hinein und fühlte Bedauern in sich aufsteigen. Um sein Haus, seine Rückzugsstätte, tat es ihm leid. Bald würde hier eine Ruine stehen. Aber er war ausreichend versichert, und die wichtigen Dinge im Leben verlangten eben Opfer.

KAPITEL 45

Michaela versuchte Bernd zu erreichen, doch er ging nicht ans Telefon. Dass er zu Leeb ins Gefängnis gefahren war, um mit ihm zu sprechen, rechnete sie ihm hoch an. Er schien etwas an sich zu haben, dass die

Menschen schnell Vertrauen zu ihm fassten. Ihr Bruder war ebenfalls so ein Typ. Diese Gabe war etwas Besonderes.

Das Diensttelefon klingelte, und Michaela hob nach dem ersten Läuten ab. »Dr. Briesnek hier. Ich komme eben von meinem Mandanten.«

Aufgeregt winkte Michaela Doris zu sich und schaltete auf Lautsprecher, damit ihre Kollegin mithören konnte.

»Was hat er gesagt?«, fragte Michaela.

»Das Gleiche wie Ihrem Psychologen: Er war an diesem Raubüberfall beim Juwelier auf der Kärtnerstraße beteiligt.«

»Gibt es dafür Beweise?« So leicht wollte Michaela Leeb nicht von der Angel lassen. Von dem Überfall hatten die Zeitungen berichtet, er konnte davon gelesen haben.

»Reicht Ihnen das Versteck der Beute?«

»Das wäre ein Anfang«, räumte Michaela ein.

Leeb hatte zudem noch auf dringendes Anraten seines Anwalts die Namen seiner Komplizen verraten. Webhard Greiner und Volker Sallinger. »Wie es aussieht, müssen Sie sich nun endgültig von dem Gedanken verabschieden, dass mein Mandant der Mörder dieses Mädchens ist«, schloss Briesnek seinen Bericht.

»Mir liegt nicht daran, jemanden fälschlich zu verdächtigen«, stellte Michaela klar. »Mein Bestreben ist, den wahren Täter zu finden. Alle Indizien haben auf Leeb hingewiesen. Wir machen bloß unsere Arbeit.«

»Dann sollten Sie mal überlegen, wie es überhaupt zu solchen falschen Beweismitteln kommen konnte«, gab Briesnek überheblich zurück.

»Das werden wir«, sagte Michaela und legte auf.

»Tja, ich gebe es ungern zu, aber Briesnek hat recht«, sagte sie zu Vincent und Doris. »Jemand wollte offenbar Leeb eins auswischen.«

»Oder uns auf eine falsche Fährte locken«, warf Vincent ein.

Doris blickte ratlos von ihr zu Vincent. »Aber wie? Ich meine, man kann sich doch nicht einfach so eine DNA von einem Häftling besorgen, oder?«

Michaela richtete sich auf. »Jeder vielleicht nicht. Aber einer, der ihn kurz vor Majas Ermordung getroffen hat. Im Prinzip reicht ja schon ein gebrauchtes Taschentuch oder ein Becher, aus dem Leeb getrunken hat.«

Sie ging zu der Pinnwand hinüber, wo alle Fakten zusammengefasst waren. Zwar kannte sie die Details, doch die Tafel half ihr, die Verknüpfungen neu zu ordnen. »Majas Leichnam wurde Montagfrüh gefunden. Ferreira hat den Todeszeitpunkt auf Donnerstag oder Freitag festgesetzt. Das heißt, wir müssen überprüfen, mit wem Leeb unmittelbar vorher Kontakt hatte.«

Doris verzog das Gesicht. »Na super! Da kommen nur Dutzende Menschen infrage. Die Wachmänner, Mithäftlinge ...«

»Ärzte, Psychologen, Besucher«, setzte Vincent Doris' Aufzählung fort.

»Genau, wir brauchen eine Besucherliste«, sagte Michaela und griff schon zum Hörer, um in der Haftanstalt anzurufen. Sie hoffte, dass wenigstens die Gefängnisleitung ohne bürokratische Hürden die Ermittlungen unterstützen würde.

Nr. 5 – Valerie – hatte Jenny nach dem Tagesablauf gefragt.

»Normalerweise kommt er in der Früh und abends. An den Wochenenden verbringt er mehr Zeit hier unten«, antwortete sie.

»Okay, das heißt, wir haben ein paar Stunden, ehe er wieder auftaucht. Gib mir die Decke.«

Jenny zögerte. Einerseits wollte sie Valerie vertrauen, andererseits war das schwierig, weil es einen verletzbar machte. Auch wenn Valerie sich sicher war, dass man sie für den Tod von Tanja und Maja nicht belangen würde, konnte sie selbst nicht daran glauben. Wäre es nicht besser, alles zu belassen, wie es war? Sie und Valerie waren ein gutes Gespann, sie konnten so etwas wie Spaß haben.

»Jenny, die Decke! Wir haben doch darüber gesprochen.«

»Ich weiß nicht ...« Die Bezeichnung »Decke« für den dünnen Stoff war ein wenig zu hoch gegriffen, doch er war ihr Schatz. Ihr Statussymbol, wenn man so sagen wollte.

Valerie seufzte. »Ich dachte, du wärst mit meinem Plan einverstanden. Hast du deine Meinung etwa geändert?«

»Nein, aber ... ich bin mir nicht mehr sicher, ob es nicht doch besser ist, auf deine Tante zu warten.«

Valerie hockte sich vor sie hin. »Sieh mich an.«

Jennifer folgte Valeries Bitte und hob den Kopf. Sie erwartete, überredet zu werden. Es hätte sie nicht einmal überrascht, wenn Valerie ihr die Decke aus der Hand gerissen hätte. Sie an deren Stelle hätte das wahrscheinlich getan.

»Bei uns war es immer etwas ganz Normales, anderen zu helfen, verstehst du? Meine Eltern sind beide

Ärzte, meine Tante Polizistin. Ich kann wahrscheinlich gar nicht anders. Aber es ist falsch von mir, von dir das Gleiche zu verlangen.«

Jenny wusste nicht, worauf das Gespräch abzielte, doch die Worte beruhigten sie und brachten etwas in ihr zum Schwingen. Obwohl Valerie wusste, was sie getan hatte, gab es keinen Vorwurf, keine Schuldzuweisungen, ja, nicht einmal jetzt, da sie sich an die Decke klammerte, als würde ihr Leben davon abhängen, drängte Valerie sie.

»Hier.« Sie hielt Valerie die Decke hin. »Nimm sie, bevor ich es mir wieder anders überlege.«

»Danke. Dann schauen wir mal, ob wir es schaffen, sie in Streifen zu reißen.«

Valerie atmete erleichtert auf, als Jenny ihr die dünne Decke übergab. Das war haarscharf gewesen, die Zeit drängte, denn er würde nicht ewig weg sein. Sie wusste aber auch, dass sie viel Feingefühl und Geduld brauchte, damit Jennifer mit ihr zusammenarbeitete anstatt gegen sie. Ein falsches Wort, und Jenny würde sich wieder hinter ihrer harten Fassade verschanzen.

Valerie zweifelte keinen Augenblick, dass ihre Tante kam. Die Frage war bloß, ob sie es rechtzeitig schaffte. Und zwar nicht allein wegen Christinas besorgniserregenden Zustands.

Mit ihrer Entführung hatte er einen großen Fehler begangen. Er hätte wissen müssen, dass Tante Mika alles daransetzen würde, sie zu finden. Vielleicht unterschätzte er sie, vielleicht fühlte er sich zu sicher, doch sehr bald würde er merken, dass er keine Chance hatte. Er würde sich in die Enge getrieben fühlen, und keiner konnte vorhersehen, wie er reagierte. Valerie wollte es lieber nicht darauf ankommen lassen, abzuwarten und zu hoffen, dass Christina, Jenny und ihr nichts passierte.

Sie hatte eine Verbündete, aber vor allem war das Überraschungsmoment auf ihrer Seite. Das war ein nicht zu unterschätzender Vorteil. Um diesen nicht zu verspielen, durften sie keine Zeit verschwenden.

Valerie riss mit ihren Zähnen den Stoff an der Kante ein und trennte einen Streifen ab. Dann spuckte sie die Fasern aus ihrem Mund und wiederholte die Prozedur.

»Kannst du knüpfen?«, fragte sie Jenny.

Die schüttelte den Kopf. »Aber flechten. Geht das auch?«

»Hauptsache, wir erhalten ein halbwegs stabiles Band.«

Sie reichte Jenny drei der Stoffstreifen, und sie begann sofort, sie zu einer Schnur zu verbinden.

Michaela hielt sich nicht mit langen Erklärungen auf, sondern ließ sich gleich mit dem Leiter der Haftanstalt verbinden. Der Oberamtsrat zeigte sich durchaus verständnisvoll und versprach, ihr Leebs Besucherliste möglichst schnell zu schicken.

»Können Sie mir die Namen nicht einfach jetzt gleich am Telefon durchgeben?«, bat Michaela. Ihre Erfahrungen hatten gezeigt, dass »schnell« und »schicken« bei den österreichischen Ämtern mit »mehreren Tagen« gleichzusetzen war. So lange konnte sie keinesfalls warten.

»Kann ich Sie zurückrufen?«, fragte der Anstaltsleiter.

»Ich warte so lange«, sagte Michaela freundlich, aber bestimmt.

»Sie sind hartnäckig«, murmelte ihr Gesprächspartner.

»Manche verwenden weniger schmeichelhafte Bezeichnungen«, gab sie zurück, »aber es hat nichts mit Hartnäckigkeit oder Sturheit zu tun. Uns läuft die Zeit davon, Menschenleben sind in Gefahr.«

»Ich verstehe.«

Michaela hörte Papier rascheln, ehe er weitersprach: »Die Liste ist nicht sehr umfangreich. Seine Mutter war am Dienstag da. Am Donnerstag hatte er Besuch von einem Autor, der ihm eine Mitarbeit an einem Sachbuch vorschlug.«

»Wie heißt dieser Autor?«

»Franz Zuckdorfner.«

Sie schrieb den Namen auf. »Sonst noch wer?«

»Tut mir leid. Weitere Besucher hatte Leeb nicht.«

Michaela hatte sich ein bisschen mehr von diesem Telefonat erhofft. Sie schob den Zettel mit dem Namen des Sachbuchautors zu Doris hinüber. »Überprüfe den bitte«, formte sie lautlos mit ihren Lippen. Doris nickte.

»Wie sieht es denn mit anderen Terminen aus?«, fragte Michaela dann. »Irgendwelche Arztbesuche, Therapien?«

Sie hörte wieder Papierrascheln. »Am Montag hatte er Kunsttherapie, am Dienstag Gruppengespräch, und am Freitag, bevor er seinen Freigang antrat, war der Psychologe da.«

»Ich brauche die Namen aller Beteiligten.«

»Das wird aber ein bisschen dauern«, warnte der Oberamtsrat sie vor. »Ich verspreche, dass ich Ihnen eine Aufstellung der Personen faxe. Geben Sie mir eine halbe Stunde.«

Michaela seufzte, stimmte aber zu. Wenn sie nicht spätestens in dreißig Minuten das Fax bekam, würde sie den Anstaltsleiter wieder anrufen und so lange keine Ruhe geben, bis sie die Namen hatte, nahm sie sich vor.

Doris hatte inzwischen Franz Zuckdorfners Meldedaten erfragt. »Er lebt in Reifnitz am Wörthersee«, informierte sie Michaela.

»Das heißt aber noch lange nichts. Er könnte trotzdem der Täter sein.«

Doris schüttelte den Kopf. »Wenn er keinen Doppelgänger hat, nicht. Er hatte am Freitagabend eine Lesung in Klagenfurt und Samstag und am Sonntag jeweils Seminare über Täter und ihre Motive.«

»Mist!« Noch ein Fehlschlag. Die Angst um Valerie explodierte plötzlich in ihrer Brust, schnürte ihr den Atem ab. Ohne ein Wort sagen zu können, floh sie auf die Toilette. Dort sperrte sie sich in der Kabine ein und lehnte sich gegen die Innenwand. Ihr Herz schlug hart und schnell gegen ihre Rippen. Hatte sie etwa eine Panikattacke? Beruhige dich, sprach sie sich selbst gut zu. Valerie brauchte sie, sie durfte jetzt nicht durchdrehen. Ausatmen, befahl sie ihren Lungen und ließ die Luft langsam durch die halb geöffneten Lippen strömen.

Es dauerte eine ganze Weile, bis sie das Gefühl hatte, sich wieder im Griff zu haben. Sie verließ die Kabine, wusch sich Hände und Gesicht mit eiskaltem Wasser ab und betrachtete ihr Spiegelbild. Die Frau, die ihr entgegenblickte, war ihr fremd. Viel zu groß wirkten die Augen in ihrem eingefallenen Gesicht, und die Narbe stach stärker hervor als sonst. Ihr Teint sah noch bleicher als gewöhnlich aus. Nur auf ihren Wangen prangten zwei rote Flecken und ließen sie fiebrig erscheinen. Sie trocknete sich mit einem Papiertuch sorgfältig ab, knüllte es zusammen und warf es in den Abfalleimer. Dann straffte sie die Schultern, atmete tief durch und ging wieder zurück an die Arbeit.

Weder Vincent noch Doris sprachen sie auf ihre überhastete Flucht an.

»Ist das Fax aus der Haftanstalt gekommen?«, fragte sie die beiden. Just in diesem Moment klingelte das Telefon, und das Faxsignal ertönte. Michaela stürzte zu dem Apparat und riss förmlich das Papier aus dem Faxgerät. Sie überflog die Liste und blieb an einem Namen hängen. Was zum Teufel ...? Anstelle von Antworten türmten sich noch mehr Fragen vor ihr auf.

»Du siehst aus, als hättest du einen Geist gesehen«, sagte Doris zu ihr.

»So fühle ich mich auch gerade.«

Vincent drehte sich in seinem Stuhl zu ihr. »Warum?«

»Weil Weilmann mit Leeb am Freitag gesprochen hat«, antwortete Michaela.

»Das ist jetzt aber keine echte Überraschung. Freitags ist doch sein ›Gefängnistag‹«, gab Doris zurück.

Stimmt! Michaela erinnerte sich, dass Weilmann es sogar erwähnt hatte. Viele Kriminalpsychologen sprachen regelmäßig mit Straftätern, das gehörte zu ihrer Arbeit. Die Motive von bereits gefassten Tätern zu verstehen und zu hinterfragen, half ihnen bei der Erstellung von Täterprofilen. Selbst Bernd hatte erzählt, dass er während seiner Zeit als Kriminalpsychologe in Graz regelmäßig mit Häftlingen gesprochen hatte.

Warum Weilmann aber kein einziges Mal erwähnt hatte, dass er Leeb persönlich kannte, dafür gab es keine schlüssige Erklärung.

Vielleicht hatte er tatsächlich seine Beziehung zu Leeb erwähnt, und Michaela hatte es einfach vergessen, was angesichts ihres Gefühlszustandes durchaus realistisch war.

»Ich glaube, du solltest ihn fragen«, schlug Doris vor.

»Das mache ich auch. Jetzt sofort.«

Als sie beim Kaffeeautomaten vorbeikam, beschloss sie spontan, Weilmann einen Cappuccino mitzubringen. Sie wollte ihn schließlich nicht verhören.

Die Tür zu Weilmanns Büro stand wie üblich offen, doch es war leer. Verdammt! Heute war Freitag. Der Tag, an dem er seine Gefängnistermine hatte. Erst vorhin hatte Doris darüber gesprochen. Die letzten Tage waren so an ihr vorübergerauscht, dass sie nicht einmal mehr den Wochentag wusste.

Unschlüssig stand sie mit dem Kaffeebecher in der Hand da und überlegte, was sie tun sollte. Die Hitze des Cappuccinos drang durch die zwei Plastikbecher, und schnell stellte sie den Kaffee auf Weilmanns Schreibtisch ab, damit sie ihre Finger nicht verbrannte.

Das Telefon schrillte, und Michaela zuckte zusammen. Nach dem vierten Läuten schaltete sich der Anrufbeantworter ein. »Ich befinde mich derzeit auf Urlaub. Sprechen Sie Ihre Nachricht auf das Band, ich rufe Sie zurück«, hörte sie Weilmanns Stimme.

Urlaub? Sie hatte doch erst vor einer Stunde mit Weilmann gesprochen, und da hatte er mit keinem Wort erwähnt, dass er die nächsten Tage nicht da sein würde.

Auf dem Weg zurück in ihr Büro trank sie den Cappuccino aus. Doch der bittere Geschmack in ihrem Mund kam nicht vom Kaffee allein. Irgendetwas stimmte hier nicht.

In ihrem Büro griff sie als Erstes zum Telefon und rief Steurer unter dem Vorwand an, sie müsse dringend mit Weilmann sprechen, wisse aber nicht, wo er sei.

»Er hat sich ein paar Tage Urlaub genommen. Eine unaufschiebbare Familienangelegenheit.«

Als Nächstes telefonierte sie ein weiteres Mal mit der Leitung von der Haftanstalt. »Kilian Weilmann ist freitags bei Ihnen, ich habe ihn vorhin nicht mehr erwischt, würden Sie ihm bitte ausrichten, dass er sich bei mir melden soll. Es ist wichtig.«

»Tut mir leid, aber er hat alle Termine abgesagt«, erfuhr sie.

Michaela setzte sich an ihren Computer, weil sie hoffte, irgendwie Weilmanns private Telefonnummer herauszubekommen. Sie gab seinen Namen in die Suchmaschine ein und arbeitete sich durch die angezeigten Treffer.

Er hatte einige Fachartikel in verschiedenen Zeitschriften veröffentlicht und hin und wieder Vorträge im In- und sogar im Ausland gehalten. Dann stieß sie auf einen Bericht über ihn. »Der Experte für das Böse im Menschen – Kilian Weilmann«, lautete die Überschrift. Sie hatte gar nicht gewusst, welche Bekanntheit Weilmann in der Fachwelt hatte. Interessiert las sie das Interview, das der Kriminalpsychologe der Zeitschrift gegeben hatte. Auf die Frage, was ihn dazu bewogen habe, sich ausgerechnet mit den Abgründen der menschlichen Seele zu beschäftigen, antwortete er, dass seine Mutter, Inez Weilmann, eine Vorbildfunktion für ihn gehabt hatte und er in ihre Fußstapfen getreten war. Sie habe sich in ihrer Forschungsarbeit als Psychologin auf das Böse im Menschen konzentriert. Dieser Aspekt habe ihn schon als Kind fasziniert, was mit Sicherheit dafür verantwortlich war, dass er sich ebenfalls für diesen Beruf entschieden hatte.

Michaela war sich beinahe sicher, den Namen »Inez Weilmann« irgendwo gelesen zu haben. Vielleicht hatte sie sogar unter ihrer umfangreichen Fachliteratur Bücher von Weilmanns Mutter zu Hause. Sie achtete nicht auf den Verfasser, sondern kaufte Bücher meist nach einem Blick auf den Titel.

Michaela gab in den Computer den Namen von Weilmanns Mutter ein. »Der Blick in die Seele«, hieß ein Titel von ihr. Michaela las zuerst die Inhaltsangabe und danach die Vita der Autorin.

Inez Weilmann, geb. 1944, lehrte an der Universität in Wien Psychologie und Kommunikation. Sie hat bereits zahlreiche Artikel und Bücher zum Thema »Die Psyche des Menschen« verfasst. Die Hobbywinzerin hat einen Sohn und lebt auf einem Weingut am Rande Wiens.

Vor Michaelas Augen begannen die Buchstaben zu verschwimmen. Hobbywinzerin. Weingut. Ein Holzsplitter, eindeutig von einem Weinfass ...

Die Gedanken, die sich ihr aufdrängten, wollte sie am liebsten gar nicht zu Ende denken. Weilmann war bei Leeb im Gefängnis gewesen, hatte mit ihm gesprochen, hatte die Möglichkeit gehabt, an Leebs DNA zu kommen. Nein, schrie es in ihr. Das musste alles ein riesiger Zufall sein. Niemals könnte er ...

Sie war hin- und hergerissen von dem, was sie in Erfahrung gebracht hatte, und dem, was sie glauben wollte. Vielleicht half es, sich mit ihren Kollegen zu beraten, doch als Michaela aufblickte, waren beide nicht im Zimmer. Ihr fiel ein, dass Doris sie schon vor einer Weile gefragt hatte, ob sie mit essen gehen wolle, doch sie war zu beschäftigt gewesen, um zu antworten.

Ihr Handy summte. Es war Bernd, der sie zurückrief. Sie sprudelte förmlich über, als sie versuchte, ihm alle Neuigkeiten zu erzählen, die sie seit ihrem letzten Telefonat herausgefunden hatte. »Ich komme bei dir im Kriminalamt vorbei. Wo ist das noch mal genau?«

Der Protest lag ihr bereits auf der Zunge, doch sie schluckte ihn hinunter und nannte ihm stattdessen die Adresse.

Dann machte sie sich noch ein weiteres Mal auf den Weg in Weilmanns Büro. Wenn es nötig war, würde sie es auf den Kopf stellen, um an seine Adresse oder an die seiner Mutter zu kommen.

Die Schreibtischschubladen und der Aktenschrank waren abgesperrt. Michaela konnte selbst nicht glauben, dass sie mit dem Brieföffner von seinem Tisch die Schlösser knackte, und wenn Weilmann mit den Morden und den Entführungen nichts zu tun hatte, würde sie einiges erklären müssen.

Die Durchsuchung ergab nichts. Sie hatte völlig umsonst die Schlösser ruiniert, aber das war ihr mittlerweile egal.

Sie blickte sich um, und eines der Bücher im Regal fiel ihr sofort auf. Es handelte sich um das gleiche, das sie kurz vorher im Internet gesehen hatte: »Der Blick in die Seele« von Inez Weilmann.

Sie nahm es aus dem Regal und schlug es auf, eine Visitenkarte, die offenbar als Lesezeichen gedient hatte, segelte heraus. Michaela bückte sich, hob sie auf und las die Adresse. Es handelte sich um eine Straße im 16. Bezirk. Inez Weilmann lebte in Ottakring.

Im Laufschritt eilte sie in ihr Büro, holte ihre Jacke und ihre Tasche und rannte die Treppen hinunter bis zum Keller, wo die Schließfächer für die Waffen standen.

Michaela gab die Zahlenkombination ein, die Spindtür sprang auf, und sie nahm ihre Pistole heraus. Sie überprüfte, ob die Glock geladen war, schnallte sich den Holster um und steckte die Waffe und Ersatzmunition ein. Es fühlte sich seltsam an, die Pistole nach so langer Zeit wieder an ihrem Körper zu tragen, doch ihr war klar, dass sie nicht unbewaffnet in Inez Weilmanns Haus gehen konnte. Valeries Leben und das der anderen Mädchen hing möglicherweise davon ab.

KAPITEL 46

Sie sah, wie Jenny die geflochtene Schnur an den Enden straff zog. Valerie hatte etwa die Hälfte der Decke gebraucht. Nun schmerzten ihre Zähne, doch das spielte keine Rolle, das Wichtigste war, dass die Schnur lang und fest genug war. Es wäre eine Katastrophe, wenn sie im entscheidenden Moment entzweiriss.

Sie spürte Jennys Anspannung, auch sie war nervös. Das Warten, bis ihr Peiniger kam, war beinahe das Schlimmste an der ganzen Sache. Doch endlich hörten sie das Schließen der Tür und dann die näher kommenden Schritte. Sie wechselte mit Jenny einen Blick. Wortlos stellte sie sich mit der Schnur an die Zellentür, während Valerie mit dem Rest der Decke ihre Position auf der anderen Seite des Eingangs einnahm.

Schon am Klang seiner Tritte merkte Valerie, wie aufgebracht er war. Kein Wunder, sie hatten mit einem Stück Stoff die Kameralinse verhängt. Ihm fehlten wesentliche Informationen der letzten paar Stunden.

Wie eine Katze auf der Lauer spannte Valerie ihre Muskeln an. Auch Jenny wirkte wie ein gefährliches Raubtier, das jederzeit zuschlagen konnte. Sehr gut. Sie waren bereit. Er konnte kommen.

Die Schritte hielten vor den Gitterstäben inne, der Schlüssel wurde in das Schloss gesteckt, zweimal herumgedreht, dann öffnete sich die Tür mit einem metallischen Geräusch. 21, 22, 23. Jetzt!

Michaela lief Bernd förmlich in die Arme. Gerade als sie die Eingangstür zur Straße öffnete, wollte er das Gebäude betreten.

Sie nahm ihn am Arm. »Ich erkläre dir alles unterwegs, wir müssen in den 16. Bezirk, Sonnensteig 378.«

Er stellte keine Fragen. »Dann komm!«

In abgehackten Sätzen erzählte sie ihm von Weilmanns Besuch bei Leeb in der Haftanstalt und von seiner Mutter.

»Und du glaubst, sie hält die Mädchen gefangen?«

»Ich weiß es nicht, aber alles deutet darauf hin. Womöglich ist er ihr Komplize, oder er versucht, sie zu schützen.«

»Oder er ist selbst der Täter«, sagte Bernd und gab Gas.

Die letzten Zweifel wurden zerstreut, als Michaela einen Anruf von Vincent bekam. »Wo steckst du?«, fragte er.

Es wäre zu kompliziert gewesen, ihm den Sachverhalt genau zu erklären, deshalb sagte sie bloß: »Ich bin unterwegs zu Weilmanns Mutter.«

»Weilmann steht auf der Liste der Mitarbeiter des Jugendzentrums. Er war jeden Mittwoch dort, der Mistkerl.«

»Wir sind da. Vincent, schick Verstärkung.«

»Pass auf dich auf!«

Sie drückte den Anruf weg und sprang aus dem Wagen. Ihr einziger Gedanke galt Valerie, die irgendwo in diesem villenähnlichen Gebäude gefangen gehalten wurde.

»Lass uns auf die Kollegen warten«, appellierte Bernd.

»Kommt nicht infrage, ich geh rein.« Sie reagierte leichtsinnig und unvernünftig, doch vor ihrem Auge sah sie Majas geschändete Leiche und die Bilder aus ihrem Traum, mit Valerie auf Ferreiras Seziertisch. Wenn sie jetzt zu spät kam, würde sie es sich nie im Leben verzeihen können. Auch so nagten die Selbstvorwürfe bereits an ihr. Es war ihre Schuld, dass Valerie entführt worden war. Sie hatte ihre Nichte ins Präsidium mitgenommen, sie hatte ihr Weilmann vorgestellt.

Weilmanns Audi stand im Hof, der Motor lief. Es sah aus, als wolle er sich gleich aus dem Staub machen. Auch das mahnte sie zur Eile.

Sie holte die Glock aus dem Holster und schlich nach links, wo die Treppe zur Haustür führte. Aus dem Augenwinkel bemerkte sie, dass Bernd sie eingeholt hatte. Sie nickte ihm zu. Es war offensichtlich, dass er sich nicht das erste Mal in solch einer Situation befand, denn er wusste sofort, was er zu tun hatte. Er streckte die Hand nach der Klinke aus und drückte sie hinunter, die Eingangstür schwang auf.

Michaela sprang mit vorgehaltener Waffe ins Innere und ließ ihren Blick in alle Richtungen schweifen. Als keine unmittelbare Gefahr drohte, gab sie Bernd ein Zeichen, dass er ihr folgen konnte.

Als hätten sie es vorher geprobt, waren Valeries und Jennys Bewegungen völlig aufeinander abgestimmt. Während sie Weilmann die Decke über den Kopf warf, schlang Jenny ihm die Schnur um den Hals. Die Überraschung war so groß, dass er nicht einmal dazu kam, sich zu wehren.

Erst nach einer Weile, die ihr vorkam wie eine kleine Ewigkeit, begann er zu röcheln und schlug um sich. Valerie war froh, dass sie sein Gesicht nicht sehen konnte. Sie und Jenny hatten abgesprochen, dass sie ihn bloß außer Gefecht setzen wollten. Sobald er bewusstlos wurde, wollten sie ihn mit der Schnur fesseln.

Doch ein Blick in Jennys Gesicht reichte, um zu erkennen, dass sie ihn nicht loslassen würde. Der Hass, den sie in den Augen ihrer Verbündeten lodern sah, erschreckte sie.

Weilmanns Bewegungen wurden langsamer. »Jenny, hör auf«, sagte sie. Es war, als hätte sie gegen eine Wand gesprochen. »Jenny, hör sofort auf!«, schrie sie, doch diese zog noch fester an der Schnur. Weilmann hatte es irgendwie geschafft, zwei Finger zwischen seine Kehle und das Band zu zwängen.

»Du bringst ihn um«, rief Valerie panisch.

»Na und? Er hat es nicht anders verdient«, gab Jenny hasserfüllt zurück, doch immerhin lockerte sie, ob aus Unachtsamkeit oder aufgrund der Panik in Valeries Stimme, den Zug an dem Seil. Weilmann schnappte rasselnd nach Luft. Sofort korrigierte Jenny ihren Fehler.

»Lass den Mann los«, hörte Valerie plötzlich die Stimme ihrer Tante. Im Schnelldurchgang wechselten Verwirrung und Unglauben mit Erleichterung, bis sie die Pistole in den Händen von Tante Mika entdeckte, mit der sie auf Jenny zielte.

Auch die hatte bereits Tante Mika entdeckt und drehte sich mit Weilmann als Schutzschild um.

»Jennifer, bitte mach keine Dummheiten«, sprach Michaela mit ruhiger Stimme und hielt weiterhin den Lauf ihrer Dienstwaffe auf Jenny gerichtet. Hinter ihr tauchte Bernd auf.

Dann passierten mehrere Dinge gleichzeitig. Weilmann krächzte, sie solle endlich schießen, Jenny zog die Schnur so fest, dass Weilmann nur mehr ein Röcheln zustande brachte und ihm die Beine unter dem Körper wegknickten. Sie konnte sein Gewicht nicht halten, ließ ihn für einen Moment los. In diesem Moment gab es einen durchdringenden Knall.

Valeries Ohren klingelten. Gleich darauf bemerkte sie das Blut, das von Jennys Arm lief. Wie war die Pistole in Bernds Hände gelangt? Weilmann nützte die Verwirrung, die durch den Schuss und Jennys Verletzung entstanden war, rappelte sich vom Boden hoch und floh.

Bernd gab den Revolver an Michaela zurück. »Folge ihm, ich kümmere mich um die Mädchen.«

Michaela zögerte den Bruchteil einer Sekunde, ehe sie die Pistole an sich nahm und Weilmann hinterherlief.

»Du hast auf Jenny geschossen«, sagte Valerie schockiert zu Bernd.

»Es war bloß ein Streifschuss. Ich hatte keine Wahl«, gab er zurück. »Sie hätte ihn getötet.«

»Was hätte das für einen Unterschied gemacht?«, fragte Jenny bitter und sog vor Schmerz scharf die Luft ein.

Bernd antwortete. »Ab dem Moment, als wir hier reingekommen sind, gilt es nicht mehr als Notwehr. Willst du wirklich den Rest deines Lebens für diesen Kerl wegwerfen?«

Jenny senkte den Blick. Bernd sah sich in der Zelle um und entdeckte in der hintersten Ecke Christina. Sofort ging er zu ihr, überprüfte ihren Puls und die Atmung. »Gib mir die Decke«, bat er Valerie.

Dann deckte er Christina zu, hob sie auf seine Arme und sagte: »Los, wir bringen sie hoch. Es ist ein Wunder, dass sie lebt, wir brauchen so schnell wie möglich einen Krankenwagen.«

Er ging voran, Jenny und Valerie folgten ihm. Das erste Mal sah sie, wo sie hier gelandet war.

Zuerst liefen sie einen kahlen Gang entlang. Den Ausgang bildete ein Weinregal mit vielen Flaschen. Einige von ihnen sahen ziemlich alt und vor allem richtig teuer aus. Als sie durch die Öffnung traten, befanden sie sich in einem Keller mit einer gewölbten Decke, Weinfässern, einer Presse und weiteren mit Weinflaschen gefüllten Regalen. Es roch ein wenig muffig, aber nicht so sehr wie in dem Verlies, aus dem sie eben gekommen waren.

Von dem Weinkeller ging eine Tür ab, die ebenfalls offen stand und ins Haus hineinführte. Über eine Treppe kamen sie in die Küche, durchquerten den Flur, traten durch die Eingangstür, und Valerie schossen plötzlich die Tränen in die Augen. Sie waren in Sicherheit.

KAPITEL 47

Michaela hetzte hinter Weilmann her. Er lief den umgekehrten Weg, den sie und Bernd in den Keller genommen hatten.

Als sie das Haus betreten hatten, waren sie durch die Räume gegangen, stets in Alarmbereitschaft. Im Wohnzimmer häufte sich teures technisches Equipment. Es hätte einem Sicherheitsdienst alle Ehre gemacht. Der Monitor war schwarz, so wie bei einer defekten Kamera. Beim Umschalten sah Michaela eine leere Zelle. Trotzdem wusste sie, dass hier irgendwo die Mädchen festgehalten wurden.

In der Küche lagen unzählige leere Hundefutterdosen herum. Michaela erschauerte und unterdrückte ein Würgen, das sie überkam, als sie daran dachte, wofür Weilmann das Dosenfutter benötigt hatte.

Die Tür zum Keller stand offen, Michaela ging die steile Treppe hinunter und kam in einen Weinkeller. Nun wusste sie, woher die Holzsplitter stammten, die sie in Tanjas und Majas Haar gefunden hatten. Hier lagerten Holzfässer in verschiedenen Größen, manche davon wirkten morsch und verwittert.

Scheinbar ging es von hier aus nicht weiter, doch da sie auf dem Bildschirm eine Gefängniszelle gesehen hatte, musste es irgendwo einen verborgenen Eingang geben.

Michaela suchte den ganzen Raum ab, Bernd half ihr. Doch beide fanden keine weitere Tür. Als sie an dem Regal mit den teuren Sammlerweinen stand, pfiff sie durch die Zähne. Da war eine Flasche Grange South Australia Shiraz.

Sie zog sie aus dem Regal, allein schon weil sie noch nie einen so edlen Wein in Händen gehalten hatte. Als sie die Flasche zurück auf den Platz legen wollte, stieß sie auf Widerstand. Michaela tastete nach dem Hindernis und entdeckte einen Knopf. Als sie ihn drückte, glitt das ganze Regal zur Seite und gab eine Öffnung frei. Von drinnen drangen Kampfgeräusche an ihr Ohr. Bernd und sie waren gerade rechtzeitig gekommen.

So schnell es ihnen möglich war, schlichen sie den Gang entlang, hörten Valerie rufen. Gleich darauf entdeckte sie Jenny, die Weilmann mit einer Schnur würgte. »Lass den Mann los«, sagte Michaela und zielte auf das Mädchen.

Weilmann drängte sie abzudrücken, doch ihr Gehirn weigerte sich, ihrem Zeigefinger den Befehl zu geben, den Abzug durchzudrücken. Sie stand wie erstarrt. Es war wie damals. Dass Bernd die Glock aus ihrer Hand nahm und einen Schuss abgab, bekam sie kaum mit. Erst als er rief, sie solle Weilmann folgen, und ihr die Waffe wieder zurückgab, löste sich ihre Lähmung. Sie folgte Weilmann, der den Angriff der Mädchen erstaunlich gut weggesteckt hatte.

Er war bereits durch die Eingangstür gerannt und schlug die Richtung zu seinem Auto ein. Michaela richtete die Pistole auf ihn und rief: »Bleib stehen, sonst schieße ich.«

Für einen Moment glaubte sie, ihre Warnung hätte

gewirkt, denn er stoppte tatsächlich. Dann begann er zu lachen. »Du drückst nicht ab. Weil du eine Versagerin bist. So wie bei der Schießerei, wo du dich lieber hast abstechen lassen, als einem Räuber wehzutun. Oder so wie eben. Du kannst ja nicht mal auf eine Zielscheibe schießen.«

Er ging rückwärts die paar Schritte zu seinem Auto und stieg ein. Michaela hielt die Waffe im Anschlag, sie war entsichert, ihr Finger lag am Abzug. Sie starrte Weilmann an, zielte. Ihr Herz schlug so laut, dass sie meinte, es würde gleich aus ihrer Brust springen.

Er fuhr los. Der Kies spritzte unter den Reifen, Weilmann hielt genau auf sie zu. Sein Grinsen glich einem Zähnefletschen, er beschleunigte, und in diesem Moment drückte Michaela ab. Der erste Schuss durchschlug die Windschutzscheibe, der zweite, den sie unmittelbar danach abfeuerte, traf den linken Vorderreifen. Weilmann verlor die Kontrolle über sein Fahrzeug. Michaela musste mit ansehen, wie er, durch die zersplitterte Scheibe der Sicht beraubt, auf den nächsten Baum zusteuerte und in ihn hineinkrachte.

Für einen Moment war Michaela durch die plötzliche Stille benommen, dann sprintete sie los.

Weilmann hatte sich nicht die Zeit genommen, sich anzuschnallen, sonst wäre der Aufprall weniger hart gewesen. Der Airbag war aufgegangen, sein Kopf lag auf dem Luftkissen, er blutete aus der Nase und den Lippen. Wahrscheinlich hatte er sich ein paar Gesichtsknochen gebrochen und war offensichtlich bewusstlos, aber es hätte schlimmer für ihn ausgehen können.

Die Autotür klemmte, und Michaela musste alle Kraft aufwenden, um sie zu öffnen. Gerade als die Tür mit einem lauten Knirschen aufging, hörte sie die Martinshörner mehrerer Einsatzfahrzeuge.

Sie sicherte ihre Waffe, steckte sie zurück in den Holster, zog den Verletzten aus dem Wagen, drehte ihn auf den Bauch und legte ihm Handschellen an. »Du bist festgenommen, Mistkerl«, sagte sie, als er sich zu regen begann.

»Du hast also doch abgedrückt«, stellte er erstaunt fest.

Ja, das hatte sie. Und es war ein verdammt gutes Gefühl gewesen.

Bernd schlitterte hinter vier Beamten der Sondereinheit WEGA um die Ecke. Die Einsatzbeamten übernahmen Weilmann. Bernd stieß ein erleichtertes »Gott sei Dank« aus, als er sie entdeckte. Er lief auf sie zu und umarmte sie. »Als ich die Schüsse gehört habe, dachte ich schon ...«

»Was? Dass Weilmann mir die Waffe abgenommen und mich erschossen hat?«, mutmaßte Michaela und war sich sicher, Bernds Befürchtungen ziemlich genau erraten zu haben.

Verlegen blickte er zu Boden.

»Wo ist Valerie, geht es ihr gut?«

Er deutete mit dem Kopf in die Richtung, aus der er gekommen war. »Sie wird gerade untersucht.«

Gemeinsam gingen sie an die Vorderseite des Hauses. Valerie stand neben der Trage mit Christina, jemand hatte ihr eine Jogginghose und einen Pullover geliehen. Sie sprang auf und lief zu Michaela.

»Es tut mir leid, dass ich ...«

Michaela drückte ihre Nichte an sich. »Ich bin einfach froh, dass dir nichts passiert ist.«

Jenny und Christina wurden in die bereitstehenden Krankenwagen verfrachtet. »Fahren wir hinterher?«, bat Valerie.

Michaela sah fragend zu Bernd, der leicht nickte.

»Und können wir einen Burger und Cola besorgen?«

»Sicher, ich kann mir vorstellen, dass du hungrig sein musst«, sagte Bernd.

»Es ist nicht für mich.«

Als sie gleich darauf zu dritt in Bernds Wagen saßen, Michaela mit Valerie auf der Rückbank, fiel ihr Blick auf die Zeitanzeige. Kaum zu glauben, dass seit ihrem Eindringen in Weilmanns Haus bis jetzt kaum zwanzig Minuten vergangen waren. Ihr war es wie Stunden vorgekommen.

Sie rief Vincent und Doris an, um sie auf den neuesten Stand zu bringen. »Harald soll ein Spurensicherungsteam herschicken«, bat sie.

»Wartest du dort?«

»Nein, ich kümmere mich um meine Nichte. Informiere auch Steurer und sag ihm, ich nehme mir Urlaub.«

»Wie lange?«

»Ich weiß es noch nicht.«

Valerie lehnte sich an sie und begann zu erzählen, was passiert war.

»Am meisten hatte ich um Christina Angst.«

Bernd drehte sich für einen Moment nach hinten. »Es geht ihr nicht gut, aber sie wird durchkommen.«

»Jenny hat Tanja und Maja getötet. Aber sie ist kein schlechter Mensch, er hat sie dazu gebracht. Mir hat sie geholfen, Weilmann zu überwältigen.«

Michaela nickte. »Es gibt Leute, die rufen die schlimmsten Seiten in einem hervor. Und dann gibt es welche, die es schaffen, die besten Eigenschaften in ihren Mitmenschen zu wecken. So wie du.«

»Was passiert jetzt mit ihr?«, fragte Valerie.

»Man wird die Untersuchungen abwarten müssen, ich glaube nicht, dass sie verurteilt wird.«

Beruhigt ließ Valerie ihren Kopf auf Michaelas Schulter sinken.

»Tante Mika? Können wir ein Klavier kaufen?«

Sie hätte Valerie am liebsten sofort alle Wünsche erfüllt, schon weil sie dankbar und glücklich war, sie unverletzt wiederzuhaben. »Mal sehen.« Vielleicht war das mit dem Klavier gar keine so schlechte Idee.

EPILOG

Michaela klingelte mit einer Flasche Rotwein in der Hand an Bernds Haustür.

Valerie öffnete ihr.

Bernd hatte sie beide zum Essen eingeladen. Den Grund hatte er nicht genannt, nur, dass er eine Überraschung habe, die gefeiert werden müsse. Valerie war schon zwei Stunden zuvor hinübergegangen, um ihm beim Kochen zu helfen.

»Wir sind noch nicht ganz fertig«, sagte ihre Nichte. »Warte einstweilen im Wohnzimmer.«

Michaela nahm auf der Couch Platz und zog die Beine an. Erst zwei Wochen war es her, seit sie Weilmann festgenommen hatte, und in der Zwischenzeit war viel passiert.

Trotz ihres Urlaubs telefonierte sie regelmäßig mit Vincent, Doris und Harald, um sich auf dem Laufenden zu halten. Die Ermittlungen hatten ergeben, dass Weilmann das Haus von seiner Mutter geerbt hatte. Haralds Team hatte Kleidung, Handys und diverse persönliche Gegenstände der Mädchen sichergestellt. In einem Schließfach waren seine Aufzeichnungen und Tagebücher seiner Mutter aufgetaucht. Vincent, den sonst nichts so leicht erschüttern konnte, meinte, die Tagebücher hätten sich wie ein Horrorroman gelesen. Es war unglaublich, was diese Mutter ihrem Sohn alles angetan hatte – noch dazu unter dem Deckmantel der Wissenschaft.

Bei der Vernehmung erfuhren sie mehr über Weilmanns Motive. Er wollte die Arbeit seiner Mutter sozusagen in memoriam fortsetzen. Zeit ihres Lebens strebte er danach, sie zufriedenzustellen. Gelungen war es ihm jedoch nie.

Jennys Arm verheilte schnell, die seelischen Verletzungen würden länger brauchen. Sie war in einer betreuten Wohnung untergekommen und bekam psychologische Unterstützung.

Christina sprach immer noch nicht, aber sie konnte bereits aufstehen. Frau Herbert verbrachte mehrere Stunden am Tag bei ihrer Tochter im Krankenhaus. Michaela war davon überzeugt, dass Christina eines Tages den Weg zurück ins Leben finden würde.

»Du kannst kommen«, rief Valerie.

Sie wunderte sich immer noch, wie gut ihre Nichte mit der Sache klarkam. Den Wunsch, Polizistin zu werden, hatte sie trotz der schlimmen Erfahrungen nicht aufgegeben.

Michaela stand auf und ging in die Küche. Der Tisch war festlich gedeckt, aus dem Ofen duftete es verführerisch.

Bernd rückte ihr den Stuhl zurecht, und sie setzte sich. Er schenkte ihnen Michaelas mitgebrachten Wein ein, Valerie bekam ebenfalls ein halbes Glas.

»Erfahre ich endlich den Grund für diese Einladung?«, fragte Michaela.

»Ich möchte mit euch meinen neuen Job feiern«, sagte Bernd.

Michaela wusste nicht, was sie sagen sollte. Dass seine derzeitige Tätigkeit ihn nicht ausfüllte, hatte er ihr gegenüber schon erwähnt. Dass er sich zurück nach Graz und seinem alten Posten sehnte, ebenfalls. Sie wünschte ihm wirklich, dass er glücklich wurde, aber er würde ihr fehlen. Und sie musste sich schon wieder an einen neuen Nachbarn gewöhnen. Tapfer lächelte sie und stieß mit ihm an.

»Herzlichen Glückwunsch. Die Grazer Kripo kann sich glücklich schätzen.«

Bernd sagte nichts, sondern zwinkerte Valerie zu, die daraufhin zu grinsen begann.

»Der Posten ist nicht in Graz«, gab Valerie zurück.

»Nein?«

Bernd lächelte. »Nein. Ich habe mich mit Werner Steurer unterhalten. Er hat mir Weilmanns Job angeboten, und ich habe zugesagt. Dein Chef wirkt kompetent und nett. Aber er hat einen miesen Modegeschmack.«

Michaela lachte, die anderen stimmten mit ein.

»Ich hoffe, du magst Rindsrouladen. Das heutige Essen sollte etwas Besonderes sein«, sagte er.

Michaela probierte. »Sie sind köstlich«, gab sie zurück, und das war die Wahrheit. Es wurde Zeit, Gewesenes hinter sich zu lassen und neu anzufangen.

Dieses Essen war nur ein Beginn. Für den nächsten Tag hatte sie einen Termin am Schießstand ausgemacht, und Valerie durfte sie begleiten.

DANKSAGUNG

Es heißt ja immer, das Schreiben wäre eine einsame Beschäftigung. Das ist nur bedingt richtig. Denn obwohl man natürlich allein vor dem Rechner sitzt und manchmal das Gefühl hat, in einer eigenen Welt zu leben, gibt es doch eine ganze Menge Menschen, die mich jedes Mal aufs Neue unterstützen und motivieren, wie zum Beispiel meine Schwester Katalin, die beste Plot-Partnerin, die man sich wünschen kann. Ich komme demnächst wieder mit einer Flasche Rotwein bei dir vorbei.

Oder die Autorenkollegen und -kolleginnen vom Schreibprojekt-Forum, meinem virtuellen Schreibzuhause. Hier finde ich immer ein offenes Ohr, wenn ich mal nicht weiterkomme oder frustriert bin. Ohne eure Rückmeldungen und Motivationsschübe (ich sag nur »Projektschreiben«) würde ich wohl immer noch an diesem Thriller arbeiten. Selbst die fünfte Version des Anfangs habt ihr geduldig gelesen, korrigiert und mit Kommentaren versehen. Ihr alle seid für mich ein wichtiger Bestandteil meines Schreiballtags.

Es gibt einige Autoren und Autorinnen, die ganz gut ohne Agenten zurechtkommen. Ich gehöre nicht dazu. Ich bin glücklich, dass ich mit Bastian Schlück den für mich weltbesten Agenten gefunden habe. Danke auch an Frau Hoffmann aus der Agentur, die dieses Projekt unter ihre Fittiche genommen hat, sich jetzt aber der wohl schönsten Aufgabe der Welt widmet.

Ein dickes Lob an die Mitarbeiter des Goldmann Verlags. Ihr habt immer so tolle Cover, und ich war vom ersten Augenblick begeistert von diesem hier. Frau Heinzius, vielen Dank, dass Sie an diesem Cover festgehalten haben. Es passt einfach perfekt.

Als Autor oder Autorin ist man ohne Lektorat ziemlich aufgeschmissen. Bei aller Sorgfalt und Überarbeitung, die man einem Manuskript angedeihen lässt, bleiben trotzdem immer Fehler im Text. Die Arbeit einer Lektorin ist nicht einfach, denn es geht ja um wesentlich mehr als um bloße Fehlersuche. Unstimmigkeiten, Wortwiederholungen, komische Satzstellungen werden aufgespürt, und das alles, ohne den Stil des Verfassers zu verändern. Frau Christina Riemann hat in »Das Böse in euch« ganz wunderbare Arbeit geleistet. Vielen Dank, ich habe unsere Zusammenarbeit sehr geschätzt und freue mich schon auf das nächste Mal.

Unterstützung erfahre ich ebenfalls durch meine Familie, die es aushält, wenn ich unausstehlich und panisch werde, weil der Abgabetermin drängt und ich kaum an etwas anderes denken kann, als dass mein Manuskript fertig werden muss. Mein Mann nimmt mich dann immer in den Arm und sagt: »Du schaffst das« und schaut, dass das Chaos um mich und in mir nicht zu groß wird.

Die Figuren in diesem Buch sind meiner Fantasie entsprungen, die Handlung und einige Straßen und Gebäude ebenso. Allerdings beschreibe ich in »Das Böse in euch« ein Restaurant, in das Michaela von Harald eingeladen wird. Wer dieses Lokal im Umkreis von Wien sucht, wird es nicht finden (zumindest kenne ich keines in der Nähe). Aber wer gut essen will und neugierig ist, das »Original« aus meiner Beschreibung kennenzulernen, sollte sich in Mörfelden-Walldorf bei Frankfurt umsehen. Ehrlich, die Leute dort verdienen es, jeden Tag ein volles Haus zu haben – und die Desserts sind göttlich!

Auch wenn sie es nie erfahren werden, danke ich jeden Tag Otto Bengtson und Arthur Schmed. Ihr wisst nicht, wer diese Männer sind? Die beiden haben den Kaffeevollautomaten erfunden. Kein Spaß. Wer mich kennt, weiß, dass ich ohne Kaffee nicht funktioniere, und ich habe mir geschworen, sie eines Tages gebührend zu würdigen. Ihr seid meine Helden!

Aber mein größter Dank gehört euch, den Leserinnen und Lesern. Ihr seid diejenigen, für die wir Autoren und Autorinnen unsere Geschichten schreiben. Sonst wäre es wirklich ein einsames Geschäft.

Bis zum nächsten Buch
Eure Rhena Weiss

Rhena Weiss,

geboren 1969, hat das Schreiben schon früh für sich entdeckt – schon immer schlug ihr Herz besonders für Krimis und Thriller. Neben dem Schreiben von Romanen arbeitet sie als diplomierte Sozialpädagogin mit Kindern und Jugendlichen in Wien. Sie lebt mit ihrer Familie in Niederösterreich.
»Das Böse in euch« ist der Beginn einer Psychothriller-Serie mit der Wiener LKA-Ermittlerin Michaela Baltzer. Weitere Bände sind bei Goldmann in Vorbereitung.